南方周末记者文集

在这里，读懂中国

野马的爱情

YEMA DE AIQING

南方周末

南香红 著

NAN XIANGHONG

U0913663

南方日报出版社

NANFANG DAILY PRESS

图书在版编目（CIP）数据

野马的爱情/南香红著 . -- 广州：南方日报出版社，2011.7

ISBN 978-7-5491-0207-5

Ⅰ.①野… Ⅱ.①南… Ⅲ.①新闻－作品集－中国－当代 Ⅳ.①I253

中国版本图书馆CIP数据核字（2011）第068489号

野马的爱情

南香红　著

出版发行：南方日报出版社
地　　址：广州市广州大道中289号
电　　话：020-83000502
经　　销：全国新华书店
印　　刷：天津兴湘印务有限公司
开　　本：720mm×1000mm　1/16
印　　张：19.25
字　　数：280千字
版　　次：2019年4月第1版第2次印刷
定　　价：32.80元

《南方周末》记者文集
编辑委员会

目录 CONTENTS

第叁辑　陌生之美

第肆辑　野马之野

总序 GENERAL PREFACE

你必须抚摸他们，他们是中国跳脱的心

陈明洋

我一直说，来《南方周末》的人，多少有点别有抱负。这些人，往大里说，胸怀理想，心忧天下，距稻粱之谋远，离家国情怀近，铁肩担道义，妙手著文章；往小里说，他们不过是说点真话，说点实话，不过是我手写我见，我口说我心，不过是在新闻这样一个岗位上，在中国特色的巨大转型中，尽一点新闻人应尽的职分而已。套用维特根斯坦对人最高评价的话“他还像个人”来说，就是：他们还像个新闻人。

我说过，真话在中国曾是——现在也许还是——稀缺的产出。“有可以不说的真话，但是绝不说假话”，在新闻共同体中大约遂成名句，原出自南方老报人黄文俞之口，被左方、江艺平等一代代《南方周末》掌门人以及《南方周末》人视为报训，接力传递，铭之于心，应之于手，《南方周末》一纸风行到现在已是第二十六个年头了，应该说，良有以也。坚守这一报训，不容易，需要一点执著，一点坚韧，甚至一点——照北京话说——浑不吝，当然，也需要一点技术含量。

我也一直说，《南方周末》和《南方周末》人，其关系是彼此成全的。《南方周末》被认为是中国新闻界一个不算低的平台，《南方周末》人则高人辈出（据说，有《南方周末》是“中国新闻界的黄埔军校”之说。幸耶？非耶？）。“不算低”滋养“高人”，“高人”成就“不算低”，彼此遭遇，相得益彰。

并非蝉，“居高声自远，非是借秋风”。成全《南方周末》、滋养《南方周末》

人的，是中国这个被视做新闻的天堂——民吾同胞，物吾与也。新闻天堂，意味着不时有“同胞”地狱准地狱，而“物”不吾与也；是“要识中国真面目”的巨大挑战和巨大诱惑——中国仍未走出李鸿章所说的“三千余年一大变局”……

而被成全被滋养的《南方周末》佼佼者，“高人”中的“高人”，就是《南方周末》的高级评论员、高级记者、高级编辑吧。

这里的“高级”，是《南方周末》内部职称的塔尖；这里的内部职称，只能算是“内部粮票”，跟“省票”、“国票”不同，行用于《南方周末》内部而已。“职称”虽“内部”，标识的也是职业段位；高级，则有标杆之义；标准，自是“《南方周末》牌”的。

六年前，我忝为《南方周末》内部职称的始作俑者，是期望为无意于管理岗位的采编人员打通一条业务上升通道的，乃至有为《南方周末》服务的终身评论员、终身记者、终身编辑，而进入管理岗位的则不在职称评聘之列；六年下来，《南方周末》的“高级”计有十二位：

高级评论员：鄢烈山、陈敏。

高级记者：郭国松、南香红、李海鹏、张立、章敬平、陈涛、庞瑞锋、张英。

高级编辑：朱力远、林楚方。

如果不出意外，今年产生的高级职称者还有：马莉、刘小磊、袁蕾。前此“高级”而离开《南方周末》——前面说过“高人辈出”，这里是另一种“辈出”，即出去了——的，是八位：郭国松、南香红、李海鹏、张立、陈涛、庞瑞锋、林楚方、章敬平；留在《南方周末》的，还有四位：鄢烈山、陈敏、朱力远、张英，其为《南方周末》而“终身”乎？其为新闻而“终身”乎？

写到这里，要借李叔同一用，“悲欣交集”，不为矫情！悲不说了——《南方周末》或不止《南方周末》一机构之小悲而已，这里要说的“欣”是：无论“终身”的，还是“辈出”的，他们仍以《南方周末》为荣，他们仍以《南方周末》为家，为娘家，为冤家，为情人，可资证明的是：当《南方周末》要出这套高级丛书时，他们慨然允诺，把在《南方周末》的作品结集。

我不敢妄说我认为“《南方周末》关切‘中国根目录问题’”，而他们是优异的身体力行者，我不想数说这些“‘高人’中的‘高人’”一个个地如何如何，我不能分说新闻如何易碎而南香红、李海鹏如何有“对抗时间的写作”，我也不用再说杂文如何被鲁迅期待速朽而写评论的鄢烈山、陈敏又三复斯言：因为他们自有作品在，而读者诸君，你们亦自有目光如炬在！

是为序。

2010年4月18日于陈留居

序 PREFACE

因敬畏而谦卑

江艺平

第一次听到南香红的名字是在1998年。有一天，沈颢告诉我，一对记者夫妇专程从新疆来到广州，要到编辑部转一转。当高挑清秀、略显羞涩的南香红出现在我面前时，我并没有想到，若干年后，她会成为《南方周末》新闻写作的一个典范。

1998年，南香红已经在《新疆工人报》、《新疆日报》当了11年记者，她的丈夫吴朝晖当时供职中央人民广播电台驻新疆记者站。那时候，《南方周末》正在全国物色采编人才，这一对远道而来的夫妇，应该就是时任新闻部主任沈颢心目中的理想人选吧。事实上，这对新闻伉俪日后的建树，也证实了沈颢早前的眼光。

吴朝晖没有选择《南方周末》，对于他，永不消逝的电波显然有着更为广阔迷人的空间。后来，他参与了中央电台都市之声的筹办并任总监，继而担任文艺之声总监，现在是这家电台北京记者站站长。记者出身的吴朝晖，擅长对时局的理性判断和对大势的冷静把握，他的儒雅、宽厚、从容给我留下深刻印象。至于南香红，直到现在，我仍然很难套用一般记者的标准去描述她，在她身上，女性的美好特质和记者的职业素养水乳交融，以至于她的敏锐观察和独立思考处处显示出与众不同的气质。

这种气质其实很早就显露了出来。上个世纪末，当南香红还是《新疆日报》的记者时，《南方周末》的编辑就乐于刊发她的报道，这些文章总能给这张报纸的读者带去不一般的阅读体验。最初，我把这些异样的感觉归结为她所生活的西域所赐。自由行走在古老辽阔的西部疆域，的确是南香红得天独厚之处。那些被历史和风沙掩埋的古城，那些消失在大漠深处的河流，那些繁华过后杳无踪迹的文明，被她用缜密而又灵动的笔尖一点一点剔爬梳理，小心翼翼地在纸上加以复原，更别说那些遗世尚存的物种，人间罕见的珍奇，多民族聚居地绚丽多姿的风土人情了……

作为记者的南香红，其价值当然远远不止这些。传播学界和媒体同行用“中国式特稿”来命名和评价她的报道，《南方周末》编辑部的同事们似更认同“南香红特性”之说。这位1998年就在《南方周末》发表文章，2001年才正式入职这张报纸的女记者，一直不停顿地通过“对抗时间的写作”证明自己的实力，证明新闻可以超越时间而存在，可以不是易碎品。尽管这些一再被得到证明，她对真相探索和新闻写作仍然怀着深深的敬畏和谦卑。

我一直执拗地认定，南香红固然具有观察事物的敏锐直觉，捕捉细节的超常能力，力透纸背的写作才华，不过，比起这些优异的秉赋，埋藏在她内心深处的敬畏和谦卑，更值得我们珍重。

从事传媒行业，尤其在诚信缺失人心浮躁的转型时期做报纸新闻，能够对事实真相始终心存敬畏，对采访写作长久保持谦卑，并非一件易事，有时甚至会被视为不合时宜。南香红进入南方报业十年间，先是在《南方周末》，后来在《南方都市报》，随着岁月流逝，身边的朋友来来去去，或升迁，或转行，或义无反顾地从传统媒体投身新媒体，她却像老僧入定，低眉俯首，甘受新闻专业主义的驱策，一门心思做记者。而让我感慨甚至嫉妒的是，当年写出让人落泪的《我看见中国第一野马死去》的南香红，这十年间，不但用她的个性化报道继续展示“新闻的力量”，而且在汶川大地震猝不及防袭来时，她的职业精神和丰富经验更成为她所在的新闻团队协同作战的黏合剂，她也因此为国内新闻界完成了一项填补空白的课题，写出了《巨灾时代的媒体操作》一书。

沈颢曾经给记者职业下过一个近乎宗教的定义“新闻的圣徒”。圣徒者，上帝谦卑的仆人之谓也。饶有意味的是，在圣经的描述中，“谦卑”并不光是通常说的谦和有礼或虚心求教，更是对自己在上帝面前一无所有的深刻体认，唯有“上帝”，才是“圣徒”的全部。对于南香红，新闻是她的全部吗？这本书提供了确切的答案。

野马的爱情

YEMA DE AIQING

第一次听到南香红的名字是在1998年。有一天，沈颢告诉我，一对记者夫妇专程从新疆来到广州，要到编辑部转一转。当高挑清秀、略显羞涩的南香红出现在我面前时，我并没有想到，若干年后，她会成为南方周末新闻写作的一个典范。1998年，南香红已经在《新疆工人报》、《新疆日报》当了11年记者，她的丈夫吴朝晖当时供职中央人民广播电台驻新疆记者站。那时候，《南方周末》正在全国物色采编人才，这一对远道而来的夫妇，应该就是时任新闻部主任沈颢心目中的理想人选吧。事实上，这对新闻伉俪日后的建树，也证实了沈颢早前的眼光。吴朝晖没有选择南方周末，对于他，永不消逝的电波显然有着更为广阔迷人的空间。后来，他参与了中央电台都市之声的筹办并任总监，继而担任文艺之声总监，现在是这家电台北京记者站站长。记者出身的吴朝晖，擅长对时局的理性判断和对大势的冷静把握，他的儒雅、宽厚、从容给我留下深刻印象。至于南香红，直到现在，

第壹辑

北京之变

南池子之劫

北京拆皇城

2002 年 5 月，住在北京东城区南池子大街的居民一家收到一张粉红色的纸。纸上说，南池子是北京市政府确定的 25 片历史文化保护区之一，要“修缮改建”了，不久的将来，“居民们就可以走出破旧、潮湿、没有厨房及卫生设施的老旧房屋，住上宽敞明亮厨厕齐全的新居。”

住在南池子大街 80 号院的沈大妈，还没来得及高兴，就发现她家的院墙上被画了一个大大的白圆圈，圆圈里面是一个大大的白字——“拆”。

灰砖青瓦曲曲折折的小胡同里一夜之间布满了这样的圆圈和“拆”字，不是说修缮吗？怎么见房就拆，好房赖房一起拆啊？！

这个藏在故宫的左腋窝里的、被高大的槐树绿荫遮蔽的幽静的小街的平静生活，从此被打碎了。

冲　突

老杨被打成为南池子修缮改建中居民和改建指挥部冲突的最激烈的部分。

老杨是南池子普渡寺西巷的居民，家里曾有两处私房，一处 1980 年被国家征用了，眼看剩下的这一处要拆，老杨有些着急。

6 月 14 日，他到拆迁办公室去谈自己的房子的事，谈着谈着和一个姓刘的争执起来。这时从院里进来一个人，加入了他和刘的争执。令杨想不到的是，在毫无防备的时候，这陌生人冲着他的脸咣咣咣就是三拳，杨的鼻血牙血顿时就冒出来，脸也变了形。

“拆迁办动手打人啦”，消息一下子就窜遍了胡同。杨父辈就在南池子，他自己也在这里生活了50年，邻居们没有不认得他的，大家一样也面临拆迁，看着杨满脸是血的样子，一个多月来积聚的情绪一下子点燃了。

110出动了好几辆警车，东华门派出所的警力也全部到了现场，几百人围观使南池子街上交通堵了两个多小时。

协和医院的伤情诊断是，杨的“头面部外伤，右耳鼓膜穿孔，听力部分丧失”。

拆迁指挥部后来极力辩解说打人的人不是拆迁办的，和他们没关系，但恶劣的影响已成事实。老杨说他早就被盯上了，因为他起草了一份有15户私房主签名给北京市市长的一封信。

就在这封信发出后不久，另一份致北京市东城区政府的公开信在居民当中传递，139户住公房的居民在上面签字并按了手印。

这两封信使南池子居民和拆迁部门的对立达到极点，杨也先后三次被“叫”到东华门派出所“训话”：“私房的你带头忙活，这公房的你也忙活呀？”杨一再表示公房户的信和他无关，但没人相信，何况他还是区长接待日和区长直接对话的五个居民代表之一，据杨向记者反映，那是一场双方都动了肝火的对话。

“所以他们恨我，打我是教训我，杀鸡给猴看。”杨愤然地对记者说。

5月14日，两张没有落款单位的“北京市东城区南池子历史文化保护区（试点）修缮房屋和改建实施细则”贴在了南池子大街的墙上，细则划出了必须迁出的范围。当天晚上，拆迁人员就强行进入房主家中进行房屋评估并通知必须在6月16号之前搬走，否则每天罚款500元。

“你不能和他争论，动不动就威胁你。我从拆迁办一出来，就听见里面在叫‘明天就去拆他院里的房！’。第二天果然就来了，十几个人上房就揭瓦，见了玻璃就砸，我在下面大叫了十多分钟才停了下来，老伴一下子就吓病了。”住在普渡寺西巷的徐大爷说。

普渡寺西巷23号的70多岁的张素珍被吓得当场就没气了，叫来急救车送到医院抢救了四天四夜才脱离危险。

张老太太和老伴都有病，她是心脏病，老伴是肺心病。“头两天我们去主动找他们谈，谈崩了，老头在当时就喘上了。”

拆房的那天，砸得像“放炮弹一样，我的心里那个抖呀”。张老太太觉得心脏难受，就小心翼翼地踩着半米多深的杂物出去到邻居家里坐着，但坐了两个邻居家，还是不放心在家里的老头，就又回去。

“一直砸到下午 5 点多，我浑身都抖了，往床上一躺就没气了。我的心脏病三年都没犯了，这回可是差点要了命。”

这一折腾花了 7000 多元医药费。

拆迁受到了大多数居民的抵制，从 5 月到 6 月底，只有三分之一的居民从他们的房中迁出，而这些人大多数是户口房屋在南池了，而人长期不在这里居住的。

居民的反对和有关方面的反映引起了北京市政府的重视，6 月 11 日，北京市市长刘淇赴南池子现场调查，听取居民意见。

一个 70 岁的老头，一下给市长跪下了。记者见到南池子的居民都在讲述这个情节：“市长指着普渡寺西巷的一处房子说：‘这么好的房子也要拆？把那个拆字抹了！’。”

刘淇的到来让拆丁家大院等几所建筑的行动停了下来，但别处的拆迁依然在进行。拆到 80 号院时，住在院里的沈桂芝大妈上来阻止，说市长都说不拆了，结果被推了一跤，一屁股坐在一根铁钉子上。她爬着挡住前门，拆房的就从墙上挖了个洞，钻进院里，先是把东屋的门砸了，把房上的瓦也揭了。第二天这些瓦就被卖了，而房檐上拆下的精美的木雕当时就被偷偷装进了口袋，不知倒腾到什么地方去了。

是拆除还是保护？

南池子是北京皇城的一部分。它位于故宫东南侧，历史上曾作为官署和库房用地，一直和紫禁城联在一起，是禁止普通人进入的。直到民国时期才在那面厚厚的墙上开了个门洞，发展成为现在以居住为主的街区。

100 多年来这道高墙屏蔽了长安街的车水马龙，使南池子依然保有幽静与安宁的品格。“捷报处”、“缎库胡同”、“灯笼库胡同”、“磁器库”，一个个古老的名字和一座座上百年的老宅都闪着幽幽的历史光泽，说明着它们为皇家服务，与皇家俱荣损的过去。

记者在“南池子历史文化保护区（试点）房屋修缮和改建实施细则”中看到，所涉及的北起东华门大街，南至灯笼库胡同，西起南池子大街，东至磁器库南、北巷以西的地区共有240个院落，900多户居民，但只保留了9座院落，而其余的将全部拆除。

拆除后的核心地带计划建两层的单元式四合小楼，用于居民回迁，拟建10000平方米的高档四合院。

2000年北京市划定了25片历史文化保护区，出台了《关于北京旧城历史文化保护区内房屋修缮和改建的有关规定（试行）》，称为“101”号文件，并选出东城区南北池子作为历史文化保护区修缮改建的试点。记者了解到，关于南池子的修缮和改建曾进行过三次专家评审会，南池子的改造将重点保护普渡寺等文物，尽量保持原有街巷格局，遵循按院落和基本风貌修缮，不搞大拆大建的原则。对居民的安置，实行就地留住、外迁、房屋置换相结合的办法，鼓励外迁。

但现实的拆迁却与上述专家意见大相径庭。

普渡寺西巷6号的孙光麟清楚地记得原北京市副市长汪光焘到他家搞调查的情景。孙家是上个世纪初盖的房子，汪市长坐在他家的院子里，和他96岁的老奶奶70岁的老妈妈说，房子你们可以自己修缮保护，住不开了可以翻建二层的小楼。

孙怎么也想不到现在他家的房子就要拆了，一个多月来孙愁得瘦了十多斤。

北京市建筑工程学院姜中光教授的研究生对南池子所有街道、胡同和居民房屋情况做过调查，结果是南池子有清的建筑，也有许多民国时期的民居保存完好，只是由于人口的增多出现了一些乱建的小房，只把这些违章建筑拆除，古老的四合院的格局就会完整地显露出来。

他把这些建筑按保存完好度分出了级别，列出了修缮、拆除的范围。

但完好的建筑这次基本上都划入拆的范围，而一些没有保留价值的，却出乎意料地保留了下来。

普渡寺后巷4号是一座三层的水泥小楼，这座专家们普遍认为破坏街区风貌的建筑是保留的。而南池子大街84号是一座非常典型的四合院，却要拆除。

记者在这座四合院里采访的时候，看到这个三进的院落的前院被分割出去，成为 82 号，据说住的是部队的人，它保留了下来，而中院和后院则要拆除。一个整体的四合院，命运截然不同。

中院是一个非常齐整的院落，一棵一人环抱的大杨树遮蔽着整个院子，两棵枣树挂满青果，海棠的花季已过了，但主人康振杰的一句“晚上一夜春风，早晨起来一地白雪”，让人一下就想像到了它盛花时节的美丽。

“这么好的房子干吗要拆了它？”康振杰带记者看已经拆得露出大梁的房子，粗大的梁木泛着暗红色。为了防腐，当年建房时用桐油浸泡了它们，就算现在看起来也非常的结实。康说这是当年荣禄的宅子。

康要求记者一定要把他的一句话写进文章里，这段话是“将来四合院的图片可能和恐龙的图片挂在一起，老师对孩子们说，‘这是四合院，它曾存在于中国的北京”。

说这句话的时候，这个 40 多岁的男人哭了。

批评的意见指出这次修缮改建方案：一、随意地扩大试点的范围，大拆大建破坏了保护区街区历史风貌。二、缺乏居民的参与，将居民简单地划成被拆迁户。摒弃了保护为主、保持原有风貌、以院落为单位修缮改建的原则，居民自己决定去留的方式完全被抛弃。5 月 31 日，全国政协委员李燕致函北京市政协文史委员会并提案办，提出，900 多户的居民区都列在“拆”的范围，“拆”与“按院落”来确定修缮方案本质不同。两院院士清华大学教授吴良镛说：“在这样重要的历史文化街区任意地拆迁，代表一种思潮，有利益在驱动。对此要非常坚决表态。建筑界、文物界和社会各界都要站出来说话，这 25 片街区是北京历史文化名城保护最后的防线了！”全国历史文化名城专家委员会副主任委员郑孝燮认为，保护紫禁城同时要保护它的外部环境，首先就是皇城。南池子和紫禁城山水相依，一个是辉煌的宫殿一个是平民灰色的四合院，这就是北京的品格，保护是延长它的寿命，而不是推倒重来。

记者从有关方面了解到，这个已经实施的方案并未得到北京市规划主管部门的批准。

三条都是死胡同

“看不懂”是徐大爷的第一感觉，但等他从云雾里挣扎出来大约算清了细则对于自己家庭的未来生活意味着什么时，他才明白：无论是回迁、异地安置还是货币补偿，他都会失去安稳的家了。

南池子拒不搬走的600余户人家都和徐大爷一样，面临着无法解决的居住问题。

徐大爷现在住房是20平方米，外搭一个小房，老两口和女儿女婿住在一起。如果他选择回迁的话，就算要最小的45平方米的房子，他得拿出19.5万元；而要60平方米的房子，他得拿出29.5万元，即便这样，女儿女婿还是住不下。

“我一个退休的人，上哪找那么多的钱？去偷也偷不来。”

而如果徐大爷接受货币安置，按每平方米4250元的补偿，只能拿到14万元，到昌平买房也不够。至于异地安置得去芍药居，老人和大伙一起坐着车去看房，发现芍药居现在还是一个大猪圈，房子要等两年以后才能从这个猪圈里盖出来。而且徐大爷也一样买不起。

西巷23号的张大妈，老两口都70多岁了，一个是心肺病，一个是心脏病，还有一个40多岁未婚的儿子，以及一个17岁一个15岁的孙女 。家里小儿子、女儿都下岗，搬迁就意味着这一家人失去居住的地方。

捷报处16号的张女士签订了芍药居房子的合同，但却搬不出去，因为她在四环以内找不到一个可以周转两年的房子。北京四环以内的租房都在1000–2000元之间，两年就意味着几万元。

张女士说：“我都50岁了，一直都住母亲的房子，做梦都盼着有自己的房，我咬牙也要贷款买房，但这两年的房租我实在承担不起。”

记者在南池子走访了许多家庭，发现拒绝接受搬迁的情况大约有三种：

一是大多数居民家庭生活困难，无力接受搬迁条件。这些家庭要么上有老下有小，要么是退休多病的老人，要么是下岗失业人员。

南池子是一个弱势群体占居住人口较大比重的老城区。老年人口占16. 33%，超过北京市14.6%的水平；居民的收入水平整体也较低，居民工人家庭比例最高，而且退休人员、下岗人员、无业人员相对较多。个体经营者比例甚少。一份居民家庭收入抽样调查选取了这里 55 户、1706 人的样本，结果是户均月收入 1446.24 元，人均月收入 467.10 元。这个水平也就基本上是维持一个日常生活。

二是认为拆迁政策不合理，有失公允。名誉上是修缮和改建，实为拆迁，但许多应该享受的拆迁政策不给落实。居民在给市政府领导的公开信中写道："作为历史文化保护区，有关文件和办法明确规定是修缮和改建，但为何偏偏要建设高级商品房出售呢？为何要铲平重建？这是在保护历史文化吗？这不是在拿老百姓的利益做交易吗？"

三是居民和老屋的情感难割舍。南池子的许多私房主是祖上在清末或民国初购买的地产，一代一代的人生活在这里，老屋里的每一个角落都充满了生活的记忆；住公房的人也大都在这里生活了五六十年，街区的邻里和生活方式已经成为他们生命的一部分，尤其是老人们，竟有生离死别的伤感。

住在南池子大街 84 号的达建军向记者描述了住在南池子的感受：早晨，天安门广场升旗的国歌声清晰地传来，老人们推着一种既可当拐棍又能拉东西的小车缓缓地走着去工人文化宫晨练，孩子们成群结队地走着去上学，沿街的小店、修车的小摊开了张，对很多人来说，这里是居住的地方也是养命活口的地方。夜晚降国旗的声音再次传来的时候，每一个四合院里都飘着饭香。

而搬迁将把这种生活打断了，随之而来的困难让人无法面对，比如老人无法方便地就医，孩子无法就近上学，有工作的人也许要穿过整个城市去上班，很多人也许要丧失生存的生计。

许多居民向记者表示：我们住在皇城里，皇城是我的家，我的家我自己可以修缮保护。

站在胡同推土机前的平民

一般以为，现在高唱保护胡同、四合院的都是些有社会地位的文化人，然而这里采访的三个都是毫无权势的平民。一个是街头卖报纸的妇女，一个是得了两次心肌梗塞、腿有残疾的老头，一个是旅居北京的法国画家。因为爱胡同，他们以不同的方式把爱付诸行动。他们明明知道和北京轰轰烈烈的拆迁之势相比，自己的身影是弱小的，但他们不因为弱小而不表达，在他们看来，再弱小也是一种力量。

詹绍英：南池子到了需要保卫的紧急关头

在车流滚滚人海茫茫的北京，一个支着小亭卖报纸的妇女，能做些什么？她应该属于那种为生计奔忙的人，她必须早晨4点起床，去把她一天要卖的报用自行车驮回来，她必须熬到晚上9点，才能收摊回家；她必须小心在意地经营，处处检点自己的行为，因为有很多莫名其妙的“风”，时刻会掀翻她的报亭。

但一个多月来她到处奔跑，为了一件和她的报摊毫不相干的事——南池子的拆迁。

有人说，你家也不住在南池子，拆也不拆你家，与你何干？

她说，政府没有依法行政，我是一个北京的居民，我有权利告。

有人说，枪打出头鸟，你一个平头百姓怎么能和政府对抗？

她说，我不怕。南池子到了需要保卫的紧急关头，我不怕牺牲自己。

我注意到，她用的“牺牲”这个词，她被风吹日晒得黑红的脸上严肃的神情。北京地安门的正午车水马龙，她的报亭就在人来人往的60路公共车站后面，在这样的环境里听到“牺牲”，让人打了一个激灵。

詹绍英并不是一个老北京人，十多年前她从河南嫁到北京，丈夫是一个眼睛不好的残疾人，现在詹绍英也没有学会北京腔，还是保留着很重的家乡口音。她在北京没有工作，1998年租了报亭。没想到报纸给了她一个世界。她从报纸上知道了很多事情，最重要的一件事就是北京美术馆后街赵景心家被拆。她知道了北京胡同面临的问题，知道了北京的历史，知道了保护历史文化的意义。然后所有有关保护北京旧城的条目，都从每日所卖的各种报纸中输进了她的大脑。詹的丈夫家住的是祖产，房管部门在他家的院子里盖了两间房，为了这种侵占行为，詹的公公一直在北京市的各级政府上访。从1980年到2000年20年的上访，问题也没有得到解决。2000年公公去世了。詹接手了公公未竟的事，但她知道这种无尽的上访的效果，决定走另一条路。从报纸上她知道了民可以告官，她卖了一大摞法律的书，学会了怎样用法律来维护自己的利益。

公公20年上访没有结果，她通过行政复议争了回来。这是一个小老百姓通过法律和政府的对话。

现在詹绍英和官员对谈，能一下从对方的说辞中听出哪一句是有法律依据的，哪一句是违反法律法规的。所以她说她要当南池子居民的法律顾问。

不仅仅是南池子，关于北京的胡同她做了很多调查，针对来自官方的每一个要拆胡同的理由，她都到实地去看，所以哪里是不该拆的拆了，在她心里都是一本账。

依据她对法律的了解，她认为东城区政府的南池子拆迁没有依法行政，区政府的行为违背了北京市政府的《关于北京旧城历史文化保护区内房屋修缮和改建的有关规定（试行）》。她希望南池子的居民能够向北京市法制办提出行政复议的申请，为此她已经起草好了行政复议书。

“行政复议的有效期是发生行政行为后的两个月，7月10日之前，如果南池子没有居民提出复议的话，我就以北京居民的身份提出复议要求！”

她相信通过法律能够制止目前的拆迁行为。为了南池子的这一个月，她的报亭已经损失了1000多元。

郑希成：把四合院留在纸上

当推土机推到郑希成家门口的时候，他才让老伴搀扶着出了自家的院门，去看一看。

他这样把自己封闭在家里已经有很多年了，一是因为对人与人的争斗厌倦了，另外他已是一个得了两次心肌梗塞，脑有血栓、腿有残疾的老头。他家的院墙上赫然写着一行标语：院内有心梗病人，请不要大声喧哗。

“我是被推土机推醒的。”郑老说，“我没想到我已经那么麻木地生活了那么久，而我周围的四合院、胡同都没了。”

生活在东城区北新桥的郑希成记得在北新桥到锣鼓巷之间，有许多大门洞，这是明清时期北京城的大木材场的大门，当年这里集中了许多大木材场和棺材铺，为了方便马车进出，所以这里的门洞修得特别大。郑说每次看见大门洞，他的眼前就会出现几百年前拉木材的马车夫长鞭一甩，马车轰隆隆地穿过大门的情景。来自全国各地的新鲜木材，建造了北京巍峨的宫殿。现在这种大门洞在危改中全部拆没了，北京历史中的一段珍贵的实物没了。

郑希成和他的夫人感慨万千。他的夫人不断梦见小时候的地安门，梦醒了就给郑希成讲梦中的地安门的门洞有多高大和她们整天在下面穿来穿去地玩耍的情景。

两位老人有了一个想法，把即将死亡的四合院画下来留在纸上。

从去年年底这个想法产生，到现在不过几个月的时间，郑希成变了一个人，原来出门都得由老伴搀扶，现在他每天骑着一辆自行车，早 8 点出门，晚 8 点进门。起初他想自己的身体不好，就把北新桥附近的画下来就行了，但画着画着，他开始研究四合院，收集胡同的历史，给区长们写信，告诉他们本区的四合院和别的地方的有什么不同，为什么值得保留。

郑希成在和推土机赛跑，推土机在哪里响了，他的自行车就到了那里。他把那些还有不长寿命的四合院拍下来，回家凑在灯下戴着老花镜用黑笔直线条勾出它们的结构，然后在旁边留白的地方，用小字写下它们消失的时间，它们的历史故事和他的惋惜的心情。一幅幅的白描画，就像是一篇篇四合院的悼文。往往是一个地方的还没画完，推土机又在另一个地方响了，他扔下手头正在画的，立即奔去。开始还用的是彩色胶卷，后来就没钱了，微薄的退休金还要治病吃饭，郑就改用了黑白胶卷，把家里多年不用的冲洗设备拿出来自己干。

你知道四合院里为什么要种枣树、柿子树、核桃树吗？郑老说是取“早合适”的音，这是老北京的民间文化；你知道为什么会有“大门不出二门不迈”这个词吗？因为四合院不光有大门，还有二道门甚至三道门，旧时候的妇女送客只送到内门的门口；你知道中国的地方天圆的哲学思想是怎么体现的吗？不管多不整齐的一块地，在建四合院的时候，都是用门、廊、墙把院子造成方的，其中的巧思妙想，构成了四合院的千差万别风格各异。

郑老画的已经被拆了一部分的南池子大街 84 号院的一套三进四合院的结构图，让住在院里几十年的人吃惊：自己的院子屋子这样方正、严谨，这样的美？也让建筑学家文物学家们吃一惊：这么好的房子要拆了？

郑希成住的院子是祖上在清朝嘉庆年间买的地产，他说，要是能确定不会拆除，他将把老房子修整一番，开一处北京民俗旅馆，把几百年前的购房文书挂起来，让来住的外国人感受一下这房子的历史有多长、北京作为 800 年皇都的历史有多厚。

乔得龙：北京好像在造另外一个新的城市

乔得龙也是跟着推土机跑的人，只不过他和郑希成黑笔白描的中国画法不一样，他更讲究光线、色调、明暗。他以一个法国人的眼睛观察理解着中国的胡同。“每个首都都有自己的标志，北京的标志就是有整体性的老街区和老房子，这是北京不同于其他城市的地方，是北京的独特的地方。”在北京生活了 6 年的乔得龙，取了一个中国的名字，画了 6 年的北京胡同和四合院。画一幅幅地卖出去，换来生活的需要。“我很后悔把它们卖了，很多画中的四合院现在已经都不在了，画是对它们最后的记忆了。”乔得龙说。

他没有料到一切来得这么快。“6 年前的北京还是独特的。胡同里游走着各种小贩，他们拿着各式的响器吸引着顾客，邻里之间互相照应，小孩子在四合院里玩耍，秋天人们拿着竹竿在院里打枣，老人的鸟在笼里唱歌。”乔得龙认为四合院是一种很舒服的生活方式，北京人和四合院是互动的，是四合院造就了北京人的生活节奏，也是四合院造就了北京人。有四合院的北京是一个把乡村和城市完美结合的城市，这样的城市是世界上其他地方找不到的城市。

但是近三年“北京平静的生活正在被持续的拆迁打破。感觉北京好像在造另外一个新的城市，就像后发达国家追求的现代化一样。新建成的大楼很多是很丑的，里面的设施也不适合人使用。而拆毁的不仅是四合院，是北京的历史文化，是对一种生活的破坏”。乔得龙摇着头说，对此他不能做什么，中国人的问题得由中国人来解决。他能做的仅仅是到胡同里，把那些不久就要消失的东西留下来。叼着一个大烟斗，背着大画夹，他在胡同里抢光线最好的时候。顾不上吃饭，居民们给他送来水、啤酒、饺子，还给他拿来遮阳的帽子，这么慷慨的人，应该是生活幸福的而不是心理阴暗的人，这样的人只有北京的胡同里有。

“我在普渡寺后街 18 号画画的时候，这个院里的女人又哭了，我的眼泪也差点掉下来。这个小院子里铺着又古老又漂亮的花砖，老式的木花格窗子，院子里有葡萄、花、黄瓜结了出来，这里有感情有生活还有回忆，可这些很快就要消失了，你很难想象，住在这样院里的女人，把她放到 35 层高的楼上去，她会感到幸福。”

“一间老房子已经拆了，但这家的猫又回来了，它不愿意跟着主人到新居里生活，它宁愿待在原来的家的废墟里。”

他说他不觉得老的东西就是落后的。在普渡寺西巷 18 号，他发现这座房子比街道低 1 米多，他觉得自己走进了历史里，这历史不是博物馆里的历史，而是活生生的历史。

在普渡寺西巷 2 号，他看到一个小小的四合院落，一对老夫妇已经在里面住了 60 年了，他感觉到北京不仅仅是由高大的宫殿组成，还有这样的小民居，它同样也能反映出历史的状态。“就像历史不光是几个将军创造的，也是士兵创造的。”他说北京就是一个有 800 年历史的活博物馆，罗马、巴黎都无法和它相比。罗马的历史虽有 2000 多年，但它是零散的，北京是一个整体。

在南池子 18 号，他注意到这所老房子的每一片瓦当都是不一样的，门檐上的福字瓦的边上的装饰纹也没有一块是重复的，他感叹，中国人即使在一件很实用的东西上也体现着美。

而在普渡寺后街 39 号，他看见一块门板垫在泥地里让拆迁的汽车通过，这座房子他画过，当时门板还在大门上，上面镂刻着“国恩家荣”四个大字。“房子、墙都拆掉了，破砖堆了一地，屋里的主人到哪里去了呢？”乔得龙细心地发现了胡同的拆迁而带来的生活的断裂。“那些小卖部、修车的就要没有了，摇着铁片哗哗响的磨刀人，让他们到大楼的夹缝里去吆喝？谁听得见？我想越来越多的贫困者的出现，是和老街区的消失、人们生存方法的丧失有关。”

“有一次我画了一对漂亮的木雕门簪，主人说你要是喜欢就送给你，反正房子马上就要拆了。过了两天我去拿，当地的政府就不让我拿了，说是有一两百年的历史，要收藏。一会说没价值要拆房，一会说有价值，到底谁在说谎？”

乔得龙说，他很高兴，老屋的居民在看他的画的时候知道了他们的房子的价值，很多人在看他的画展的时候，知道了老北京旧城的价值。他说他要在他的画中画出北京老百姓门上挂着的两个字——“平安”，因为这就是北京的性格。

回不去的南池子

张大爷整天就坐在南池子大街上。

他拄着拐，行动不太方便，他的座椅每天都朝向正南，从他的视线望去，马路对面的南池子大街上，是新长出来的连成片的青砖灰瓦的屋脊，脚手架上是忙碌的筑屋者。

自从去年 5 月南池子“修缮改建”工程开工以来，张大爷就这样坐着看了一年多，他说：“我的眼睛就是照相机。”

一些老四合院被推倒了，夷为平地，一些新的仿古四合院建起来；一些老邻居旧朋友四散而去，再也找不到踪影，一些新邻居涌进来，陌生的面孔，来来往往各种各样的故事。

他用拐杖一指：“看，那就是我的家，现在已经变成了豪宅”，那里正架着脚手架，一座巨型四合院正在起来。

“克隆，”他很别扭地说出了这个时髦的词，“四合院是假的，胡同是假的，就连人也不是南池子的老人了，南池子全变了。”

2002 年 5 月，住在北京东城区南池子大街的居民每家收到一张粉红色的纸。纸上说，居民们，你们所住的南池子是北京市政府确定的 25 片历史文化保护区之一，要“修缮改建”了，它“不属于危改，更不是房地产开发”，不久的将来，“居民们就可以走出破旧、潮湿、没有厨房及卫生设施的老旧房屋，住上宽敞明亮厨厕齐全的新居”。

2003 年 10 月 17 日，南池子修缮改建工程基本完工，本报记者再次访问南池子，真切地感受到了这种变化。

胡同里面跑汽车

从长安大街一拐，钻进南池子的浓密林阴里，立即感受到了一种舒心与静谧。

一块鲜艳而簇新的牌子挂在青砖灰瓦的的墙上——“灯笼库胡同”。

记者一下顿住了脚步，这就是过去的灯笼库胡同？胡同变得又宽又直，新铺的柏油路泛着光，小汽车“刷刷”地从身边驶过。记者很快发现，变化的不仅仅是这一条胡同，南池子所有的胡同几乎都变了：缎库胡同、普渡寺西巷、普渡寺后巷……这些胡同都变宽变直了，而另外的一些胡同却不见了。

住在南池子大街68号的一位女士说，她家门前的北井胡同，是一条死胡同，胡同得名于一口古井，古井有一个井盖，上面刻有文字。原来的房主用砖把井口砌起来，古井一直保护得很好，主人在搬走的时候放心不下，特意给文物部门打了电话，但井盖还是被人盗走，古井也被填了。现在这口井没有了，胡同也没有了，以后再也不会有人知道这里曾经有一眼古井，有一个胡同叫北井胡同了。

沿着南池子大街的马路，新起了一溜青砖围墙，里面露出高大的灰瓦屋脊，屋子一律坐北向南东西走向，也一律没有向大街开门。它们是一个连一个的仿古四合院，每个四合院的面积都接近或者超过1000平方米，主体已就，剩下的细部还在施工中，满地的沙石瓦片。

普渡寺修葺得雕梁画栋金碧辉煌，在它的周边，是供南池子居民回迁的青砖灰瓦的四合小楼，楼群与胡同之间开出了两个小型的广场，广场上有崭新的公厕。

走在新南池子里有一种迷失的感觉，它太新了，让人总有一种走在电影布景棚里的感觉，一切都是古老的样式，但一切又都是崭新的，这新与旧之间总让人产生一种错觉。

张敬（化名）也不认识这些胡同了。她从小在南池子长大，小时候从这条胡同窜到那条胡同，没有她不熟的，如今是名字依旧，但胡同却不是原来的了。

“整齐了，宽了，走起路来舒服了，但不是味了，”她说，“斜的、弯的、曲曲折折的都没有了，一个个的小院、一个个的门牌都没有了，胡同与四合院的韵味也就没有了。”

她拿起一个香炉，“这个是旧的，还掉了一条腿，但是它有价值，因为它有历史是真品。”她又拿起一个烟灰缸：“这个漂亮、好看，但它不值钱。这个道理谁都明白。现在的南池子，已经不再是过去的南池子了。”她失望地说。

南池子是在一片反对的声音中走到今天这一步的。

“南池子历史文化保护区”在北京来说是一个特殊的地方，它位于故宫东南侧，历史上它是紫禁城的一部分，曾作为官署和库房用地，一直是一块不能随便出入的禁地。民国时期才在那面厚厚的墙上开了个门洞，发展成为以居住为主的街区。100多年来，完好地保有了北京传统民居风貌、格局及氛围。“捷报处”、“缎库胡同”、“灯笼库胡同”、“磁器库”，一个个古老的名字和一座座上百年的老宅都蕴含着一段段古老的历史。

对这样的地区如何进行修缮改造本身就是一个敏感的话题。

2000年北京市有关部门在北京划定了25片历史文化保护区，出台了《北京旧城历史文化保护区内房屋修缮和改建的有关规定（试行）》，选出东城区南北池子作为历史文化保护区修缮改建的试点。

关于南池子的修缮和改建曾进行过三次专家评审会，对规划方案进行反复论证后认定，南池子的改造将重点保护普渡寺等文物，尽量保持原有街巷格局，遵循按院落和基本风貌的原则修缮，不搞大拆大建。居住建筑基本遵照原有的宅基地，其走向形式大致不变，最大限度保持街区肌理，保证建筑外部空间环境的持续发展，也使得原来的胡同得以保留。对居民的安置，实行就地留住、外迁、房屋置换相结合，鼓励外迁。

但实际执行的实施方案违背专家评审会确定的原则，在向居民发出的第一份《南池子历史文化保护区（试点）房屋修缮和改建实施细则》中，所涉及的北起东华门大街，南至灯笼库胡同，西起南池子大街，东至磁器库南、北巷以西的地区共有240个院落，900多户居民，但只保留了9座院落，而其余的将全部拆除。

专家对这个实施细则的评价是：“保护区里推光头。”

5月31日，全国政协委员李燕致函北京市政协文史委员会并提案办，建议组织文物、城建等有关部门研究提出一个更为妥当的保护方案，按院落和基本风貌确定修缮和改建方案。

6月11日，时任北京市市长的刘淇前往南池子视察，当他看到完好的四合院墙上也写着大大的“折”字时说：“这么好的房子为什么也要拆？”

在刘淇的指示下，包括丁家大院在内的11个院落被保了下来。

2002年7月，南池子修缮改建工程遭到来自媒体的压力和批评，工程的进度缓和下来。

7月15日，南池子的部分居民收到一份“宣传提纲”，提纲上说，不愿意参加改建的居民，可以按规定自费修缮自己的房屋，但要拆除违章建筑，引入市政管线等。但是后来那些积极准备着修缮自己的房屋的居民发现，南池子的修缮改建方向并没有按宣传提纲进行，除了20个保护院落之外，所有的院落都被夷为平地。

南池子死了

南池子活在郑希成老人的画本上。这个得过心梗、脑血栓的60多岁的老人，听说南池子要被拆毁的消息，拖着病残之身，将南池子的主要院落全部画了下来。

现在他的画就是一本活地图，带着记者去做新旧南池子的对比。

普渡寺西巷2号、4号、6号、8号、10号、14号是连在一起的四合院，它们的规模有大有小，有独门独院有几家合住的大杂院，除2号是公产、8号有部分公产外，其余都是祖传私产。

现在这些生活过几代人的院子都不见了，代之的是座钢筋水泥的仿古四合院。

记者走进还在施工的位于中间的那座院落，被其规模吓了一跳。巨大的门，还没有修饰的影壁，竭尽繁复的垂花门，长长的绕房四周的回廊，高大的北屋与南屋和厢房组成四合院落，看起来一切都是按照传统四合院式样而建，但和传统民居不同的是，屋子的所有柱子都是水泥的。

更不同的是它深入地下两层的部分，地下一层是车库，地下二层是私家游泳馆和地下花园，一部大电梯提供上下便利。

从深得令人目眩的大坑里，记者看到了泳池和花园的雏形。

一位施工的民工说，为了建地下花园，已经将几座小山一样的土填入了地下，这所房子的售价是每平方米 4.8 万元，近 1000 平方米的面积，使整个房子的售价高达 5000 万元。

这三座并排的四合院都是带地下泳池的，还有一些仿建的四合院规模也都很大，它们有的是水泥的，有的是纯木结构的，一般都带有可以容纳两辆车的车库。

到现在为止还不知道什么人能住进这样的院子，但在居民们之间已经有了种种“传言”。

保留下来的四合院中，只有 80 号院已经出售。据说住进这个院子的人是香港某集团的董事长，他在北池子有一个刚刚修葺过的四合院，被拆了，就用这个院子置换。因为大出 100 平方米，也因为重新装修，这个院子又让主人花了 1000 多万。

记者来到 80 号院门前，已经完全认不出这所院子了，一年前在这个院子里住了 50 多年的沈大妈为了阻止它被拆掉，被人推倒，一屁股坐在一根钉子上。

尽管东厢房被拆了一半，正屋被挑了屋顶，最后还是奇迹般地保了下来，但主人却换了，为保卫它而战的沈大妈却不能住在这里了。

80 号院的大门紧闭着，它从几家合住始终敞开着大门，变成了一个真正的私密处所。住的人变了，它的居住方式状态也变了。现在它的大门上布满了彩绘，山水、松鹤，贴金描红，每一寸都涂得红红绿绿。

一位南池子的居民和记者一起做了一个统计，在南池子，这样的四合院已经建起了 11 所，它们都在待价而沽。

记者注意到，仿古四合院都极为规整，正屋一律坐北朝南，北屋极为高大，一般都达到 8 米以上，并配有很高的石阶，院子的大门也都开在东南角。郑希成认为，正是这种规整破坏了南池子民居的自然风貌。

郑认为北屋过于高大，使整个建筑不像是民宅，而更像是宫殿或庙堂，齐整破坏了民居的自然格局。

他说，旧时住在南池子的人身份不同贫富不同，因此形成高高低低大大小小的不同的四合院，这种错落有致的院落正是南池子的韵味所在。

比如南池子普渡寺西巷 7 号原是丁家大院为其伙计修的院子，它们是丁家院落的一部分，正因为它的狭小，才衬托出丁家大院的高大，也反映出旧时主与仆的社会关系。另外这座屋子的山墙是用碎砖做芯的，这种技术是北京瓦匠的一绝。现在丁家大院保留下来，这个院子却拆除了。

仿造的东西再真实也是假的。南池子不少的居民表示出对这种仿造品的鄙夷。

一位姓张的大爷把新建屋子的房檐称为“尿檐”，因为一下雨这种仿古建筑就露“怯”——雨水会倒流到山墙上，如同小孩尿尿。张大爷说，老房子再旧再破也不会出现这样的情况，北京的民居讲究“前出廊子后出檐”，再大的雨也不会下到墙上。

一位居民举例说仿造者想显示出点“文化”却恰恰“显错了”，露出了不了解北京胡同文化的底子。他说，在一座仿古四合院的影壁上立了一块碑，上面刻有“泰山石敢当”五个字。在北京的胡同里确实有立这样的碑的，但绝不会是立在影壁上，它一般会立在又深又长的胡同里，指示走这条胡同的人不用担心，这是一条活胡同，能够走出去。

普渡寺西巷 37 号院的院墙上被按上了三个石磨盘，郑希成认为这显然是“太没有文化”了。北京的四合院从来没有用石磨装饰墙的，就是装饰，从美学角度来说，将一个石磨摆放在墙角也比按在墙里好得多。

留下的和走掉的

南池子在经过一年多的折腾后，正在慢慢安顿下来。

南池子原有的 1000 多户居民，有 700 多户被安置于靠近北四环的芍药居，他们的家还需要一年多才能建好，他们仍在外面漂着，没有接受条件被强拆的几户人家也在外面漂着，70% 的人再也回不到南池子了。

回到南池子的人也住不进四合院了，他们被“安置”在几十幢“四合小楼”里。

所谓“四合小楼”，就是几幢二层楼房，围成一个四合院式的院落。每户冲着院子开一个门，上下结构，每个院里少则住几户，多则住十多户。

“四合小楼”排列在普渡寺大殿周围，当你从南池子大街走过的时候，是看不到它们的，沿着南池子大街是一溜仿古的四合院夹着几个保留下来的真的四合院。

按规划，将有300户南池子的居民回迁到四合小楼里。但实际回迁的可能达不到这个数字。

南池子变成了一个装修的大工地，人们为了自己的“家”累死累活，只有装修工程队越忙越乐。

丁家大院里忙得兴致最高，“装修已经搞了三个月了，花了十万多”。丁艾手里夹着烟，得意地瞅着民工在梁柱间彩绘，她是丁家最厉害的丫头，家里的主事者。

“我就是要弄出个样子来，让所有的人都看看，私房主是怎样爱自己的家的。”她说。

“心放到肚子里去了。”丁艾的妈妈说，自从确定这个院子可以保留下来，悬着的心就放下了，于是决定好好修一修老屋，多少年没动，就是因为不知道什么时候房子就不属于自己了。

还没有完工的屋子已经让人忍不住叫绝：“嗬！四合院原来这样美！”

青色的飞檐，通红的柱子，柱子的顶端，青瓦之下是艳丽的彩绘，变形的福字，飞卷的云纹配合着灰色的墙体，使整个建筑充满了神采。

丁艾说，她们完全按照100多年前屋子的彩绘重新描过，在重点的部位贴了金箔，保持原汁原味一点也没有增减，“它是活的，而那些仿古的建筑是死的”。丁艾指着她家的老屋充满感情地说。

像丁艾家一样确定保留下来的私房主，都把心放下来，对老房子进行了装修。他们有的虽然没有进行彩绘，但大都重修了房顶，新铺了地砖，家住南池子大街36号的一户人家还重新掏了下水井，换了塑钢窗户，家里的墙壁全部用纯木装饰，簇新的纯木上贴着老屋原有的古老的冰凌花图案的格扇。

回迁四合小楼的居民们也在忙着装修，但没有私房主的喜气，对自己的新家，他们的心里横着一团无奈。

面积太小，设计不合理；没有伸出的屋檐，雨雪都会进到屋里；楼梯太窄，上下不安全，大的家具搬不到楼上；没有阳台，也没有拴晾衣服绳的地方，将来被子往哪里晒？

在普渡寺西巷17号的四合小楼院里，一对夫妇第一次打开了自家的门，他们很快发现，下面的一个小厅，只能放一个餐桌，楼梯窄得只能容下半只脚，上面的两间房只能放下两张床。而他们对这个只有 59 平方米的房子得付出 30 多万元。

普渡寺西巷 19 号四合楼小院里安置了 12 户人家，有三家正在搞装修，一位中年妇女说，她家是 70 多平方米，按原来住 20 多平方米的面积拆算，她的新家每平方米合 7000 元，但她只能接受，假如被安置到芍药居，她每天上班就得多花两个多小时，孩子上学更不用说。

只能凑合着住，她指着另外三家说，他们更得凑合。这三户人家全是老头老太太，有半身瘫痪的，有行动不便的，他们根本就无法上楼，楼上的房间只能空着。

而那些还“漂着”的人，看着豪华的四合院一天天盖起来，还希望着能回去住，那里曾是他们的家。

胡老太太讨屋日记

胡老太太讨屋的过程极其烦琐而又曲折，如果将她的日记在这里全文罗列，绝对是对读者神经的折磨。

下面不完整的节录，已足以说明一个平民的艰难。

在各种各样大大小小的政府机关的森林里，一个上了年纪腿脚不便身体干瘪满头白发的老太太艰难地穿行了将近4年。用她自己的话是“慢跑20年，快跑4年”，只为了几间属于她自己的房子。

胡家珠，在北京的一个郊区县有一所院子，里面的13间房中有4间是留下自住的，其他的由国家经租。1980年代，国家再次确认了经租自留住房的私有房产性质，并纠正“文革”时的错误，开始为其发放产权证。1998年，退了休、自以为养好了身体的胡家珠开始集中精力跑这个事。

“这本是我自己的房子，自己的东西，但是我得用各种各样的证明来证明。所有的证明都在国家机关里，但是他们不会轻易地给你。”胡家珠说。

这是一段充满磨难的日子。胡老太太就像一只飞蛾，按照前方忽闪不定的光亮，奋力地扑着。

10年死人难证明

背景：胡家珠的房产是祖父留给父亲的。现在祖父和父亲均已去世。胡家珠姐妹两人，姐姐胡家珍也已去世。姐姐一生呆傻未婚无子女，一直由胡家珠供养。在申请领取私有房产证的时候，胡家珠被告知必须证明姐姐已去世，姐姐无子女，胡家珠为合法继承人。

从 2001 年的 3 月，一直到 2002 年的 12 月，一个死了 10 年的人的死亡才得到证明。

2001 年 3 月 20 日

为开胡书震（父亲）、胡家珍（姐姐）的死亡证明来到派出所，户籍档案室的同志说，我拿去公证处的死亡证明表上没盖公章，所以派出所的死亡证明不能开。

跑了几十公里，再去那个区的公证处盖章，公证处说我们这种表格从来都不盖章，死说活说总算盖了章。

2001 年 5 月 14 日

办理胡书震的死亡证明还顺利，但胡家珍的证明派出所还是不给开，因为人死了，户口一直没销，要我去找街道办事处证明人已经死了。街道办事处要我去找居委会。我去了居委会，他要了我的电话说在家里等吧。

半个月的时间一直没有等到居委会的电话，就去问。

居委会主任说，证明胡家珍死了我们不管，居委会的领导都换了好几拨了，没听说有这么个人，你到医院去开死亡证明吧。

我说我并不知道她是怎么死的，1993 年我一年住了 4 次院，谁也顾不上她，等我知道了，她人已经没了，听邻居说都是居委会给办的，我哪知道居委会把她送到了哪个医院，现在我到哪个医院去开证明？

主任说你还是去找邻居吧，让邻居给开个证明。我说这不可能，邻居新的我不认识，老的搬家的搬家死的死了。主任说，那我怎么能知道这个人是不是死了，她也许出国了呢！你还是去派出所开吧。

真是笑话，一个傻子怎么会出国，一个人死了 10 年，人口普查了两次，但这个人还“漂”在户口上。

2001 年 6 月 5 日

10 点再去派出所说明了居委会的意思，派出所说不行，还得居委会开。11

点再到居委会说明了派出所的意思，居委会说，你再去派出所，让他们出个证明，证明此人住在我这里，死亡了但未销户口。

2001 年 6 月 6 日

8：30 就去了派出所，传了居委会的意思。查档的同志说，今天没电，无法查找户口档案。10：30 再去派出所还是没电，今天一天又是没有结果。

2001 年 6 月 11 日

9：30 再去派出所，查档的同志说你的事我不能给你办，你找大厅值班的吧。值班的听完叙述说，你找群众来访吧。来访的听完叙述说，明早 8 点你找所长吧。

2001 年 6 月 12 日

找到所长，所长听完叙述说你月底找片警吧。

背景：在派出所、街道办事处和居委会之间的奔波从寒意料峭的春天迁延到暑热难耐的夏天，再到黄叶飘零的秋天，还是没有结果，甚至还没有确定这件事究竟可以在哪个部门办妥。日记再接着叙述的时候，已经是一年半以后，2002 年的 11 月。这一段时间老太太病了，老太太看上去只有 80 多斤，话说多了就剧烈干咳，咳一阵才能接着说话，她解释说是吃降压药的副作用，她的血压很高。

2002 年 11 月 20 日

找了街道办事处 7 个科室，没有一个管关于胡家珍的死亡问题。最后，一位姓王的女同志很同情我的经历，给我说这事不是她们科管的，应该找民政科（可我找过民政科的两个科室都不管），给了我一个电话，说你打这个电话吧。

2002 年 12 月 4 日

从早 8：30 开始打电话，打 ****3721 没人接，几次后又找到 ****2137，说还得打 ****3721，转来转去，总是说负责人不在，这事没人负责，后来终于说，这事跟街道办事处没关系，你还是找居委会吧。

这不是又转回来了吗？

2002 年 12 月 13 日

因病很长时间没有去派出所了。11 点再去，找到了片警，叙述一遍，我最后强调一句：办死亡证明已经是第 10 次了，这次再办不了我就去市公安局了，人死了 10 年，死人还在活人的户口上漂着，这是什么问题？片警说留下电话听信儿。

2002 年 12 月 24 日

片警说可以办死亡证明了，我千谢万谢她，没想到这样快这么简单地给办了，不用我医院查找也不用找居委会，更不用去找街道办事处了，可能是我那句找市公安局的话起的作用吧，那也谢了！

背景：在这漫长的时间里，胡老太太因为大雪天出门摔断了腿，她架着拐，来回奔波于各机关之间。当她拿着花费将近两年的时间拿到的证明去到公证处时，得到的消息是这几个证明远远不够。她还得证明自己和父亲是父女关系，她的姐姐和父亲是父女关系及姐姐终身未婚、终身无子女。而且公证处不是一次性告知要开哪些证明的，而是开了一个又说要开另一个。

又折腾了三个月，老太太急了，让公证处一次告诉她究竟要开多少证明，开什么证明。

公证处说要——“1. 我祖父祖母的死亡证明 2 份；2. 我外祖父母的死亡证明 2 份；3. 我母亲的死亡证明 1 份；4. 我父亲有几个子女的证明 1 份；5. 我父亲‘胡书珍’与‘胡书震’是同一个人的证明 1 份；6. 我姐姐无子女的证明 1 份……”130 岁的人还能活着吗？

背景：如果祖父母的死亡证明可以解释为是用来证明房产的赠予关系的话，那么外祖父母的死亡证明就不知是做什么用的了，因为他们实在是和这所房子没有任何关系。胡家珠的外祖父母、祖父母都已作古，有的人还死于解放前，这无疑给胡家珠出了一个巨大的难题。

2003年2月27日

我问如果在解放前死的人解放后无户籍怎么办，公证处说那不管，没证明就不能办公证。

后到区司法局接待室找律师，问我的祖父母、外祖父母有的死于国民党时期，最老的距今都有130岁了，他们的户籍能延伸到民国或清朝，如清朝生人死于民国时期，解放后的户籍上没有档案资料，解放后根本没有他们的户籍，这个死亡证明去哪里找？

他说这是法律规定，我们也没办法，你必须去找证明。

又到派出所找，所长听后说这是刁难人，我们没有办法开国民党时期的死亡证明，又请示了局处长，处长也说没办法开，让我去找公证处领导。

2003年2月28日

找到公证处领导，他听完后说，那你就去找北京市司法局公证处办公证吧，你干吗非得跑这么远在我们这个公证处办呢？

一直到下午5点我才和老伴从那个区回到家。

现在我手上有了9个证明，知道的还差11个，不知道还有多少什么名堂的证明？真是漫漫证明路，追找无尽期。难呀！难于上青天！天呀！帮帮我吧！

2003年3月14日

为外祖父开死亡证明。9：00到达前门派出所找广渠门大街231号辖区的派出所，说去崇文门派出所。

崇文门派出所说只管治安不管户口，应该找龙潭派出所。龙潭派出所说不属我们管，广渠门大街没有这么大的门牌号，去找崇文门派出所。

又到崇文门派出所，说不是我管，应找花市派出所。找到花市派出所说广渠门内外大街、板章南里、板章新里都没有。

这已经到了下班时间了。因为地不熟打听了许多人，走了许多路才找到以上那些派出所，结果还是没有结果。

背景：为了躲避那些无法开来的证明，胡家珠换了三家公证处，因为有的公证处非此不行，有的似乎就管得松一些，最后，那些生于清朝死于民国的人的死亡证明就不了了之了，没有人说得出为什么不开也可以，就像当初非得开一样没有理由。

房屋的魔术：4间变3间

背景：从胡家现在住的西直门到老房子所在的区要一个半小时的车程（蹦蹦车），这段路胡老太太不知跑了多少回。实在跑不动了，老伴给一辆三轮车安装了一个发动机，搭上小篷改装成一辆“蹦蹦车”。冬天，骑蹦蹦，腿有寒疾的老伴，就用小被子裹着腿，里面再塞两个热水袋；夏天蹦蹦跑不多远会“开锅”，要停下歇好几次。在被要求早 8 点就赶到的时候，两位老人早 6 点就出门，包里匆匆塞上点水和油条。

到了 2003 年 11 月，房产证终于发下来了，但是只有 3 间房。

胡家珠说她的房子在 1958 年经租的时候留下了 4 间自家住。但后来塌了一间，她家没钱盖也不敢盖。后来她搬到了城里，邻居不知什么时候占了塌了的房的房基地盖了房。

现在，胡老太太希望把那一间的房基地要回来。她觉得，房子虽然塌了，土地使用权还是自己的。

2003 年 11 月 19 日

昨天接区发证中心电话让我去领取 3 间自住房房产证。

我在病中，昨天刚下过雨，有大风，天气很冷，我去了，我怎能不去呢！奔波了几年花了万余元，更不知流下多少痛苦的伤心的渴望的无望的求助的酸楚的眼泪，更不知几年来跑了多少冤枉路。总算等来了这紫红色的没有几页的硬皮证明“中华人民共和国房屋所有权证”，它真像几年来流在我这颗破碎心上的血凝结成的血痂，我怎能不去呢！

从办各种证明到拿到证，紧跑了近 4 年，慢跑了 20 年。

2003 年 11 月 20 日

今天到市国土局信访办，张同志接待我，说那一间你找不回来了，因为房管所给你写的证明就是 3 间。

我说我家经租时的原始蓝图就是 4 间，现在蓝图在房管所，可房管所不给我看，也不给我开证明。张给我写了一个条，让区发证中心给我查查看。

到发证中心，人家告诉我说，你也别到处找了，塌了就不算数了，那一间不会给你的。

我灰溜溜地出来了。

一天跑了 7 个地方，苦劳大大的，但无人喝彩，留下的只是一片苦难，那心灵空虚的果实。

2003 年 12 月 3 日

来到区政府信访办，× 女士接待，我把一间的情况介绍后，她写入“来访接待纪要”上。后说这种情况可以去找房管所，房管所代表区政府的行为，也可以到法院立案，去司法局问问。

我去了另一条街的法律咨询处，他说可以去档案馆查房档。

去区法院他说你要有证据写好诉状才能起诉。

去区档案馆经电脑查寻多次没有查到房子的资料。

再去区发证中心，人家说我们的资料是保密的，当然档案馆没有。我说上次国土局给你带来便条说让你给我查查原始档案，你没给我查，今天我再来看看 1958 年经租时的蓝图是否是 4 间。查过房档后，查档的人说，一九八几年就是 3 间了，有的事我不能跟你说，得和比我权威大的人商量后再答复你。我不知道他这话是什么意思。

又跑到区规划局，要求拆除邻居占了我的房基地建的那间违章建筑，规划局的人说违章建筑“民不举，官不纠”。我说，我举了，你们为什么不纠。他们让我举证。我说，邻居就是证明，但是他们不认可，要我到房管所开证明。

2003 年 12 月 8 日

到市国土局，信访员给落实私房政策办公室写了一张函。“落实办：请给此老太太解释并了解一下情况”。他还画了一个落办的路线图。

2003年12月12日

去落实办，一女士接待，手里织着毛线活对我说关于那一间房的事你只有上告。

2003年12月23日

11点规划局来电说，领导说时间久远了，那时还没有规划局，你又拿不出证据，这事不能办，你找司法局吧。

我说时间虽然久远，但这是事实。从有宪法的那天开始，就规定要保护私有财产，今天我的私有财产受到了损害，我举报了，你们就应当管。

我上告没有证据不受理，我的证据是同院的老邻居和房管所的原始档案，可房管所又不给开证明，我这个平民百姓能怎么办?

2004年1月8日

去落实办，× 女士一边打毛线活一边说，你去找区法院。

2004年2月6日

14:30去规划局，他说只要你把4间房的证明给我，我就让非法盖房者搬走，给你开证明办产权。

又去发证中心开4间房的证明，他们说不给开。我说这不是让我中间为难吗?我又求了许久，最后说你留下电话吧，如果能开证明时给你打电话。

渺茫。

背景：那一间房至今也没有找回来。

车警官出前门记

一年多来，车金鼎一直受到两股力量持续的、无间歇的撕扯和骚扰，生活被搅得乱七八糟。

一个是自己家居住了几代人的百年老宅要被拆迁；另一个是北京市场上不断飚升的房价。作为车家目前唯一的一个男性继承人，他必须想办法保住从祖父一代传承下来的老宅；而作为一家之主的他，得在老宅消失之后，为一家人找到一处房子安一个新家。

房子。老房子和新房子，是他必须面对的困境。

国庆节前夕，他将刚刚得到的拆迁补偿款加上家庭积蓄，凑足了100多万元，购买了位于北京二环之内的一套二手房。

当他把那100多万的存折过户到另一个人的名下的时候，他的心脏抽搐了一下。

两种撕扯的力量骤然停止。他的位于北京前门小江胡同9号的300多平方米的四合院没了，他一生所积下的钱也没了。

空荡荡的平静让他猛然察觉到：一年多来的纠缠只给他留下了心脏疼的毛病，不知什么时候，也不知什么境况，心痛会猝然袭来。

逃 跑

前门地区整治在“保护古老历史风貌”、“为前门百姓排危解险，改善居住环境”的口号下展开。

车金鼎住在小江胡同 9 号，一开始他认为和他们家没有什么关系，因为他的家是一个修缮齐整的四合院，不危不险；第二，前门大街的拓宽整治，不会涉及到他们家。新开的另一条路——前门东侧路也不会影响到小江胡同，他的家夹在两条路之间，是一个“安全地带”。

当 2005 年 11 月 20 日“崇国土房管拆告字（2005）第 10 号”红头公告贴在胡同口上的时候，车警官看到上面写着北京天街置业有限公司已经取得了拆迁许可证。“小江胡同 9 号”赫然在目。

“谁都知道，这就是死亡通知书，”车警官说，从看到公告那一天起，家里就失去了安宁，“爱人就总是哭。”

小江胡同 9 号是一个占地 300 平方米的一个院子，是车警官的祖父在解放前用价值 2000 块大洋的小米和洋布买来的，为此全家倾其所有并向三个人举债。在这个宅子里车金鼎的父亲生下了车的 6 个姐姐和车金鼎，车金鼎又在这里结婚生下了自己的儿子，一家人在此生息繁衍了半个多世纪。

北京市属媒体披露了崇文区前门危改的“新思路”——“人房分离”，“即老百姓搬出以后，先将房子封闭保存起来，由文物专家鉴定以后，对有价值的保护、需修缮的修缮、需更新的更新”。

车金鼎的第一个反应就是：“这所房子不能住，在北京我就没有立锥之地了”。他知道一股巨大的力量从高处快速滚压下来，而他，作为父亲传承的这个家族的唯一男性继承人，必须做些什么。

车金鼎将自己家门上挂的门牌撬了下来。这是一个蓝色的门牌，上面写着“保护院落”四个大字，下面小字是“崇文区第 077 号”。8 年前，有关文物保护单位在进行调查之后钉在门上的，这就是说，这所院子是属于受保护的四合院。

前两天，大江胡同、小江胡同里的许多受保护的四合院的蓝牌子突然在夜里被人撬走，车金鼎知道这块蓝牌子的分量，没准它能成为自己家保护神。职业为一级警督的他自己将牌子撬下来保存起来。

正如人遭遇危险的第一反应一样，车金鼎的反应就是逃开。但是他心里也明白自己已经是在靶心位置，只能拖一天是一天。

他提出：支持政府的行动，但要求在同等地段进行产权置换——你拿一所相同地段的有产权的相同的房子来换我的房子。

他知道，位于前门不远处的崇文门的四合院已经是2000万起价了，这一条对方答应的可能性几乎为零，但他希望能延迟时间。

2006年3月11日“北京旧城风貌保护与危房改造专家顾问小组”成员谢辰生和新华社、本报记者等媒体来到车金鼎的四合院，对这所老房子的命运深感震惊。谢辰生说“人房分离”得体现宪法保护公民合法的私有财产条款及《国务院关于加强文化遗产保护的通知》要求，这样的院子怎么能简单地将原住居民赶走?

车金鼎在专家面前举起了他保留的“蓝牌子”。

车金鼎还在寻找单位的支持。他是一个尽职守业的警察，四次立功，因公七级伤残。在一次执行公务时被犯罪分子打伤左眼，造成严重复视。多年来单位分房子的时候，总是因为他家里有私房而没有享受到福利分房待遇。车金鼎所在公安局局长批示：支持拆迁，但也得考虑民警利益。

单位政治处主任找他谈话，问单位能怎样帮他，他说：“我不知道怎么办才好，只是向主任说：50多岁了，没想到在北京没有我的立锥之地了。”

300平方米的院子，只补偿170平方米的建筑面积，价格总计是每平方米8020元。而车家的法定继承人是姐弟7人，100多万的补偿款一平分，每人也就20来万，这点钱到哪里买房去?

就在车金鼎计算着自己的那点补偿款时，新华社《瞭望新闻周刊》报道：五合国际设计集团在其网站上公布了该公司去年12月在前门至崇文门地区设计的“中式豪华高科技别墅”方案，称“在纯古典四合院外形下，应用生态技术手段，实现微能耗、高舒适度。该项目预计建造大小四合院别墅800栋”。“四合院大小控制在200~800平方米，估计会以1000~5000万元的价格销售这些院子。”

车金鼎怀疑自己的院子将是这些高价出售的豪华四合院中的一个。

在自家的胡同口，车金鼎碰到了前门片区的警察，劝他早点接受拆迁条件搬走了事：“走吧！别等到强拆那一步，总不能警察强拆警察的家吧。”

程　序

程序一旦启动，一切就会像一列高速前进的火车，铁轮滚滚，不可阻挡。车金鼎被裹挟着，感到的只是自己的无力。

2006年2月28日，程序正式启动。天街置业发展有限公司向北京市崇文区建委提出申请裁决，车金鼎成为被申请人。申请裁决理由是："被申请人对申请人依法给予的补偿款不予认同，在规定的期限内未与申请人达成协议。"

第二天，也就是3月1日，车金鼎就收到了崇文区建委的"拆迁纠纷谈话通知书"，要求他在两天之后的3月3日下午1时30分到设在前门大街及东片保护整治工程拆迁指挥部的建委裁决室进行谈话。通知书上有一条写着：接到通知书而无故不按时到现场谈话的，将根据有关规定按缺席裁决。

没有人能够从那间谈话室里出来而改变程序的走向。程序是坚强、庞大而无情的，个人在它面前渺小无比，不值一提。

车金鼎在谈话中重提他的产权置换要求及理由，因为不这样他就买不起房，而买不起房全家人就居无定所，无法生存。

11天以后，裁决书下达，车金鼎必须在15天内"领取货币补偿款"，"原住房腾空交由申请人拆除"。（裁决书）

15天的期限过去之后，开发商即可向政府申请进行强制拆迁。但是，在强制拆迁令下达之前，会有一个听证会，让被拆迁人陈述理由，车金鼎就接到通知书要求他于2006年4月6日上午11时去参加听证会。

在听证会举行过后的第四天，崇文区人民政府以政府令（"崇令决字【2006】第88号的形式），向车金鼎下达了"责令强制拆迁决定书"。

至此，程序全部完成。

车金鼎没有了选择。强制拆迁决定书后面附一页"区政府强制拆迁法律依据"上面逐条列举了国务院《房屋拆迁管理条例》和《北京市城市房屋拆迁管理办法》。一切程序都是合法的，作为一名警察他明白这一切。他必须在"2006年4月25日之前，履行裁决的规定"，"将原住房腾空交给拆迁人拆除"。如逾期仍不履行，由区政府强制拆迁办公室组织公安、城管监察、交通、卫生、街道办事处等部门依法进行强制拆迁。

在最后的期限内，车金鼎接受了裁决条款，放弃了自己的老宅。

但是，所有都依法进行的程序下面总有一种东西让车金鼎不能接受，它是什么？

辩　说

明明知道说了也不会管用，但车金鼎还是决定要说。为了准备在崇文区建委行政强制拆迁听证会上的发言，车金鼎两个晚上没怎么睡觉。

4 月 6 日这天，他向单位请了假，站在了听证席上。

他提出四条主要理由：

他首先对房屋的补偿价格的合理性提出质疑：补偿价格是按照 2001 年房屋的价格进行评估的，而 5 年之后，北京的房价上涨了一倍多，“这样，以 2001 年的房价款买 2006 年的房就违背了公平原则”。他举例说，上世纪七八十年代，一个油饼一两粮票 6 分钱，现在已经涨到 5 毛一个了，我还用 6 分钱来买，你卖吗？

第二，他认为私房院落应该依据有关法律对土地使用权进行补偿，而开发商却说土地是国家的，不给补偿，这是偷换了土地使用权和土地所有权的概念。为什么开发商在出售四合院的时候，都是按照土地占地面积进行交易，而在买四合院的时候却只给私房主建筑面积的补偿？一个 300 平方米的院子，一买一卖，我们就要损失 100–200 万元，这是为什么？

第三，根据国务院 35 号令、87 号文件，被拆迁人可以选择房屋产权置换。我提出了产权置换的要求，但拆迁办一直找不到可以置换的房子。为什么呢？因为一所比我家还小的共 230 平方米的院子，售价是 480 万元。市场上没有 8020 元（平方米）就可以买到的四合院，那为什么非要我以 8020 元卖出呢？

第四，拆迁补偿私房和公房没有区别对待，甚至有的公房还能拿到比私房高的补偿，这不公平，也不合理。

他申诉的同时，也指出程序上的漏洞：房屋拆迁管理部门在受理拆迁裁决申请之后，应该组织当事人进行调解，但是从开始拆迁，拆迁人员从来就没有找他正式谈过，而直接以达不成协议为由，将他推到强拆的路上。

听证会后，有人告诉他，按照惯例，被拆迁人的申诉只能是半个小时，而这一次给了他一个小时的时间，“很有面子了”。

听证会之后的第四天，强拆令到达了车金鼎家，“一群七八个壮汉一起来的，气势很大”。

“我知道说了也没用，也就是说说解解气。”车说。因为从来没有任何一例因为这样的申诉而改变被拆迁命运的，不管有你有多么充分的理由，这就是比铁还冷还硬的现实。

搬　家

2006 年五一，车金鼎在北京人民医院对面花 1600 元租了个一居室，孩子和妻子将搬到那里去住，因为房间太小，只能放下一张双人床，车金鼎搬去单位的警察公寓。

第二天要封门，屋里的东西都腾空了，电表也被收破烂的收走了，黑着灯，一家三口人静静地坐了一夜。

车金鼎想起了为了这所宅子几代人所受的折腾。上个世纪五六十年代，他们因为有私产而受尽连累，后来房子全部交公，全家人搬到别的地方住，父母眼看着辛苦一生供养的房子守不住，悲愤郁结双双去世。20 世纪 80 年代初落实私房政策，房子归还回来，但都是“带户归还”，里面还住着租住的房客。当时的政策是不准赶房客走，不准自行定出租房价格。

20 世纪 90 年代，政策才允许私房主要回自己的房子。那时候回到车金鼎手里的房子没有一间是不漏雨的。

“为了修这房子，我把我所有的星期天和所有的工资收入都搭上了，自己拉着手推车，一车车将水泥砖瓦从 10 里地远的广渠门拉回来，然后跪在屋顶的瓦垄上，一垄瓦一垄瓦地修。”

“后来跟 6 个姐姐商量着以房养房吧，把一些房子出租，收的钱用来修房子，刚刚开始有收益了，像是一只小鸡终于养到下蛋了，又被人宰杀了。”

夜里 12 点的时候，车金鼎想起应该为父母烧点纸，告诉他们一声，这房子已经不是车家的了。他在院子里点着火烧纸，跪下说：爸爸妈妈，儿子对不起你们，没守住房子。

车金鼎的儿子也是在这个院子里出生的，已经长到 1.8 米左右的个子，上高中二年级，昨天他上了房顶，把房顶的吉星高照的小牌坊砸了，然后又用棍子把玻璃全捣碎了。这会儿，他又翻出一箱子陈鞭炮，一下子点着，全放了。

“整个胡同没有一户人家，像鬼街，只有我家的鞭炮在响啊响”。

大江胡同的胡同口已经封了。小江胡同里就剩下车金鼎一家了。当要一步一步走出空空的院子的时候，儿子突然问：“爸爸，我们就真的这样走了？”车金鼎的爱人王新兰听到这句话，哇的一声大哭起来。

找　房

自从搬走之后，这个家庭再也没搭起过炉灶，也没有一起吃过一顿团圆饭。为了孩子上学近点，妻子王新兰陪着儿子住出租屋，车金鼎没有地方只好住在警察公寓里。

然后就是满北京城地找房子买。

他们不愿意出北京城在四环五环买房，因为车金鼎的左眼伤残复视，他们怕老了住在城外不方便。但城里的房子贵得惊人，因此他们把目标放在二手房和平房。

十一之前，车金鼎一连看了几所平房，其中有一所在鼓楼大街附近的两间平房，公房，只有使用权，要价每平方米 2 万元。这还是看过几家里面性价比最合适的。而二环以内的二手楼房都已经涨到了 1 万多元一平方米。

白天送走儿子之后，车金鼎的爱人王新兰基本上就在“链家”、“我爱我家”泡着，有了合适的，等丈夫晚上回来去看房。

车金鼎的 6 个姐姐，最大年龄的已经 80 多岁了，都是老弱病号，生活不宽裕，但她们在分拆迁补偿款的时候，都让着最小的弟弟，将大头给了弟弟。这些钱就成了车金鼎购房的主要来源。

车金鼎是一级警督副处级待遇，一月收入大约 5000 元人民币，爱人王新兰因为企业倒闭早已下岗多年，全家多年积蓄相加，也就只够买一所二手房。

国庆节前，车金鼎在二环物色了一个 3 居二手房，要价 100 多万元。车金鼎比较满意这所房子。房子是 2005 年办下来的房本，两年多前，房子的主人买它的时候只用了 50 万元，而现在的售出翻了一倍。

车警官不想再等了，他得到了比较确切的消息，十一之后，二手房购房的个人所得税契税都要上升，为此北京市所有二手房市的交易量都急剧上升，房价也随之上升。

必须要买房，而且必须早买，车金鼎被北京的房市逼着走，没有回旋余地。赶在十一前，车金鼎交了 100 多万元的房款。

小江胡同 9 号的房子还在，门被铁栅栏封住了，但还是有人钻进去，把里面拉的到处都是大便。车金鼎回去看了四次。到现在为止他也没搞清楚将来这所房子是会被拆掉还是整修了之后出售。尽管房子已经不是他的了，但他总控制不住自己要回去看看。

他等待着这所房子的最后结局。

元大都活在胡同里

胡同，中国北方对于街巷的称呼。

中国的北京，除了经纬纵横的大街道外，所有的街巷都由胡同组成，胡同是北京城的筋脉。

考古学家说，胡同是一个出现在元代的名字，它的原意是“帐篷与帐篷之间的通道”。胡同被忽必烈营造元大都时广泛地应用。

北京的二环路又堵车了，当被东西二环路上各种各样的桥高高地架在空中时，想一想车轮下面碾着的正是元大都的城墙，该是一种什么样的感觉?

800年前的元大都的营造几乎都不存了，但元大都并没有消失掉，现在，它就活在胡同里。

北京长安街以北的每一条胡同都和这座800年的古都有关,北京的胡同活着，元大都就活着，北京的胡同死了，元大都也就死了。

北京，这座被礼赞的城市里正发生着一种变化——胡同在一条一条地消失。因为胡同的消失，北京正在改变着模样。

胡同里的最后一盏灯灭了

2004年的某一天，北京西城孟端胡同里的最后一盏灯灭了。

延续了几百年的灯火灭了，相伴了一生的老邻居散了，长了上百年的古树倒了，古老的灰砖灰瓦的房子拆了，一条胡同消失了。

孟端胡同在北京城成千上万条胡同里是一条普通的胡同，在这条胡同存在的几百年里，有一些故事，但并不都惊天动地；住过王侯但也住着寻常的百姓；出过名噪一时的大人物，也养育过众多普普通通的生灵。

一条叫孟端的胡同消失了，从此北京再也找不到"孟端"这个地方了，代之的是叫做金融街的一座座高楼。

2004 年 12 月 3 日上午 11 时，是这条胡同的最后的日子。天气阴沉而寒冷，75 岁的清华大学建筑学教授陈志华从清华赶来看孟端 45 号的"迁建"。

一个工人站在墙上，手里拿着十字镐，用力地刨下去，然后运足了力气向外别十字镐，一大片灰色的方砖夹着尘土从 3 米高的墙上轰然坠下。

站在围板外面仰着头观看的陈志华教授突然大吼起来："停下来！有这么迁建的吗？从这么高的地方掉下来的砖，边角都要碎的。"

没有人理会这位白发老人的呼喊，另外一群在房顶上拆檩子的，将一根根檩子从房顶上抛下来，木头落在地下发出沉闷的响声。

孟端胡同就这样在陈老教授的斥责声中寂灭了。

实际上死亡的哀伤情绪在两年前就弥漫在孟端胡同里。

2003 年年底，记者走进孟端胡同的一个小院里，一对夫妻正在忙碌，见有人来，露出惊慌的神色。他们在拆自家屋内的老槅扇门。那门是由一块块木雕花组成的，有葫芦、花篮、变形的福寿纹。他们不知道是什么年代留下来的，只是知道这是个"老东西"，毁了就没有了，想保留下来。

女主人把拆下的一组组雕花托在手掌上，让记者看，赞叹着古老的工艺："整个门没有一根铁钉，雕花全是嵌上去的。"那些雕花在女主人的手上闪着木头本质的暗红色，岁月把它们打磨得圆润而光亮。"咳！拆自己的东西竟然像做贼的一样。"男主人感叹，他们听说房子交给拆迁办，所有的东西都属于拆迁队的了，因此他们在保留自己祖上传下来的房子的记忆的时候，竟然心虚得很。

2004 年 9 月 9 日，孟端胡同 37 号搬离了居住了将近 70 年的老屋。"我们是一步三回头走的。"男主人说。在这之前，他们提前打下了院子里核桃树上的核桃，"这是最后的收成最后的果实了"，男主人边干边叨念着，他让果实铺满一地，用照相机把它们照下来。在搬走的最后时刻，他们请人来给房子前前后后都录了相，一家老小在自己的院门前的石门墩前留了影。

“一个星期后，我回来看我的房子，发现它们已经永远地不在了。”这个60多岁的男人伤感地说。

元大都活在胡同里

在中国社会科学院考古研究所研究员徐蘋芳的眼里，孟端胡同不是一条普通的胡同。它是一条有着800年历史的胡同，是活着的元大都。

1964年至1974年的十年间，他做了一项工作，在元大都光熙门到北土城之间进行钻探考古，证实了北京长安街以北的街道都是元大都城的旧街。此发现表明，明清的北京城因袭了元大都的规划设计格局，将北京城的历史延长到800年。“元大都至今还活着，它就活在北京的胡同里。”如今已是白发满头的徐蘋芳肯定地对记者说。

“元代的房子在北京已经找不到了，但它的式样和风格却留下来了，街道和胡同都没有变，它们还是原来的样子。这就是北京的风格、风貌。”

“北京是由三个大系统组成的，一是它的街道系统，北京的街道和胡同像是一个人的骨架、筋络，定下这个街道系统之后，才填上了北京的其他内容。然后是它的建制，先是宫殿，太庙、社稷、衙门、民居。最后才是建筑的式样。宫殿有宫殿的样子，民居有民居的样子，各不相同。胡同就是相对封闭的居住区，灰砖灰瓦，映衬着金碧辉煌的高大宫殿。三个要素构成了北京整个的风格，三个缺一都不是北京。”徐老说。

在记者面前徐老摊开了三张地图，它们分别是元大都图、明北京图、清北京图，三张图三个朝代，三个朝代里虽然皇家宫阙有了很大的变化，但北京的中轴线没有变，北京的街道依然是元大都定下的九经九纬纵横18条道路，北京的胡同也没有变，在长安街以北它们整齐地排列着，东西两道城门之间，平等布置着22条东西向平行的胡同，胡同之间的距离是相等的，都是79米，靠大街的头一条胡同宽一点，达100米。这条规律就如同音乐的主旋律一样，在长安街以北的旧城内反复出现。

孟端胡同就是这些平行排列的胡同中的一条。它是笔直的东西向排列的，符合79米的宽度。元大都被笔直的纵横大街分割出来的胡同方区被称为“坊”，这个沿袭了唐长安城的名字和长安城的坊有着本质的不同。唐长安的坊有坊墙，如一个个城堡，坊门晨开暮关，元大都则用幽静的胡同代替了坊墙。在明代的地图上，南阜城门内大街北到复兴门大街的孟端胡同所属的方区被称作“金成坊”，如孟端胡同一样笔直的胡同有很多条。

“孟端一直是一条东西交通的通道，车来车往，但却保持着非常幽静的风格。”一位住在孟端胡同的居民说。

“给人印象最深刻的、代表北京旧城风貌的便是东西长安街以北的街道布局，大街胡同，横平竖直，规规整整，如果你乘飞机在北京上空鸟瞰北京城，你将会被宏伟的北京街道胡同布局所震撼。”徐蘋芳在中法学术讲座上激动地向世界介绍。

谁懂北京的胡同？谁懂北京之伟大？在现代的高楼面前，一条条胡同看上去都是灰头土脸的样子，但它们却是一个活着的世界上最伟大的800年古都的细胞，是一个从历史深处一直活到现在的都城的印迹。每一条胡同都有一个它自己的名字，每一条街都有它的故事，当一个又一个细胞破灭，一条又一条胡同消失，便是800年古都的死亡。

孟端胡同在元代已经有了，孟端这个名字在明朝的北京地图上就已经标识了。在这个区域里消失的不仅仅是一条孟端胡同，还有大盆胡同、小盆胡同、武定胡同等几十条胡同，是整个方区的消失。

“北京是世界最后的首都城市的精华，中国城市和欧洲城市是两回事，中国城市在世界城市史上是单独的一个类型，没有中国的城市世界城市史就是不完整的。欧洲从中世纪城市一出现开始，就是自由的城市，他们的城市的目的是手工业和商业，城市里没有唯一的中心，街区都是围绕着大庄园、大教堂发展起来的。是自然形成的，不是规划出来的。而北京是规划出来的。元大都是先有规划后有城市先有图纸后施工的。以帝王为主的城市，没有可以和北京相比的。北京是城市规划的精典之作，在世界城市史上拥有极高的地位。这就是北京的价值。”徐老说。

徐老撰文认为，北京城被严重破坏大约有五次，而现在的在25片历史文化保护区外大规模地进行改造，大面积地破坏北京旧城内的街道是正在进行的破坏，这样下去北京旧城的胡同将在六七年之间全部消失，北京元大都的遗存将不保或者支离破碎。

徐蘋芳说现在我们正在破坏的恰恰是北京被世界礼赞的地方。

“明之北京，在基本原则上遵循唐长安规划，清代因之，以至于今，为世界现存中古时代都市之最伟大者。”（梁思成语）

“北京城乃是世界的奇观之一，它的布局匀称而明朗，是一个伟大的纪念物，一个伟大文明的顶峰。”（丹麦学者罗斯缪森语）

“在地球表面上，人类最伟大的个体工程，可能就是北京城了。北京整个城市深深沉浸在仪礼、规范和宗教意识之中，它的设计是如此杰出，这就为今天的城市提供了最丰富的思想宝库。”（美国建筑学家贝肯语）

“北京 25 片保护区划得完全没有理由。东四从一条到 12 条，只划了三条到八条为保护区，9 条、10 条就不保护，是什么道理？”

徐蘋芳呼吁的是北京旧城的整体保护：“有人说整个北京都保护，还让人活不活了？哪有那么大的力量？只能划区域保护。于是就出现了不是保护区的就推平头现象。金融街把孟端胡同推平了，把这一大片胡同和元大都的联系全部切断了，这实际上就是对北京旧城的毁灭。这是不懂历史文化，不珍惜祖先的遗存，是自毁国宝。”

停泊在梦里的胡同

孟端胡同没有了，曾经住在那时的老邻居们都四散而去。仅仅过去几个月，当我们试图联络曾经拜访过的人家时，发现很多人再也找不到了。就像一棵大树失落的叶子，很难确定它们漂泊的方向，这些出生在这里长大在这里，彼此相伴着几乎度过一生的人瞬时间已是陌路。

经过辗转努力，我们联系到了四家，一家搬去了河北，一家在大兴县城，一家在距大兴县城 10 公里的农村，只有一家还留在北京城里，住在北京城的南部。

“我们都是一块长大的，上的是广宁伯街小学，我们每天从一条细得只能穿过去一人的斜胡同里穿过就到学校了，华嘉胡同住着苏老师，她是我们的小学老师，她还活着，现在也不知搬到那时去了。”一位 70 岁的老人向记者回忆童年。

“我不再想孟端胡同了。”一位 60 岁的大妈说。“是不想还是不愿意想”？记者追问。“不愿去想。”大妈回答的时候，把“不愿”二字咬得很重。白天不去想，但夜晚孟端胡同就会重回梦里。“孟端胡同长在梦里了，梦里的孟端胡同和小时候一模一样啊！”老人长叹。

“我每回进城（现住在大兴），都会去看看。我沿着武定胡同慢慢地走（实际上武定胡同已经变成了一条大马路），转到锦什坊街，看看齐白石故居，再转回孟端胡同。什么也看不着了，但不去心里空落的慌。”大妈说这些话的时候反而像梦游一样。

居民的记忆，能够连缀出一条胡同的历史，一座北京城将近100年的历史。因为有人的气息有人的故事，这历史饱满、鲜活而生动。

一位出生于1927年的老太太，记得自己是虚岁10岁时迁到这里来的。为的是躲避日本人。“这里的房子盖得很讲究，我们的院子跨着两条胡同，门开在孟端，但从院子里可以穿到玉带胡同里去。”

1937年的卢沟桥事变，日本人进了北京。父亲是汇丰银行的职员，日本人把它变成了金城银行，父亲不愿给日本人干，让母亲悄悄将汇丰银行的账本缝在棉袄里，到重庆去找汇丰总部去了。

“父亲走后，日本人天天来找父亲，牵着大狼狗，母亲吓得直哆嗦。”

“我们是10年之后的1948年底才在孟端胡同里买了房，那时父亲从重庆回来了，升任了汇丰银行北京分行的襄理，生活变得好了，我们买的是北京师范大学校长韩秋圃的房，他跟着国民党上台湾了。我们买了他的一大套四合院的中间的一个院子。”

1948~1949年，是政权更迭时期，整个国家都发生了巨大的变化，北京胡同的变化，也是这种变化的一个组成部分，胡同里最大的变化就是四合院里的主人的改变——一个时代改换了主人，四合院里也改换了主人。

“相传，这个院子是李莲英给他的侄子盖的，后来怎么转换到韩家，在韩家之前又换了多少主人就不知道了。”

这个院子在整个孟端胡同里显示出了自己的特别之处：大门宽大，门口立着两个石制的门墩，门两侧立着拴马柱。有拴马柱的宅子并不多见。它所言说的是骑马时代的房屋主人并非一般的身份。

这是一个由三组平行的四合院组成的大院子，每一组院子都是三进，屋子是典型的“前出廊子后出刹”的那种。在老人的记忆里，这个四合院的特别之处是院子里没有树，树都植在院子的四周，而且都是果树，海棠、桃、柿子、枣、白果、核桃……浓荫和果实护卫着院子护卫着院子里的人，让人时时感觉到安全与丰足。

“拆的时候白果树已经有一人合抱那么粗，应该有上百年了。我们打白果的时候，还在感叹这是最后一年的收成了，记得小时候，白果当药材治过不少人的病。”

父亲买下的24间房位于整套四合院的正中间，一个大家族居住在其中，他们有父亲母亲、外公外婆、姑奶奶、姑姑。这是中国人传统的居住方式，“父亲的平生理想，就是‘置家’，这也是那个时代所有人的理想”。

在她的记忆里，不少于十个孩子出生在这个院子里，父亲精心经营着他的家，院子的中间是一个大花坛，种着太平花和美人蕉，她们兄妹白天在院子里学骑车，晚上躺在院子里数星星。

“父亲常常带着我穿过孟端胡同到东边的齐白石先生家里去，我特别高兴，齐先生有时会展开笔墨画一张赠送我们，我家里现在还有齐先生当年赠的画呢”。

“我们住了20年，‘文革’的时候搬了出来，院子就变成大杂院了。”

1958年到“文革”是北京胡同里的四合院变化巨大的另一个时期，政府号召居民将自己的房子腾出来出租或由政府经租，然后是产权上交，私产变为公产，再后来是四合院里居住的人越来越多，房屋失修迅速朽坏。

1980年代落实政策，大妈艰难地要回了几间自己的房子，但很快墙上就写上了“拆”字。

无处安放的胡同文化

记者找到了一年前把自己家槅扇门上的雕花收藏起来的张大妈夫妇，那五组古老的槅扇门现在安装在他们在大兴农村的新家里。这是他们从北京城的旧居里带出的唯一的东西。记者惊叹于它安装在农民的瓦房里竟也那么的妥帖，它将主人的客厅自然地隔成两个空间，门扇上挂着女主人画的花鸟，让这座农舍熠熠生辉。槅扇门被小心地擦拭过，更显古老风韵。“我们没舍得上漆，为的就是保护它古旧的样子。”

交谈中得知张大妈是一位癌症晚期患者，他们的经济状况甚至买不起大兴县城的房子，他们不愿意拖累子女，就住在乡下农民的房里。

“我喜欢四合院的感觉，乡下可以住院子，你看我特意保留了屋子的高台阶，这和孟端胡同我家的高台阶一样。门口常常也有叫卖声，让人感觉好像是孟端胡同里的叫卖一样。”

在张大妈记忆里最鲜活的是在胡同里叫卖的带着露水的红草莓，相邻的护城河里游动的小虾，锦什坊街上热闹。记忆中的锦什坊街（这条街道已经被画上了“拆”字）。点心铺叫万锦堂，还有卖马蹄、驴蹄的，好吃极了。

除了记忆还是记忆，孟端胡同里所承载的几百年历史无处安放。孟端胡同的西头是一座王府，也就是孟端45号三组大院，另一头是热闹的锦什坊街，再往前是齐白石故居，故居往北又是一座王府——顺承王府。

“只有我们这一代人还记着孟端胡同的样儿，等我们老了走了，孟端胡同就真的死了。”北京有上千条只活在记忆中的胡同，“每条胡同都有自己的故事”这些胡同承载着的文化，在胡同消失后的一二十年里将彻底地在人们的记忆里抹去。

记者注意到除了那槅扇门外，农舍里还挂着两幅放大的照片，一张是一位外国画家坐在孟端胡同里画画，另一张是男主人的照片，两张照片的背景都是相同的——幽静的胡同，古色古香的门楼。“那就是我的家，孟端胡同39号，这就是我们能保留下的东西。”主人指着照片说。

胡同里繁衍出来的文化因为胡同的消失而无处安放四处流浪。孟端胡同39号门前有一对石门墩，主人想给它们找一个地方，一个“想了随时可以去看、一个可以让自己的记忆存放的地方”，最后找到的这个地方是北京真觉寺内的石刻艺术博物馆。他们把它捐给了博物馆。

但这样的家并不好找。2004年12月24日，记者敲开了保留下来的齐白石故居的门，发现保留下来的也有自己的尴尬。

周围的胡同全没有了，齐白石故居就裸露在车水马龙的马路边上，样子显得特别可怜。故居所在的跨车胡同已经不存在了，只留下齐白石故居一个门牌号——“跨车胡同15号”。门旁墙体上的石碑表明，这里在1984年5月24日被列为北京市文物保护单位，或许正因为此，这所宅子才在众多的胡同消失之后被孤零零地保存了下来。

齐家的后人还住在里面，17 间半房里住着 8 户人家，东厢房的山墙裂开了一个大口子，一些钢铁的架子横七竖八地支撑着倾过来的墙体，当年齐白石作画、会客、休息的北房东墙也向外裂开去。

“我爷爷 50 岁的时候买下这所房子，一直住到去世，他老人家的主要创作都是在这所房子里完成的。”

“当年这里是文人墨客社会名流齐聚的地方，我爷爷就站在这大门口迎来送往。你现在坐的凳子，就是周恩来总理坐过的。”齐白石的孙女说。

“我们现在变成了孤岛，高楼把我们围成了井底之蛙，成为北京市文物保护单位已经 20 年了，但是这里并没有得到很好的保护。”齐家后人还记得上个世纪 50 年代周恩来总理亲自安排两次修缮故居，而现在他们从有关部门得知，如今的政策是“谁居住谁修缮”。“小伤小病我们一直在治，但大病我们治不了。”

齐家后人告诉记者，每当从世界各地来的客人要求参观故居时，他们都是拒绝，因为他们实在无法将这个破败的故居让人们参观。“把这个故居好好修缮一下，在里面展出大师的作品，让这个院子成为文化的圣地，不是可以带去这一片地区的文化氛围吗？难道金融街就不需要文化？”齐白石孙女，画家齐自来追问记者。

无法展示齐白石老人的作品，无法展示曾经在这所院子里发生的历史，更无法将这个每一片瓦都充满了文化底蕴的屋子发扬光大，只能看着它慢慢朽坏下去。

与齐白石故居相依相存的胡同消失了，和齐家交往的邻居们散了，这所故居的人文地理生态就没了。

皮之不存，毛将焉附？

北京的胡同消失了，那个伟大的有 800 年历史的古代都城将何以为依？

采访手记：我们的私宅

今年，我家有了自己的房子。这是从遥远的边疆到北京后奋斗8年、在人生进入40多岁的时候，才得来的房子。当“房奴”这个词在中国盛行的时候，我和丈夫满怀人生艰辛的体味幸福地当上了一对“老房奴”。

“春风拂面送来温暖如许，阳光灿烂映照陋室几间”，乔迁的时候贴在门上的一对楹联，如今残红尚未褪尽，每当回想儿子在没有一丝阳光的地下室的8年成长时光，我们总是感叹：“这房子买得真及时，真好啊！”当每月到银行付7000元的房贷时，又灰暗地想：人生一世，一所房，一瓢饮而已！

12月19日，我被银行唤去，在一张表上签了字，第一次看到了红彤彤的私有房产权证。只看了一眼，这宝贝儿就被收了回去，放在银行的保险柜里做了“人质”，我们只有还完所有贷款，才能将它领回家。但是，但是，我们毕竟有了自己的私宅啊！

就在我被高额房子“忽悠”的时候，一名82岁的老太太失去了自己的私宅；一名58岁的男人因为失去房子而自杀了。这些都发生在身边。这个城市在飞速地发展，高楼大厦每天都在生长，一些低矮老旧的房子被碾成粉末。在去银行看了一眼我的私有房产证的这天下午，作为一名记者，我的工作是采访这名自杀者的亲属。

自杀者叫藏瑞群，58岁，住在北河胡同25号。从今年7月起，周围的房子一片片倒下，他家的小院像多米诺骨牌的最后一块。可能是他觉得个人没有办法阻止汹涌而来的“大势”吧，12月初的一个晚上，在妻儿唤他吃饭的前一刻，他在自家的房梁上悬梁自尽了。死前，他在身边的墙上立了一块牌子，上面是他毛笔手抄的国务院办公厅《关于认真做好城镇房屋拆迁工作维护社会稳定的紧急通知》的条款。

藏瑞群的弟弟藏瑞国说，房子是祖上的私产，共15间半，其中11间半为经租房（1958年历史遗留问题），因为不愿意接受开发商8800元一平方米的出让条件，他们受到了封路、禁止购进冬季取暖煤球、半夜骚扰恐吓等待遇。

这可能是一个非常极端的例子，但我听了这样的事故心里非常的难受。在这个极端的例子后面，是这几年不断地听到类似事件的累加，有时候这类事多得让听的人感到麻木，除非有类似这样尖锐的东西刺激一下。

在前门地区的改造工程中，将有成千上万的人被涉及。追着市场高昂的房价，那些出了前门的人，能买得起房吗？他们在离开祖辈繁衍生长的家的庇护之后，在哪里可以找到一方安静的屋檐？

实事上，很多人经历了极其的艰难。前门老百姓将失去祖屋又无法买新房安家的人叫“打游飞”。“打游飞”，一个多么形象而又黑色幽默的词。漂泊，身体和心灵的；漂泊，一个家庭无以为家，在一个现代化的巨型城市里，在高楼的夹缝中。

住在前门北晓顺胡同42号的82岁的包璋老太太在今年7月被强行赶出了自己的私宅。家居用品悉数被搬走，大门被强行封闭。关键是之前没有任何通知和说明，事后，被解释为“程序出现了错误”。无处可去的包璋“擅自”回到自己空无一物的家居住了5个月，不久前包璋再一次被“程序完备”地迁出了家门，这一次，在不到两个小时之内，她所有的房子被挑了屋顶，大梁被卸了下来，木料当即装车拉走。天寒地冻无处可去的包璋这一次住进了拆迁办公室，睡在办公桌上，她说拼死也要保卫自己的私宅。在我写这篇稿子的时候，这个倔强的82岁老人还睡在拆迁办的办公桌上，头边摆着许多心脏病急救药，而她的一只眼睛就在她睡办公桌期间失明了，接下来还会发生什么事，这个老太太能否活着走出这间办公室，谁也说不准。

家，什么才叫做家？古代中国人造字的时候已经对“家”有了精确的、理性的了解。宝盖头是一个遮风避雨的地方，但仅有此是不够的，光秃秃的一个人住在宝盖头下只能是“穴”——一个动物也可以待的地方，只有当“家”有了猪，有了私有财产的时候，才能成其为家，人类才告别穴居过上文明生活。一家定而天下平，这是中国上下五千年精练出来的人文思想，当一个家庭又一个家庭不得已而“打游飞”的时候，家不安，国亦不宁，包璋老太保卫自己家的行为值得称为“勇敢”。

《车警官出前门记》是我写的一个叫车金鼎的警官被拆迁出前门的故事。在他曲曲折折的抗争故事中，最让我动容的是他最终要离开祖宅的那一刻。从白天开始搬家，平时性情非常温和的车警官就开始暴躁，甚至差点动手打了已经上高中的儿子，搬着搬着爱人就开始哭，在妻子的哭声中，儿子上房顶把上面吉星高照的小牌坊砸了，然后又用棍子把房子的玻璃全捣碎了。就在这天夜里，一家三口人黑着灯，静静地坐着，度过了老房子的最后一夜。

车金鼎想起买下这房子的父母，觉得应该告诉他们一声。他在院子里点着烧钱，跪下对着天上冥冥中的父母亡灵说：“爸爸妈妈，儿子对不起你们，我没守住这房子。”

“总不能警察强拆警察吧。”负责拆迁的警官这样劝慰车金鼎。为了避免这样的局面出现，车金鼎没等着别人来强拆，自己搬出了位于小江胡同9号的家。

如今，车警官花1600元为妻子和儿子租了一间房居住，自己以50多岁的“高龄”和小年轻挤在单位的警察公寓里。

就在车警官搬离前门的同时，我被一位姓张的前门居民领着去看一只燕窝。燕子筑窝在一只日光灯的木架座下，日光灯被安在一所临街房子的屋檐下。张姓居民说，是他帮助燕子搬的家，当时燕窝架在那边的屋梁上，他用手往马路对面一指，那里已经是一片废墟。

深秋时节，燕去窝空。这已经是一对燕子今年筑的第二个窝了，第一个筑在房梁上的窝被拆了之后，它们又将窝筑在相邻的一所房的日光灯座下，燕子的精力和时间通常只能允许它们每年筑一个窝，而且绝不会筑在光亮之下，当这个“权宜之窝”也要被拆的时候，这位姓张的居民挡在推土机前面，将日光灯连木座小心地拆下，安在了马路这一侧的屋檐下，两只小黑燕就在这个“拆迁”的新址生了下来，从窝里探出了小小的脑袋。

燕尚如此，人何以堪！在面临失去居所的境况下，有人采取激烈的行为，有人隐忍而沉默。我看到过离去的黯然神伤眼神，也看到在废墟里坚持的佝偻背影，感受到沉默与坚持中的力量。

在我了解的信息中，国家和政府严禁种种强制拆迁行为，尤其是在“构建和谐社会”的大势之下。北京市政府2006年7月10日公布的《北京市房屋拆迁现场管理办法》中明确规定：在拆迁当事人未达成拆迁补偿安置协议的情况下，任何单位和个人不得先行拆除拆迁人的房屋。”和谐社会的一个要素，何尝不是“私”得到神圣的保护，物权的安稳，才是社会稳定的基石，在如今越来越多的人成为“产权人”的时候。我也看到了逐渐在中国公民中成长起来的可贵的私有财产保护意识，在一条条胡同里这种意识表现在一扇扇紧闭的大门上。如果一个院子的大门是开敞着的，这所院子一定是所大杂院，产权一定是公产；如果一个院子的大门紧闭，那一定是私产。

“进门请敲门，小心狗咬人”。这是我在一条胡同里的一扇紧闭的大门上看到的，门旁的墙上，一个大大的画了圈的白色“拆”字和这句警告相映成趣。这是一所被拆迁的废墟包围的房子，这十个大字划出私有财产的领地，这个领地有一种凛然尊严，不可以随意侵犯，不管你以任何理由。

想一想，这十个字不可能出现在二三十年前的中国，而今私权力和公权力的对垒，是一种进步。

野马的爱情

YEMA DE AIQING

第一次听到南香红的名字是在1998年。有一天，沈颢告诉我，一对记者夫妇专程从新疆来到广州，要到编辑部转一转。当高挑清秀、略显羞涩的南香红出现在我面前时，我并没有想到，若干年后，她会成为南方周末新闻写作的一个典范。1998年，南香红已经在《新疆工人报》、《新疆日报》当了11年记者，她的丈夫吴朝晖当时供职中央人民广播电台驻新疆记者站。那时候，《南方周末》正在全国物色采编人才，这一对远道而来的夫妇，应该就是时任新闻部主任沈颢心目中的理想人选吧。事实上，这对新闻伉俪日后的建树，也证实了沈颢早前的眼光。吴朝晖没有选择南方周末，对于他，永不消逝的电波显然有着更为广阔迷人的空间。后来，他参与了中央电台都市之声的筹办并任总监，继而担任文艺之声总监，现在是这家电台北京记者站站长。记者出身的吴朝晖，擅长对时局的理性判断和对大势的冷静把握，他的儒雅、宽厚、从容给我留下深刻印象。至于南香红，直到现在，

第贰辑

生命之痛

两个男人的“银婚”

引　子

李蜀仁和孙庆生是两个年届50的男人。

到今年他们整整在一起生活了20年，他们把两个男人在一起的生活称为“婚姻”。

他们知道，在中国，没有法律承认这种婚姻，他们也不敢将自己的“婚姻关系”公之于众，实际上20年来，他们基本上过着隐形人的生活：在众人眼里，他们是大老板和二老板，一对事业有成的商人；而对于他们自己来说，他们是一对恩爱的“夫妻”。

结婚20年，他们决定要庆祝一下自己的“银婚”。

和他们走过的五年、十年、十五年结婚纪念日一样，这种庆祝只能在“圈子”里进行，这个圈子，就是成都的“同志圈”，用成都同志关爱小组的称呼是：同性恋社区。

“天长地久有没有”，成都同性恋者之间传递的一份内部杂志《同心》以此为标题盛赞他们之间20年的爱情，美誉他们是“金风玉露一相逢，便胜却人间无数”。

赞誉他们婚姻的还有李蜀仁和孙庆生的家人，李蜀仁85岁的老母亲，60岁的大姐，还有孙庆生的父母家人。“就是娶个婆娘也不一定这么好”，李蜀仁85岁的老母说。

为了纪念“银婚”，他们专门照了20年纪念照。照片上他们两个都穿着唐装，李的唐装是青色的，孙的唐装是大红的，李坐着，挺直着身板，显得硬朗而健康，孙站在李的身后，笑容可掬。从任何角度来看，这都是一对夫妻的标准照，甚至从他们的眼神里，竟然可以看出“夫妻相”——长久岁月让两人越来越相像。

但是这种照片还不能去专门的照相馆里照，成都同志关爱小组的成员承担了这一任务。

20 年前这对男人自制了结婚证，指天发誓，今后两个人将彼此的生命放在一起，白头偕老。

“现在看来没有什么力量能够阻止我们白头偕老”。

“这是一个奇迹。”回首 20 年风风雨雨，这对男人万分感慨。

不一样的男孩

李蜀仁说他曾是一个朝气蓬勃的男孩子，喜欢一切冒险的事，调皮，打架。和李蜀仁一起在四合院里长大的吕光美说，李蜀仁常常被母亲拿了竹竿子打得满院子跑。“性子野得狠”的李蜀仁和别的男孩有一点不同，就是在青春萌动的时候，他脑子里幻想的“全部是男人的身体，只要是去找女孩的事，一帮男孩兴奋得一哄而上，我就躲得远远的，一点兴趣都没有”。

而孙庆生的性情和李蜀仁完全不同。从小他就是一个漂亮、羞涩而内向的男孩，女孩喜欢的事情他最为精通，踢毽子、跳绳常常是女孩纷纷败下阵来，最后他还留在场上。在大学里，因为舞跳得好，他成为学校舞蹈队的成员。一张 30 年前的黑白照片留下了他跳舞的情景：一个大眼睛的男孩，全身充满韵律，四肢张开，好像要飞起来一样。

两个男孩的第一次性经历都是和男人发生的。初中时孙庆生在看露天电影的时候被几个男人夹住，“当时我害怕极了，一路小跑回家，不敢告诉父亲，但又拟制不住那种好奇与冲动，几天之后又去了那里”。

李蜀仁的第一次也是在电影院里，一个军人靠近了他，在黑暗里，李蜀仁结束了童贞。李蜀仁说他这一生从来没有对女性有过性冲动。他认为他的“毛病”是娘肚子里带来的，并且坚信这一生无论用什么方法都没有办法改变，除非将他的肉身化了，投胎重做。

孙庆生不能肯定如果他的第一次是和一个女性他是否会成为“另一种人”，但他可以肯定的是，自从有了第一次之后，他的性取向就变得非常的确定。

但那是上个世纪的70年代末80年代初,他们为自己的与众不同而痛苦欲死。

从十五六岁到三十岁，两个人用了近十五年的痛苦与折磨才确定：自己是一个同性恋者。

“半夜醒来枕头常常是湿的，就是在梦中也想不通自己为什么是这种人。”

这种人在那个年代被看成是不男不女的人妖，是怪物。

“你得强装笑脸言不由衷戴着面具生活。内心的痛苦只有自己知道。”

“那是一种魔鬼般的不可扼制的诱惑，知道那个不能干，但就是抑制不了自己，过后又很后悔，觉得肮脏。”

最大的痛苦还不仅是这些，最主要的是搞不懂自己为什么会这样。

李蜀仁偷偷地去找过医生，医生告诉他是他的“世界观有了问题”，建议他平时要加强世界观的改造，多进行体育活动，将自己的注意力转移到运动上来。

孙庆生直到上大学的时候才查到了“同性恋”这个词。那本书上对这个词的解释是男女同房时“由于男子或女子的某一方的不愉快而孕育的孩子，容易出现性倾向问题”，这个让他匪夷所思的说法并没有解决他的困惑：自己是不是个妖怪；自己是不是得了一种病；这种病是不是可以改掉或者治好；自己将来怎么生活……

80年代初李蜀仁和孙庆生各自生活在成都和重庆。李在一家工厂里当工人，是顶替父亲才从下乡的知青变成工人的；孙在读大学，因为考上了大学才离开乡下。那时候他们都27岁了，在各自不同的城市经历着相同的煎熬。

孙在大学里恋爱了，是一个男孩，学校学生会的主席，大学里的公众人物。“我们之间好像有磁铁似的，很‘微妙’，不知怎么心就相通了。”

但是两个人同时都变了，阴影长在心里了，眼睛总是瞟来瞟去，贼溜溜地观察每一个人的表情，终于他顶不住压力了，找了一个女孩“耍朋友”去了，他要证明给大家看：我很正常，我对女人感兴趣。

“实际上他根本不碰女孩一下，女孩假装和他比个子脸都快贴着脸了，他心里明镜似的，但就是不能拥抱她。”

“我们剧烈地吵架，我痛苦地用头撞树，整夜地哭，想死的感觉。”

而在成都，李蜀仁身上装了700块钱，决定偷渡香港。他从单位里出走，扒了火车到重庆，从重庆坐船到武汉，再到广州然后到蛇口。

“那时候对香港的了解仅仅是那是个自由世界，我想在那里，我这样的人可以自由自在地生活。实际上当时实在是感觉压抑得活不下去了，冒死一闯。”

在没有月亮的夜里李蜀仁泅进了水里，向着香港的灯火游去，但是很快就被狼狗叼上了岸。押回成都的时候正好赶上“严打”，偷渡被视为叛国投敌。在全家人的努力下，关了一个月的李被以“迷恋资产阶级生活方式”释放，开除工职。

“家人、朋友、单位没有一个人知道我为什么要偷渡香港，真正的原因我不能告诉任何人。”

飘　飘

成都人对同性恋者有一个形象有趣的称呼："飘飘"，将同性恋活动的地方称为："飘场"，不知道这个称呼来自市民还是同性恋者自己。

李蜀仁对此的解释是，同性恋者就像“浮萍”，一方面是活动场所的漂浮不定，一方面是心里的飘的感觉。

孙庆生大学毕业以后来到了成都一所中学里教书。当时选择成都是因为听说这座城市里有更多的同志和相对宽松的环境。来自成都同志关爱小组的估计，这个活跃于“地下”的隐形群体大约是10万人,并且这个数字仅仅限于成都市区。

“都是些很脏的地方，”李蜀仁描绘30年前的成都“飘场”，“正式的场所一个也没有，像是搞地下党一样，公共浴池、公共厕所、公园里、僻静的大街上。两个人互相看上了，好点的能找个没人的集体宿舍，或者乘家里没有人的时候，不好的时候，只能在公园里的树丛中，或者更不堪的地方。”

两个人接触，你喜欢别人，别人可能不喜欢你；别人喜欢你，你可能又不喜欢他。交往长的，可能维持几个月，短的可能就一次两次。当时是一种诱惑，不可抑制，但完了之后又很后悔。“骂自己和畜生一样，恨自己受性的驱使。分手，伤害，伤口都留在心里。时间长了，觉得都是你哄我我哄你的事，在这个圈子里没有真感情。”李蜀仁说。

那时候成都著名的“飘场”是劳动文化宫的水池边，“大家都装着看书，或者看风景，其实心里都清楚来这里的是些什么人，来干什么，只要几个眼神来回，就可以搭上。”

李蜀仁“飘”了十多年，换了十几个性伴侣，孙庆生的经历也差不多。

在李蜀仁母亲的眼里，她的这个二儿子是个惹是生非不安定的家伙，偷渡香港差点把家里的天捅个洞，高兴了东游西逛整天不回家，不高兴了睡在床上几天不起来。快 30 岁了就是不谈女朋友，多漂亮女娃见都不肯见，逼急了就说要自杀。

李蜀仁是父母最看中的一个孩子，他是家里三个男孩里长得最健壮最高高大大的，另两个男孩先后结婚生下的都是女孩，传李家香火的重任在他们看来非这个二儿子莫属，所以他们像搞轰炸似的介绍对象，逼着他结婚。

“他冲着我妈妈喊叫：‘你咋的把我生成这样子嘛’，我们一直都不明白这句话是啥意思，妈妈把他生成啥样子了，不是好好的嘛，一个人高马大的大男子汉，这句话就像是一个谜语，我们一家人猜了 20 年才搞明白。”李蜀仁的大姐说。

“我们这样的人是看不到希望的，悲哀，痛苦，伤痕累累，我们这些人的眼神都是一样的，飘飘的，很茫然的。”

“有一次在浴室里，看到一个年龄大的男人靠近一个年轻的，结果被那年轻人一耳光掴在脸上，我当时心都寒了，我们这些人老了怎么办？”

“飘泊够了，好没意思。”孙庆生说。

人都是一样的，你的欢乐悲伤总得有人说，你得有人分担，你得有寄托，“我们也有这样的需要，我们也得有人爱和被人爱，这一点上我们这样的人和男女之间绝对是一模一样的，而这种情感是父母兄弟之情所不能替补的”。

李蜀仁和孙庆生都在心里生出一种渴望：找一个男人，托付终身。

定　情

一本书救了孙庆生的一生。那是一本从香港影印过来的书，白色的封面，没有书名，也没有作者的名字，繁体字，上面用红的笔、黑的笔画满了道道圈圈。

翻开书，里面的插图和文字一下就能看出这是一本严肃的介绍同性恋的书。这本书不知通过什么渠道流传到了中国，流传到了成都。看到这本书的时候，孙已经快30岁、接近上个世纪80年代中期了。他第一次获得了有关同性恋的知识，他明白了自己是一种特殊性取向的人，并且这种性取向是终身的，不能通过医学的手段进行改变。他第一次知道世界其他国家也有像他这样的人。

“一天深夜，一个陌生人咚咚地敲门，一进门他就说他是一个同性恋，说自己不想活了，但听说我这里有一本书，想死之前看一看。”

孙庆生说圈子里的消息传得特别快，但被人找上门来还是吃了一惊，于是这本影印书就在成都的同志圈子里流传，每流传一个人，书上就多一些道道圈圈。

孙庆生至今还保留着这本书。在看过书之后，他在圈子里进行求证：同性恋应该选择怎样的生活？应不应该和异性结婚？和异性结婚的人有没有改变性取向的？结婚的人是不是幸福的？

“于是，我看到听到了一个个悲哀伤感的同志故事，结婚、离婚，再结婚，再离婚，最后出家做了僧人，就是做了僧人还是改变不了。我打定主意决不选择和异性结婚。”

就在这时，一个深爱孙庆生的女同事因为对孙的失望从学校出走，这在学校引起轩然大波，学校领导找孙谈话，让他对姑娘负责，孙说，我连她的手都没拉一下，对她负什么责？

就在这样的内心和社会的双重挤压下，孙庆生遇到了李蜀仁。

1985年秋天的一个下午，在成都著名的“飘场”——劳动文化宫的水池边，孙庆生看到了李蜀仁。

“我们一见钟情。”“我假装要抽烟，凑上前去说：‘同志，接个火’，实际上我身上是有火的，他没有将燃着的烟递给我，而是很郑重地从包里掏出火重新给我点上。”

李和孙理解的“一见钟情”是：心里一动，一种欲望油然而生，里面有性的成分，也有渴望进一步了解的成分。

李蜀仁对孙庆生的评价是性格温顺，温文尔雅，一看就是一个有文化的人；孙庆生欣赏李蜀仁随和中带着点邋遢，性格刚烈，敢做敢为，有头脑不莽撞。

“这是一种缘分，在同志中一千个人里面都不会有一对，”他们说，性过去之后，是两人精神的契合。“你有喜悦想第一个告诉他，他有悲伤想说给你听，那是一种甜蜜的感觉。”

更重要的是他们在对将来的打算上一拍即合。“当时我说出了上半句，他马上说出了下半句，就是托付终生，白头偕老，一生一世永远在一起生活。”

孙庆生没有想到他的想法在李蜀仁这里得到了回应，他俩的想法竟然一毫不差。而这种想法在当时无异于离经叛道,在此之前就他们所知的同性恋圈子里，没有一人以这样的方式生活过。

“在认识李蜀仁之前，我交往了一个搞美术的，我们非常相爱。我就向他提议，我们在一起生活吧，结婚，一辈子生活在一起。他听了大为惊讶，睁大了眼睛说：‘那是外国才有的生活，你这个学外语的一定是中毒太深了’。”

孙庆生说，那个也是受过高等教育的男友断然拒绝了他的想法，在他看来在中国的现实中这是不可能的。男友给出的方案是：他找一个女人结婚，他再给孙庆生介绍一个女人，然后两个家庭交往，而他俩可以在家族的掩护下进行他们的“爱情”。这个方案也遭到了孙庆生的拒绝。

“我最佩服的是李蜀仁的勇气。他完全是靠自己的思考和自己对自由生活的渴望而萌生出这个想法的。他这么想，就这么做，在我认识他一个月后，他就带我住进了他的家里。”

当然，孙住进李家的大杂院是以“战友”的身份。但是这个住着20户人家、吃饭时都端着碗在院里吃、每家每户都没有隐私的大院里的人们很快就嗅到了什么。

“大家都感到奇怪，两个大男人住在一起，出双入对的。背后指指点点，但当面又不好说什么，毕竟是几十年的老邻居了嘛。”李的邻居吕先生说。

“那时候大家不知道两个男人住在一起就是同性恋，那时候没有这个词，但大家心里又朦胧地知道是怎么回事，反正是又神秘又怪又不舒服的感觉。”

结　婚

1986年春暖花开的时候，他们为自己的婚姻举行了一整套复杂的程序。

先是选了一个日子，他们一个是3月6日出生，一个是3月27日出生，结婚的日子就选在两人生日的中间。

他们走进了照相馆，照了一张两寸的黑白半身结婚照，一个坐得高点，一个矮点，两个人的头紧挨在一起。当然，这样的照片在那个年代只能以“战友”的身份进行。

他们自制了一张结婚证，是用80年代通用的一种奖状做的，上面写着“海枯石烂，永不变心，白头偕老，挑战传统”。

他们花了70元打了一辆出租车（70元是孙庆生两个月的工资），到沱江边的朝阳湖李蜀仁曾经下乡的地方，举着拳头对着苍天发誓。

在他们的影集里，还珍藏着当年的照片，那是他们请出租司机拍下的。一座塔下，两人靠得很近，孙庆生穿着西装，打一条大红色的领带，喇叭口的裤子；李烫着卷发，夹克衫，照片上洋溢着80年代的时髦气息。

“有甜蜜，有喜悦，更多的是悲壮。没有人这样，我们也不知道这样将有什么样的命运在等着我们，但我们认为这样是对的，这是我们想要的生活，起码我们没有去害那些无辜的女孩。”

李蜀仁没敢将这次行动告诉家人尔，孙庆生写信告诉了他的妹妹——他6个兄妹中和他最亲近的一个。他在信中写道：“我本来不想走这条路，但上天安排我是这样的一个人，我很孤独，也很寂寞。”

妹妹在回信中写道：“不管发生什么事，我都理解你，因为我们的血管里流着相同的血。我相信你说的都是真的。寄上100元钱，作为对你们结婚的礼物。”

“我捧着信大哭一场，这是我们收到的唯一礼物和唯一的祝福。”

实际上对于孙庆生的到来，李家已经感觉到了什么。“一层窗户纸，就是没捅破”。举行过结婚仪式之后，李蜀仁带着孙庆生和自己母亲、大姐一家人到北京、西安做了一次旅行。表面是一家人的出行，暗中是两个新婚人的蜜月。李的大姐记得很清楚，在华山拜神之后，弟弟抽了一签儿，是“下下”签，上面写着“天崩地裂，天打五雷轰”，求山上的道士解签，道士看过之后变色，坚辞不肯。

“我当时也有点害怕，但我还是相信自己是对的。下山之后我就把我和孙庆生之间的事告诉了大姐。”李蜀仁说。

李家大姐真有点五雷轰顶的感觉，她好久都回不过神来，第一反应是弟弟不要是得了什么病了。大姐还担负着向母亲父亲慢慢说明的任务。

李蜀仁的妈妈知道了之后说，不可能，你看两个男人喉头都大大的，怎么会嘛！

李家父母是那种老实巴交的人，父亲信佛，长期吃斋，母亲胸前吊着一个袋子，一只手总是藏在袋子里，捻着里面的一串佛珠，捻一个珠子念一句佛，让他们接受这样的事，不容易。

不要再逼他结婚了，只要他们不犯法，他们想怎么过就怎么过吧。再说了弟弟连个工作都没有，人家孙庆生还是大学生中学老师呢，过一天算一天吧。这是李家大姐劝父母的主要内容。

父母虽然接受不了，但还是为他们腾出一间平房。大姐是和这个弟弟从小感情最好的，她更多的是从心疼弟弟的角度接受了这件事实。而另外的姊妹兄弟或者因为这样那样的原因和李蜀仁疏远。但是不管怎样，这两个男人还是开始了他们的婚姻生活。

创　业

李蜀仁因为偷渡事件失去了工作，孙庆生认识他的时候他是个今天偷偷卖点水果、明天卖点杂货的游民，常常是身无分文。

孙庆生曾表示，自己一个月有四五十元的工资，两个人生活足够了。但李蜀仁断然表示“堂堂大男人怎么能靠别人养活，你等着看，我会拼打出来的”。

李蜀仁的母亲说，自从和孙庆生在一起，自己的这个“野”儿子就变了，变得连眼神都温顺了，突然之间就不那么慌慌张张的了，不再和父母大吵大闹，知道对父母好了。

李蜀仁说，不知怎么的，自从有了“家”之后，心里突然就生出了一种责任感，这种责任感让人心里踏实——就是为了对方，必须好好生活，不能为所欲为了。

有一天李蜀仁和孙庆生商量，到成都郊区废品收购站淘些旧书来卖。于是骑了自行车到垃圾堆里去扒。

“晚上回来的时候，一辆自行车上驮着三五袋大塑料纺织袋，人变得小鬼一样，整个脸上都是泥土，只露着眼睛和牙齿。”李蜀仁的母亲心疼地说。

两个人将收回来的旧书分了类，政治的、文学的、考试复习资料等等，他们在成都最繁华的春熙路摆了个地摊。

“我记得第一次出门摆摊时的情景，书放在一辆四轮车上，准备推到市场上去，我从蜀仁手里抢过了车子，说，这历史性的第一步我来帮你推出。”孙庆生将车子推出了四合院。

那时候书的定价本身就便宜，三五元一本，到市场上，旧书以半价销售。第一天拿出去的是 20 元收来的书，到市场上一售而空。

他们太兴奋了，晚上两个人把角角分分的钱摊在床上，头对着头一张一张地数过，发现手里的钱变成了 60 元！ 20 元钱变成了 60 元，李蜀仁抑制不住激动，半夜跑去大姐家报喜。

“弟弟一见我就大喊：姐姐、姐姐，我们赚钱了，他那高兴的样子我永远也忘不了。”今年已经 60 岁的大姐仍激动地说，“从此，他们就开始着迷一样地赚钱！”

李蜀仁孙庆生回忆起他们在一起的婚姻生活，觉得最愉快最幸福的时光还是两人一起创业。一开始，孙庆生在学校里还有工作，每天上课时包里就装着塑料纺织袋，一下课就直冲废品站。“最甜蜜的回忆是两个人在某个废品站的不期而遇，那感觉就像是一场美丽的邂逅。两个人要高兴好半天。”孙庆生说。

“你把心交给对方了，一完事就尽快往家跑，人们只相信男女之间有刻骨铭心的爱，其实我们的爱也是一样的。”李蜀仁看到孙庆生裤子上有一点灰，伸手帮他轻轻拍打。

他们在春熙路上摆了 6 年的地摊，为了长久地在一起，也为了摆脱学校压抑的环境，孙庆生不辞而别，不再去学校教书了。学校的校长特意找到书摊，劝孙回去，说你一个大学生摊地摊不是可惜了嘛，跟我回去，你可是我们学校唯一的大学本科学历。这位成都中学的校长至今也不明白孙为什么会从学校出走。

李孙的行为在成都的同志圈内引起巨大的轰动，在这个圈子里大家都是“飘客”，没有人相信有天长地久的爱情，更不相信两个男人可以过“婚姻生活”，每天在摆摊的时候，总有一群“飘客”远远地蹲在地摊的对面看热闹，冲着他们高一声低一声地喊：破烂有没有得卖！地摊上的李和孙都知道对面是什么人，只是假装听不见，低头做自己的生意。

地摊生意迎合了上个世纪 80 年代对知识的渴望，生意好得出乎想象，成都的报纸以“闹市荡漾书卷气”为题报道了他们。孙辞职后和李分了地盘——将成都的所有废品站划分为二，一人跑一半。

6 年后，他们盘下了一间 6 平方米的小店开始做图书批发生意，当他们的生意越来越稳定后，李的家人也开始慢慢接纳了这两个男人的生活方式。“他们两个要好，比亲兄弟还好，两人都很规矩，我们再也不用担惊受怕的了。”李的母亲说。

经济上的成功使他们能够更多地承担家族责任。李母没想到的是，最终为她养老的是这个儿子。李蜀仁用卖废书的钱，为母亲买了一套房子，请了保姆照顾她；家里兄弟姐妹中下岗的、生病的也是他出面照应；侄甥一辈上学、就业也是他出面打点。还有大杂院的邻里们他们也是尽量多做一些。

“他们会主动清扫院子，对所有的人都很好。我的女儿小的时候，总是早晨去敲门找孙叔叔，因为她的孙叔叔会抱着她买糖果。”邻居吕先生说。

事实上这一家人和这一个大院的邻居们接受他们大约用了 10 年时间。

出　轨

激情过去之后，这对男人的“婚姻”也会出现“七年之痒”。

李蜀仁将这归结为 30 将去 40 岁将来的内心恐惧。出轨的先是李。成都的同志圈在他们激情创业的时候曾经远离过他们，但在他们事业有成的松懈和情感的平缓期又回来了。

李有了新的性伙伴，开始不回家。

孙愤而出走。

“嫉妒、被骗、背叛的感觉，所有这些和一个被欺骗的女人的感受是一样的，”孙说。

圈子里的人常说，同性恋总是多性伴的，他们不会把情感和性固定下来，放在一个人身上，没有人相信有“天长地久”。

李蜀仁发现孙出走后立即连夜地找，找到后就求他回来。他知道失去了孙庆生之后，他再也不会有“家”了，但他又会再次出轨。

不止是李蜀仁出轨，孙庆生也承认他也有过出轨，并且不止一次。

在谈到20年间感情的波折时，他们都认为同性婚姻之间维系情感更不容易。这个世界为异性婚姻提供了无数的婚姻范木，从小孩子时社会就在向他们灌输王子和公主的爱情故事：从此王子和公主过上了幸福生活。但没有一个是提供给同性之间的，并且社会给出的信息全部都是负面的。

没有可以参照的样式，两个人怎样相处？对于成都同性恋群体来说，早在上个世纪80年代末90年代初并不多见像他们这样的伴侣，某种意义上来说，他们是第一个吃螃蟹的人。

"对于异性婚姻来说，都是合的力量，父母亲人家族的力量，法律道德的力量，还有异性恋大多有孩子，孩子是维系两个人的坚强纽带。但对我们来说，都是'分'的力量。我们更多地要靠情感来维系，情感在的时候，誓言就是真的，情感不在了，誓言就什么都不是了。"李蜀仁说。

"我们只能靠自律和自我调节。"

他们提到了一个词：忠贞。对于一对没有任何法律约束的同性恋者来说，忠贞意味着什么？

李蜀仁和孙庆生对忠贞的理解是："不把真爱交给别的人"，但"出轨"肯定会对双方的感情造成影响。"当给对方造成伤害时，立即就刹车"是两个人都在遵守的原则。"'家'是我们之间的纽带，也是我们都守护的底线。"他俩说。

同志圈子里的分分合合给他们的"婚姻"提供着大的背景，这个大背景在近年有了很多的变化：社会环境更宽松了，成都有了10家同性恋酒吧，年青一代可以在相对公开的场合相聚，而公园里、马路边的"飘场"变少了；年青的一代困惑少多了，他们更多的不再选择和异性的婚姻，而更多的是选择同性长期的"准婚姻关系"，"圈子里的人百分之八九十向往两个人长期稳定地生活"孙说。

但是同志间的情感困惑并没有减少。一对生活在一起8年的同志要分手了，请李和孙作调解人。他们看到的是一个完美的爱情和爱情死亡后的残骸：当年两人一见钟情，重庆的那位在一个星期之内辞掉了工作来到成都，然后是两人一起的艰苦创业，然后是挣了大钱，事业有成，然后就是分手。财产的分割成为一个问题，当年在一起的时候没有法律保障，分手更没有保障。

同志能够长相厮守，除了爱情，还得有互相的包容、尊重、牺牲。

“我们也会像异性婚姻一样，会面临性格的不和、理念的冲突或者世俗的压力、情感的淡漠等诸多问题，你必须更理性地对待自己的生活，除了两个人之外，没有人能帮得上你。”李蜀仁说。

李孙俩人的体会是，“同性婚姻”有一个关节点很难逾越，这就是从激情的爱转化为亲情，激情是一时的短暂的，亲情是长久的。同性婚姻很难相守在一起，一周几次的约会，使大家在一起几年都不能彼此习惯和包容对方。“感觉两人在一起就是恋爱，恋爱结束了，一切都结束了”。而两人在一起生活，除了感情之外，还得有一所房子，有相对自由的空间，不受外界干扰；有良好的社会环境：父母、邻居、社会关系。更重要的是要选择相对自由的职业，拘束和压力小，才能让感情维系。而所有这些归结起来是一部保障同性婚姻的法律。

“只要有这样的法律，不管多老，我们都要去登记。”

为了守护自己的婚姻，李和孙在1995年特地买了房子，离开了那个大杂院。在选择房子的时候，他们特地选择了一门一户的楼房，并且将自己的房子选在了最高层。他们还是过着隐身的生活。新楼房住户们不知道这两个男人的秘密；他们的商业客户们不知道他们的另一面。

在户口簿上，李蜀仁是楼上那一套房子的户主，他和儿子是成员；在另一单元母亲的户口簿上，孙庆生是李蜀仁85岁老母的儿子。房子的产权是孙庆生的。

“我们给自己营建了一个小社会，这个小社会只有那些可以理解包容我们的人：双方的家族、个别的老同学、大杂院里的部分邻居，还有圈子里的少数朋友。只有在这里面，我们的婚姻才是安全的。”

用20年的努力建这样的小社会并不是件容易的事，这意味着他们必须扮演好多种角色：遵纪守法的公民、事业成功的商人、温和有礼的邻居、孝敬父母的儿子、慷慨大度的兄弟、互敬互爱的夫妻，还有，好父亲。

儿　子

在李蜀仁父亲的力主下，他们收养了一个孩子。这个孩子来到他们的家的时候，只有12岁，现在已经27岁了。

“我们一开始并不喜欢他，他打破了我们两个人的生活。但现在看来父亲当年是对的。”李蜀仁说。父亲的意图是养一个孩子为了他们两个人将来防老，但后来孩子带给他们的是做父亲的体验。

“同志除了性取向之外，所有的情感需求都是和常人相同的。包括爱一个孩子，做父母的渴望。”

儿子来的时候非常瘦小，常常有病，这两个男人便带着他跑医院，为他焦虑，为他心疼。孩子喜欢性格温和的孙庆生,孙庆生也喜欢孩子。这个孩子把李叫“二爸”，他是李的侄子，有血缘关系，把孙叫做“孙叔叔”。

“我记得孙叔叔常常带我上街买吃的，他很高，我总是紧紧扯着他的衣角。”孙叔叔照顾他的起居生活，帮助他学习英语，而二爸则在他的学业前途等大事上做决定。

李蜀仁记得送儿子上高中时的情景，他总是担心过于瘦小的儿子被同学打，一路上不停地叮嘱唠叨着，等儿子进了学校的大门，他觉得心里一下子空了。

李蜀仁说，成都的同志圈里，还有三对男同性恋者也收养了孩子。他们都是在孩子吃奶的时候抱来的,最大的已经长到十四五岁了。他拿出影集让记者看，上面是一个漂亮极了的女孩，李蜀仁说，她的两个爸爸把全部的希望都寄托在她身上，从小让她学习舞蹈，用心的程度比亲生父母一点都不差。

李蜀仁的儿子 13 岁的时候，给自己重新取了名字，叫“磊”。李蜀仁说：“好啊，你是上面的那一块石头，我和你叔叔是下面的那两块，你要是不听话，我们下面的两块就把你顶下来。”实际上,他们两个是做了儿子的基石,支撑着他，保护着他，一直把他送到了大学里。

儿子上大学的时候，学校里出了一个老师和学生同性恋的事，大家都在议论，小伙子突然之间想到：自己家里也有一对啊！

明白了一切的儿子并不说出来，他留心地观察着两个男人的生活，发现他们那么默契，那种相互的感应只有长期在一起生活的人才有。

他们衣服、鞋子的号都是一样的，因此他们的衣服从来不分彼此；他们的性格完全不同，但是那么的和谐。二爸喜欢自由自在，因此他负责在外面进货跑生意，叔叔性格细腻，他负责守摊打理店里的事务，几千种商品在他的手下，摆放得整整齐齐；他们从来不会为钱的事吵架，两人挣的钱都放在“家”里，即使在二爸炒股赔掉几十万的时候，叔叔都没有一句怨言。

二爸给他父爱，严厉与原则；叔叔给他的是母爱，呵护与帮助。在他深刻的记忆里，是他和叔叔一起摆书亭卖报纸。天快黑的时候，报纸卖不掉，叔叔就拿着报纸到人多的天桥上高声叫卖。一个40多岁身体发胖的男人，当街叫卖报纸，儿子认为很多人会拉不下面子，“但是我二爸和叔叔从来不虚荣，默默地吃苦，他们教给我很多东西”，儿子说。

从事同性恋研究的张北川教授曾经专门问过李的儿子：在同性恋者家庭里长大，性取向会不会受到影响。得到的回答是：不会。我爱女孩，已经有过两次恋爱经历了。

成都：同志的天堂

特殊人群

电话里说，找到“变奏酒廊”，别从正门进去，从后面的楼梯上来。

后面的楼梯不仅滑腻黑暗，还有一股便溺的味道，这和酒廊门脸的灯红酒绿的气氛很不同，有一种不良场所的感觉。

一个有着三室的小屋子里，记者见到了穿着花衬衫有一点瘦弱的王晓冬。

房间里还有五六个“花衬衫”，都在忙各自的。即使不是标准的衬衫，但感觉也有些花，或者头发染得很鲜艳，都是个子不高很瘦弱的样子，像是没有发育完全的男孩。

王晓冬拿来了几本杂志《同心》，开始讲杂志如何发送到全国 25 个城市的同志酒吧里，如何建立同性恋热线电话、艾滋病检测等等。

一只蟑螂在明晃晃的灯光下爬上桌子，在两杯刚倒的茶水之间犹豫着该往哪里前进，王晓冬拿起茶杯麻利地按死了它，话题继续。

蟑螂之死让记者皮肤麻麻的，心不在焉地一会瞟瞟王晓冬，一会瞟瞟花衬衫们，猜度着他们哪一个是……同志。

第二天，第三天再来这个地方，花衬衫们聊天，一起吃饭，坐在马路边上看街上来来往往的人，指指点点，一对男青年走过去，一对女青年走过来，附在耳边的悄悄话……同志——同性恋者。一来二去，记者的眼力大长，在人潮当中，能抓个八九不离十。一个特殊的群体——对于记者来说，他们是一个特殊的群体，正兀现于眼前。

记者接触的都是成都同志关爱小组的志愿者。关爱小组的办公室是从变奏酒廊老板处借来的，变奏酒廊老板就是一个同性恋者，变奏酒廊是成都第一家同性恋酒吧，成立于1998年，成都同志关爱小组2004年注册，来这里作志愿者的100个人当中，95%都是同性恋。

感觉这里是同性恋快乐的驿站。墙上挂着关爱小组的工作目标、经费来源、安全套的使用情况等等，在这里的人谈起自己的感情经历来也都很放松。

王晓冬是这里的头儿，他本人也是一个同性恋者。去年国际组织第一次邀请了中国非政府组织代表，王晓冬代表中国“同志”关爱民间组织参加了在曼谷举行的世界艾滋病大会，并作了演讲。

“同在一片蓝天下，过普通而平凡的生活”是王晓冬们想传达给世界的理想。他们用如下词语来描述这种生活：有自己的工作、爱情、家庭和良好的社会关系。

宽容的城市

在成都关爱小组100名志愿者背后，是成都城区的10万同性恋者的大背景。这个数字是关爱小组按照中国官方首次公布的中国同性恋数量估算的。在官方的公开报告里，这个人群是500~1000万人。每100人当中有5%的同性恋，专家的说法是实际上的数字要远远大于这个数。

10万人，还仅仅是成都城区。从14岁到70多岁，从社会的最底层到最高层，一个隐蔽的群体，一种黑暗中的生存。成都人把同性恋者聚会的场所叫“飘场”，把男同性恋者叫“飘飘”，把女同性恋者叫“拉拉”。当王晓冬陪记者走出“变奏酒廊”时，指着酒廊前面的那条街说，这就是成都有名的“飘场”，酒廊的左手边是《四川日报》的报廊，大家都装作看报纸，但心里都明白怎么回事。“现在，这样的马路‘飘场’已经衰落了，年青的一代更愿意去酒吧，大家更看重的是交流。”王说。

“成都是同性恋的天堂”，这句话记者几乎从所有接触过的同志嘴里都听到过。所谓“天堂”就是成都的“飘场”不会受到警察的冲击，成都市民不会大惊小怪，不仅如此，他们甚至还常常到同性恋酒吧里凑热闹，去“耍”。

因为是“天堂”，所以其他城市的同性恋者会想办法移居到成都生活。记者接触的十多个同性恋者中，就有好几个是从重庆等城市转来成都的，因为成都的同志好找“伴儿”，有更多的选择，生活比较自由。

王晓冬举例说，中秋节的时候他陪同马丁·贝利基金董事会主席马丁先生参加一个聚会，大家都在跳舞，突然两个“同志”当众拥吻。马丁先生非常惊讶，他惊讶的不是两位男“同志”的举动，而是聚会现场的40多个人没有人停下来看他们，没有表现出惊讶或愤怒，人们还是自己在玩自己的。他感叹成都的宽容，感叹成都市民的宽容。

王晓冬对近十年来四川媒体对同性恋报道的用语，进行了一个检索，他发现已经从非常不堪的用词到了再也找不到歧视性的词语了，而且媒体近年也乐于与他们合作，这是一个非常大的变化。

宽容可能只是同性恋者自己的感觉，相对于将同性恋妖魔化的城市和地区来说，成都是“天堂”。但是记者和十几个同志小组的成员接触，他们告诉记者，他们都有两个名字，一个是在社会上使用的，一个是在同志小组里使用的，在社会上他们是一副面孔，在这里他们又是另外一个样子，他们每天所做的事就是小心翼翼地防止人们将这两个名字、两个人汇合在一起。通常，他们最害怕的事情是被警察发现，因为“警察对待同性恋者比对待刑事犯还要狠”。歧视、开除、不升职、扣发奖金，甚至因此被人敲诈的事例，不断地通过热线传递过来，内心总是绷得紧紧的。

安全的性

在这样的氛围里，王晓冬2003年拿到的是16万元的赞助，2004年是22.7万元，2005年是26万元，在2006年的后面，他们画了一个大大的问号，明年的钱在哪里？

但是，记者是在同志关爱小组这样的一个特殊场所接触这群人的，就像是在水族馆里隔着巨大的透明玻璃观看深海鱼类一样，真正的海的深处依然是不为人所知的。10万同性恋者犹如10万假面人，隐在生活深处。

成都有10多家酒吧，10多家浴室，10多所厕所是同性恋们常常聚会的场所，还有露天的“飘场”。“你无法知道这些人是怎么解决性问题的，潜在的危险是艾滋病对这一群体的侵害”。

王晓冬们一年20多万的经费所能接触的同性恋者不过二三百人，这种接触模式被称作“同伴教育”——“觉悟”或者有“清醒认识”的同性恋者教育其他的同性恋者。

从16岁到50岁都被认作是性活动的高峰期。而大多数的同性恋者不使用安全套。王晓冬有一幅图表，反映的是在同性恋酒吧放置免费安全套和进行过相关内容教育之后安全套使用上升的趋势。

从2003年开始，同志关爱小组开始在成都同志中进行艾滋病感染检测，2003年检测156例，发现艾滋病感染者1例；2004年检测200例，发现2例；2006年检测230例，发现5例。“和其他城市差不多，也就是呈1%到5%的发展趋势。”王晓冬说。

因为艾滋病，同性恋成为一个烫眼的词，同性恋者的性生活也受人诟病，有的时候将同性恋与多性伴、性乱画等号。

有专家指出，同性恋者很难长相厮守，这与男性的性心理有关，更与社会为同性恋者提供的社会环境有关。

在成都同志关爱小组，记者出了一道题，让他们按重要程度排列同性恋者建立长期稳定性关系的充分必要条件。在场的十多个人一致给出了下列答案：第一，情感，两个人要相爱，情投意合；第二，两人的生活目标应该一致；第三，有相对充裕的物质条件；第四，房子，有相对独立自由的空间；第五，社会关系，包括父母、朋友、邻居等等。

“同性恋与异性恋一样，会因为性格的不和、世俗的压力、情感变淡而分开，但和异性恋不同的是同性恋很难将激情转化为长相厮守的亲情。”一位上了年纪的同性恋者说。他的经历是与一位有婚姻的同性恋者保持了多年的“地下恋情”，长年以来他一直以“挚友”的面目出现在对方的妻子面前，帮助“他”的整个家庭打理一切事务，比如帮助“他”的妻子的弟弟找工作，或者给予金钱上的帮助等等。

“非常的琐碎和烦人，我永远不可能在阳光下和他交往，但又要承担很多的义务，最近我们分手了。”他说。

“同志的生活方式是可以引导和教的。”王晓冬相信，大多数的同志并不知道自己真正想要什么样的生活。因为在他们面前，主流社会从来没有提供过一个样式。而王晓冬想提供的样式是“尝试理智生活”，他把这对20年长相厮守的同性之恋在成都同志圈中推广，以期起到榜样的作用。“不要盲目找一个异性结婚以掩人耳目，也不要多性伴、自卑地生活，而要积极、快乐、安全地生活。”他说。

采访手记：天生一个好故事

当你读完这个故事的时候，你可能会有一个本能的反应，感叹一句：真是天生一个好故事。

新闻就是这样，除了记者的采访写作能力之外，新闻事件是一个坯子，坯子的好坏对于新闻来讲有时候是决定性的，特稿尤其如此。如果一个新闻事件因与果之间的距离太短，各种元素之间的关系过于单纯，就算是再具有爆炸性或者吸引人的特性，它可能都不会成为一个好特稿的坯子。

这个故事是一个天生的好坯子，这是编辑在很多的艾滋病、同性恋当中挑出来的，这不是记者发现的题目，记者只是一个执行者，去把这个故事写出来。

这个故事有点像美国《普利策新闻特稿卷》里的一个故事，两个同性恋者，在生命的最后一刻相伴在一起。在他们以同性恋身份生活的短暂一生里，他们为同性恋的合法地位而努力，同时他们的性也是乱的，在众多的性伙伴与性生活中，不觉已染艾滋病，其中的一个陪伴着另一个走完了生命中最后的一段，同时也在等待自己最后时日的到来。在生命垂危的时刻，他们有很多的思考，很多的人生感悟，或许你会对他们的生活方式有自己的看法，但你不会拒绝他们的思想，也不会不为在生离死别时他们之间的不舍与爱而动容。

这两个人的故事在中国，这是一个并不完全开放的社会，同性恋约会的地点更多的是公共浴室和公共厕所，这个地点已经给同性恋者绑定了他们在社会上应该待着的位置和地位，社会的公共意识之强大，与个人的行为之渺小，这个社会里同性恋者在大众的眼里还是妖怪。

好坯子和好文章之间还是有距离的，一个好故事并不一定能够成为一篇好文章，这其间的距离有多远可能还是要因人而异。对特稿来说，素材好可能意味着纷繁复杂，意味着有多种路径可走，哪一条路是歧路，哪一条是最佳的路可能更需要仔细分辨。

在接这个题目的时候，我还是有一些犹豫。我知道这是一个需要和采访对象很贴近的题，我需要进入他们的“卧室”，会谈到性——特殊的性，他们约会的地点、方式等等，我对我的心理和感觉没把握。

> 电话里说，找到“变奏酒廊”，别从正门进去，从后面的楼梯上来。
>
> 后面的楼梯不仅滑腻黑暗，还有一股便溺的味道，这和酒廊门脸的灯红酒绿的气氛很不同，有一种不良场所的感觉。
>
> 一个有着三室的小屋子里，见到了穿着花衬衫有一点瘦弱的王晓冬。
>
> 房间里还有五六个“花衬衫”，都在忙各自的。即使不是标准的衬衫，但感觉也有些花，或者头发染得很鲜艳，都是个子不高很瘦弱的样子，像是没有发育完全的男孩。
>
> 王晓冬拿来了几本杂志《同心》，开始讲杂志如何发送到全国25个城市的同志酒吧里，如何建立同性恋热线电话、艾滋病检测等等。
>
> 一只蟑螂在明晃晃的灯光下爬上桌子，在两杯刚倒的茶水之间犹豫着该往哪里前进，王晓冬拿起茶杯麻利地按死了它，话题继续。
>
> 蟑螂之死让记者皮肤麻麻的，心不在焉地一会瞟瞟王晓冬，一会瞟瞟花衬衫们，猜度着他们哪一个是……同志。

作为记者来说，接触这样的群体，心理还是有距离的，我知道这不应该，但这种心理的反应是自然的。

好在年至50的两位故事的主角给人很“正常”感觉，从表面上，他俩在一起看不出来有什么不一样。他们在成都关爱小组王晓冬的“思想工作下”似乎也愿意接受我这个记者。

我们双方的接触都是在小心翼翼的情况下进行的。我知道一开始我不能去提我最想知道的问题，我得绕着走。我们谈的是别人，别的同性恋人，成都的同性恋圈子，他们的生活方式，我担心的是，如果我直奔主题，他们会因为没有做好准备，或者没有找到合适的倾诉的出口，或者因为没有建立对我的信任而将我推在一定的距离之外。

先接触他们的朋友——同性恋者，看他们做生意的地方，和他们一起守摊，他们请我吃重庆火锅，这样的时候，不提问题，只是用眼睛看、观察、感受。

进一步我提出要接触他们的家人，他们答应了，然后我又提出见他们的邻居，他们没有让我见现在一个楼上的邻居，在这里他们还是隐身人，他们特意在家摆了一桌饭，名誉上请邻居来聚聚，实际上给了我采访的机会，在酒喝得很热的时候，话题打开，这种时候，要以看似不经意的提问，维持随意的气氛。

有了这次的接触之后，我坐在了他们的客厅里，翻开了他们的影集，他们拿出了文章中提到的被许多同性恋阅读的没有封面没有名字的书。当接到这本书的时候，我知道可以“严肃地”谈一些问题了，我的身份和心理也归了位，一名职业新闻人，而不是一个好奇的窥探者。这以后，我问了俩人之间最隐秘的问题，他们处理一些敏感问题的方法。

我用了一个办法，就是所有男女之间情感、性、婚姻当中的关键词、关键环节我都有意的，但以不经意的方式让他们用同性恋者的角度重新解读一番，或者我自己进行一种比照，在这种解读和比照中，发现了很多与我们熟悉的异性恋的不同，同时我也在不同中找到共同的东西——初次性、一见钟情、爱情、多性伴、婚姻、欲望、异性、忠贞、出轨、白头偕老。它们就像一只只攀登高峰时为你准备的抓手，让你有所依恃。

另一方面，这种有点极端典型化故事，通常并不仅仅是一个个例，你不能把它仅作为一个单纯的故事来看待。你得把它加入一个大的背景中去，你在采访的时候，要常常在心里重复这个背景，这是一个大故事里的小故事，这个大故事就是时代和社会。这个大背景就是李银河争取同性恋婚姻合法化而不得，同志帮助小组王晓冬们努力在同性恋者中倡导“积极、快乐、安全地生活”，中国同性恋中艾滋病感染和传播加速的现实。

两个男人之间，两个男人和他们的家人之间，和邻里之间，和社会之间，和同性恋者之间，和看不见的社会意识之间，他们之间的关系是互动的，找到这种互动中的关键环节也很重要。

这个故事加上引子我用了八个标题来展现，这可能是一篇文章中所分标题比较多的，每次转换一个标题，实际上是给了写作者一次转换场景的机会，就像是戏剧的换幕一样，它给了你更多的展现矛盾制造戏剧化的可能，同时也给了你更多的舒展笔墨的可能，而对于读者来说，是吸引他再往下读的一种方式。但对于采访的记者来说，这背后意味着你需要围绕一个故事的核心，去向不同的方向呈放射状挖掘探索，找到不同层面的不同质素的空间。一棵大树，有了主干还不够，你还得给它们添上千姿百态的树桠和树叶，大树才能丰满起来。

读了这篇文章，很多人可能有一个感觉，就是两个男人的婚姻和男女的婚姻没有什么不同，他们同样感受到爱，感受到彼此的依恋，同时他们也会厌倦，也会出轨，他们并不是妖怪。如果说他们与男女之恋有什么不同，就是他们让人哀怜的迷茫、痛苦以及让人心动的真挚与缠绵。

这应该是中国同性婚姻的启蒙故事吧，它的传播效果可能抵得上许多鸿篇大论。故事见报的第二天，我接到一条短信，说，他是一个同性恋者，在时尚杂志工作，一向不公开自己的身份，现在他愿意把我当做他的朋友。

骑在文明的边上

对于乌鲁木齐来说，南山牧场就像是它的后庭院，一抬脚就能到的地方；

对于南山牧场来说，乌鲁木齐就是它的一个远房亲戚，一年去几趟就行了。

50 公里的距离对于新疆这样一个天高地阔的地方，简直就不算是什么，但 50 公里的距离却分割着两种不同的文化，一端是现代城市文明，一端是游牧文明。

8 月 19 日到 21 日，记者在天山牧场的甘沟乡东风村牧民苏哈依甫的家生活了三天，体验了两种文明共同塑造的生活。

哈萨克的日子

苏哈依甫家的 3 匹马丢了。

3 个家伙是集体出逃的，原本它们拴在后院里，蹄子还加了绊马索。

苏哈依甫家房前屋后都是一波一波耸起的青山，看起来不高，但很密，层峦叠嶂，一直连着远处高高耸立的白雪皑皑的冰峰。

3 个家伙不知躲进青山的哪一个皱褶里。有它们的时候，苏哈依甫觉得这些山都很近很小，没有它们的时候，山就变大变远了。

晚上放在草场的羊们没能赶回圈来，苏哈依甫窝在家里，想到草场去打草也没有去成。大儿子阿依布拉提什么事都没干，找了一天的马，傍晚回家的时候还是独身一人。

第二天早晨 4 点半（新疆时间，相当于北京时间 6 点半。这里的太阳比北京迟到两个小时，牧民家的钟表也晚两个小时，而在 50 公里之外的乌鲁木齐，使用的却是北京时间）一家人就起了床。

大儿子继续去找马，二儿子努尔布拉提和小儿子达吾力提步行到山上去赶羊回家，老伴布比汗上山去找奶牛。

56 岁的布比汗身材已经很胖了，当她追着 4 头体型巨大的奶牛时，呼呼气喘得很远就能听到。而被分开了一夜的牛犊们见到了丰硕的乳房，哞哞叫着，疯了一样往母牛肚子下钻，布比汗急着把它们赶开。

几分种后，布比汗把只顾埋头吃奶的小牛脖子上套上绳子，强行把它们拉开，一家人主要的食物——牛奶及其制品必须这样从小牛的嘴里抢出来。

布比汗开始挤牛奶。她坐在一把小凳子上，两腿夹着一个小铁桶，伏下身子，把脸侧着贴在牛的后臀上。“刷、刷、刷”牛奶射入铁桶的声音有力而又富有节奏感。

天山之巅的第一缕阳光铺满布比汗弯曲的脊背。

没有谁比布比汗更懂得牛奶对于维持一家人生活的重要性。每天三个强壮的儿子和老伴的奶茶、一只死了母亲的孤儿羊的早餐和晚餐、一家人要吃一冬天的酥油、奶酪、酸奶疙瘩都要靠每天挤两次的牛奶，而盛夏、初秋是牛奶最盛奶质最好的时节。

“以肉为食，饮酪为浆”，几千年来培养成的胃，真的很难改变，尽管现代文明很近也很强大，并且在提供方便的同时悄悄改变着很多东西。

两个来小时之后布比汗收获了一大水桶牛奶，小牛们被放回去吃已经瘪下去的乳房。外面的大地响起闷闷的声音，一群羊像洪水一样从山坡上泻了进来。两个儿子把羊赶回来了。250 只羊挤着去吃马槽里的盐，喝水。

苏哈依甫抓来一只今年刚出生的浅棕色小羊，四蹄攒花捆倒在地，一把大剪子伸入厚厚的羊毛，一层层的羊毛花朵盛开般地从羊身上脱落下来。成年羊的毛已经在夏牧场里剪过了，所有小羊的毛都要在这几天剪完。

今年春天，苏哈依甫亲手接下了 90 只羊羔，明年春天将会有 130 只小羊出生。“200 只羊羔生下来的时候，我房子的困难就没有了。”他用哈萨克语法的汉语表达着他的理想。他说，那时候他要到北京上海去看一看，而且还想“胡锦涛跟前一匹马送呢”。

他的家里有250只羊，另外还有15头牛、3匹马。对苏哈依甫来说，羊还是哈萨克人的全部财富。他相信羊可以不断地生出羊来，他也会越来越富。

周围已经有牧人开始转变想法，他们觉得羊生羊富得太慢，便把家里的羊交给别人代牧，草场也转让给别人，自己腾出手来搞旅游或者贩运商品。苏哈依甫家里就代牧着别人的150只羊。

早晨9点（新疆时间），母亲布比汗烧好了奶茶，在铺满花毡的炕上摆上一个小矮桌，桌上铺餐巾，一家人盘腿坐着吃早餐。

烧煮过的砖茶兑上新挤的牛奶，是哈萨克人日日不可缺少的奶茶；一碟金灿灿的奶油，是餐桌上最珍贵的食品；还有一碟奶疙瘩、一些切成块的馕。这些简单的食品就是哈萨克人一代一代支持生命最基本的东西。

布比汗坐在坑下的小凳子上给儿子们添茶。她会给他们的碗里盛上更多一些的奶皮。父亲和儿子都专注于食物，没有人交谈，只有轻轻的啜饮声。

这是一家人最安详的时刻。牛奶浓郁的香气飘荡着，那气味里有暖暖的温度，扑在人脸的皮肤上。一只小羊闻到味道熟门熟路地走进来，把头钻进布比汗的怀里。布比汗拿出一个婴儿奶瓶，灌满牛奶，小羊立即贪婪地吸吮，发出很大的响声，几秒钟，一瓶牛奶就喝完了，接着是第二瓶。

这就是一生下来就失去母亲的孤儿羊。四月以来就在布比汗的怀里吃牛奶长大，儿子们把布比汗叫“羊奶奶”。小羊吃饱了仍不走，它还要和羊奶奶脸贴脸“说话”：“别人有妈妈，都吃得白白胖胖的，只有你瘦得只有骨头。”布比汗无比怜爱地嘟囔着。

每一年家里都会有这样的孤儿羊，还会有被没有母性不会做母亲的羊抛弃的，每一只这样的小羊都是被抱到热炕头，布比汗像喂婴儿一样用一瓶瓶的牛奶让它们长大。在哈萨克人传统的观念里，一草一木一山一水都是有灵性的，而每一个生命都是平等的、值得尊重的。

喝完茶，把羊和牛赶回到牧场，三个儿子要到十多公里外的一个小渠子的地方去打草，布比汗给他们准备午餐：一些馕、一块茶、牛奶酸奶各一塑料瓶、两桶清水。中午他们将在野地里生一堆火，烧一壶奶茶就馕。

入秋之后，一年中忙季就到了。这时候要为人畜做好入冬的一切准备。男人们忙的是牲畜冬天的粮食，女人们忙的是家人的粮食。牲畜们冬天的主要食物是燕麦，人的食物主要是奶制品。

冬天的南山牧场会下一米多深的雪，苏哈依甫家所在的甘沟是一个面阳的山沟，这样的地方是牲畜过冬理想的“冬窝子”。有3个月的时间，人和牲畜都出不了门。

苏哈依甫家分有18亩地，但所种的饲草远远不够。他们又购卖了90亩燕麦，儿子们就是去把这些燕麦打下来晒干再运回家的。

儿子们走了之后，布比汗开始制作奶油。把油从奶里分离出来是一项艰苦的工作。奶被装在一个10多公斤的大塑料桶里，用一个帆布口袋将口封住，一根木棍从帆布口袋里伸到桶里，每天不停地捣2至3个小时。从我们到她家的第一天开始，直到我们离开，一大桶奶三天的时间“奶油还没有捣出来”。

当奶油从奶中分离出来后，清水将被倒掉，奶渣晒干变成奶疙瘩。

“哈萨克人的一天和一年是一样的，哈萨克人的一年和一辈子是一样的。”苏哈依甫说。对他来说，日子不是“天”或者“年”，而是“季”。季节的轮转指挥着羊的生活，羊指挥着哈萨克人的生活。

此时此刻羊们的夏季已经结束了，它们刚刚从夏牧场转到秋牧场，牧人们为入冬做准备的季节到了。一个半月后，秋后冬前羊的事都忙得差不多时，就忙一忙人的事，哈萨克人婚嫁的季节到了。这是草原最沉醉的时节，到处是奶香肉香赛马叼羊摔跤，老爱情在这个季节里成熟，新爱情在这个季节里萌发，情歌在草原悠悠回荡。

然后羊们再一次转场到冬牧场，直到雪厚草枯时，冬天的圈养开始。3月一过，春天接羔的季节就来了，这是牧人最喜悦也是最忙的时节，然后又是转场，新出生的小羊随着羊群第一次走进夏牧场。

苏哈依甫为大儿子盖好了新房，布比汗整天在晒羊毛，她要为儿子的小家制作3块花毡，只是儿子还没找到心爱的姑娘。

哈萨克的翅膀

布比汗是一个女“阿肯”。

阿肯是草原上歌唱的诗人。

骑着骏马，怀里抱着两根弦的“冬不拉”（哈萨克乐器），从一个毡房歌唱到另一个毡房。

阿肯和歌手的不同是，他们不仅自弹自唱，他们还自己做诗，他们唱的内容除了史诗、传说外，更多的是自己即兴写的诗。

“当你降生的时候，歌声为你打开世界的门户；当你死亡的时候，歌声伴你进入坟墓。”从生到死，人生的重大时刻，哈萨克人没有不歌唱的。

骏马和诗歌是哈萨克人的两只翅膀。

骏马让哈萨克人在草原上自由驰骋，哈萨克的一个解释就是“自由人”；诗歌是哈萨克人精神的飞翔，它引领着这个饱受大自然风霜雨雪的民族越过苦难、绝望抵达清朗平静的彼岸。

布比汗的双手的每一个关节都变得非常粗大僵硬，让人无法将这样一双劳动的手和诗与音乐联系起来。但她确实是一个远近有名的“阿肯”。

看着山我还能说什么
你所包含的只有太阳和月亮能够知道
松树林木为你增添光耀
在你的怀抱里马鹿雪鸡养育着子孙
自然的生命互相配合才有如此奇妙
早晨升起的太阳啊多少美好

这就是布比汗写的诗。这样的诗她整整写了几大本。

限于语言障碍，我们无法把它翻译得更好，但布比汗可以把它唱得悠扬动听。

布比汗的父亲是一名“阿肯”，“没有文化，但聪明得很”，布比汗说他的父亲喜欢收集各种各样的诗集，手抄本的、印刷本的，很长很长的诗集。

布比汗 7 岁开始读诗。“冬天的草原黑得很，夜长得很，在冬窝子的木屋里，围着火炉子，一群孩子和父亲弹着冬不拉唱这些诗。”“游牧搬家的路很长，也很累，父亲骑着马把我抱在怀里，一边唱着一边走路。”

父亲一生生育了 15 个孩子，他们中间出了两个阿肯，都是女的，一个是布比汗，一个是布比汗的姐姐，嫁到了伊犁。

布比汗 16 岁的时候就开始在“托依”（婚礼）上唱了。她曾经和她的情人、现在的丈夫对唱过，一歌定情；她曾经在对唱中击败过挑战者，捍卫了自己的爱情；她曾经在“托依”上唱过一个又一个的通宵；她曾经在草原的阿肯弹唱比赛上夺得第一名。

但是现在，布比汗的冬不拉琴弦断了。

“已经两年没有唱了，老了。”她笑着说。

更主要的是现在年轻人的“托依”已经不再需要阿肯的歌唱了。

年轻人的婚礼更喜欢在餐馆里摆桌子，喝罢吃完，弄一套音响，一把电吉它，跳迪斯科。或者更时尚的，把婚礼搬到乌鲁木齐市办。最让人羡慕的是搞一辆凯迪拉克领着一个长长的车队，在乌鲁木齐绕一圈，再到大饭店里办酒席。他们认为这样“气氛好”。

布比汗的三个儿子没有一个继承“母业”成为阿肯的，他们对流行歌曲更感兴趣。整个天山牧场里年轻的阿肯也越来越稀少。

黄昏时分，一切家务都忙完了，在我们的要求下，布比汗从邻居家借来一把冬不拉，坐在厨房的炉边的小板凳上唱起来。

“阿合耐克啊，一看见你的身影，我的心就停止了跳动，你的家搬来搬去，像云一样在草原上飘动，你去了那遥远的地方，我怎样才能得到你的消息？”

这是年轻时候跳动在她琴弦上的歌。真的是非常久远啦，她手抚着琴，轻轻地哼着，眼睛望着远方的青山，寻找着当年的旋律。

白色毡房，绿色的夏牧场，年轻的岁月，像云一样飘动的衣裳。最后一缕阳光暗了下去，她的脸变得模糊了，唯有歌声在响。

突然我们听到了熟悉的旋律，那不是王洛宾的《可爱的一朵玫瑰花》吗？

可爱的一朵玫瑰花，赛里玛丽亚，可爱的一朵玫瑰花，赛里玛丽亚，今晚你骑马过河到我家啊，喂饱你的马儿带上冬不拉……我们用汉语跟着她轻轻地唱，她用哈萨克语大声地忘情地唱着。

当年王洛宾一脚踏进草原，就被这首歌的旋律迷醉，在他重新填词和修饰后，这首草原情歌便传遍了世界。

但是一个哈萨克老阿肯在草原之夜的歌唱是独一的、纯净的、醇美的、无可替代的，它有一种直抵人心的力量。“都塔尔啊，玛丽亚深爱着你。都塔尔啊，你快点回来吧。你的位置有很多我不爱的人要来抢。嫁给别人就如掉入悬崖。我的生命里没有你还不如死去。”

布比汗相信这是草原上发生的一个真实的爱情故事，玛丽亚是一个俄罗斯姑娘，爱上了一个哈萨克小伙子，这个小伙子叫对山，都塔尔是姑娘对他的亲昵的称呼。

没有了阿肯，谁会把这些美丽的旋律和故事传唱下去?

得到的和失去的

苏哈依甫常常说“生活变化太大了”。变化开始于半定居，变得比较快的是这几年。

在他家的院墙外面，一条马路修进山里，小面包车穿梭在牧场和乌鲁木齐之间，把城市的生活不断地运到山里。

冬天，牧场就变成了滑雪场，城里人穿着红红绿绿的衣服坐着各种车来找快乐，哈萨克人用马将滑下来的他们再拉上山顶，顺便出售一些自家制作的熏马肠（哈萨克人的熏马肠是一种绝好的美味）。

夏天，牧场就变成避暑庄园，城里人特意要到哈萨克人的毡房里睡一晚，骑骑马，吃一吃手抓肉，用清凉的酸马奶把自己喝个醉。哈萨克人出租毡房给这些人，帮他们牵马煮肉。

苏哈依甫家没有直接“搞旅游”，但生活还是跟着变了不少。

首先是住的变了。

苏哈依甫家住的是一排平房。这个平房的墙有30多年了，屋顶是新修的，他们已经在这里住了20年了。

住在这样的房子里他一年只需要搬一次家，而且不再是全家人搬，只是放羊的人带着羊转场就行了。

哈萨克人几千年流传下来的毡房不再使用了。东风村的村长拜山在内地上过大学，是个见过世面的人，他说哈萨克的毡房可以申请吉尼斯世界纪录，里面有哈萨克人几千年的智慧，独一无二，可惜渐渐消失了。

苏哈依甫的院子里扎着一顶毡房，这是夏天游牧时用的。白色的圆锥体，外表看起来和普通的毡房没什么区别，里面的结构却大大的变了。它们是钢管、化纤材料，外加帆布的一个现代机器产品。

苏哈依甫并不讨厌它。他说：这个好，轻，结实，一匹马拉就够了。

苏哈依甫还不会走路的时候就已经骑在马上，5 岁的时候家人为他举行了骑马礼，骏马一直是他的一双翅膀。

苏哈依甫说他年轻的时候一顿可以吃半只羊，喝 5 公斤马奶酒，外加 2 公斤牛奶。然后骑马走很远很远的路。马是哈萨克男人最骄傲的。

现在马还是苏哈依甫生活的必需，但有很多时候可以不骑马了。

夏季转场，过去需要马和骆驼走两天两夜，现在只需要 2 个小时，一辆 130 车就到了；

到草场去打草，骑马需要 2 个多小时，现在骑摩托车 15 分钟；秋牧场和冬牧场就在自己家周围，可以骑马也可以走路。

现代文明在提供方便的同时，正悄悄把过去很重要很神圣的东西变得不重要也不那么神圣了。

苏哈依甫的家里有一辆旧的三斗摩托车，三个儿子骑了就走。

苏哈依甫的大儿子的理想是有一辆更好一点的车，这样就可以不放牧了，为此他已经做好了准备，专门上了学，拿到了驾驶执照。

远远看去苏哈依甫和他的儿子们已经和汉族人没什么区别，他们已经不戴民族式的白薄毡黑绒翻边帽，也不再穿自制的靴子了，只有走到跟前的时候，你才会看到他们的眼睛泛着琉璃浅蓝色，他们的头发是黄色而卷曲的。

苏哈依甫喜欢用哈萨克语法外加哈萨克语调的汉语和我们聊时事，尽管可用的词汇很少，但他聊得不失精当幽默。

他说“非典”是一种脏病。他很可怜那些城里人，那么多的人，那么多的车，还要抽那么多的烟，垃圾埋一下就完了，风一刮水一冲又出来了。他自己一辈子不抽烟，他的三个儿子也不抽烟。

过去哈萨克人认为把自家的奶制品拿出去挣钱是不吉利的，绝不会出售。现在不少哈萨克人冲破了禁忌，把自家的马奶、奶酪拿出卖给游客。苏哈依甫对此的点评是：马奶子，那么美好的东西，不能白白把美好送人，应该得到报酬。

对于乌鲁木齐，他说“闭着眼睛走下呢”，意思是对那里的每一条街都非常熟悉，那里“亲戚有呢，哈族朋友有呢，汉族朋友也有呢”，但他绝不喜欢那里。

他认为如果在乌鲁木齐睡觉，就会“脑子坏掉呢，头疼得很”，烟气、尾气、噪音让他受不了。

“这个地方好”，他对他的牧场的评价是“乌鲁木齐有的东西，我们都有呢，乌鲁木齐没有的东西，我们也有呢”。

“电有，自来水有，冰箱有，电视有，电饭锅有。”而乌鲁木齐关键是“干净空气没有，水没有”。

在他家里我们真吃到了电饭锅做的手抓饭。有点夹生，可能是电饭锅还不能胜任这种有肉又有胡萝卜的饭。但是，他们一家人都吃得很香，似乎没有人发现饭是夹生的。

电饭锅做手抓饭可真算是一奇。手抓饭原是婚丧嫁娶或节日吃的，要用大铁锅炒了再闷。

生活变得简略了，生活也就不再那么醇香了。

城市里来的这些东西，苏哈依甫看起来不惊奇不迷恋，好像是有也行，没有也行。但有些东西还是在潜移默化中改变了他的牧人审美观。

他最得意的是为大儿子盖的房子，“花三万一千块呢！”那是一幢砖平房，临街面全部贴上了白瓷砖，并用棕红色的瓷砖拼了菱形图案。这是牧区最时髦的样式，邮电局、派出所、卫生院、饭馆全部是白瓷砖菱形图案，乍一看颇似某个边远地区毫无特点的小镇。

生活在现代城市文明的边上，不可能不被它改变，苏哈依甫直观感受到的是这种改变的好和不好。

不好的是游客踩坏了草场；好的是带来了财富，草场没有白白踩坏，旅游让羊卖得贵了。

不好的是人变多了，草场变脏了；好的是牧人的眼界开了，挣钱的方法多了。

这一点体现在他三个儿子身上是，三个儿子有三个理想：

大儿子想开车跑运输；

二儿子想放羊致富；

三儿子想到哈萨克斯坦开一个饭馆。这个儿子在乌鲁木齐上的学，学的是汉族人的炒菜，现在乌鲁木齐已经留不下他，他向往的是更遥远陌生的地方。

记者手记：消失的文化之树

在乌鲁木齐南山牧场采访的最后一天，记者和东风村的村长拜山走在已经修进山里的平坦马路上，他告诉记者，一个更大的更现代的国际滑雪场正在山上修建，还有更多的避暑山庄正在规划中。记者不禁问："城市里的东西越来越多地涌入，你看，这山已经很难保持原来的模样了，你愿意这样吗？"

拜山："不是你愿意不愿意的问题。当一个人知道了种辣椒几个月就能收获，倒买卖立刻就有收益，而放羊几年才能有收获的时候，他就会想，我为什么还要放羊，他只要这样想了，变化就来了，你挡也挡不住。"

记者："旅游搞大了，人就多了，人多羊就没有地方了，这里的生活又能保持多久呢？"

拜山："谁知道，再过二三十年，或者是50年吧，放牧这个词就退休了，四季逐水草的放牧方式就可能不存在了。不过你不用愁，肯定会出现高密度的栏养，就像现在英国养牛的方式，产出高效益高。"

拜山是一个聪明的哈萨克人，他看出了发展的趋势，并且不畏惧明天的变化。

拜山有两个孩子，他的儿子考入了乌鲁木齐的中学，在那里他接受的是现代城市文化的教育，和所有的汉族孩子一样。唯一不同的是他多了一门语文课，这门课教授的是哈萨克的语言文字。他说，这样儿子既学习了现代知识，又没有丢掉哈萨克传统。

拜山的希望是，儿子在这所学校毕业后，能够顺利地考上在北京和上海为少数民族特设的"新疆班"，在那里见识最顶尖的都市文明，接受最现代化的教育。

拜山的女儿从小就选择了汉语学校，在她那个班上26个孩子中，有19个来自哈萨克家庭。有趣的是，课堂上，孩子们读书用的是汉语，一下课，满教室讲的都是哈萨克语。最后汉族老师都快被熏陶成"哈萨克"了。

面对这样的事实，记者最大的感慨就是：现在的地球不论是南极北极还是地球之巅，不再会有现代文明不能到达的"纯净"之地了。现代文明假借现代化的手段正在侵入地球的每一个角落。不仅仅是入侵，还是同化，异样的、少数的文化将在这种现代化的大潮中消失。

每一个生活之地“偏”“远”的少数民族，都不可避免地要受到现代文明的冲击，并在这种冲击中产生变化。

“变是肯定的，但怎么变却是个问题。”正如拜山所言，中国的少数民族正处于“向左走，还是向右走”这样的十字路口。

抉择是痛苦的，抉择同样是至关重要的，不论是对一个人的人生，还是对一个民族的前途。

走着唱着活着

2003年10月10日下午，一群太行山的盲艺人来到了北京，在首都师范大学音乐厅进行了首场演出。

主持演出的中国艺术研究院田青教授说，他在太行山听到这些盲艺人演出的时候，“感动得涕泪滂沱”，“在这个晚上，在这座残破的古戏台的房山下，我听到了真实的歌声”。他说，阿炳还活着。

于是有了这些从没有走出大山的盲人们的北京之行。

那天，我听了演出，感觉并不好。盲人们僵硬地排成一排坐在舞台上，穿着簇新的衣服，唢呐、锣鼓的声音在音乐厅里冲撞，刺激着人的耳膜。

直到演出结束的时候，一个细节才打动了我：这些盲人们面对观众的掌声，不知该怎么做。有人走上舞台，拉他们站起来，他们更不知所措了，有的急忙去摸放在地下的乐器，有的站了一半又坐下了。

这群盲艺人的舞台在太行山。一个细节刻进了我的脑海：层峦叠嶂的太行山，一群盲人互相搭着肩膀，蹒跚而行。行走，演唱，行走，时间不是月以年计的，而是几乎一个世纪。这该是怎样的一种生存！

11月10日，我们踏上了追寻盲艺人太行山足迹的行程。

11月11日桃园村 寻找

10月10日晚到达左权县，同行的有《南方周末》摄影记者王景春、华夏时报记者刘红庆。见到左权县文化局石局长，他说，盲艺人下乡了，但不知道在什么地方，晚上一定帮我们打听出来。

但是第二天并没有结果，电话打到各乡，都说不知道，他们是游走的，今天还在，明天就不知去向何方了。只是得知盲人们分成两支，一支在县域的西北部，一支在县域的东部。

我们决定自己去找，先奔向西北。

周围的山看起来并不是很高大，也不是特别的险峻，但当要在里面找几个人的时候，才发现，山实在是太大，人实在是太小了。

拐儿镇，一个枯干萧瑟的崇山峻岭中的小镇，一座牌坊，一条街，一棵老槐树，槐树上缠着红布，下面摆着香炉，有人祭树。

拐儿镇没有什么名气，但它所辖一个村赫赫有名——那个把地球打穿都不会打出水的老井村，电影《老井》的拍摄地。

一位副镇长听说我们要找的人，一脸茫然，忙找人去打听，几十分钟之后，消息回来，竟是两个完全不同的方向。

我们只好向一个方向试探。

一群羊从山坡上漫下来滚过公路，站在羊群中间的羊倌高声回答我们的问题："看见哩，夜里（昨天）从那边山路上过哩"，羊鞭向远处的群山一指；

一群牛慢吞吞地要过公路，牛倌的样子相当兴奋，"吃罢早饭，他们在过河，往那边去"，手里的棍子指向更远的群山；

拉煤的拖拉机被拦了下来，一只乌黑的大手从马路左边的大山移向右边的大山——消息非常确实，他们正从上五指村走向桃园村的路上。

我们发现，大山里的人没有一个不认识他们的。

上五指村的村名得自那里的太行山形像伸开的五根手指，村子就在五指山的山沟里，也就是说，盲人们正从一条山沟里出来，向另一条山沟里走去。

太行山的雪突然就落了下来，密密地扑向人的脸。很大的山，很深的河谷，乱石丛中很少的一点田地。小路随着山势弯曲上升，一个村庄悬挂在高高的山腰上。

他们就出现在桃园村后乱石丛生的小路上。

前面两个挑着担子，后面两个背着捆成的方形行李，一根棍子牵起两个人，另外的手搭着前方的肩膀，串成一个长串。他们仰头向天，脚尖轻轻地颤抖着试探之后，身体的重量才落下来，细长的导盲棍碰在乱石上发出清脆的响声。

盲人串起的队伍拐过一个屋角，走在最前面的人陷进了泥里，沉重的担子从右肩换到左肩，拔出了脚，但不知向何处落，一个村民把队伍串引出了泥水。

“盲人宣传队来了！”小孩子们跑起来，几只狗吠起来，端着饭碗在街头吃饭的人围了过来。

这是左权县域西北部的一支盲人宣传队，他们的成员是：

张林庆，54 岁，盲人宣传队分队队长，21 岁（1975 年）农业学大寨时开山放炮炸瞎双眼炸断右臂。

王贵明，75 岁，13 岁时得病失明。1947 年在他 24 岁的时候，参加了左权盲人宣传队，他是现在还活着的最老的盲宣队成员。

陈玉文，52 岁，15 岁时失明。

药成江，52 岁，37 岁得病失明。

这些人中只有药成江有微弱视力，他是这些盲人的唯一眼睛。他要在队伍的前面引路，每到一个村要进行外联，找住的地方和吃的，安排演出，他甚至要引着盲人们上茅房，照顾他们的生活。

还有刘红权，他因病在县城治疗，我们将他的哥哥刘红庆带来，帮我们找，晚上再送他回去。

千家饭

桃园村是一个约有 500 人的小山村，主要种玉米和小米。村里有一所小学，只有一个合班，一名教师。一个教室里有前后两块黑板，上课的时候，两组孩子面向不同的方向。

盲人的队伍先来到一个院子里，这里面有学校，有村办公室，还有一个破旧的戏台子。

桃园村小学的天井里，一群村民围了上来。

“8 月就该来咧，咋才来？”

“山上落雪了，受罪哩，担那么重的担子。”

“山路可不好走吧，啥时演？今晚住不？”

“演咧、演咧，吃了饭就演。”盲人们用双手试探着，摸着一块石桌，放下担子，一边擦拭着汗水，一边应答着。

桃花红了杏花白了，就像季节的轮回一样，每年他们都准时地来。

《桃花红杏花白》是盲人们最爱唱，山民们最爱听的一首左权民歌，据说被写进了中国高等音乐学府的教材。

就像歌里唱的一样，当某个季节来临的时候，一群盲人就会出现在远远的山梁上，融入一个小山村的夜色里，搅得小山村活跃一阵子，然后在匆匆的一夜之后，又消失了。等一年之后的这个季节，再一次出现。

82岁的张世和拄着拐棍披着棉大衣出来，他走到年龄最大的盲人王贵明跟前，大声地问：“七十几了？”

“七十五了。”双目已经干瘪成深洞的王贵明回答。

“该歇了，该歇了，受罪咧。”王贵明把耳朵朝向张世和的方向，脸微仰着，笑而不答。张继续聊着他背驼了耳聋了眼睛也不好使了，身体比不上王贵明了，他们显然是老相识。

“咳！一年听一次，听了七八十回了。”张世和说他两岁时听盲人唱，年年不落。而王贵明来这个村唱，也已经50回了。

解放后张世和是桃园村的书记，盲人们来了都是他招呼，“早先是给一碗饭，再后来是给点钱，十块二十块，到七八十块，吃千家饭，进千家门，可怜的嘛。”张世和的话里有一种万分感慨的味道。

一个穿天蓝色制服样的中年男人出现了，是村里的会计郭秀林，四个盲人里唯一有一点点视力的药成江迎上去，两人说了几句话，走了，一会又回来，带来了现任的书记，开了一间村办公室的门，里面没有火，很冷。

这里显然是村里唯一的公共场所，左边是一排村办公室，右边是村小学，前边是一个破旧的戏台子，黑洞洞的。盲人们站在这个院子里，跺着脚，搓着手，他们不愿意进那没有火的办公室，也不进那有火的屋子——那是一间大屋子，一半辟成教室，一半是老师的宿舍，盲人们显然保持着某种自律、矜持和自尊。

五个盲人，加上我们三个记者，这个队伍就是八个人，会计郭秀林拦住站在门口的人家，商量安排饭食。村里把这个叫做派饭——不给钱，但会计会记账，算义务工。他问了七八户人家，有一家人家不愿意。

一家只能安排一个人吃饭，确定下来人家后，有点视力的药成江领着陈玉文把他送进了一户人家，会计和书记把其余的送到了各家。

这天中午52岁的盲艺人陈玉文吃的是山药蛋剥利（音，山药拌面粉蒸出的一种食物），吃饭前他坐在火炉旁的小板凳上睡着了。天气突然变冷，又下了雪，陈的棉衣却没有送来。棉衣应该是由他的一个小外甥送来的，但不知道是不是因为找不到他们的行踪。

70多岁的女主人看到他冷得哆嗦，忙捅旺了炉火，直到饭好了才叫醒他。太行山里的农家，冬天为了省柴火，不管有几间房，一家人的全部生活都集中在一个屋里，一张大坑睡全家人，一个小铁炉又做饭又取暖。

老太太说她是从大山的另一边嫁过来的，出嫁前在山那边听盲人唱，出嫁后在山这边听，小时候抱在爹娘怀里听，一年一年的就老到70多了。

“山药蛋剥利”盛在碗里发灰黑色，看起来山药多白面少。陈玉文的碗始终不离嘴边，他说这种饭很好吃。筷子在里面无目标地扒拉着，吃完一碗，老太太从他手里接过来，装满，双手递到陈玉文的手里，为了陈玉文，她还特地下了点挂面。

老太太和他的儿子一边吃饭一边说着他们家发生的事——一个非常漂亮的孙女，在北京打工，因为讨一万元的欠款被人杀害。陈玉文顿了一下，两只没有光泽的眼睛睁得很大，侧耳听老太太继续诉说。

这天的午饭药成江吃的是挂面，张林庆和一名记者吃的是薄面饺，刘红权吃的是捞面，王贵明吃的是抿疙斗（一种杂面食），另两名记者吃的是包子和鸡蛋汤。

这就是老村长张世和所说的“千家饭”吧，不管到谁家里，碰到什么饭吃什么。

讨　钱

午饭后演出在学校的院子里进行。村长和会计从办公室里搬出一张桌子两张长条椅，盲人们把乐器一件件地摆上桌。学校老师放了孩子们的学，慢慢村民们汇集而来。

这天村里停电，没法有广播通知大家。

“打镗——”药成江高叫一声，“咣”的一声铜锣敲响。张林庆的残臂上挂着锣，药成江把鼓挂在脖子上，陈玉文一手持镲拍向桌子上的另一只镲，一手持鼓槌将一只鼓敲响。

如天上滚过的一阵暴雷，整个屋子震得发抖。“再打一遍镗——”这是向全体村民发出的召唤令——演出开始了。

唱了三支曲子演出就结束了，桃园村不是今天的重点，这一天，盲人们的晚饭和睡眠在大山更深处的后板峪村。

离开的时候，钱讨得不太顺利。双方在讨价还价，都有些尴尬。

桃园村盲艺人们要的是150元，村长说太多了，给100元吧，村里今年不好，没有钱。盲人们坚持说去年也是150元，今年不能少了。

双方站在学校院子的一角，小声商讨。盲人们的代表是药成江，其他盲人也都停下手中的活，静静地立着听。

“我们刚刚出来，就少这么多，以后的村就没法要了。”盲人们帮腔。

村长还在坚持，盲人们也不肯让步，他们坚持说要按老规矩，给得少了下一个村子就会跟着学，那他们的日子就难过了。

最后是村长让了一步，盲人们也让了一步，药成江用眼睛都要贴在纸上的距离，艰难地开出了一张收据：130元。

村里看样子确实很困难，村长是个忠厚老实的人，没说假话。会计拿了借据到村民家借，走进一户人家，向一个老妇说了一阵子，老妇人转身进了里屋，关上了门，好半天才出来，手里拿着60元；另一户人家回答得挺干脆：没钱！会计又进了两家门，才借足了130元。

药成江把几张纸币对着太阳贴在眼前仔仔细细看了个遍，又把它递到张林庆手上，张林庆一张一张地摸过，又传到陈玉文手里再摸了个遍，才递回来。药成江解开棉衣扣子，把它们揣进贴肉的口袋里。

左权县有360个村子，就是一天走一个，也得一年的时间，盲艺人分成两支，一个村子就一年接待两次。

360个村都认这个“规矩”，盲艺人们来了，少的50、60元，多的180、200元，总是要拿出来的，有时候赶上村里农忙，顾不上安排演出，拿出钱来，盲人们也就不在村里停留，直接赶赴下一个村。

药成江说，当钱攒到500元的时候，他就会存进信用社里。一年300多天游走下来，盲艺人每月三五百块的活命钱就有了。他们甚至还给老得走不动的盲艺人发退休费，50块100块的。

但这个“老”规矩从何开始，谁也说不清。

这几天我们跟着的两支盲人宣传队，走了6个村1家单位，最多的是那家国营的煤站，给了260元，最少的是100元。

“很多村子说，明年别来了，农村费改税后，村上更拿不出钱了。”药成江说。

“走啰，走啰哟——走啰，走啰哟哎……”

盲人们再一次串成串，踏上青石板的小路，他们仰头向天高声呼喊着，不是向某个人，而似乎是向整个村庄告别。

没有人应答，但有男男女女、老人小孩跟着他们移动、相送。村口，山路，转弯，一个村庄一群人不见了。山，扑面而来。

11月11日后板峪村保爹饭

四公里曲曲折折上升的山路，一条乱石丛生的干枯的河流连着三个村庄——桃园、板峪、后板峪。板峪村是明天返回时的午餐，所以当路过这个村子的时候，盲人们没有进村。后板峪村窝大山深处，四面的山合拢而来，围成一个深“井”，村民的住房高高低低悬挂在山壁上。

后板峪村是一个200人的小山村，以种玉米、小米为主，三分之二的青年外出到内蒙烧砖或者到附近的小煤窑，村里以老人小孩居多。因为村里人口越来越少，今年小学校撤销，孩子们每天走二里山路到前板峪村读书。

就像远方的游子回家一样，盲人们熟门熟路地沿着一条高陡的石板路上去，拐进一条窄巷，进了一家大门。

大山里的天是一下子黑下来的，就像是有人“哗”的一下放下了一面黑色的幕布，白雪在院子里金黄的玉米垛上闪光。

“来咧，来咧，咋这时才来？快进屋。”院子的东厢房打开了门，有人引着盲人们上台阶，进屋，放下行李。

这是村保管员的家，保管是一个黄头发黄眼睛的小个子的男人，他很快就往各家派饭去了。一群一群的媳妇们往屋里挤，叽叽喳喳嘻嘻哈哈互相打趣。

“哎，红权呢他咋没来？”“病哩。”刘红权是这支队伍里的唢呐手，主唱。大家很喜欢他，有人提到他唱的《光棍苦》。

“那就是个光棍嘛，34岁还没混上个闺女。”黄头发的保管正推门进来，一个媳妇指着他说，大家“哄”地笑起来。“光棍多呢，大山哩嘛，没有闺女愿意嫁来。”

“混闺女”是乡民们的方言，意思等同于找对象。

“林庆，你走的地方多，唱的地方也多，混不上闺女，也混几个寡妇吧。”一阵狂笑。在一旁一直沉默得像一块石头似的张林庆忙说：“混不上，混不上，谁跟一个瞎子跑嘛。”

这一支盲艺人中的五个（包括生病的刘红权），只有75岁的王贵明娶过媳妇，其余的都是光棍，整年游走于乡里，背上的行李里装着一年四季的全部家当。

现在是这个200人口的小山村的最寂寞的时光，落雪了，就再也不会有外人进来了，除了三个频道电视节目，一年四季里只有盲人会来这里演出。

“饭好了”，不断有媳妇推门进来，盲人们一个个被领走。“亲家呢，我的亲家红权呢”？一个妇女进来找，盲人们忙说红权病了没来，“这是红权的哥”。同来的华夏时报的记者刘红庆立即被拉住了，“真是红权的哥啊，咋长得那么白，比红权看着还小呢。”众人大笑。

原来刘红权是这个妇女的孩子的“保爹”，也称作“亲家”。乡里的孩子体弱多病担心活不了的都讲究找一个保爹，这个保爹要是残疾人，离本村越远越好，最好姓刘（取“留”字意）、姓陈（取“成”字意）。乡民们认为残疾人阎王爷不要的，命硬。孩子的命再不好，有了残疾人做底，就坏不到哪里去。

保爹来到，会被隆重地请到家里，享受到“上盘”（炒菜）的待遇，晚上可以睡在干亲家的热炕头上，盲艺人们每个人都当着七八个孩子的保爹，每当走进一个村子，都有人会被热情地请走。这一晚山村里的最高级享受，都让刘红权的哥哥刘红庆受用了。

光棍苦

晚饭后的山村完全陷入了黑暗，雪停了，山风更加凛冽。废弃的学校的教室里吊上了一只巨亮的灯泡。

一个包着陈永贵式白手巾的老人走进来，蹲下，点着一支烟；一个扎着头巾的小脚老太太笑眯眯地坐在墙角的地上；三五个白胡子的老头提着一桶红红的炭火进来，放在盲人的脚边，几个人围着火坐下；穿得红红绿绿的年轻媳妇们勾肩搭背地进来，远远地站在后面。

人，越来越多，烟草的味道也越来越浓。

高胡的声音如雄鸡啼鸣一般响起，陈玉文一边拉琴一边开唱："哎——前半年非典闹得紧，后半年盲人去北京，十月里才来见乡亲。今年来到后板峪，咱村面貌实在新，别的事情没发现，一条大路修得平，咱们盲人来演出，再也不用走石头岭。"

窝在墙角的小脚老太太突然之间绽开了灿烂的笑容，一张圆脸笑得像个孩子，空洞洞的嘴张得好大。

开场白之后的第一支曲子，唱的是退耕还林，一对小夫妻，为退耕还林发生的一场小口角。张林庆一开口，引来一片笑声，他一边用残臂打着梆子，一边用尖细娇媚的声音模仿女子。陈玉文张大嘴一唱，假牙就掉了下来，他赶忙用舌头抵上去。观众很快就发现了，每当牙掉下来的时候，他们就放肆地大笑一次。

一曲唱罢，黄头发的保管准时地出现，提着一只壶三只大碗高叫："茶来了"。尽管是白开水，盲人们还是觉得受到了很好的礼遇，兴致高起来，陈玉文举起一只镲要往下拍，药成江高叫"停"，陈玉文问"咋的啦"，药成江说"你别拍破了这只碗"。

"别喝了，"一位盲人小声提醒，"喝多了晚上要尿！"

孩子在母亲的怀里睡熟了，演出在乡民的热情中继续。夜越深，所唱的内容也从"宣传"转向乡俚、戏、幽默。

板胡的高音吱吱呀呀地扭在一起，二把单调的鸣叫刺人耳鼓，锣的声音急急嘈嘈，人们越来越兴奋。《双满意》唱的是一个光棍和寡妇的故事，光棍愁着没有人爱，寡妇孤单没人怜，两个人玉米地里相遇，都有心思，却扭扭捏捏说不出口。

不知道一群光棍们唱这个故事时是什么心情。

盲人宣传队的队长王玉忠结了婚，找的就是寡妇，带来两个孩子，又和他生了一个女孩，五口人已经过了十多年。

那应该是非常贫寒的日子。两年前女人得了子宫癌，完全丧失了劳动能力。大孩子没考上大学，王玉忠正在让他复读，决心供他上大学。第二个孩子现在正在上高中。小女儿在北京打工，给人做家务。家里的两亩地无人耕种，全家的主要收入完全靠他走乡串村演出。

75岁的王贵明也有家室，那是旧社会“说下的”，也是一个双目失明的盲人。

再有就是已经死去的盲人喜兆娶过亲，但娶的是个智障者。

喜兆是吹唢呐的。攒了一点钱，30多岁时娶了“疯桂珍”。“疯桂珍”成天涂个大花脸、扎个朝天小辫在街上被人逗着，不停地舞蹈不停地唱：“黑狗跳，黄狗叫，花狗咬掉喜兆鸟。”喜兆花钱为她买了好看的衣裳，两人却没法过夫妻生活。

运气好的可能能娶到寡妇，要不然就是找一个傻子或者残疾者，不愿凑合的，就得打一辈子的光棍。

“正月里梅花开，花开人人爱，光棍有心采一枝，拿回家里没人戴……”

“十二月一年了，大小人都说过年好，案板上家家响得叮叮当当，有老婆的人家吃饺子，光棍只有面条条……”类似《绣金匾》的曲调反反复复吟唱着光棍一年十二个月的苦日子。

有父母的盲艺人，跟着父母过，没有父母的傍着哥姐过，52岁还跟着哥嫂过的陈玉文说，哥嫂关心的只是他挣的钱。

游走流浪总有老的时候，总有走不动的时候。32岁的李永兵的父母为他“捡”来了一个弃婴，孩子由父母替他养育，管他叫“爹”，为的是防着父母死了他也老了的时候，有个人叫他爹为他养老为他送终。

“光棍和寡妇合了吧”，歌子唱到最后，光棍和寡妇同声合唱。

演出到了高潮。

夜宿后板峪

演出结束，小山村的热情却久久不肯散去。原计划今晚我们三人回到拐儿镇去住，刘红庆说，那里的条件要好些。但是我被一个叫韩海鱼的大妈拉住了，她一定要我们住下，在她的再三邀请下，我们决定改变计划，让镇上来接的车空着回去了。

四个盲人住进了四家人家，其中有两人睡进了有火的屋子，另外两人和王景春只好睡在没有火的冷屋里，刘红庆在他弟弟的亲家家里继续享受热炕头。我和韩大妈及她的小孙女睡在一个炕上，虽然房间里烧着炉子，但还是冻得半宿没睡着。

11月12日桐峪演员和观众的“热情”

早晨，韩大妈的孙女五点钟就去上学了，空着肚子走几里的山路。韩大妈特地为我下了挂面。

当我去找盲人的时候，我发现村里有很多人家跟着我包括其他的盲人，要我们去他们家里吃饭，我说吃过了，他们依然不肯走，再三要求再去吃一点，他们显然是没有被派饭的。

小山村早晨的饭都差不多，小米南瓜稀饭。吃过饭后讨钱讨得很顺利。后板峪村的演出，报酬是100元人民币。

“这是老规矩，村子小，年年100。”

当盲人们离开的时候，村里很多人都等在村里唯一一块半个篮球场大的平地上，人们一直送到村口，看着盲人们拐进大山里。

中午，在前板峪吃饭，吃完饭在村里的空地上演出，然后奔赴下6里地之外的另一个村子。我们就此和这支盲艺人队告别，去东部寻找另一支盲艺人队。

下午6点到达桐峪镇，一打听，盲人们就在桐峪村。桐峪村紧挨着桐峪镇，是一个有1500多人口的大村子。这里被称为左权的“京广线”，经济相对发达，村民们自然“开化多了”。

在村幼儿园门口我们找到了盲人们，他们站在这里已经有三个多小时了，原因是他们找不到村长。幼儿园有一个挺大的院子，但盲人们不肯擅自进去，就那么站在街上的寒风中。

有人说村长参加了一个婚礼之后，不知上哪打麻将去了。天快黑的时候，村长和一个计划生育的女主任来了，打开了幼儿园一间有火炉的教室的门，盲人们放下行李。

这支盲人队伍有五人，他们是：

陈玉忠，51岁，1976年学大寨炸坏双眼右臂，有微弱视力，宣传队总队长；

王树伟，32岁，先天失明，有微弱视力；

李永兵，32岁，15岁时因事故失明；

陈现庆，46岁，先天遗传性失明；

刘双明，34岁，30岁时因莫名疾患失明。

东部比较发达地区的村落就不再派饭了，盲人们被安排在饭馆吃。晚上幼儿园的教室里挑出一只灯泡，演出就在院子里进行。

广播里播出了盲人来演出的消息，“镗”也打了三遍，只来了三个大人和一群孩子，孩子们在院子里疯跑。

演出就在三个大人的注视下开始。

演出的阵容让我们吃了一惊：五个人两把二胡、两支笙、两把高胡、一把三弦、一支唢呐，加上锣鼓铜器，每个操五六件乐器。断臂的队长把二胡弓子绑在残臂上，腿上挂着锣，王树伟放下唢呐抱起三弦，腿上也绑着镲。胖子肉三吹着笙手指上还挂着个锣。

演出的情绪高昂激越，压倒了孩子们的尖叫笑闹。我在一旁数着到场的观众，五个、七个、十个，最后总共来了十五六个，都是老人，没有青年。

看来越来越多的村民已经不再依赖于盲艺人们的演出了。在桐峪村的街上，我们看到了一个很大的戏台子，人们说每年二月十五、七月十五的时候，要花几千元唱两次大戏。

夜里盲人们睡在幼儿园的教室里，两个桌子拼起来就是床，我们挤在镇政府的职工宿舍里。

11月13日上武

第二天一早，队长和王树伟去讨钱。两人来到一个外面开着商店的大院门口，犹豫着是否进去，敲了阵门，没有人应，两人揣着手在外面等了一阵，再敲，还是没有人应。想想，怕扰了村长睡觉，只好走了。

三个完全失明的盲人们一早起来连成了串去吃饭（有微弱视力的队长王玉忠和王树伟去讨演出费），但是他们却找不着饭馆了，三个人的长杆笃笃地捣过整条街，折回来，又折回去。其实饭馆就在路边。

一个小姑娘走过来，盲人们想叫住她引路，她停了一下，一看三个全是盲人，尖叫一声，一溜烟地跑了。

一场热闹

吃罢早饭，盲人们继续向下一个目标——三里庄村。村长出来说，学校的院子正在翻修，没有场地演，今年就不唱了，钱照样给。于是盲人们拿了钱继续上路。

中午到达上武煤站。这是一个国营的煤站，左权的煤炭出境的咽喉。这里也是给钱不唱。260元，这是几天中给的最多的。

从煤站过了一座桥，就是上武村。这是左权县的一个富裕村，离县城5公里，主要种水果和大棚蔬菜。

上武村每年6月20日是要连唱四天大戏的，请的是大班子，唱晋剧、上党邦子，连唱八九场。

我们到来的时候，这个坐落在半山腰小山村正热闹着：一天以后，一家人家要娶媳妇；两天以后，一家人要送葬。吹吹打打的喜丧班子早都准备好了。

全村唯一一条笔直的200米长的街道上支着几口巨型炉灶，几口尺寸巨大的锅里煮着海带炸着油豆腐，洗碗的水流得满街都是。人来人往，小孩们兴奋地窜来窜去。

盲人们先到村办公室院子里放下行李，这是一个大而整齐的院子，院子的正中心是一个高大的砖砌戏台子，两边是整齐的平房。这里显然也是村民的公共广场。“样式太老了，准备拆了重盖。”村长指着那座看起来有些历史的戏台说。

“每年的大戏，村里是要花上万元的，这里的人‘好这个’，除了村上请的，各种班子常来常往，谁想听谁就凑钱。上武是抗战‘鲁艺’所在地，当年文艺人才汇集如云，留下了根。”村长说。

盲人们午饭就安置在那几口大锅旁——一顿白水煮面条。就着吃饭的饭桌，演出不一会就开始了。

王树伟的唢呐刚要吹响，人群中突然发出“哄”的笑声，一个穿着大红衣服的女疯子不知从哪里冒出来，开始手舞足蹈地唱歌跳舞。人群立即被吸引走了；王玉忠的二胡刚要开弓，女疯子又凑上来，让王无法拉开弓子，王用温和的动作把她推开；女疯子又呼啦一下跑了，有人也跟着跑了。

人们的眼睛随着疯子的跑动而飘忽，人群里一会儿是哗笑一会是惊呼声。显然疯子更能吸引眼球。只有盲人们没有动，两只笙的音调好了，各种铜器在桌子上各就各位，王玉忠的断臂上绑牢了弓子，王树伟的腿上绑好了镲，三弦抱在了怀里。

他们的脸向着天歌唱，似乎只唱给自己听。他们的情绪似乎没有受到任何影响，他们似乎不管有没有观众，也不在乎观众的态度，只唱心中的歌。

刷碗的妇女刷着碗，大锅里继续煮着食物，人们会停下手中的活听上片刻。热闹的人群里，又出现了流着口水的智障者，一个哑吧孩子和一个盲人，哑孩子好奇地摸着盲艺人们的乐器，脸上表现出无比的快乐；那个盲人则蹲在稍远一点的墙角，摆开了算卦的摊子。

这个村子的所有东西都因为婚礼、葬礼和盲艺人的到来而展示到这条街上。

据说当年“鲁艺”的很多东西都散落在了民间，一个老百姓家的门板就有可能是一位大师的作品，有很多人来这里凭吊，有很多文艺演出团队来到这样比较富裕的村子里“扫荡”，挣走一把一把的钞票。

盲艺人们演出结束，还要去下一个村庄。钱算得也很痛快，160 元。盲人们背着行李离开村子的时候，没有人相送，也没有人注意，一团团的人群还在那里忙碌着自己的事，孩子们还在那里围着疯子窜来窜去。

一场热闹仅仅是一场热闹，什么也不会留下。

那条路笔直一下去，是一条黑烟腾腾的公路，一辆辆庞然的卡车穿梭往来。

五个盲艺人串成的蹒跚而行的长串，一上马路，立即被鸣叫的卡车惊得乱了阵，慌乱的躲闪当中，一阵黑烟将他们完全吞没了。

一个无法进入的世界

这应该不是一次完美的采访，尽管我们很用力地和他们生活了几天，但还是明显地感到了一种隔膜和拒绝。

有一个画面我无法忘记：我们和盲人作别，坐了汽车返回，他们继续行走在山路上。

就在我关好车门再回首的刹那间，就再也找不到那串负重的队伍了。莽莽苍苍的太行山迎面扑来，阻挡了一切。

我突然觉得再也找不到他们了，太行山是那么的大，它的沟沟缝缝是那么的多，当我们这些人在遥远的地方想起他们的时候，他们会在哪一条沟缝里蠕动呢？

我知道，这几天的采访，我们感受到了他们的快乐，也感受到了他们的悲伤，到现在为止还没有人像我们这样更近地走进他们的世界，但也仅此而已。

当火车奔驰在回北京的路上的时候，我突然觉得，身为盲人刘红权的哥哥刘红庆也未必能够进入那个世界。我问刘："你了解你的弟弟吗？"

他沉吟了一下说，这个了解看怎样理解。我们兄弟的感情很好。他游走四乡的钱维持他和盲母的生活，我也尽量接济家里，他的事我知道一些，那个盲姑娘我见过。但是我们很少在一起生活，他从小上了十多年盲校，我每个月寄钱给他。然后我进北京，他在乡下演唱。

"但你知道他为什么要选择这样的生活吗？"

"他太喜欢唱了。"

"那可以业余唱，为什么要把它当成一种终身的生活方式？"

再次沉吟。"不知道。"

"我小的时候因为母亲盲，总有一些孩子跟在后面唱：瞎XX，眼茫茫。我一直想逃离那个环境，想一定要跑出来，所以我经过千般努力奋斗到了北京。我想让弟弟过更好的生活，他回乡唱的时候，我坚决反对过，我给他联系了一家大学学习音乐，他拒绝了，很决然地选择了流浪。他真的是很固执。”

“你们之间有隔阂？”

“我们是很好的兄弟，但是还是有。他怎么想的我常常是靠猜。我不知道他和乡民的关系，也不知道他在乡下保了那么多孩子，我猜想他一定觉得他对别人是有用的，这给他快乐和满足。”

“他可能终身都不能建立自己的家庭生活，一生流浪，他的将来怎么办？”

“我母亲曾想给他抱一个孩子，替他养大。农村的残疾人大都是这么做的，我反对，觉得这样对孩子不公平。再说母亲过世的话，还有我呢，我可以照顾他”。

“如果他不愿意接受别人的照顾呢？这没准是现有条件下最好的一种办法。本来也是苦命的孩子，没准抱过来会更好一些？是不是你有点按明眼人，按城里人的思维在考虑一件对你来说是陌生的事呢？”

“我没想到过这些。”

“盲人乐队能存在多久？他能唱一辈子吗？农村变化太快了。”

“刘红权认为能，他说年龄大的走不动了就把两支队伍合成一支继续唱。”

几天以来我一直在寻找让我感到隔膜和拒绝的原因，现在我想说，不是因为这些盲人，也不是因为我们和他们相处得太少，而是因为黑暗和光明。

黑暗封锁一切进入的渠道，光明固化了思维的方式，一道利剑割裂了两个世界，让他们永远不可弥合。

采访手记：新闻是一种状态

这是一篇颇具争议的稿子，直到现在，在《南方周末》还有人在讨论，这篇稿子是不是新闻，新闻能不能这样写，或者说，《南方周末》到底要什么样的新闻。

的确，在此之前，《南方周末》确实没有把这类题材纳入到自己的视野，或者说没有记者去写这样的东西。

对这篇稿子的新闻属性的怀疑自有他的道理：在新闻教科书上写着的关于新闻五要素，似乎它没有几条合格的。如此偏远，如此不入主流，如此没有由来的东西，真的不好说它是不是新闻。这个世界如今是那么的纷繁复杂，爆炸、灾难、死人、腐败、黑幕……那么多有轰动效应的事件在每一天每一刻发生，那才是新闻应该追逐的对象！

我为什么要去写这样的东西？我怎样说服编辑让我去出这趟差？我就那么有把握能写出新闻来吗？说实在的，我当时真的不知道有什么结果。唯一的是我至今还记得自己想采访这些盲人的冲动，尽管过去了很多年，但还是那样新鲜，仿佛就在心底，无论什么时候都一触即发。

当我听到这个故事的时候，盲人们正在北京演出，那是一个下着雨的晚上，我去看了演出，说实在的，我欣赏不了他们的演出，无论是胡琴的声音还是他们的演唱，都是极其尖利的高音，加上山西的乡音，刺激得人受不了，尽管音乐家田青给予了他们很高的评价，说他们是新时代的“阿炳”。

在演出结束，这些盲人要谢幕的时候，有一个细节一下触动了我。盲人们面对观众的掌声——或许是出于礼貌或者是出于对盲人的怜悯的掌声，台上的盲人不知所措起来，他们有的人想站起来答谢，忽又发现琴放在了地上，马上蹲下身子去摸，又觉得不好，于是不知应该站着还是蹲下，慌乱中乱了阵脚。我忽然想到，太行山的坚硬与沉默，太行山的绵延不绝，他们小小的肉身，在卓大的太行山里摸索、蠕动，该是怎样的情景！并且盲艺人演唱行乞于太行山并不只他们一代人，而整整有一百多年了。

我的冲动是我想去了解另一个世界，一个与我们有眼睛的人相对应的世界。我们处于光明之中，而他们沉在黑暗里，正因为有一个黑暗的存在，光明才得以确立。我觉得以前的新闻很少有深入盲人的内心的，那黑暗是一种什么样的存在？黑暗对一个人来讲意味着什么？我记得在我刚工作的时候，有一天晚上在公共汽车站，一个盲人走过来向我问路，我一开口他突然说他认识我，因为他记得我的声音。我真不知道在什么地方见过他，他一定要让我去他家里看看。他的妻子也是个盲人，他俩忙着给我烧水喝，我看到了让我惊讶的一幕：点火的时候，他用手摸着火苗，以确定煤是否燃烧了起来；他冲着自己的手倒滚烫的开水，这样开水才能冲进暖瓶里去。后来我想他根本就不认识我，只不过他的寂寞的封闭的生活，需要有一个参观者和倾听者，他用盲人的耳朵可以认识人这样的话让我相信了他。

如果盲人在太行山里行走呢？

我给编辑说我想试试写一个特稿，跟着他们行走、生活，编辑没有怀疑这个题目，答应了。

北京大学新闻传播学院教授徐泓在我的作品研讨会上分析我的这篇盲人的作品时说我善于运用细节，在描述这些细节的时候善于用动词，她例举了文章中的一段：

> 太行山的雪突然就落了下来，密密地扑向人的脸。很大的山，很深的河谷，乱石丛中很少的一点田地。小路随着山势弯曲上升，一个村庄悬挂在高高的山腰上。
>
> 他们就出现在桃园村后的乱石丛生的小路上。
>
> 前面两个挑着担子，后面两个背着捆成的方形行李，一根棍子牵

起两个人，另外的手搭着前方的肩膀，串成一个长串。他们仰头向天，脚尖轻轻地颤抖着试探之后，身体的重量才落下来，细长的导盲棍碰在乱石上发出清脆的响声。

盲人串起的队伍拐过一个屋角，走在最前面的人陷进了泥里，沉重的担子从右肩换到左肩，拔出了脚，但不知向何处落，一个村民把队伍串引出了泥水。

“盲人宣传队来了！”

这一段被徐泓教授挑了出来，的确是我用了点心思的地方，这是盲人出场的第一个场景，我想将我这个明眼人所看到黑暗的世界告诉读者。另一个世界和我们的世界是不一样的，这种不一样，是常常被我们所忽略的，我们生活中最平常不过的东西，对他们来讲就会是一个巨大的存在。

这正是我在这篇稿子里所努力的，我想调动一切方法展现一个黑暗的世界，让处于光明中的人们看到黑暗。

我想一帮盲人在太行山里行走，本身是少有冲突很闷的一件事，如何让它们鲜活起来是一件不容易的事。

特稿的长处是可以进行细腻的状态的描述。这与一般的新闻有所不同，通常新闻是告诉人们过程、结果，而特稿可以只向人们描述状态。这种状态甚至在很长的一段时间里都不会有太大的变化，也不会有一个什么结果，但你不能说这样的状态就没有新闻意义。

状态，不仅仅是他们那样“存在”着，还包含着除了他们之外的其他许多因素，在他们“存在”的当下，这个社会的状态，我们作为他们的对立的一方面的状态，太行山里的农村社会的状态。只有把盲人放在诸多的背景与信息当中，才能凸显出你所要表达的状态。

新闻有时候是一面镜子，读者是照镜子的人。这个世界上的许多事不是每一个人都可以体会的，但他可以照“镜子”，他在读一个离他遥远的和他的生活完全是另一个样式的故事的时候，他可以在一种比照中发现自己，甚至他可以产生与他所读的故事的共鸣，因为人类的基本的东西永远是相通的，只是记者要找到这种相通的渠道，要用各种方式擦亮那面镜子，让每一个读者都能清晰地照到自己。

我希望我在这篇特稿中，能够描述好一种状态：很大很大的太行山，一年当中的萧索季节，一个小黑点一样的队伍，缓慢地蠕动着。一种坚硬，一种柔软；一种强大，一种弱小。

细节、动作、白描。化小段落，变化角度，切碎材料，再将它们按照内在的逻辑重新连接，并在这种重新的组合中赋予它们新的生命力，这些都是特稿可以调动的手段。也许你可以在这篇文章里找到很多类似的方法，但技术并不是主要的，技术与内涵相比，永远是排在后面的。

但这是极难的，光明的天性或许就是对许多事物视而不见，尤其是更深层一些的东西。

在一个没有社会保障的社会里，一群盲人艰难地生活着，他们用演唱来维持自己吃百家饭的尊严，他们用流浪来装扮他们苦寂的人生，他们的这种行乞演唱的生活反而给他们带来了希望和快乐，而在文化贫瘠的太行山里，他们也成了乡民的想念。这种相依相存的关系，有一种非常温暖的东西，让人觉得这个世界里，人就和草木、动物一样，紧紧地依托在大山的怀抱，有一种自然的美。

我们跟随着盲人行走了一周，他们睡在哪里，我们也睡在哪里，他们被分配去吃百家饭，我们也一样。我和摄影记者王景春，受到了乡民的热情邀请，刘红庆跟着刘红权享受了“保爹”饭的待遇——有炒菜，有水饺；我有幸一早上喝了三顿南瓜粥，家家都排队等着让你去他家喝粥。

我们和盲艺人一路走一路聊，他们失明的经历，他们所经历的内心挣扎，他们的希望，他们老了以后的养老方式，甚至他们解决性的方式——流浪的野合，到了一个地方，夜深歌酣大唱浑曲的时候，孤寂而又贪钱的山村女人与流浪的盲人的一夜露水夫妻，些许的温暖让盲人掏出他一路走着唱着得来的所有，也给了他们日后劳苦行走当中许多调笑的话题，或者一个人的时候一些温暖的想象。

原稿的名字是“走着、唱着、活着”，我想表达的是盲人的生存状态。而发表后的《盲艺人的乐与路》则更强调点题和提炼。

但这篇稿子我认为并没有达到我设想的目的。我并没有进入他们的世界，相反，越是和他们接触，我觉得隔阂越远。采访结束的时候，看着他们再一次被太行山吞没，有一种绝望感。

在记者手记里，我试图表达这种绝望感。当我采访盲人刘红权的哥哥刘红庆的时候，曾问过他们兄弟之间的感情，问他是否了解他的弟弟。刘红庆说他们兄弟的感情很好。弟弟游走四乡的钱维持自己和盲母的生活，他也尽量接济家里，但对于弟弟选择终身流浪演唱的生活（他是盲人中唯一一个有选择余地的人），而茫然不解。弟弟的想法他基本上是靠猜。

刘红庆的母亲就是先天盲人，她把这种莫知的基因遗传给了刘红权。

"我小的时候因为母亲盲，总有一些孩子跟在后面唱：瞎XX，眼茫茫。我一直想逃离那个环境，想一定要跑出来，所以我经过千般努力奋斗到了北京。我想让弟弟过更好的生活，他回乡唱的时候，我坚决反对过，我给他联系了一家大学学习音乐，他拒绝了，很决然地选择了流浪。他真的是很固执。"

明眼人认为的好，在盲人看来并不一定就是好，这就是两个世界的分隔。这是我最终想表达的。我感到无奈与迷茫。

"黑暗封锁一切进入的渠道，光明固化了思维的方式，一道利剑割裂了两个世界，让他们永远不可弥合。"这是我原稿里的最后一句话，但发表的时候，这句话被删去了，或许这句话太尖利了，让人觉得刺目。

彭加木：罗布泊的绝版典藏

一个真实的彭加木

一次艰难而危险的科学考察

一些被有意无意忽略的细节

一段 26 年来从未认真解读过的故事

除了彭加木，他们中的 9 个人现在都能找到，并且还都活着。

不，应该是 10 个。第 10 个是来自中国人民解放军马兰基地的报务员萧万能，虽然他不是考察队的成员，但却跟随了考察的全过程。

彭加木失踪的消息就是通过他的发报机从沙漠中心发出的。

王万轩，彭加木当年的司机，头发花白地坐在记者面前，从内衣很深的口袋里，掏出一个比手掌还小的本本儿，翻开一页，一页，封存 26 年的记忆打开。

彭加木、汪文先、陈百录、沈冠冕、马仁文、谷景和、包继才、陈大化、闫红建。

“汪文先是考察队的副队长，退休了，回了四川，除了他，我们几个全在，都没有离开新疆。”王万轩一个一个地数着说。

王万轩今年 64 岁。几年前得了扁桃体癌，左侧脖子凹下去一大块，是切除手术后造成的。

对于曾经参加过罗布泊考察的人来说，癌症，是一个敏感的词。它让人一下子就联想到核辐射、原子弹。

“活着从罗布泊出来”，被王万轩称作是那一次科学考察最大的收获。

沈冠冕是坐着救援的直升机从罗布泊里出来的。一下飞机迎头撞上了审讯的目光："考察队的队长丢了，你怎么活着出来了？"想起当年的情景，满头白发清瘦儒雅的沈冠冕仍然觉得很难堪。

"有人怀疑我们把彭加木杀了，怎么可能！彭加木是考察队员，难道我们就不是？大家一起在沙漠里吃苦，有什么理由要杀老彭？"

沈冠冕说，从沙漠里出来的时候，他的身体已经虚弱到了极点，头发在一夜之间全白了，白血球达到了3500，他一直深信是核辐射的原因。

行政总管陈百录领到64式手枪的时候，就感到了沉甸甸的分量：保卫考察队。行伍出身的他在彭加木失踪后被人议论：派他去保卫彭加木，他却把彭加木丢了，这样的人怎么能再提拔？

直到第七天，彭加木失踪的消息才发出：

"新华社乌鲁木齐六月二十三日电：著名科学家、中国科学院新疆分院副院长彭加木在新疆的一次科学考察中失踪，已经七天没有音讯。"

可以用各种方式猜测消息如此晚的原因，但有一条是显而易见的：罗布泊——中国核爆炸试验场。从罗布泊考察回来后的队员们，都闭嘴不谈。

26年来很少有人知道考察队陷入困境的细节与原因。26年前，一切是怎么发生的？

"一切本不应该发生。"沈冠冕说。

得到特殊通行证

没有军队的特殊通行证，任何人都到不了那里。

秋冬是进入罗布泊科考的最好季节，但是这时罗布泊一般有军事安排，严禁任何人进入。

"我们决定选5到6月之间，想在春天风季之后和夏天酷热到来之前打一个时间差。"夏训诚说。按原计划，他任罗布泊考察队的副队长，但因为临时的出国考察任务，副队长换成了汪文先。

夏训诚承认这个时间差"没打好"，因为罗布泊太不可捉摸了。

考察罗布泊的热情萌生于1979年中日合拍《丝绸之路》。当时罗布泊部分因为涉及到军事敏感问题由中方中央电视台担任拍摄任务，但开拍之前需要中国的科学家们先探路。

彭加木和夏训诚借探路来到了罗布泊。

夏训诚记得在考察营地的最后一晚，彭加木睡不着，很兴奋：罗布泊在中国研究却在国外；外国人写罗布泊的书已经比人都高了，中国人还没来过。

上个世纪二三十年代，俄国、瑞典、日本的探险家在罗布泊的有关地理、人类文明的大发现轰动整个世界，罗布泊被称为“地球上最后一块未被探索的土地”。

“就算死在罗布泊，也要用肉身为罗布泊增加一点中国的有机质。”夏训诚还清楚地记得彭加木的这句话，只是当时没有想到竟然一语成谶。

组建中国罗布泊科学考察队的想法就是那一晚形成的。经中科院与军委的协调，1980 年，一份正式的文件批准了这个计划。

考察队被准许在罗布泊进行两个月的考察。

1980 年 5 月 2 日，考察队从乌鲁木齐出发，直奔新疆军区马兰基地。

“考察队几乎所有的东西都在马兰基地准备。军队专用的午餐肉罐头、酸辣茭白罐头、榨菜、大米、挂面、面粉等等全部从部队上买。”担任行政总管的陈百录说。

没有部队的帮助，考察队无法在罗布泊里活动。马兰基地为考察队配备了一部电台。这部电台由四名战士负责，在一个代号为“720”的地方，放下三名战士建立一个电报接转点，另一名叫萧万能的战士背着发报设备，跟随考察队。

电台丢了

出发之前，彭加木和司机陈大化之间发生了冲突。

“彭加木很生气的样子来找我，说陈大化不走了，让我去解决解决。”

陈百录回忆说，他去解决问题，一看是没法解决的超载问题。

考察队有三辆车，一辆 212 五座吉普车，王万轩开，主要拉彭加木等科考人员；另一辆 8 座 212，拉人和电台设备等，陈大化开；第三辆车是一辆前苏联嘎斯 63，拉水和汽油等辎重，包继才驾驶。

嘎斯 63 的载重量是 1.5 吨，但车上装了 8 个大汽油桶，每桶装 200 公升，分别装4桶水、4桶油，加上帐篷等生活用品早超过了载重量。8座212拉着电台的几个大箱子，也超重了。司机陈大化认为罗布泊的路谁都没有走过，汽车超重很危险，磨着不走。

这是1980年能提供给考察队最好的条件了。走还是不走？实际上没有选择。况且没有部队的帮助，这样的条件都没有。

“我拍着胸膛对陈大化说，出发！出了问题我负责！”陈百录说自己凭着“当兵的”一股愣劲和对罗布泊的一无所知说下了“大话”。

考察队伍里除了彭加木到过罗布泊西北岸外，没有一个人了解罗布泊，考察队将面对怎样险恶的环境，没有一个人有心理准备。对于王万轩等三个司机来说，虽然常出野外，但谁也没有料到罗布泊的“野外”将非比寻常。考察队里有植物、动物、水文地质、化学等学科的专家，但在他们的知识构成中，罗布泊是个零。

不仅如此，这还是一个临时组建起来的队伍，大家平时并不相熟，还需要磨合。

“5月8日，我们三辆车从马兰基地出发了，第一天到达‘720’，这里住着一个排的士兵。从马兰到原子弹爆心280公里，720到爆心只有20公里。我们又向前走了18公里。”王万轩说。

在这里遇到了一个叉路。彭加木等人的5座车跑得快，向左拐了弯。后面的8座车没跟上来，王万轩说等等后面的车，因为电台在后面，但彭加木急着赶路。

等陈大化的8座车跟上来后，不见了彭加木的5座车，便错误地右拐，直奔一颗原子哑弹而去：“走到跟前，一看是严重污染区，吓坏了，拔腿就往回跑。返回了‘720’，再也没跟上队伍。”

“就这样把电台丢了”。王万轩说。

在罗布泊没有电台就等于孤军深入险境而却没有后援，一旦出事后果难料。

“在没有参照物和方向指示的旷野，每遇拐弯的时候，一定要等后面的人，只有让对方清楚地看到自己时，才可以再往前走。”沈冠冕说。

但是，对于考察的这个“意外”，罗布泊不动声色地观察着。

穿越湖盆

穿越罗布泊中心湖盆是这次考察的中心任务。

下湖盆之前，“720”的军人给考察队讲了一个故事：一个炊事班的班长出去打柴，再也没有回来。部队想尽了办法，没有找到活着的他，也没有找到尸体。

“彭加木这天晚上也给大家开了一个会，定下了一条铁的纪律：不准单人、单车行动，谁违反了处分谁。他给大家作了动员，说此次考察一个是找钾盐和找‘重水’，钾盐是生产化肥原料，‘重水’是制造原子弹的，我国都得依靠进口。这是我第一次听到这个名词，觉得自己的使命很崇高，精神大振。”陈百录说。

这是人类第一次将脚步踏进干涸的罗布泊湖盆。彭加木知道，二十多年前罗布泊里还可以泛舟；再早一些，里面特有的塔里木裂腹鱼还有一人多长。他们将是世界上第一个看到并记录干涸的罗布泊的考察队。

车子向湖盆里开，突然“咕咚”一下，车子掉了下去，黄色的尘土像雾一样无声地腾起，然后像水一样漫过了车身。

车子倒出来，换一个地方，再次从“盆沿儿”向盆里开，再一次地被黄色的尘土埋没……

罗布泊以拒绝亮出了自己的态度。

“这种地质叫做‘假戈壁’，表面上看起来像戈壁一样坚硬，但却是虚的。”

在一个450平方公里的“大盆”边上，两辆小小的汽车就如两只甲壳虫般地蠕动、折腾，一直折腾到天黑，也没有从盆边上下去，只好在湖边上宿营。晚上开会想办法，决定第二天找个河水的入湖口试试。

第二天天一亮开始分头找入湖的河道，借着一条干河道，考察队将脚步踏入了湖盆。

突然之间，四周好像撤换了舞台布景。身后的北塔山不见了，前方的阿尔金山不见了，天和地不知什么时候黏合在了一起，一切可以作为参照物的东西都隐身而去。“人就像是坐在井里，没有目标，天连着地，地连着天，那情景很恐怖，我心里一个劲地打鼓，为了没有跟上来的电台。”王万轩此时看到坐在副驾驶位置上的彭加木也有些紧张，手里握着罗盘，不断地修正方向，两辆汽车蛇形着前进，只要向南，不停地向南，就能穿越湖盆。

这一天，汽车蠕动了整整一天才前进了 40 公里。

第二天，汽车开始遇到高低不平的盐壳，“一开始，还不算太高，到了下午就越来越高了，十几公分、二十公分、二十几公分，汽车发疯一样地摇摆”。在后面开大车的包继才开始不敢紧跟着 5 座车了，他发现他的汽车轮胎一块块地被盐壳削下来。黑黑的，从枣核大小到核桃那么大。

“队伍并没有因为难以前进而停下来。天黑了，我开着 212 继续在前面开路，只听见车底下‘叮叮咣当’地响成一片，知道底盘撞得厉害，便让老包的车在前面开路。”

“这一天夜里走到 1 点钟才停下来，一下车，妈呀！脚扎得厉害，低头一看，根本没有下脚的地方。没有办法做饭，没有办法扎帐篷，每个人饿着肚子找了一块平一点的盐壳，蜷缩着身子睡了。”

第二天天亮，考察队员们吃惊地发现他们被盐壳包围着，大地像是被犁铧深耕过一样，一浪一浪地翻翘着，望不到边儿。继续前进是不可能的了。

“每一块盐壳都硬得像是炼钢炉里出来的焦渣一样，敲打一下就发出‘嗡嗡’的共鸣声。”

这种情况谁都没有想到，也没有应付的办法。

彭加木将人员分成三组向南、东、西三个方向去探查盐壳范围。为了避免迷失，他想了个主意，将红布撕成条，绑在红柳枝上，每走 100 公尺，插上一根。

2 个小时后，大家都回来了，红柳枝用完了，盐壳的边谁也没有看到。

后来的科学家用 20 多年的考察解释了罗布泊的盐壳现象：罗布泊是塔里木盆地的最低洼处，是众水汇集之地，含盐量极高。在近一万年中罗布泊曾经干涸了七次。最近的一次剧烈变化发生在考察队到达前的 20 年，在仅仅五年的时间里太阳就烤干了它的所有水分。

太阳渐渐升上来，气温越来越高，“叭”“叭”，突然之间盐壳发生了比枪声还要响的炸裂声。中午气温上升到了 50 摄氏度，炸裂声像是燃放鞭炮一样响成一片，那是盐壳受热发生膨胀、抬升。“车子动不了，人在汽车下的阴凉里趴着，望着太阳。陈百录热得直说不行了，气也短了，他胖，汪文先也热得受不了，只有我、彭加木等几个瘦子还敢活动。”王万轩说。

“干极”、“旱极”、“热极”是科学家对罗布泊的描述。人的肉体在这里是最微不足道的，罗布泊常常可以在几十分钟之内“烤干”一个人，十年之后余纯顺就是这样死于罗布泊的。

考察队困在湖盆中，彭加木给大家动员说，我们是在走前人没走过的路，做前人没做过的事业，冒险吃苦怕什么。

“彭加木的想法是用八磅重锤砸出一条路来。”陈百录说。

“天哪！你都不知道盐壳区有多大，怎么个砸法？”

考察队退出湖盆，派陈百录回乌鲁木齐买八磅锤子并到军区找军用地图。考察队所带地图是一张发黄的前苏联上个世纪40年代的老地图，比例尺太小。

第二次穿越湖盆是在18天之后。这18天的时间有2天用来退出湖盆，后退的时候遇到了大风，看不清路，汽车不敢发动，全体人员待在车里，静等风暴过去。

另外的16天，派陈百录回乌鲁木齐买八磅锤子并到乌鲁木齐军区找军用地图。彭加木在“720”休整三天后就闲不住了，带着队往罗布泊北部考察去了。5月30日队伍会合开始再次的穿越湖盆行动。这一次为减轻嘎斯车的负重，决定只有彭加木、汪文先、陈百录、王万轩、包继才外加电报员萧万能6个人穿湖，8座车拉着其他人从罗布泊外围到米兰会合。新找来的军用地图很管用，考察队在上面找到了一条现代盐壳相对较低的路，成功穿越了湖盆。

“最难的时候汽车每小时才走2公里，简直比蜗牛还慢，不是走，是爬。”

陈百录回忆说，当年只有少数几个人有翻毛皮鞋穿，其他人都是“解放鞋”，盐壳刺穿了鞋底，很多人的脚都鲜血淋漓。

这是人类首次成功穿越罗布泊湖盆，为了庆祝这次艰难的胜利，也为了庆祝考察活动圆满结束，考察队在农垦总局米兰农场购买了3只羊杀了吃，大家都特别高兴。每个人都不成样子了，脸晒得暴了皮嘴唇干裂，但每个人收获都挺大，特别是彭加木，一个硬皮的笔记本都快记完了。此时大家的心情就是休整几天之后回家。

但此时彭加木有了新的想法，他想到罗布泊的东南去考察，然后从东北方向绕道“720”返回。彭加木对陈百录说，上级批了罗布泊两个月的通行证，现在才用了一个多月，批一次不容易，还得部队帮忙配电台，罗布泊东南是从来没有考察过的地区，应该乘机多做些工作，完整对罗布泊的认识，罗布泊的北部、西部、南部他都走到了，只有东部没有去过。

“大家对这个想法情绪不高，一个多月的野外生活，都到了极限。我不好说不，只能说要搞这个额外的考察，必须报上级批准。”

“又是冒险。在地图上看，新的路线有 900 公里，比穿湖还要长，大家怕吃苦头。”王万轩记得去还是不去讨论了四、五天。就在这时，上级批准的电话到了。

“党员要带头。”但是大家也达成一个原则：往前走，当水或者油消耗一半，探险的路还没走到一半的时候，就立即原路返回。

被困库木库都克沙漠

6 月 11 日早晨，米兰农场食堂提前开饭，考察队三辆车匆匆向东出发了。

陈百录回忆说，错误起于那张前苏联的地图，这张图在库木库都克的位置清楚地标出了一眼泉井。

作为行政总管，陈百录曾要求彭加木对此行的给养做出预算。但是考虑到车子只能拉 8 只汽油桶，多了也带不了，这一次决定带 5 桶油，3 桶水。

“彭加木把希望寄托在库木库都克的水井上。在维吾尔语里，库木库都克的意思是‘沙井子’，彭加木相信在那里可以找到水的补给。就是不成，再向东到八一泉，也可以补充到水。”陈百录说。

从地图上测算距离，到库木库都克只需要三天的时间。

但是罗布泊是难以测算和想象的，况且这里根本就没有路。“一小时只能走 4~5 公里，耗油却很惊人。一连三天，走了不到 200 公里，水和油消耗快一半了。”王万轩说。

按照约定，应该返回了，前路漫漫，大家都有些动摇。这天夜里，一场大风乘机“打劫”了考察队的营地。

“大风掀走了帐篷顶，大家伙一人抱一根帐篷杆在风中摇晃，彭加木就抱着帐篷杆在大风里给大家打气。”

所有人都对这一幕布记忆深刻，沈冠冕、陈百录、王万轩、包继才，所有的人在回忆中都加重并强调了这个大风的晚上。

“彭加木在风里连喊带叫：‘科学精神就是探险，最困难的时候，就是胜利将要到来的时刻，大家要挺住，决不后退一步，风不会永远刮的！’风刮了一夜，那一夜没有人能睡着觉。”他们说。

大家都知道彭加木是患有两种癌症的人，又是考察队年龄最大的，在职务上是队长又是新疆分院的副院长，他挺着，大家就不能躺下，他向前，大家就不能后退。

昂藏七尺志常多，
改造戈壁竟若何。
虎出山林威失恃，
岂甘俯首让沉疴！

这是彭加木将被推进手术室切除癌症时写下的诗。

1980 年代，是一个振奋人心的年代，那个年代被形容成“科学的春天”，知识分子刚刚从桎梏中解放出来，正要以科学报国，这一点在彭加木身上体现得更为强烈。

彭加木是上海市的人大代表，上海市先进标兵，他亲自向郭沫若写信要求到新疆来支援边疆建设。在被医生判了死刑之后，仍拖着病体多次考察新疆的戈壁大漠，帮助新疆科学院进行基础建设。

“彭加木当时就是科学界的活雷锋。”沈冠冕说。

“我愿意做一颗铺路的石子。”彭加木的这句话被总结为“铺路石子精神”，为彭的形象抹上了一层金彩。

但是罗布泊才不管这些，此时它正使出各种手段折磨着彭加木和他的考察队，暴风、飞沙、炽热、干渴、迷路，每一项都是致命的。

“包师傅早就跟不上了，他开大车，车跑得慢，人最累，他落在后面，我们等他，等他费了九牛二虎之力赶上来，还没顾上喘口气，我们又往前赶路，他又得拼命追。”王万轩说，到第 6 天，后面两辆车都跟不上了，一开始等半小时，后来一等就是一两个小时，跟本没有办法前进。

油、水已经只剩下四分之一了，大伙的信心随着油、水的减少而减少。陈百录为了刺激大家的情绪，特地用三块石头支起锅给大家蒸馒头吃。这时候，什么样的罐头都已经难以下咽了，陈就用热油泼辣椒伴上醋精（考察队为了减轻重量，只带醋精不带醋）给大家蘸馒头吃。

“一边吃饭，彭加木一边开动员会，已经动员三次了，他说，现在还不是山穷水尽的时候。”

绝望的是考察队花了七天时间到达库木库都克的时候，发现这里根本就没有井，而是一片不毛的沙漠，根本就没有所谓的沙井子。而且比原计划超出了四天，油已经不够三辆车返回了，水已经剩下半桶，而且经过长途摇晃，混杂了很多铁锈，已经变成了红色的了。队花了七天时间到达库木库都克，发现油已经不够三辆车返回了，水只剩下半桶，而且经过长途摇晃，混杂了很多铁锈，已经变成了红色。

是地图的错误，还是民间的误传？为什么这里会留下一个叫沙井的名字？

罗布泊最不可靠的就是水，偌大的一个罗布泊都干了，何况一眼泉水？陈百录讲，1980 年他去寻找彭加木，看到八一泉里还有水，而到了他陪伴《望长城》剧组和彭加木夫人夏叔芳到罗布泊时，八一泉也干了，尽管他们向下深挖，还是没有水。

水，只是罗布泊的一个幻景，这个幻景欺骗了彭加木。

最后的晚餐

极度沮丧和劳累让人发疯，这是罗布泊折磨人的又一个方式。

王万轩还记得彭加木最后的时刻。6 月 16 日的傍晚，他和彭加木的情绪都有点失控。

“这样下去，你会把考察队带入绝境。”我对彭加木抱怨。

“‘怎么连你也怕死了？’彭加木用从来没有过的声调说。”

“我的情绪也在那一刻突然爆发，大吼：‘怕死？怕死我就不来了！要不咱俩下车比比，看谁更怕死！’”

彭加木低着头，沉默着，很难受的样子。十几分钟后，彭向王道了歉，但还是闷闷的。

就在这时，一群野骆驼出现了，十五六头，“野骆驼！”有人喊了一声。

此时彭加木一下子从车座上蹦起来，激动得浑身发抖，大叫，追、追！

两辆 212 箭一般冲出去，刚才低沉的情绪一扫而光。

野骆驼受到惊扰，大群一溜烟地窜没了，只剩下一大一小两只。小骆驼似乎有伤，跑不快，大骆驼是它的母亲，舍不得孩子，一跑一回头。

8 座车很快截住了小骆驼，5 座车向前直追大的。彭加木在车上不停地激动地说，中国到目前为止还没有野骆驼的标本，罗布泊野骆驼的标本都在国外。

“大骆驼跑着跑着发现娃娃不见了，就停下来等。我的车到了跟前，它就再跑，跑跑停停相持了 20 多分钟，大骆驼就跑得上气不接下气了，嘴里白沫往外喷，它再有劲也不及铁家伙厉害呀。我开着车围着它兜圈子，彭加木在拍照。”

“缓过劲来之后，那家伙又继续跑。我的车子不敢太靠近它，太近怕撞在它身上撞坏了车子。又追出去六七公里，还是拿它没办法，彭加木就说，打死吧，国家还没有野骆驼标本，打死了再办手续。”王万轩说。

“我坐在 5 座车的后排，身上挂着 64 式手枪。这把枪从出发到现在从来没有用过，我把枪从车窗伸出去，瞄准。”陈百录说。

“我扣了两下板机，一两米远的距离而且射出两颗子弹，它还在跑！”

“车上的人都在叫，陈百录，你这当兵的，枪法咋这么差！”

其实子弹是射中了。不一会，血随着野骆驼的跃动一下一下地往外喷。

不行，得打脑袋！有人喊。陈百录再一次瞄准，一枪、两枪、三枪！

“突然之间，野骆驼不跑了，回过身来，四腿岔开很大地站住，眼睛瞪着我们，一分钟，两分钟，十分钟，二十分钟，我们吓得大气不敢出，动也不敢动。突然，轰的一下，野骆驼倒下了”。

彭加木说不能损坏了野骆驼的骨头，于是亲自就地剥皮取肉。因为车装不下，捕住的小骆驼又被放了，彭加木发了脾气，命令一定要再捉回来，说是难得的活体野骆驼，求都求不来呢！于是又捉了回来，并腾空了一辆车拉回了营地。

亲手解剖完大骆驼之后，彭加木又为大家升火煮骆驼肉。

对于久久没有吃到新鲜东西的考察队来说，野骆驼肉真是太香了。肉香缓解了疲乏紧张和极端的情绪，吃肉的同时，彭加木做出了决定：当晚向马兰基地救援，在水和油送来之前，就地休息，停止前进。很快，基地回电：停止前进，原地待命，等待救援。

“当时的回复非常明确，先送水，因为直升机严禁运送汽油，并答应水第二天就送到。”陈百录说，“我和彭加木商议，第二天一早，由王万轩开车，他和汪文先继续去找水。”

这一天大家都累极了，找水、追骆驼、吃肉，一直到第二天凌晨两点钟，最后累得帐篷都搭不起来了。在陈百录的印象里，彭加木这一夜似乎也没怎么入睡，他一直在拢着火，为大家继续煮骆驼肉。

只有一个人没有参加这最后的晚餐，沈冠冕没有吃骆驼肉。“路过核爆中心的时候，隔着车窗，我看到一株叫膜果麻黄的植物，它面向核爆中心的一面全部是黑的，另一边是绿的。”

沈冠冕听到那只小骆驼凄惨地叫了一夜，它还是一只吃奶的小崽，没有了妈妈它不吃任何东西。

因为打死野骆驼，考察队回来后被有关部门罚款2000元。

彭加木：罗布泊的绝版典藏

“我往东去找水井　彭 17/6 10：30”。

彭加木留下的纸条被拿去做了字迹签定，它确实是彭加木留下的。在确定日期上，彭好像犹豫了一下，最后将16改做17。这句话像是一句巫师的咒语，又像是一个丢失了谜底的谜，26年无法解开。

“罗盘在沙漠里定位有一个致命的问题，就是只能定一个大致的方向，无法定出你所在的位置。”“老沙漠”夏训诚说。比如，你拿着罗盘在A点上测出北的位置，你向西移5公里到B点，再测，面向的地方还是北，你再向西移5公里到C点，再测，面向的方向还是北。“在沙漠里你失之毫厘，就能差之千里，虽然你一直在向北，但你再也回不到原来的位置上了。”夏训诚说。

东，是一个多么大而模糊的概念；往东。水井。人们一直沿着这两个大定位，一直找到了敦煌。一直找了26年。

彭加木是越过疏勒河故道去找东方的八一泉吗？“但又不像，八一泉离库木库都克至少50公里，一天走不到，他似乎不会去那么远的地方”。

是向东北方向去找红十泉吗？红十泉比八一泉还远，只带着一壶水的彭加木似乎就没打算走远。

纸条指引了寻找彭加木的方向，也解了考察队所有人的围。但是纸条会不会也把寻找引向歧途呢？

从彭加木留下的最后脚印来看，他曾经做过向东，再向北，再向西的徘徊，他是在思考应该向那个方向走，还是迷失了方向？

那一天的早上，陈百录天一亮就起了床，为彭加木等去计划找水的人做了早餐。“我没有叫醒他们，做好饭就又回帐篷睡了。中午，基地来电报，小萧叫醒我，说彭先生不见了，我一看，他们都没有吃早餐，并且汪文先和王万轩还在睡。”

“我不知道早晨去找水的计划，彭加木也没来叫我。”王万轩说。

“一开始大家并不急，想彭先生不会走远，会很快回来的。因为他常常自己待着思考或者出去溜达。”沈冠冕说。

下午 3 点，罗布泊的温度直线上升，大家觉得有点不对劲了，开始找。先是开着车顺着脚印找，但是天太热了，又刮着“抽屁股风”（顺风，不利于汽车散热），一两公里，就开锅了，只能倒过头来等风吹凉了车再走。后来干脆弃车步行找。直到天黑看不到脚印了才返回。

“当晚我们在高处点了一大堆火，让火燃烧了一个晚上；每半个小时打一次彩色信号弹；把车开到高处，不停地闪车灯，希望他能找回营地。”

没有任何音讯。

第二天送水的直升机到达，在陈百录的要求下，机长沿着往东方向 20 公里的范围做了 20 分钟的反复飞行。“飞得很低，连草丛中惊出的兔子都能看得清清楚楚。”

但是没有彭加木。

至于后来的四次大搜寻，更是像梳头一样梳过了任何可能藏匿彭加木的地方。

“这让人想不通。”陈百录、王万轩参加了第四次大规模的寻找。“2004 年，我甚至找到了当年我们丢失的一把铁锹。我回到了当年的营地，24 年了，车辙印还好好地在那儿，但一个大活人你却怎么也找不到。”

还有那匹小骆驼，在考察队员忙着找彭加木的时候，它不知道在什么时候死去了。可能是伤心而死，也可能是饿死的。第二年流沙便掩埋了它，王万轩找到它的时候，发现只有一撮黄色的绒毛露出沙丘在风中颤抖。

罗布泊一直不肯交出彭加木，因为那是它的绝世典藏。

后　记

彭加木失踪后的第二年5月，彭加木的老战友夏训诚带领考察队再进罗布泊。此后的26年里，夏训诚对罗布泊进行了25次考察。“每一次考察都在寻找彭加木，在寻找一种科学的精神。”他说。

中国各学科科学家的努力揭开了罗布泊地理特征、环境变化、人类文明失落之谜。中国人已经掌握在罗布泊的发言权。最近，最重大的两件事是罗布泊距今4000年小河墓地的发现与发掘，这是一个比100年前楼兰的发现更轰动世界的发现；另一个是由国家投资的26亿元的年产120万吨的钾肥项目2007年4月25日在罗布泊开工，当年彭加木的梦想已经变为现实。

我的儿子是“雨人”

——一个孤独症孩子的成长记录

18 年来,这位母亲写下几十万字的日记,在孩子上学的九年中她和老师的“家校联系”也整整写了 19 本。这是一部完整的记录,一个特殊孩子孤独的成长记录。

与其说它是一个孩子的成长记录，不如说是一个孤独而无助的母亲的情感宣泄和自我疗伤。夜深人静时，面向白纸喃喃倾诉，叩问人生命运。如果不是这样，真不知怎样走过 22 年的漫漫黑暗。

从精神病院开始绝望

1985 年 8 月 2 日，当时 27 岁的陈女士初为人母，生下了一个儿子。婴儿名叫李牛，非常的漂亮，看起来也非常的健康。一岁的时候，孩子不会说话就先会唱歌了，唱的是“几度风雨，几度春秋”。

一岁多点的时候，这个孩子就有点“与众不同”了。他不像一般的小孩一样喜欢让人抱，当你抱他的时候他会伸出两只小手把人推开；你无法捕捉到他的眼神，他的眼睛从来不和你对视；小孩们喜欢的玩具他都不喜欢，他喜欢旋转的小盖子，玩具汽车的小轮子，还喜欢自己旋转，他几乎整天在房间里旋转，似乎在追着自己的尾巴，乐此不疲。

“李牛五六岁的时候，我看了美国电影《雨人》，一下就明白了——我的儿子是个‘雨人’，他和‘雨人’太像了。”

但是陈女士那时并不能完全领会，在生活中，尤其是自己的儿子是个“雨人”意味着什么。

4 岁的时候，李牛从母亲的单位幼儿园里被退了回来，7 岁得到了确诊：儿童孤独症。

很多人都不知道，就连医生们都说“闻所未闻”，一听这个病，人们第一反应是孩子关在家里太久大人情感疏忽造成的，当时我也是这样认为的，自己折磨自己七八年，直到一个医生——他的孩子也是孤独症——告诉我，这是一种世界上并不罕见的病。

为了治疗，陈女士带着孩子住了一个月的院，在这里她受到了极大的刺激，住的是精神病院，周围都是成年的精神病人——强迫症、精神分裂症、抑郁症，狂乱、呓语，隔壁病房一个 23 岁的小伙子，平时好好的，一犯起病来便大小便失禁。

在这里她知道了孤独症是一种一辈子无法治愈的病。“天哪，这样一个小小的孩子，难道他的一辈子将和精神病院连在一起？”

用十年才接受的一个事实

陈女士一直不能接受李牛，这个过程整整有 10 年。一个母亲不接受自己的孩子，这该是怎样的一种痛苦。在她的记忆中有这样的片断：

“李牛今天大便有点稀，他用完手纸后，把大便弄到头发上去了，我看到后大骂起来，十分气愤：‘都 13 岁了怎么拉屎还拉到头上去了，真没有用，真没有出息，妈妈还要管你到老，到死不成……’”

有时候自己发脾气不是在讲话，而是在吼，不管李牛怎样，我要把心里的怨气吼出来。

一个孤独症的孩子的母亲真的是要管他到老到死的，这就是中国的现实。

爸爸昨天打了李牛，打得够狠的，不但打了屁股，还用皮带抽了他几下，李牛也够坚强的，只哭了几声，并连声说：“该。”事后我有几分后悔，他毕竟不懂事，像拉屎要坐马桶，别人休息要保持安静等这类事，和他讲一遍他可能记不住，或听不懂，要多讲几遍才行。近来李牛总是不用马桶大便，而是热衷于用塑料盆大便。我曾生气地告诉他，已经 13 岁了，是不可以这样大便的，他不知中了什么邪，就是不改，为这事他爸爸还打了他两次。

由于嗓子不舒服的原因，李牛从早晨就开始尖叫，大约每隔 20 分钟一次，一直到晚上。

“世界是怎么可以有这样的人，如果我命里注定非得有一个残疾的孩子，我愿意他是聋子、瞎子，哪怕是高位截瘫我伺候他一辈子都行，只要不是孤独症就好。”陈女士说，“精神上的毛病能致人于死地，你得有钢铁的意志和钢铁的神经才行，我都快疯了。”

李牛会在安静的班车上大哭或大笑不止，要不然就没完没了地大声说话，所有的眼睛都望过来，“那目光就像一束束飞过来的钢针一样”。

在地铁里，李牛看到一个女子嘴边有饭粒，他便径直走过去摘下来，空气就在一瞬间凝固了。在超市里，李牛会因为人多排队而他又急着吃薯片而哭喊不止。李牛最爱的是音乐，陈女士每次带他去听音乐会的时候，准是坐在离门最近的地方，神经绷得紧紧的，只要他一出怪声，好立即一把推出去。

并不是所有的人都是友善的，当李牛奇怪的举止妨碍了别人的时候，就会有骂骂咧咧：“这孩子有病啊！”

陈女士是个受过高等教育的知识分子，这个时候她会“很紧张，窘迫地缩起来，恨不得找下地缝钻进去。”十年当中她都无法让自己脸皮“厚”起来，挺直身子面对人们的目光。

但是陈女士并没有因此把李牛锁在家里，这是李牛的福分。她带他去超市、公园，去滑冰，去游泳，她想把他领出孤独的世界。

双休日，我们三个去了游泳馆，因为种种原因一个夏天没有游泳了，我即刻跳入水中畅游起来。李牛带着游泳圈也在游，他的脸上不能有一滴水，否则会马上把泳帽拿下来擦脸，不时地吐口水，一旦游离我们的视线，他就用舌头舐池壁，我一瞪眼睛他就不做了。当我游远了，他又做出这些可恶的动作，好在服务员没有在意他。

一个母亲不接受自己的孩子就不能敞开胸怀地去爱他，不能用慈爱的目光凝视他，不能毫无保留地欣赏自己生命的作品。

最主要的是陈女士想不通自己为什么会有这样的一个孩子，不能接受自己有这样的一个人生。她从 5 岁就梦想成为一个画家，当她大学毕业准备开始她的画家梦的时候，一切都因为一个孤独症的孩子而终止。

“我开始封闭自己，内心变得孤独无比。当别人谈论孩子的时候我躲得远远的，从来都不参与。”担着苦难孤独地走路，什么时候才是尽头？“你好像欠了别人的一笔债，是你一辈子都无法还清的一笔债。”

那扇你也许永远敲不开的门

李牛不会讲故事，没有角色的想象能力，只要让他讲故事，他就说：“从前有个姑娘……”没有下文了。我想尝试启发他一下。我说：李牛给妈妈讲个故事。“从前有个小姑娘。”我：“她背上书包去上——”“去上学。”我：“她看见——”“她看见老师了。”我：“后来她放学就——”“就去姥爷家了。”我：“很好，请你把这个故事再讲一遍。”“从前有个小姑娘……”又没有下文了。

下雪了，一片银白的世界，我和李牛一起在学校操场上散步，我问他：“天下什么了？”“下雪了。”我又问：“雪是什么颜色的？”李牛说：“雪是红色的。”“不对，雪是白色的。”第二天又下雪了，我和李牛一起走在去菜场买菜的路上，“雪是什么颜色的？”“雪是红色的。”真奇怪李牛为什么总是说雪是红色的呢？李牛又在创新他的语言，歌唱。“咪妈妈，咪妈”，“严波豆腐”，“的的的得”……

这些奇怪的难以解释的语言、歌唱，像是世纪之谜，让人不可捉摸。陈女士说：“有人讲要走出孤独，远离孤独，我更想走进孤独，了解孤独。我应该知道孩子在想什么，做什么，需要什么，这样我才可以给他提供帮助。”

世界上也许有一扇门永远都是闭着的，但是陈女士不想让自己走入绝望，对一个孩子宣判死刑是不是太早了？“我们希望活着，希望好起来，也许能等到那一天，哪怕是在这个孩子四五十岁以后，人类发明了一种药，或者是基因疗法，那也行啊。”

孤独症是一种很难治愈的病，目前唯一被认为可行的办法是通过教育和培训的改善。陈女士为李牛选择了教育。

当时对孤独症的了解国内刚刚开始，医疗界也没有更多的方法，仅有的一些授课也挺原始的。训练方法有教孩子认图形、颜色，用糖果交换让孩子精力集中等等，但是关键的问题是，孤独症孩子就像一个外星人，你说什么他根本就不理你。

“你就是骂他、训斥他，他都没有反应，他听不懂你正常的表达方式。”7岁时的李牛不会认字不会画图，每当他拿起纸笔的时候，就会出现一堆乱七八糟的涂鸦。“我不止一次地想放弃。一次一个台湾特教专家的话对我触动不小，他说：世界上没有教不会的孩子，只有不会教的老师。”

陈女士把写一个字的过程分解成350个点的线图形，让孩子按着描绘，以增加观察力、自控力、空间知觉等。

“李牛在表达他的不满的时候，唯一的语言就是尖叫。当他有需要，就抓住我的手，拉着我过去，把手放在想要的物品上。”孤独症的孩子缺乏想象力，当他要喝水的时候，不会把想象的杯子放在嘴唇上，假装喝下去。

“李牛有一双明亮的眼睛，但却从不直接看着我。他似乎总孤零零的，不受外界的影响，他只对一些特殊的物体感兴趣，只吃几样东西。迷恋花毯子和凉席，无论冬夏，只要稍有变化，安静冷淡的他立即就成了狂怒的孩子。”

就是这样的一个孩子，用了一年多的时间，学会了写字，只是他并不知道他写的是什么东西。

送李牛上学的第一天，陈女士没有敢走开，她躲在学校外面祈祷着孩子能在学校待满一天，如果这一天不成功的话就意味着孩子没有在学校读书的能力——尽管这是一所培智学校。还好，这一天顺利地过去了。

考试结束了，李牛的考试成绩比我设想的要好，但这并不重要，重要的是李牛在学校结识了不少的新老师、新同学，加入了一个温馨、友爱的集体当中。有一次，我看见李雪拉着李牛，有时摸摸李牛的脸，嘴里还说着：“你要是再脱鞋，我就不和你好了。”尽管李牛现在还不理人，不能主动与人交往，但这么多被动的交往，对他也是有益的。就像一扇关着的门，敲的人多了，这扇门就有可能被打开。

教育，一场持续一生的战争

生育孩子也许是每个女人的愿望。一个孩子的降生，是一个新生命的开始。但这是一种风险和无法选择的事情。

如果你决定要这个孩子，他的性别无法选择，美与丑、智力的高下、身体的健康与否你都无法选择，只能等命运的安排，就像我们无法选择父母一样，我们也无法选择自己的孩子。

像我这样一个母亲，一个目前无法治愈的孤独症的孩子的母亲，尝到的生活的苦果可能要比别人多几百倍。特别是这些孩子的前途、未来，我们去世之后他的生存问题，更让你寝食不安。

陈女士说，她最大的愿望就是有一天李牛能够自食其力。“不敢想他会对社会有贡献，起码不要成为别人的负担。或者他的某一个长处得到了别人的欣赏，他能够快乐地活着，这就够了。”

孤独症患者最引人注意的是他的怪异动作。他会上下前后摆动他的双臂和双手，跳上跳下，做出种种怪相。几乎所有的孤独症孩子都喜欢在靠近眼睛的地方，扭曲玩弄自己的手指。李牛每次从学校出来总是一副大花脸，他不停地吐出口水抹在脸上、胸前、后脖，口水和着泥灰和汗水。

陈女士和老师沟通，让老师在桌边放一个小木棍，李牛一玩口水，老师就举棍子，但他很快就学会了躲开老师。

昨天为了表示对李牛进步的鼓励，我带他去吃了肯德基，他吃得很香。晚上看他最喜欢的电视音乐桥时，他又吐口水了，我马上关了电视，以示对他的惩罚。他伤心地哭了，我问他，妈妈为什么关电视？他能够回答“因为我吐口水”。本来和李牛说好，只要不吐口水，我放学一定带他去吃肯德基，可是他又吐了，我没有带他去，他很伤心，一再说，不吐了。

一个吐口水玩的“毛病”，竟然纠正了几年，而这个毛病刚刚好一点，下一个毛病又来了。

李牛现在的毛病是闭一只眼睛睁一只眼睛。我自己也这样做，想体会一下他用一只眼睛观察事物的感受，但我觉得不如两只眼睛看东西舒服，自然，我现在无法去解释李牛这样做是出于什么心理。

9 年的学习竟然是在不停地纠正李牛反复出现的十多个毛病中度过的。李牛总是弄鼻子，爱把卫生纸放在脖子里。孤独症是一个从小到大的系统工程，不是几年的事。我常常回忆我走过的路，李牛的出现改变了我的人生、我的性格、我原有的一切。

一位已帮助自己的孤独症女儿成功地走上独立生活的德国母亲感叹说：“孤

独症的孩子能走多远，只有上帝知道，我想知道的是，与昨天相比，我的女儿今天又学会了什么。”

李牛 8 岁的时候，陈女士再一次为他买了钢琴，开始了音乐教育。在李牛 4 岁时她曾经花 4000 元买过一架钢琴，“但你根本不能让李牛坐在琴边，只要一碰琴他就用拳头砸”，只好把琴卖了，4 年之后再买时，已经是 8000 元了。

“我豁出去了，请了专门的教师，一个小时的课，前半个小时李牛学，后半个小时我学，我学会了再教李牛。”

钢琴课李牛已经学到汤普森第二册了，老师每星期日早晨 8 点 30 分来，李牛这个星期没有练琴，他很懒，一叫练琴就拉屎撒尿，一上厕所就是半个小时，真气人。

8 年的音乐教育，给李牛孤独的世界打开了一扇窗户。理查德·克莱德曼是李牛最喜欢的钢琴王子，崔健是李牛最喜欢的摇滚明星。1999 年北京市海淀区培智小学的新年联欢会上，李牛表演了钢琴独奏。

“李牛上场了，他的表情不太放松，他的坐姿没有平常优美，手也不够用力，琴声很小，但三支小曲子都顺利地弹下来了，李牛边抠着鼻子，边从琴凳上跳了起来，人显得很兴奋。”陈女士幸福地回忆着。

现在李牛对家里的事开始关心起来了，电话铃响，李牛会先说，“妈妈打电话了”；早晨我们一起从新闻学院宿舍赶班车，我和李牛先上了车，他马上问：“爸爸呢？”我曾经以为李牛这一生都不会提问题，现在他开始问了，他开始关心周围的世界了，他那自我封闭的门开始慢慢向外打开了。

用喜剧导演悲剧

昨天李牛满 13 岁了。头两天前，我就和奶奶一起和他讲，8 月 2 日是李牛的生日，为的是看看他是否明白了自己过生日的事情，还经常给他提问：“8 月 2 日是谁的生日，李牛几岁了？”

让陈女士终身不忘的是她和一个 70 岁老人的对话，一个机缘让她向这个并不怎么熟悉的老人倾诉了苦水。这位老人说，每个人活在世上都会有难处，就看你怎么对待了，人生不管是苦是福，结局都是一样的，不如用喜剧导演悲剧，用智慧来生活。这些话让她了然顿悟。

这几天李牛睡眠一直不好，晚上很早就醒了，大约是两三点，有时是撒尿醒的，有时是外边下雨，雨打在遮阳棚上声音很大，吵醒的。弄得我也睡不成，他还说话，出几种声音，人很兴奋。昨天夜里他又醒了：

> 李牛：妈妈、妈妈。
>
> 妈妈：别说话，赶快睡觉。
>
> 李牛：真讨厌吧，还讨厌吗？
>
> 妈妈：还讨厌吗？
>
> 李牛：不讨厌了，明天去弗利浦。
>
> 妈妈：不去！没有时间。再说话我就把你的嘴缝起来。

无语了……烦恼还是一样的，但是陈女士说她现在可以含着泪笑对生活了。孤独症儿童有许多“缺点”和“不足”。如果他们的缺点和不足占99%，只有1%的“优点”，那我们也要将这1%的优点放大99倍来看，否则，我们就无法生活甚至无法活下去，她想开了。

“李牛是神赐给我的宝物，他是天使，他真诚善良，他不允许妈妈生气，只要我生气了，他就摇着大脑袋马上说：‘李牛是妈的宝，妈妈离不了。’在学校里老师批评别的同学的时候，他也会伤心地哭，他不能看着老师一张笑眯眯的脸变成冷冰冰的，他不能听别人粗声大气地说话，李牛的心像水晶一样纯洁透明。”

我儿子真是没有白养，是妈妈的心头肉。他不愿意妈妈离开家，以为是因为他淘气妈妈才去的，他终于把自己的想法说出来了，用语言说出自己的心情想法，真不容易。

陈女士一直关注着医学的发展，注视着人类对自身的认识和发现，她常常把有关的信息收集起来，这样做只是为了使自己在茫茫黑夜的无序当中，看见一闪一闪的亮光，让自己一次又一次地唤起对孩子的希望，对生活的希望。“我想有时候爱并不一定惊天动地才能长久。在成长的旅途中我们都会惦记一些人，而他们也许并不知道。同样我们也许正在被别人悉心地牵挂着，可自己却也毫无所觉。”（文中李牛为化名）

孤独的孤独症

我国首度确认“孤独症”至今已有26年，第一批以“孤独”命名的患儿早已成年，在医治、培训等方面，这一特殊人群需要人们给予更多的关怀与帮助。

1978年，9岁的王伟被确诊为患有儿童孤独症。

26年之后，在北京车公庄西大街的家里，王伟找到了自己的生存理由，他用一个方形的印章给一厚摞牛皮纸信封上盖着“印刷品”字样。他已经35岁，不再是个孩子了。

“星星的孩子”长大了

1943年，美国儿童精神病医生Leo Kanner的报告中说自己观察到一个5岁的男孩唐纳德的奇特症状：他旁若无人地生活在自己独有的世界里，他记忆力惊人，两岁半时就能流利背诵《圣经》23节以及历届美国正副总统的名字，但却分不清你我，不能与人正常对话；他迷恋旋转的平锅和其他圆形物体，对周围物体的安放位置记忆清楚，但对位置的变动和生活中的轻微变化却不能容忍。这一年，他报道了11名唐纳德式的孩子。他引用了“孤独”这个概念，把这些症状称为“情绪交往的孤独性障碍”及“婴儿孤独症”。

这是一种特殊的病，之所以特殊，是因为它在被发现后的几十年中，人类一直找不到导致疾病的病因，找不到有效的治疗方法。这些得病的孩子仿佛都经过上帝的遴选一样，一个个都异常的纯洁、漂亮。可是，他们却对这个世界上的一切缺乏应有的反应。

有视力却不愿和你对视，有语言却很难和你交流，有听力却总是充耳不闻，有行为却总与你的安排违背，人们无从解释，只好把这样的孩子叫作“星星的孩子”。

王伟是被贴上“孤独症”标签的第一个中国孩子。这是在人类发现这种疾病的35年之后。

35岁的王伟身高超过1.75米，“星星的孩子”长大了。

咬不破孤独的茧子

一走进王伟的家，就听到王伟的声音，他在和我说话，他问我从哪里来。我回答说从广安门来，他立即说出了我坐车的路线。

“广安门有深圳大厦。广安门有743路、748路（公交车），743路是2001年开通的，748路也是2001年开通的，两广大街还开了715路。”眼前的王伟方头大脸，两只大大的耳朵支棱着，向前倾着身子和我说话，一连串的数字显出他惊人的记忆力。

十多分钟之后我才察觉出他的与众不同。他不停地问我住在广安门的哪个方向，和深圳大厦有多远，家里兄弟姐妹几个，出生年月日及出生在什么地方。或者不停地告诉我坐某一路公共车在什么地方倒车可以到达什么地方。

妈妈为了打断他，从沙发的靠背上拿下一个绒毛小猴：“尽废话，给，抱着小猴玩儿。”王伟立即收起倾向我的身体，抱着小猴孩子似的玩起来。

王伟长大了，但并没有走出孤独。

王伟现在的生活就是每天待在家里帮妈妈在牛皮纸信封上盖章。妈妈说今天盖50个，他就十个一摞数出五摞来整整齐齐地摆好，一个一个地盖过。

牛皮纸信封是北京市孤独症儿童康复协会的，妈妈每天从协会带回来，盖好后第二天再带回去。1993年，8个孤独症孩子的家长因为痛苦和孤独而自发联合起来，进行互助式的自救，于是有了这个协会。11年过去了，协会由八个家庭发展成800个家庭。王伟的妈妈在协会里兼职给这800个家庭寄资料、寄书、联络，总有信封需要盖章。做这样的事王伟可以做得很好。这也是王伟35岁生命中的仅有的一份“工作”。

协会主席杨晓玲教授认为王伟属于高功能的孤独症患者，有条件的话完全可以从事一些简单劳动，但社会上几乎不会提供这样的机会。

王伟在协会“工作”了3年。说是工作，协会并不付给王伟工资，但王伟妈妈认为这是让孩子走出孤独接触社会的绝好机会，所以每天不辞辛苦一大早挤26路到车公庄换乘44路到新街口再坐331路到北医六院。“王伟干得可好了。扫地，打水，在发票信封上盖章，帮我拎着东西到邮局寄。”

3年的工作经历让王伟像变了一个人似的，亲戚们都说王伟爱和人说话了，活泼了——过去他的眼睛从来不和人对视，也不理人。对于这对母子来说，报酬并不重要，重要的是因为这个工作，社会敞开一道让他们进入的大门。

就像电影《雨人》里的主人公一样，王伟有着惊人的计算能力和记忆能力。大多数时候他性格温顺，生活能够自理并能做饭洗碗扫地，能够按大人的指令完成简单的工作。

王伟的妈妈交给记者一个计算器，王伟立即兴奋起来，三位数以内的乘法他不用纸笔做得比我按计算器还快，当我出到“96541×78654”时，他伸出一根特别修长的手指，放在眼前，目光从指缝里茫然地望过去，仿佛前面空空的墙上写满了算式。几秒钟后答案出来了，王伟告诉我是7593335814，和计算器上的结果一样。王伟还能推算日期，当我说出1996年3月28日时，他立即告诉我说那一天是星期四，并且告诉我1996年和1940年的日历是一样的。

王伟的妈妈告诉我，她听过一个叫蔡逸周的美籍华人的讲座，他有一个孤独症儿子，他的儿子有两份工作，每天早晨可以去超市里上货，下午到社区图书馆里将读者借阅的书收回书架，因为孩子的记忆力特别好，能够清楚地记得哪一本图书原来在什么位置。

“这些事王伟都能干，但上哪里去找？”王伟的妈妈说，北京市有关部门有一个规定，要求每个单位解决一个残疾人的工作，实在不能安排的，每年交2000元。她曾经找过王伟父亲的单位，他们宁愿交钱了事。

3年之后，北医六院通知不再让王伟去“上班”了。王伟和社会接触的路又断了。

现在他每天出两趟门，拿着一块钱，上午去买《京华时报》，下午去买《北京晚报》。2004年2月15日这天的中午12点，王伟大声地为我读《京华时报》:

"一少年落水失踪，搜救者打捞未果。"

妈妈问："王伟，是什么意思啊？"

王伟说："就是掉水里啦，遇难啦，死啦。"

王伟又读："北京市大检查，严防疫情。"

妈妈问他："王伟，最近有什么疫情？"

王伟回答："禽流感！"

被围困的青春

丁丁已经三年没有下过楼了。

北京天通苑的一座近150平方米的大房子里，丁丁来来回回地奔跑着。尽管有一个很大的客厅，但对于身高1.89米、体重七八十公斤的丁丁来说，只要六七步就到了头。

丁丁家的客厅分成两个区域，一组皮沙发、一块地毯、一个茶几为一个区域，一张书桌和一些书架为另一个区域。记者和丁丁的妈妈在沙发上聊天，丁丁的爸爸和一名学者围着书桌轻声地校对他们有关古代诗词的书稿，丁丁就在这之间的通道里奔跑，房间里充满了推拉阳台门的声音，头撞玻璃的声音，手拍打墙壁的声音和他嘴里发出的各种古怪声音，但大人们各做各的事，并不理会丁丁。

有时候丁丁就像一个政治家，激动而兴奋地进行着"政治演说"，他挥舞着手臂，几步冲过房间跨上阳台，头"哐哐"地撞着玻璃；有时候他又像一个蹦蹦跳跳去上学的小学生，嘴里"唱"着谁也听不懂的歌，从这间房子跳到那间房子，忽然之间跳到你跟前，露出粲然一笑，迅速地跑开，不知道他做出种种表现是不是为了引起大人的注意，或者把家当作运动场，宣泄掉身上撑得人难受的精力。丁丁是一个22岁的孤独症患者。进入青春期后并发癫痫，从此他再也不肯出门了。北医六院的专家刘靖、杨晓玲研究指出，孤独症儿童进入青春期后会有多种并发症出现，其中多见的是癫痫，大约有42%的孤独症儿童会并发癫痫。

丁丁把癫痫叫作"头疼"，每当发作之前，他会停止跑跳，紧紧地蜷缩在床上等待痛苦的到来。"他不是什么都不知道，他只是找不到一个正确的方法表达他的感受。"丁丁的妈妈说。而发作之后数日，丁丁都虚弱得难以恢复。

自从癫痫袭来之后，丁丁每次出去都极为紧张，妈妈认为丁丁有超过常人的自我保护意识，他不愿出门可能有他的道理，但丁丁原本就不多的外出快乐就不再有了。

丁丁的记性很好，妈妈说，每带他去一个地方，他都能记得，特别是有好吃食品的地方。他知道王府井百货大楼里有他爱吃的云片糕，崇文门新桥饭店三宝乐西餐厅有他爱吃的蛋糕。隔几天他就会对妈妈说："丁丁过生日，丁丁过生日。"这就是说他又馋蛋糕了。

但他出门绝不能往东走，每当汽车拐向东时他就会尖叫。妈妈也不再强迫丁丁出门，她说怎么舒服就让他怎么来吧，要不然他紧张大人也紧张，然后就是情绪焦躁一家人都不得安宁。

现在丁丁接触的人就是爸爸妈妈和一个小保姆，每天丁丁都要问爸爸妈妈外出的情况，"妈妈上班"，"天黑，妈妈上班"……他问的时候全部都使用陈述句，天黑是一天 24 小时的时间概念，代表明天妈妈是否去上班，而且问一次就要问 7 次"天黑"——妈妈爸爸一周外出的情况。

外面的世界对于丁丁来说应该是存在的，只不过爸爸妈妈去而他不去。不管是谁晚上出去，只要没回来，丁丁都不肯睡。他要一直等到外出的人回家，上了床，全家的灯都关了之后，他把几间屋子都巡视一遍，才会上床去睡。

丁丁的父母都是不需要天天去坐班的文化人，他们自丁丁 7 岁被诊断为孤独症后，就再也没有一起出去过，他们轮流在家里陪着丁丁。3 年前他们买了天通苑的大房子，为的就是让丁丁有跑动的空间。

北京星星雨教育研究所对其接触的全国 500 个孤独症儿童社会生长环境进行了研究，从一个方面反映了中国孤独症儿童的生存状况。

500 个家庭所生活的社区、城市，完全缺乏能够提供指导孤独症的咨询机构及辅导机构，更没有帮助孩子走入社区、社会生活的机构，大多数的孩子不得不长期关在家里。而把进入青春期或者长大成人的孩子关起来不但难，而且显得更加残酷。

实际上丁丁基本上是圈在家里长大的。到了该上学的年龄，爸爸带着他去培智学校，当看到学校的条件后，父亲又拽着孩子的手回来了：那样的学校不上也罢，他觉得根本不可能对症下药地帮助自己的孩子。因此丁丁没有上过一天学。22 岁的丁丁不识字，他不奔跑的时候会安静下来画画，但他却从不留下自己的“作品”，画完之后便撕得粉碎。丁丁的妈妈从一本大字典里抽出两张画，那是趁丁丁不注意时藏起来的。画面有点像抽象派作品，一些浑圆的线条的组合，很神秘。

并非一个人的孤独

孤独症儿童会有什么样的成年生活，除了病情的轻重外，杨晓玲教授认为更重要的依赖于确诊后的有效干预和训练以及社会的接纳程度、就学、就业的机会及法律保障。

但是社会给予他们的出路却相当狭窄。从上幼儿园，到上学，到就业，孤独症孩子都被以各种方式各种理由拒绝着。

有资料显示，目前中国孤独症患者的母亲基本上都是职业妇女，绝大多数家庭父亲一个人的收入不能养活全家，因为有了一个患有孤独症的孩子，母亲反而必须工作。由于疾病和经济及心理的压力，相当多的家庭成员没有良好的心境，没有充足的精力、持久的耐心和信心面对孩子，只能消极而无奈地承受着。

尽管如此，家庭还必须承担养护、培训、教育的重担。我国的现实情况是，孤独症虽已经被列入了精神残疾的范畴，但社会对这类残疾人所做的还非常少。“一个家庭中有一个孤独症患者，这个家庭便陷入更大的孤独中。”杨晓玲教授说。

更糟糕的是，全国大多数省市医院还不能进行孤独症的诊断、治疗和康复训练。理论上，进入学龄的孤独症儿童可以在正常学校跟班就读或者就读于为智障者专设的培智学校，但实际上两种途径往往都走不通。培智学校因为生源多学校少而难以进入，为了让孩子能上学，有的父母曾经辗转疏通达 3 个月之久，并且要进行试读——自身条件差的孩子达不到学校要求的，也会被拒绝。而在一些中小城市，根本就没有培智学校。

王伟上的是正常学校，但小学一年级仅读了一个月，就被同学们用鞋带捆绑在厕所里达一个小时之久，踢得浑身都是伤，之后老师找到王伟的父母劝他退学。老师和同学都无法理解王伟的行为：上课的时候他会突然站起来旁若无人地自己到操场上玩，或者执著于某件事不停地大声说。学校认为这样的孩子是不能上学的。

一个孩子一旦被确诊为孤独症，就意味着被社会的拒绝和一个家庭痛苦的开始。

王伟的妈妈是北京实验小学的老师，她要求王伟跟着她上学。学校当时有规定，教工的孩子不能在本校读书。“我急了，不照顾孩子就要求调走，学校让我开了证明按照特殊情况处理，王伟就跟着我读完了小学。”

王伟有极快的速算能力，但更深的数学他就不能理解了，特别是语文的中心思想、句式分析，对他来说无异于天书。

有这样的一个差生就会影响一个班的成绩，从而影响整个学校在全区的成绩，王伟的妈妈每次考试之前都和出题的老师商量，提前把卷子拿回家，让王伟把答案背下来。“就这样王伟才捞到个上学机会，至于进一步发掘潜能，根本连想都不敢想。”

“其实这样的孩子学什么并不重要，关键是让他能在学校里在人群中成长。”孤独症患者的妈妈说。但外界并不足够宽容，社会还没有学会怎样对待孤独症患者。园园在学校一直受到排挤，压力不仅仅来自不懂事的同学，还有老师、学生家长甚至是校长。园园的父亲在校园里曾被家长们围攻 3 个小时之久，起因是其他家长对自己的孩子同园园一起读书不满，于是学校校长便出面劝其转校。园园从小学到中学辗转了数间学校，打游击式地读了下来。

而进入正常学校跟班就读的孩子，无一例外地被要求和正常孩子一样行为处事。青岛大学方静老师的读小学四年级的孤独症儿子的作文写道：这学期我喜欢穿大鞋，同学们问“这是为什么呢”？因为上课时我偷偷做起了小动作，王老师严厉地说“坐正”，吓得我再也不敢动了。可是一动不动太难受了，我终于想出了个好办法。我每天穿着大鞋去上学，让脚趾头在里面动一动，王老师却看不见。一位孤独症家长在国外看到的情况是，在大学的课堂里，孤独症患者坐在窗台上听课，而老师同学并不以为怪。

“星星雨”的统计不容乐观。500 名患儿中，能够顺利进入小学的个案只有十几个，能够坚持上完小学的更是寥寥无几，进入中学的自然就少而又少，进入社会工作的几乎没有。

张浩是经过9年培智学校学习毕业的，他的出路也和没有上过学的丁丁差不多——回家关起来。现在他和丁丁一样在家里奔跑，他的家比丁丁家小多了，他一会儿把自己撞在门上，一会儿把自己撞在墙壁或家具上，家里的窗户凡是能打开的都上了铁条。还有李力，一家人千辛万苦供他读完了职业学校，学的是烹调，但他也只能在家里做饭。

受围困的还有整个家庭。杨晓玲教授接触的患者家长，大都由于长期的精神压抑而产生了心理问题，他们抑郁、焦虑、孤独、放弃自我，情绪极不稳定，家庭也相继出现问题。

最让他们心焦的是孩子成人之后的出路，自己百年之后，孩子如何托付。有的家长很悲观，他们说等自己“走”的时候，也将这个孩子一起带走。

家与社会之间有一道高高的门槛，耸立在已经长大成人的孤独的孩子和孤独的家庭之间。

（文中涉及孤独症患者均为化名）

185：一个边境团场的故事

从北京到乌鲁木齐，从乌鲁木齐到阿勒泰，从阿勒泰到北屯，从北屯再到布尔津、哈巴河县，然后再经过穿越荒野，涉过河流的跋涉，才感觉到自己的脚是踏在中国地图公鸡尾巴尖尖的羽毛上了。

之所以交待如此烦琐的过程，除了想说明它的遥远之外，更主要的是非如此便没有办法将185的确切位置告诉读者。在中国的行政图上，一个县，甚至一个乡都可以标识，但没有标识一个兵团团场的，尽管按行政级别来说它也是一个“县级”，尽管，有的地方，一个团甚至比内地的几个县占地面积还要大些。

记者在9月的深秋季节来到了185团。现在当记者在地图上找这个曾经到达过的地方的时候，就会顺着中国唯一一条向西北流并最终注入到北冰洋的河流——额尔齐斯河的流向，在它冲破中国的国土流向异国它乡的那一小小点上，确认185团的位置——这是近十天采访的一点经验。

静悄悄的边境正处于一级战备

当你意识到自己是在中国最西北边境的时候，那感觉会有一点特别。

185团和外界唯一通道是一条不宽的石子路。缩在路边的小小的养路道班挂着一块巨大的牌子“中国西北第一道班”。185团一连的连部平房上也顶着几个鲜红的大字：“西北边境第一连”。

一条浅浅的河蜿蜒流过，河滩里长着挺拔的白桦，树冠上正挂满金币一样灿烂的叶子。大片大片的极度平整田畴，偶尔看见一台康拜因在收割油葵。四处都是静悄悄的。

毫不知觉地一辆军车出现了，车上坐着七八个荷枪实弹的军人。为首的一个跳下车来向我们走近。此时路边上的一块："边境管理区，请出示证件接受检查"的牌子再一次提醒了这里是非常地区。

"现在，一直到国庆之后这里都是一级战备。"185团宣传科科长师寒说。

枪声。在空旷安静的地方枪声显得不那么真实。是部队在打靶。铁丝网。那条弯弯的美丽的小河全部被一米多高的铁丝网封着。是中国和哈萨克斯坦的界河，这条河叫阿拉克别克河。界碑。一块标明为32号的界碑，上面写着威严的"中国"二字。在这块界碑的对面，河的那边一根蓝色的柱状物，是哈萨克斯坦的界碑。

"我家住在路尽头，界碑就在房后头，界河边上种庄稼，边境线上牧牛羊"这是西北第一连房前立着的一块碑上写的，另一块与此相对应的碑上写的是"割不断的国土情，难不倒的兵团人，攻不破的边防线，摧不垮的军垦魂"。

一连的指导员韩继忠穿着一身迷彩服，他指着连办公室房后说："后面再没有了，就是国界了"，在他身前，是一条200米不到的水泥路，路两边各立着6排簇新的平房，白瓷砖墙红琉璃瓦顶，整齐得像一队队列队的士兵。这就是全连32户人家的住所。韩指导员解释，之所以将农工的住所如兵营般排列，就是要做到"在短时间内能召集起所有的人"。

一大片田地的尽头，是界河，那边，隐隐约约显露出另一种生活。阿连谢夫卡，哈方最靠近边境的一个小镇。韩指导员说，小镇原有3万多人口，近年哈方将边民往后方撤离，因此小镇现在有9000人口。

隔河相望从不往来，但双方对对方的情况都了如指掌。"那就是瞭望塔，双方都有，上面是高倍的望远镜，每天对对方过往车辆人员进行观察登记。"韩指导员说。

在185，45岁以下的男性都是民兵，他们定时巡逻于边境线上，每年至少有三个月的训练时间。

185团宣传科科长师寒希望记者一定要将两件事写出来，尽管这两件事发生在多年前并且早有媒体进行了报道。

一件是一连有一个上海知青叫沈桂寿，1964年来的团场，他种的一片玉米地就在国界的铁丝网下，每天早晨他都会看到哈方升国旗，于是就步行 30 多公里到团部去买国旗，但跑遍团部也没有，于是就回家用自家的红被面自制了一面，每天太阳升起的时候，他就用一根杨树的木杆升起自制的国旗，从 1979 年到 1994 年退休回上海，25 年如一日。“哈方的哨兵为此向这位中国的农工行注目礼”，一家报纸写道。

沈桂寿回上海时留下一名话：“每天太阳升起的时候，就把国旗升起来，尽力地照看好庄稼。”

另一件事是 1988 年界河发大水，在一个叫桑道克的龙口向地势低洼的中方土地上冲来，按照国际贯例，如果河水改道，国界就将重新划分。185 团全体职工家属奋战 8 个昼夜，终于将界河憋了回去，保住了 55.5 平方公里的土地。

1998 年中哈两国重新勘界，这 55.5 平方公里曾经存在争议的土地，永久地划归中方所有。

阿拉克别克河在哈萨克语里是“少女的耳环”之意，中国的国界也随着这条河拐了一个大大的湾，185 团的 12 个连队就沿着这个大环一字排开，陈列在国境线上。185 团的农工们把这个称作“三前”：我们的耕地在边防哨所之前，我们的民兵在边防哨兵之前，我们的连队在边防连队之前。说这话的是一位老农工，语气间有一种骄傲。

“铁打的营盘永远的兵，永不移动的生命界碑”。185 团的宣传材料上这样描述自己。

种地就是站岗，放羊就是巡逻

最初来到这里的是山东的退伍军人。1962 年前苏联驻伊犁使馆策划了新疆伊犁、塔城、阿勒泰地区哈萨克族边民外逃的“伊塔事件”。周恩来总理亲自召见兵团政委张仲瀚，批示迅速组织一支高素质的军垦队伍分赴边境。

185 团退休干部张照汉回忆，当时他从济南军区炮兵 5 团退伍，坐着闷罐火车奔赴新疆。“当时非常紧急，被子里外全是白布的，来不及做上被面。从乌鲁木齐到这里日夜兼程地赶，我们要执行“三代”任务，就替外逃的牧民代耕、代牧、代管”。

新疆生产建设兵团在 1962 年从喀拉昆仑山到阿勒泰山的边境线排开了 58 个团场。5000 公里的边境线，兵团坚守着 2000 多公里。

“一来就发了枪，苏制的，从此就背着枪种地，常常是前面安排人种地，后面有潜伏哨埋伏着。”

张的妻子向记者描述了当时的生活：家里炒很多炒面，放进小布袋里，一紧张了就捆在身上，背着抱着孩子躲到大沙山背后去，男人们就扛着枪冲到边境线上。晚上沙山露宿一夜，白天还照样下地干活。

“那时候老修天天制造紧张空气，探照灯把这边照得一根针掉地下都能看见，飞机常常飞到房顶上来，吓得孩子们直哭啊！”

张照汉一直背了 40 年枪，到 1990 年退休为止。张曾当过 15 年民兵值班连的连长，值班连里都是高中毕业的团场青年，全副武装，当时没有武器库，所有的武器弹药都放在张的家里：“一间小屋子，住着一家人，墙上挂着一个排的枪。”

张说他们这些人“民不像民，兵不是兵，是兵不拿饷不换岗，是民要扛枪”。

“乐不乐意？”他反问自己，“不是你乐不乐意的事，来了就得这样干。”他自己回答自己。

当时的 185 团所在地，是劳改犯人待的地方，根本就不具备人生存的起码条件。兵团劳动模范解见礼在白发苍苍的晚年，向记者回忆起当年还忍不住泪水涟涟。

辗转两个月才从山东老家到达 185 团的解见礼见到了丈夫，眼前的人她已经认不出来了。“他穿了个破黄棉袄，又小又短，那件衣服破得哟，哎！就是一条一条的。人的脸焦黄焦黄的，他来的时候可是又白又胖的，我问，你是刘玉生吗？他说，我是啊。我再问，你真的是刘玉生？他说，我咋不是呢，你不认得我了？我问他，你的房子呢？他说，哪有什么房子！我说，没房子怎么住？他说有地窝子。”

地穴里是柳条编的床上铺着草，一个大通铺上睡几十个人，“我当时就哭了，一边哭还一边说，共产党到哪里不是革命”！解 18 岁入党，是山东老区的女干部，来的时候县长给她送行，让她记住一句话：共产党员到哪里都要革命。她问县长知不知道新疆的 185 团在哪里，这位县长也不知道。

男人女人一样地劳动，白天种地，晚上打过冬的柴，还要打土块，每一项工作都要争小红旗。冬天也不闲着，大家要比赛着往地里拉粪。“冷啊，零下 50 摄氏度，雪有一米多深，人穿着羊皮大衣、毡筒子，拉着冰爬犁。我一趟拉 200 多公斤，比男同志拉得还多，身上出汗热气冒上来，在衣服的表面结成硬壳。一停下就得赶紧往家跑，一停下来身上的汗就凉得冰似的。”

185 团的第二代人很多就出生在终日没有光的地窝子里。用一张白羊皮把孩子包起来，放在一个筐里，吊在地窝子的顶上，下面生上一盆火，大人们就出工了。一个孩子有时候从出生长到一岁多都没见过太阳。

解见礼在一次劳动中严重摔伤，失去了生育能力，终生没有孩子。

现在地窝子出生的一代已经长大了，39 岁的彭学涛就是一个地窝子孩子，现在他就在他出生的 9 连当连长。在 30 岁以前他从来没有走出过 185 团，那时候外面的世界对他来说是不存在的。他认为自己继承了父辈留下的东西，并感觉自己守土有责。“我们不守总得有人来守，我们熟悉这里，和这片土地有了感情。”他说。

湖北人的饺子皮、蠓虫和乌鸦

“你吃了吗？”

“吃了。”

185 团的两个妇女在去厕所的路上相遇，互相用“吃了没有”这个大部分中国人已经摒弃的方式打招呼，口音是河南活。

记者很快发现，陪同我们的工会的一个干部说的话就像调频收音机一样可以换台：每当他向我们介绍情况的时候，就调到略带点新疆口音的普通话，而和团场人说话的时候，用的是河南频率。

185 团的官话是河南话，但 185 团却不仅仅是河南人，甚至河南人在这里并不占主流。

团工会主席龚雪荣统计过，185 团 4400 人口，就来自山东、河南、甘肃、湖北、江苏、上海、天津等 17 个省区市。

团场人告诉记者一个笑话，湖北人过春节的时候学着山东人吃饺子，但不会擀皮，就用保温瓶的盖子扣，于是“湖北人的饺子皮”就成为一个经典的故事。

来自不同地方的人互相融合着生活，谁的生命力强大，于是就占据主流位置。“可能是河南话字正腔圆吧”，那位工会干部如此解释，他的父母都是山东人。

当年的艰辛经过时间的酿造变成了一个个有趣的故事，从军垦第二代的嘴里讲出来，这些将近40岁的人正在团场挑大梁，他们很乐意将这些故事讲给从外面来到团场的人听。

“我们这里大夏天有一种针尖大的小飞虫，军垦第一代把叫它‘黑寡妇’，它能咬得人鲜血直流，乌鸦在天上飞着飞着突然一头从天上栽下来，就是被它咬得神志不清，它能咬得牛羊乱蹦，疯了一样。”

“军队专门派来专家进行研究，说要研究利用它作武器呢，专家说它的学名叫做‘蠓’。”

对付蠓的办法，一开始是往身上抹泥，干了之后形成一层壳，但人一活动，甚至笑一笑，泥巴断裂，就不顶用了，后来是在脸上头发里抹柴油，但人的皮肤受不了。

一位军垦第二代向记者讲述的时候语气里有一点骄傲，也有很多无奈。现在军垦第二代们只有30%的人还在团场种地，更多的人已经离开了团场。

“当年的上海知青已经有95%的人走了，大部分是70年代末80年代初返城的，剩下的是退休后走的。还有一些老军垦也在退休后离开，年轻人考学后离开。团场人口一度下降得很厉害。”团工会龚主席说。

团场孩子学习的刻苦、团场的升学率之高在新疆是远近有名的。在185团，一个孩子从7岁开始就得离开家去寄宿。从连队到团部学校近的三五公里，远的三四十公里。而回一趟家之难让人震惊。大雪封路的冬天，团里用大轿车送孩子们回家，“800米的路走了四个小时，22公里的路走了一天一夜，真是草鸡了”，护送过孩们的彭连长说。而到了高中，孩子们则要到200多公里外的北屯去读书，一个学期才能回一次家。

“考出去的，有80%不再回来了”。这是一条出路，团场的农工们特别看中这个，他们宁愿孩子们不回来。而团里也理解农工们的希望，所以团中学一直是团场最受重视的地方，并且校舍一直是团场最好的建筑。

有人离开，也有人不断地进来。185团宣传科科长师寒就是近年才来团场的大学生，当他娶了一个团场姑娘为妻并生下了孩子的时候，他觉得他就是这个团场的人了。

市场的因素逐步进入国营化色彩最浓的兵团团场，185 团也不例外，土地农机全部承包到了农户，虽然这是一个全部机械化的农场，但农具农户按市场的方式和团场发生“交易”。

内地前来承包土地的人填充了农场，这些人被 185 团称作是“军垦第三代”。刘文祥、刘安利叔侄俩从山东来 185 团包地 10 年，已经成为团场的富户人家。叔叔喜欢团场是因为“是职工待遇，老了有退休金”，侄子爱团场是因为这里的“文化”、“习俗”比家乡好，他在家 18 岁就被逼结婚，“孩子多大了都交不完早婚早育的罚款”。

记者在刘文祥家里看到了勤劳带来的收获。他和妻子养着 100 多头牛 100 多只羊，种着 200 亩地，供养着女儿在四川上外国语大学。

新加入团场的刘文祥也是一位基干民兵，但他的感觉是：没有战争的紧张感了，忙的时候会忘记了是在界河边上种地。

写在一连展板的一组数字记录了团场的变化：

1998 年全连通电

2000 年看到光缆电视

2000 年旧房改造住上新房

2002 年建立了文化站，中央支持 12,5 万元

阿拉是上海人

丁家君的脸是土黑色的，一层层的土长年堆积在上面形成了一个厚厚的壳。从眼角额头的深深皱纹里，还可以看到一点点皮肤的原色。他光脚穿了一双布鞋，脚很糙鞋子很破。说话的时候他的眼睛总是低着，或者眼神快速地瞟上你一眼。他的一双手不停地玩弄一张靠背小板凳，他说这是很多年前他自己做家具的时候顺带做的。

他和他的老伴，一个看上去有 50 多岁的山东妇女住在 185 团一营的一幢平房里，几间平房里空空的，说话的声音大了，就会出现回声。房间里有很多灰尘，

最好的东西——一套皮沙发上面也满是灰尘，看来主人并不是常常坐在上面。

丁家君说普通话，但他的舌头是软的，腔调是柔的，只有这一点能表明他是一个上海人。

丁家君现在是185团一营的教导员，在团场他种过地，放过马，赶过马车，开过24年的拖拉机，当过连长、连教导员。

他的妻子已经退休，在2亩多的自留地里种油葵。

以下是他的自述：

我家是上海南汇的，高小毕业，在一家五金厂里当学徒。家里兄弟8个。16岁的时候想象着到新疆骑着马奔跑挺好的，就报名来了新疆。

1964年6月25日我们离开了上海，我们南汇就来了100多人，大家在一列火车上，都是一腔热情，唱着歌，12节车厢里搞比赛，我们的车厢得了红旗，红旗车厢里的人自然是思想最进步的，大家都写了志愿，填了表，要到新疆最艰苦的地方去，我们一下子就被分到了185团。

其实我们根本就不知道新疆有多大，185团在什么地方。我们从乌鲁木齐坐一辆上面搭帐篷的大卡车，50多人一车走了6天才到布尔津河，然后坐渡船来，分配到4连。

晚上到的，什么也没看清楚，第二天早晨起来一看，一片荒原，太荒凉了，这和上海差别也太大了，心里难受当时就哭了。

哪里有房子！动员大家挖大大的地窖，用柳条搭上顶子。床是用棍子搭的，上面铺着苇子、草，十几米长，住两个班的人。黄沙从上面落上来，雨水一淋就透了，睡觉的地方就像是埋死人的地方。一个排都是退伍军人，班上只有我一个上海知青，年龄又最小，一人一个土台子，上面放箱子和牙具，完全没有自己的空间。

一到就发了一把镰刀割麦子，野地里到处都是狼，叫得吓人，上海哪里有狼嘛！吃不消，手上起了大泡腰直不起来，更吃不消的是没有米，没有菜，馒头是苦的，还碜牙，咽不下去啊，一连两个月饿着肚子。气候也受不了，南方和这里没法比，这里都是零下40摄氏度，最冷的时候是零下50摄氏度。

“阿拉是上海人，来到新疆省，政府照顾我，发了双老毡筒”，这是我们上海知青编的，我们哪里见过毡筒，那是用羊毛赶成厚毡做成的长腰鞋，这里冬天必须穿这个，穿上刚开始根本就抬不动腿。

17 岁开始放马，一个骑兵排 30 多匹马，要学会骑马，学会赶马车，当时连队和团部的唯一联系方法就是马车，冬天是马拉的雪爬犁，夏天是 4 匹马拉的大车。我那时只有 1.6 米，瘦小得很。有一次辕马突然惊了，我根本拢不住它，马车被拉着狂奔，一车人全跳了车，最后直到辕马挣断了缰绳，车才停下来。

18 岁那年给我发了枪，一个排有 3 个班，每个班站一晚上的岗，大家统一睡在哨所，一叫就起，那时候苏联的飞机经常越界飞，在房顶上窜，大人小孩睡觉都不脱衣服。

1969 年我结了婚，是一个山东姑娘，那时候能找到对象就不错了，同来的女知青本来就少，又都比我大。她是从山东来给姐姐看孩子的，人家介绍，就成了一家人。

来了 8 年之后我第一次回上海，那时候我们有了第一个孩子。那是个冬天，我们夏天是没有时间回家探亲的，只有在冬天。我记得我们抱着孩子从连部坐着雪爬犁整整走了一夜，雪有 1.5 米深，马都走不动。从团部坐拖拉机到布尔津客运站整整走了两天两夜（100 多公里），夜里就睡在拖拉机的车斗里。从布尔津到乌鲁木齐又是两天半，再坐上火车，到家已是半个多月之后了。

往回走的时候才难受呢，上海已经不留我们了，户口已经转到新疆，走的时候光大米就带了二三十公斤，还有成桶的猪油，放在油漆罐子里把口焊死，这在新疆都是好东西。那时候虽然没有了上海户口，但我觉得自己还是个上海人。

后来连队里的上海人都走光了，那时候有政策，只要双方都是上海人，就可以回去。我爱人虽不是上海人，但家里把证明都寄来了，走也是可以的，但是她不愿走，上海话她听不懂，从小没有在城市生活过，回了上海要找工作，30 多岁了，难啊。那时候总是送上海人，送一个喝一次酒，伤一次心，最后全连 10 个走了 8 个，另一个女的嫁了退伍军人也不好走了。

那时候我们上海人常在一起，炒几个家乡菜，唱唱上海越剧，打打乒乓球，几个人学做木匠活儿，什么五斗橱、大衣柜，沙发都是我们先做出来，其他地方的人学着我们。

送完这些人，我的心也死了。一门心思待在新疆吧！我 48 岁的时候回了一趟上海，发现自己不习惯哪里了，我们连队的人说，你看你根本就不像上海人！

上海人的习惯你哪里还有一点点！我想也是，我一生的大半辈子都在新疆过了，已经不适应大城市了。

女儿在小的时候就送回上海，现在一口上海话，生的孩子都9岁了，在上海十几年的她再也不愿回新疆了。儿子还在团场，我们想女儿，也放不下儿子。

退休了也许会回家住几年，70岁的老母亲说回来陪她住几年，我答应了她。

最后的兵团

10万铸剑为犁的兵，8万大上海的知青，250万五湖四海的人，在新疆、在天山的两侧，在昆仑山、阿勒泰山造就的塔里木和准噶尔盆地里，在5000多公里的边境线上，他们组合成一个特殊的群体——新疆生产建设兵团。

曾经在中国的东北西南西北都有过“兵团”这样的集团或组织，但在上个世纪70年代中后期，其他的兵团都消失解散了，曾经在兵团战斗过的人们也四散而去，只有新疆的兵团留了下来直到今天。

新疆的兵团是中国最后的兵团，可能也是世界上独一无二的兵团。

200多万人的一个群体，分布在新疆的每一个角落，可以说新疆有多大兵团就有多大；兵团人来自五湖四海，中国所有省份的人都能够在遥远的异乡找到同乡，从这个意义上来讲，中国有多大兵团就有多大。因此，想了解兵团几乎是不可能的，想描摹兵团人更加的不可能。一群人经过半个世纪的岁月磨洗竟变得如此的繁杂和深厚。

但是，从某种意义上来说，兵团的人又都是相同的，无论是一个偏远的高山上的牧工，还是兵团的司令员，他们被共同地放入“兵团”这个模具中打碎了重新糅合，经过重塑的他们有一个共同的名字——兵团人。

一直以来他们都是一群远离人们视线的人，一群生活在边疆塞外的人，一群以独特方式被编制起来过着独特生活的人。

铸剑为犁

“生在井冈山，长在南泥湾，转战数万里，屯垦在天山”（王震诗）。1949年来自南湾的和平解放新疆的10万军队面临生存困境：新疆的生产现状不足以养活这么多的军人，粮食成了威胁生命的大问题。

“你们现在可以把战斗的武器保存进来，拿起生产建设的武器，当祖国有事需要召唤你们的时候，我将命令你们重新拿起战斗的武器，捍卫祖国”——这是毛泽东向这10万人发布的命令，这道命令从此改变许许多多人的命运，并且改变了他们子子孙孙的命运。这道命令就悬在那里，直到现在，当年等待重新拿起武器的人再也没有听到新的命令，他们和他们的子孙就以紧握犁铧的姿态凝固成了一座雕像。

他们脱下了军装，从此不在武行，但他们一直都自认为是一名军人，他们说自己是一支不穿军装、不吃军粮、不拿军饷的军垦部队。

当亘古荒原变成绿洲，金灿灿的稻谷堆积如山，雪白的棉花如天上云朵，牛羊满地林木成行，一座座新的城市在荒原上崛起的时候，世界银行前来考察的官员感叹：“由退役军人组建的绿色开发部队，是中国的一个创举，创造的是一个辉煌。它的出现，为世界性的开发事业做出了良好的示范。”

新疆自古以来就是一个屯垦之地，早在西汉时期就有军人在此屯垦戍边，环塔克拉玛干沙漠处处都有屯垦遗迹，历史上的高昌、米兰、楼兰的繁盛和丝绸之路的畅通都是有屯垦的保证。屯垦兴而国家兴这是历代帝王总结的一个经验。

屯垦与戍边，这是兵团人的两个使命，也是延续2000多年的所有屯垦人的使命。遥远的汉代屯垦人已经无法追寻了，而兵团人就活在今天。

命运的交响

兵团人的命运都是相同的，他们都是受那一道命令来到了遥远的边塞，这里和江南水乡和黄河流域和东海之滨有着天壤之别，这里的遥远和荒凉是所有人都无法想象的。他们手里只有枪没有犁铧，他们没有食物没有住所，将军王震跃身于马上，马鞭指向荒原，于是队伍就开进那片荒原。

不与民争利，不与民争水，不与民争地，在荒原，在风头水尾，在不毛之地，在2000公里的边防线上，兵团人垦下了他们的第一犁。

在这片土地上流传着一段凄美的关于命运的故事，那就是“八千湘女上天山”。一群十八九岁的湖南女子应召入伍来到新疆，被按照连一级未婚干部的分布情况分配到天山南北的各连队。她们没有想到的是，怀揣浪漫想法的她们到新疆的一个任务就是和那些经历了战争的大龄军人们结婚。然后是山东姑娘、四川姑娘，她们的出现使荒原上出现了除了部队番号外的另一个组织——家庭。家就是根，根在荒原上越扎越深，树才枝叶繁茂。

18岁的山东姑娘张桂秀嫁给了大她15岁的四川丈夫，当她的女儿长大了不解地问妈妈为什么会嫁给大那么多的父亲时，张桂秀说：那是组织安排的。女儿问妈妈是否觉得幸福，妈妈想了想说：同甘共苦四十多年，组织“包办”的婚姻还挺美满的。

也有始终追求着心中的爱情信仰，而不愿意接受这组织安排的婚姻的。十几岁的小姑娘从此便面临着无尽的命运沉浮人生坎坷，她们注定比接受安排婚姻的人吃更多的苦，受更多的难。那个年代里，所有个人东西，包括情感都要献给组织。但是正因为这爱情的存在，正因为这宁愿用生命换得的自由的爱情，让那苍茫的天空有红霞飘过，让枯索的荒原有奇葩盛开。

掘地为穴，那就是他们的新房，蒲草为席，那就是他们的婚床，连地穴都没有的地方曾创造出了“公共洞房”的故事，一间地穴几对新婚夫妇轮流使用。他们把挖在地下的洞叫做“地窝子”。一位从甘肃老家来找丈夫刘五十四的大嫂，冲着丈夫哭喊：“这哪里是人住的地方，连老家的洋芋窖都不如。”一年后她在地窝子里生下了自己的儿子，取名就叫“刘地窝子”，因为此时的她已经成了拓荒者中的一员。

和一个文化、习性相差万里的人相识并结婚，生下了一个个新疆的孩子，用自己流血流汗生产的粮食把孩子们喂养大，然后在白发苍苍的晚年迎接他们的新疆孙子的诞生。这是许许多多兵团人共有的婚姻与爱情模式，也是他们无法逃避的命运。

烙在灵魂中的印迹

兵团人无论走到什么地方，无论是穿着没有军衔的黄军装还是笔挺的西装，人们都能够一眼从人群中将他分辨出来，因为他们身上有一个共同的烙印：兵团人。这个符号不仅仅印在他们的脸上，反映在他们的言谈举止上，它更深深钳入在每一个兵团人的灵魂里。它使兵团人有一张特殊的脸，这是一张皱纹特别多的脸，皮肤的颜色红里透黑，它让人一看就知道，那是来自大漠来自高原来自荒寒之地的脸，那是整日裸露在日光和狂风中的脸。大自然给了兵团人同一张脸，不论是一个来自战火洗礼的战场的老兵，还是来自上海大都市的细皮嫩肉的青年。如果你想在新疆的兵团认出一个上海人，那你只有从他一息尚存的语音上获得某种信息，而他的脸早已化作了兵团人的脸。

兵团人还有一双同样的手，它僵硬粗糙布满了老茧，它是长期超过人体所能承担的劳动所致。不管是山东人还是湖南人，不管是来自农村还是来自大城市的人，都有这样的一双手。人民日报的一位记者曾经写道："当我握住女粮王（产粮大王）刘焕奎的右手的时候，手掌被一个女人的手刺得生痛。这个弱小的湘妹子，体重才 40 多公斤，10 年种水稻 1000 亩，产粮 63 万公斤，每年向国家交售 63000 公斤稻谷！"

不难想象一个出身农家的士兵铸剑为犁重新作一个农夫，用他们自己的话说叫做："在哪里都是种地"，但一个上海的知青，一个从未见识过农村的城市青年成为一个拓荒者，拿着犁铧投身荒原还是有些难度的，更让人难以想象的是，那些上海的天津的武汉的知青用细嫩的手拿起牧羊鞭，赶着成千只羊，逐水草而居，过着游牧人的生活。

这是隔着巨大时间和空间距离的两种生活生产方式，它们的距离之远，足以用整个人类文明上升史来填充。从城市到游牧，可以想见它对人的彻底改变。在上海知青被改变的同时，现代文明的元素在悄悄地加入这支屯垦队伍，承托起现代化农业的基业。

在中国的其他地方，从来没有过像兵团这样的人口大汇集。10 万、20 万，100 万，200 万，转业的军人，中国内地的农民，城市的知识青年，工人，知识分子，50 年间兵团汇集了来自中国各个省份的人。

不仅仅是牧羊种地，兵团职工说，他们“放羊就是巡逻，种地就是站岗”，在2000公里边防线上，在曾经存在的国界争议地区，本来可以走更近更好走的路转场，但兵团人却要走那些充满危险的路，因为对中国来讲那是中国的领土，中国的公民必须放牧生活在那片土地上。

兵团农九师，一个叫胡汉成的指导员，赶着12000只羊转场的时候，遭遇了暴风雪，有的人被冻坏掉了双腿，有的被截去了手指，他活了下来，继续赶着羊到必须到达的放牧点去，风雪阻隔，山下的妻子和团场的人找不到他，以为他已经死了。第二年的春天冰雪消融，当他赶着羊群回来时，妻子真是以为他从另一个世界归来。他的半个脸被严重冻伤，并永久地失去了医治的时机。

兵团人有同样的气质，隐忍地接受，历尽艰辛而沉默不语，以最匍匐的姿态站立在大地上，用血和泪向荒原讨取生存的资格。

失去家乡的人

在兵团你会发现一个有趣的现象，不同的团场有不同的团场“官话”。一个以山东人为主的团场，大家通用的语言可能是河南话，而另一个以河南人为主的团场可能说的是甘肃话。没有办法解释这是为什么，一个由五湖四海汇集起来的人会集体无意识地接受并使用一种地方方言。

团场的“官话”成一个团的标志。只要是兵团人听到某种方言，就会大概判断出说话者来自哪一个师哪一个团。

兵团的另一个明确的标志就是番号。司令部、师、团、营、连、排，一个兵团人就这样被编进了这个庞大的集体。对于外人来讲，从1到200多的团场番号是难以搞清的，但兵团人却“门儿清”，当一个兵团人对另一个兵团人说自己是186团的时候，另一个人立即就知道他是农十师的人，农十师在新疆最西北的边界上。

兵团人是一群只有热土没有家乡的人。他们来自五湖四海，他们原来有自己的方言，有自己的生活习惯，但是当他们成为一个兵团人后，他们和家乡的关系逐渐淡漠，后来他们除了和父母有割不开的联系外，家乡的景物家乡的人都淡出了他们的生活，他们和家乡靠儿时记忆建立起来的联系变得越来越模糊，当某一天他们回到家乡时，他们发现，他们一直以为是自己的家乡的地方已经容不下他们了，他们在新疆形成的东西放在家乡就变得那么的不妥帖，于是他们在自己的家乡反而手足无措，像一个客人。更何况他们还有一截肠子留在了新疆，那就是他们的子女，这让他们牵挂无比，他们蓦然发现，他们已经成为没有家乡的人，他们只能是一个以异乡为家乡的人。于是很多人在他们的晚年再一次选择了新疆，选择了兵团。他们把自己称作是新疆人。

命运用了半个世纪的时间来改造一个人。你随便找一个兵团人，就可以从他身上看到命运的荒谬、无常和残酷，同时你也可以清晰地看到，一个人，一群人，一群兵团人怎样地和命运的抗争。命运有时真的能够改变一个人，甚至另塑一个人的相貌，但有些东西是深藏着的，是从来都未曾改变过的，不管那力量有多么强大，都不可将它扭曲，它有强大的钢性，又有不可比拟的韧度，在命运的打磨和锤炼下，它被提升成一种非物质的东西，它就是兵团人的精神——沉默、服从、坚韧、挺拔、不可移动也不可摧毁。

在兵团团场，都有一个 13 连的编制。这是一个特殊的连队，只有兵团人心照不宣地懂得它的含义，那是为死去的兵团职工保留的编外“连队”。塔里木盆地边缘 29 团的 13 连，是一块 100 亩的墓地，偌大的墓地，没有几座墓是有墓碑的，很多就是一堆土，插着一些木桩为记，上面写着籍贯、姓名、生卒年月，芦苇骆驼刺稀稀拉拉地在风中摇曳着。

这看似凄凉的墓地就是屯垦者永恒的家了，他们开创了这片土地，最后又归于这片土地。这是他们的热土。2000 多年来的屯垦者都葬于这片土地，不管他来自遥远的汉唐还是现代。开创兵团的王震将军将他的骨灰撒在天山上了，他又回到了新疆，回到了兵团。这片热土能够收留所有的拓荒者，这里是屯垦人的家乡。

贾兰坡：周口店最后的守望者

93 岁的贾兰坡在病床上挣扎 26 天了，这个即将从生命出局的老人，最牵挂的是也面临着被“世界遗产”清单除名危险的周口店和仍然失踪的“北京人”头盖骨化石。

贾兰坡常说，没有周口店，就没有我贾兰坡。

问题的严重性在于：没有贾兰坡，也许也就没有周口店了。因为，周口店的历史就在他的书房里。

记者到医院看到了贾兰坡，他的口鼻被呼吸机罩着，人处在深度昏迷的状态。记者又到了周口店，看到北京猿人生活过的山顶洞已经塌了……

山顶洞坍塌了

2001 年 4 月 9 日记者来到位于周口店龙骨山的北京猿人遗址。1987 年，这里成为中国首批进入“世界遗产”清单的世界级文物保护单位。1936 年，贾兰坡在这里发现了三具“北京人”头盖骨化石。

1000 平方米的遗址博物馆因改造危房而关闭。改造工程因为没钱停工了。展品杂乱地堆放在一起，动物骨骼化石在木展柜里蒙满灰尘。

登上龙骨山，水泥厂的烟雾弥漫在整个山间，博物馆馆长蔡炳溪说，遗址附近大约有十来家小水泥厂，周口店三面的山上有丰富的化石，开矿的老板们发现了都尽快毁掉，怕因化石开不成矿。

猿人洞四壁徒然。几块生锈的牌子挂在崖壁上，写着“灰烬层”、“七层”、

“八层”、“发现第一颗头盖骨处”等字样。洞中立着的一块用水泥做的介绍地层结构的模型，已经很破烂了。博物馆社交部主任王志苗说上面原来是有玻璃的，后来被砸碎了。

王志苗指着与猿人洞相连的鸽子洞说：“从这个洞发现的10万件石器，都是贾老一件件从土里头数出来的。”

在发现距今10万年的北京山顶洞人的洞口，记者看到，从洞壁滑落的碎石填埋了半个山洞。去年8月首都有媒体报道说：山顶洞开始坍塌了。

馆长蔡炳溪说，他们从未得到过一分钱的保护经费。科学院古脊椎动物和古人类研究所给他们13个正式人员70%的工资，其他一切费用全部来自门票收入。遗址每年接待游客约5万人，每张门票15元，学生票还打折。遗址除了维持正常开支，还得支付14名临时工的工资。

蔡炳溪还说，联合国教科文组织对世界文化遗产有十分严格的保护要求，每年都明察暗访，保护不力者将被列入“濒危遗产”，周口店有失去世界遗产称号的可能。

“北京人”选择了贾兰坡

3月30日，周口店的山花比北京城里的花提前几天绽放。周口店遗址的工作人员采来一大束送到贾老的床前，希望那熟悉的芳香能唤起老人的意识。

贾兰坡常说，没有周口店就没有我贾兰坡。

1908年贾兰坡出生在河北玉田县。高中毕业考上了中国地质调查所。所长翁文灏问他：“这种工作很苦很累，你为什么要干这个呢？”他不加思索地说：“为了吃饭。”翁所长听后大笑起来：“说实话好，好好干吧。”

初到周口店的贾兰坡只是个练习生。练习生的地位在研究部门是最低的，但仍属先生行列，能和领导同桌吃饭。除了这些，受苦受累的活他都得干，买发掘用的物品，与来访的学者到处看地质，背他们采下的标本，和工人们一起挖化石。

开始他什么也不懂，挖出了化石，就向工人们请教。他们会告诉他这是猪的，这是鹿的，这是羊的。

当时古人类学和古脊椎动物学在中国刚刚起步，国内连一本哺乳动物的教科书都没有，借来的一本英国 1885 年出版的《哺乳动物骨骼入门》成了大家的宝贝。晚上别人不看了贾兰坡才看。书读起来很吃力，开始每天只能读半页、一页。他的英文底子不好，再加上书中专有名词太多，有些字典上还没有，只好边读边请教。书啃完了，他觉得脑子开窍了。

为了更好地认识动物骨骼，他和工人们打了一条野狗，工人们七手八脚地去皮、挖内脏，他在一旁不住地叫，"不要弄坏了我的骨头"，大家争先恐后地大吃起来时，他还在叫"不要啃坏了我的骨头"。

他把骨头一块块装起来，在不同的部位涂上不同的颜色，按书上图示的名称，一一写在狗骨架上。

学解剖学时，他的口袋里经常装着人手腕的骨骼。没事就摸，分辨是哪块骨头。猜对了就放入另一侧的口袋，错了重新摸。最后竟能分辨出哪一块是左手的哪一块是右手的。

贾兰坡最后能分辨蚕豆大小的人骨和动物骨骼。时任中国地质调查所北平分所所长的杨钟健先生不信，用纸将骨头盖起来，纸上只撕手指大的洞，让他认，他看了一会，就把人的骨头认出来了。

1934 年他开始主持周口店的工作，他本来有两个大学毕业的助手，但不到一年两个都走了，对这项工作没兴趣。周口店只剩下他，还有一帮工人。

1936 年 11 月 15 日上午 9 点半，技工张海泉把挖到的一块核桃大的碎骨片放进小荆条筐，贾兰坡问是什么东西，张说是"韭菜"（碎骨之意）。他拿起来一看，不由大吃一惊，大嚷起来："这不是人的头骨吗？"

他马上让人把现场用绳子围了起来。有一张当年的黑白照片，一些人围着一个人，这个人的脸几乎都贴在了地上，用小铲挖着。别人都穿着厚厚的棉衣，只有他甩了棉衣，全神贯注。他就是贾兰坡。

慢慢地，耳骨、眉骨也从土中露出来了，头盖骨是被砸碎的。直到中午，这个头盖骨的所有碎片才被全部挖出。贾兰坡将头盖骨送回办公室，清理、烘干、修复，把碎片一点一点对黏起来。

当时世界著名古人类学家魏敦瑞正在中国检查周口店工作，他听到消息一下子从床上跳下来，急忙穿上衣服，带着夫人和女儿往周口店赶。他的夫人说，他激动得把裤子都穿反了。

见到“北京人”头盖骨时，这个德国犹太人的手不住地发抖，他明白这颗头盖骨意味着什么。1892 荷兰人尤金·杜布瓦发现了爪哇人，认为是猿向人过渡的“直立人猿”。杜布瓦受到反对进化论的教会的指责，不得不将化石锁进保险柜，并承认了自己发现的是猿的化石而不是人的。“北京人”再次证明了人是由猿进化而来，为科学冲开蒙昧提供了力量。

接着贾兰坡又发现了两个“北京人”的头盖骨。最后的一个，比前两个都完整，连神经大孔的后缘部分和鼻骨上部及眼孔外部都有。

消息一下震惊世界，地质所让贾兰坡把一张他的个人照片洗印了 100 多张，以供世界各国的通讯社发表用。照片上的这个青年，留着三七开的分头，戴着眼镜，西装领带蛮精神的。

“北京人”注定会让发现他的人名垂青史，不论这个人是谁。但“北京人”不是随便让什么人都能找到他的，他选择了贾兰坡是因为看到这个人会痴心不改地将他的一生贡献出来。

翁文灏所长对贾兰坡评价：“虽并非大学毕业，而数年追求很具根底，故应特别待遇，而特奖励。”这一奖励就是提升为技师（相当于副教授）和 200 银元。

周口店是贾兰坡人生最辉煌的时刻，也是他科学之路的起点。从周口店开始，他的眼光放在人类的起源研究上。他先后发现了丁村人、蓝田人，将中国陆地上人类的起源上溯到 100 万年以前。

贾兰坡 70 岁以前基本上在野外搞调查发掘。1995 年 88 岁的他被选为美国世界探险中心会员，贾老说，我现在老得连小板凳也上不去了，怎么能和宇航员同称探险家呢？美国人说，你一生钻过 300 多个山洞，没人能和你相比。

现在贾老是中国科学院院士、美国科学院院士、第三世界科学院院士。

我是“北京人”的家长

84岁的胡承志两次来医院，贾老都在昏迷。胡承志两次都是一番唏嘘感叹颤巍巍离开的。这两个老人一生的人生经历不尽相同，但都有一块相同的心病，就是对“北京人”头盖骨化石的牵挂。

现在，活在世上的见过“北京人”头盖骨的人只有三个。一是卞美年，早年去了美国，长贾兰坡半岁，再就是他们二人。这三人中，只有贾兰坡是终其一生研究古人类学的。

1941年12月回到协和医院的贾兰坡听到第一个消息就是头盖骨丢了。他目瞪口呆，怎么会呢？不是早都做了安排吗？

1941年日美关系紧张，中国准备把头盖骨送到美国暂避战争，化石先被白棉纸包好，再用卫生棉和纱布裹上，包上白纸后放入小木盒内，盒内还垫上了瓦楞纸，最后分装在两个白茬木箱里。为了不引起注意，特地不写名称，只在箱子上标了A、B字样。化石运出北京后便下落不明，成为世纪之谜。

胡承志就是那个装箱子的人。“北京人”从此成为贾兰坡魂牵梦绕的痛。

贾兰坡的书房里有一个大夹子，里面有他追寻“北京人”60年的全部资料，包括当年占领协和医院的日军军官的照片、日本来华寻找化石特派员的资料、中外提供线索者的来信、从四面八方收集到的真真假假的各种线索。哪怕是最荒诞不经的传闻，贾兰坡也收集了起来。

2000年，92岁高龄的贾兰坡，再次发起一场“世纪末的大寻找”，他说自己活不了几年了，但看不到“北京人”化石，死不瞑目。

历史的伤痛未平息，现实的周口店又成了他一块新的心病。

贾兰坡的想法是：在遗址周围种上50万年前的树木和草丛，塑造出“北京人”打制石器、狩猎、采集果实和使用火的场景，逼真再现“北京人”的生活，使参观者一进来就仿佛回到50万年前。他说，在“北京人”遗址里，发现的古人类和古脊椎动物的化石材料之多，背景之全，全世界没有第二家。任何研究人类学的人都不可能绕过周口店。

他说，人类迁入现代化的公寓后，也不能忘了祖宗的竹篱茅舍。他四处呼吁有识之士关心保护周口店。

贾老说，“北京人”是我的祖宗，我是“北京人”的家长，可惜这个家长没有当好。

贾兰坡在周口店为自己选了一块墓地，儿子们明白，父亲死后也要守护着周口店。

墓地很素净，墓碑上只有亡者的姓名和生卒年月，没有任何碑文和说明。没有多少人知道这些人是干什么的，为什么葬在这里。工作人员说只是偶尔有外国人在这里长跪不起。

周口店的历史在他的书房里

贾兰坡一直写作到93岁。80岁以前他写了400多篇（册）学术著作，80岁以后他出了很多像《爷爷的爷爷从哪里来》这样的科普读物。

他有个担心，看着这门清贫寂寞的科学出现人才的断层，怕后继无人。

其实到90岁以后，他已经不能写了。400字的稿纸他要写一天，而且青光眼加白内障使他用放大镜写也会把字写到一堆，都是他的儿子再将它们分开的。

直到出事那天他还在写，桌上的一沓稿纸写满了字，边都磨卷了，放大镜扔在一边。儿子说不知道这是给谁写的。

七八平方米的书房三壁皆书，只留下门和窗子。书架上是一排一排的贾兰坡亲手装订分类的资料、按年代排列的读书笔记，还有十几本20世纪30年代的底片夹和一大摞白木匣子。那里面是周口店几千张老底片。贾兰坡一张张按年代给它们编了号，无奈岁月的侵蚀，有的已经发霉粘连。一个美国朋友说带到美国可以恢复，贾兰坡谢绝了，他说这不是我的，是中国的。

周口店的历史就在贾兰坡的书房里。书房外间的小客厅里挂着四张黑白的老照片，是中国地质科学先驱的合影，贾兰坡用小隶书一排排写着他们的名字。那上面的人已经一个个地走了下来，走进了死亡，只剩贾兰坡和卞美年了。他们随时可能说走就走。

他们所代表的那段历史就要断裂了。这间书房所珍藏的周口店的历史谁来继承？还有它的主人终身不减的好奇心和探究精神能传承下去吗？

别了，贾兰坡

1908 年 11 月 25 日在河北玉田县邢家坞，诞生了一个小男孩。每当他在黄土堆里打滚，捉了蝈蝈蚂蚱满身泥土地回到家，母亲总是一边给他洗澡一边说：要不怎么说人是神用泥造的呢，身上总有搓不尽的泥。

人是从哪里来的？真的是神造的吗？带着这样的疑问，这个小男孩从邢家坞出发，走到了北京周口店的龙骨山上。

这个小男孩叫贾兰坡。2001 年 7 月 8 日上午 11 时 44 分，他走完 93 岁的人生历程，告别了这个他充满眷恋的世界。

来自泥土，回归泥土。现在，他将回到他的出发点，回归到他内心的家中。“父亲可以回家了。”贾兰坡的长子贾彧璋说。7 月 17 日上午，北京各界人士将在八宝山最后送别贾兰坡。

贾兰坡的骨灰将被一分为二，一半安葬在北京周口店的龙骨山上，一半将送回到河北玉田县北的小村庄邢家坞。这是贾兰坡生前的愿望。

“父亲认为这两个地方都是他的家，是他死后要归去的地方。他说过，‘北京人’是人类的祖宗，他是‘北京人’的家长，他死了要回到周口店，化作神灵守卫着它。”

这是两个极具象征意义的家。一个是作为个体人的家，出门是两手空空的孩子，漂游一生回来是中国科学院、美国科学院、第三世界国家科学院三院院士；一个是人类的家，回来却满是遗恨。“万分遗憾的是，他追寻了大半辈子的‘北京人’的头盖骨，到死也没有找到，他只有两手空空地回到周口店的“家”了。“父亲走的时候很安祥。”贾彧璋说。经过 110 天的病床辗转，贾兰坡因脑溢血并发全身脏器衰竭去世。

“他的生命力之强让人敬佩。他有5次从死亡中挣脱回来的经历。我们一度以为他能挺过来，没想到变化来得那样突然。”抢救只进行了半个小时。

贾兰坡的书房除了门窗，四周的墙面全都布满着书。这间不足十平方米的狭小书房装着人类几十万年的历史。在这里，贾兰坡穿越几十、几百万年厚厚的岁月之墙，与远古的祖先对话，叩问、猜测着他们传递过来的若隐若现、点点滴滴的信息，试图勾画出人类进进退退曲折上升的轨迹。

这是一个多么艰难的跋涉。贾兰坡或许自己都没想到，周口店竟然选择他把人类文明的薪火传递下去。周口店因此成了贾兰坡的另一个出发地。

也许真是一种神谕，上个世纪30年代，中国地质科学、人类学、考古学都诞生在周口店，这个50万年前曾经点燃第一堆人类文明之火的特殊的地方。他在92岁的时候说：“过去我总觉得研究古人类化石和旧石器时代考古并无多大困难，其实并非如此简单。人类起源的时间、地点、分布和演化等等一系列问题越来越令人困惑，特别是人的演化绝对不是直线上升的。”

困惑伴随了他一生，不懈的科学追寻精神也在他的血液中燃烧到生命的最后一刻。现在，他可以休息休息了。

从70年前参加周口店北京人遗址发掘开始，贾兰坡追寻人类起源的足迹遍布中国大陆，爬过的荒山、钻过的山洞无以计数，他戏称自己是“不走正道的人”。当美国人在他88岁那年选他做世界探险俱乐部的成员时，他说，我老得连小板凳都上不去了，怎么能当探险家？美国人说，你一生钻的山洞，世界上没有一个探险家能比。

在这条崎岖的科学之路上，他一路上溯，蓝田人、南京人、巫山人、元谋人，提出人类的起源地在亚洲东南部、人类打造工具的历史已有400万年的学说。当年周口店的发现成就了贾兰坡，但从某种意义上来说是贾兰坡成就了周口店。作为一名先驱者和发展者，贾兰坡将从周口店升起的这面科学大旗扛了70年。10万件石器一件件从土里挖出，用小刷刷干净，编上号；用手纸将发掘图一张张拓描下来，用书一天夹几张资料照片，从日本人的刺刀下偷偷带出来；像寻找丢失的孩子一样满世界地找了“北京人”头盖骨60多年，立誓要活着再见一眼，朝思暮想终成心疾。

贾兰坡早已和周口店和“北京人”血肉相连。贾兰坡曾说过，他这个人一辈子没有什么钱，也没怎么穷过，但一生是快乐的，他曾如此描述：“我在广西大新县黑洞中发现巨猿的牙齿时，我跳了起来，脑袋几乎撞到洞壁上，这样的快乐决不是金钱可以买到的。”

周口店龙骨山上的幼松像一排朝气蓬勃的士兵一样护卫着一块小小的墓地，这里长眠着杨钟健、裴文中，他们的身旁有一块空地，是多年前留给贾兰坡的。周口店的古人类研究的先驱已经没有一个活在世上了。

贾兰坡走了，书房还有一屋子的周口店的历史。美国人曾出重金买这些资料，他不卖。他说那不属于他个人。贾兰坡的长子说，他要把书房里的资料整理出来，按父亲的遗愿捐给国家。但他强调他正在找能够继续父亲研究的机构和人，他不愿它们捐出后压在库房或当做废纸。

采访手记：新闻需要重新发现

贾兰坡的报道，由两篇稿件组成，一篇是《贾兰坡：周口店的最后守望者》另一篇是《贾兰坡辞世》(见报标题改为《别了，贾兰坡》)。

我刚进《南方周末》，还在试用期，接到编辑部的电话，很是惶惑。当时贾兰坡病危，编辑部说你代表《南方周末》去探望一下，看他的家人是否同意做报道，如果不行不要强求。

我买了一只花篮去了医院。贾兰坡病危消息一些媒体已经报了，但深入的不多。而我对于这个人物的全部认识是：只知道他和北京人、周口店有关。

第一篇报道和第二篇报道之间相距了大约三个多月的时间，第一篇成稿于贾兰坡病危不久，100 多天后，贾兰坡辞世，于是有了第二篇。两篇人物报道应该都是在一种特殊的情境下完成的，我的报道主人公一直处于无意识状态，自始至终没有和我说过一句话。所有的采访只能在他的家人、同事、朋友中进行。

他的已经 60 多岁的孩子们说，父亲有一桩心事未了，他不可能撒手人寰，他唯一惦记的就是“北京人”头盖骨。

我就是从这句话开始了解这个老人漫长的一生的。

我采访了贾兰坡的两个儿子一个女儿，尤其是长子贾彧璋。多年以前他就放弃了自己的工作，专门照料父亲的生活，做父亲的“秘书”。

我到了贾兰坡的书房，看到了满屋子的书和各种化石模本；看到了屋子里挂着的放大的老照片，照片上是已经去世的中外古人类学先驱，贾兰坡毛笔小楷认真地在下面写着他们的名字；我看到了半个多世纪以来贾兰坡为寻找北京人头盖骨而收集的几大本资料……

在这个书房里的采访进行了好几次，赶到吃饭的时候，他们一家人就一定留住我，一边吃一边聊。

有一天，贾家到周口店去看为贾兰坡准备的墓地，叫着我同往，至此，贾兰坡的一生完全串联了起来。当我看到出土“北京人”的那个巨大的洞的时候，我明白了从山一样的泥土中筛选出一块小小的化石需要怎样的耐心、执著和运气了。

在开始写一个人93岁的一生的时候，还是让人感觉无从下笔，但我的第一个想法是一定要将这个人写得人性化，而不能让它变成一个僵硬的东西。但是最为根本的，还是怎么为你将写的这个人物定位，也就是你对这个人物解读，新闻素材都是差不多的，差就差在这种解读上。我用了《贾兰坡：周口店的最后守望者》这个标题，我想要向读者交待的有这样几个层次的问题：周口店、北京人对整个人类、对中国和世界文明意味着什么；贾兰坡对于周口店意味着什么；周口店对于贾兰坡的一生意味着什么。

当这几个问题逐渐清晰起来的时候，贾兰坡一生的意义也凸显出来。

我想对于新闻人物意义的评价和定位，不应该只是一个记者的评价和定位，它应该是代表记者所供职媒体的评价和定位。那就是这个媒体用什么样的眼光来看待新闻，来判断新闻的问题。

在如今这个高度信息化的时代，新闻很难再有什么独家的了。当一个新闻出现的时候，往往是各种传播媒体蜂拥而上，但是怎样判断新闻，怎样给新闻定位，怎样处置新闻却可以做到独家的。也就是说，新闻需要重新发现。而这种发现的过程，是体现一家媒体和记者的素养的关键所在。

作为一家以纵深的解释性新闻为所长的报纸，作为《南方周末》，对于贾兰坡这样的人物，应该有它不同于其他媒体的解读，最起码的是，要把贾兰坡这个人物，放到他应该有的位置上去，并且这种解读和评价应该经得起历史的考验。

贾兰坡应该有的这个位置，是世界探索人类起源、书写中华民族历史的关键的、独一无二的科学家，一个符号性的人物。

而与贾兰坡存在意义不相称的是，这个老人活着的时候已经寂寞了很多年。贾兰坡和周口店只是一个旧的符号，用老人的话讲是人类的旧篱墙茅舍，人们搬进现代的高楼之后早就忘了或根本就不愿回想了。

贾兰坡的长子贾彧璋说，父亲发病的当晚，他们要求给老人一个单间病房，但遭到拒绝，理由是贾兰坡的级别不够。贾兰坡的儿女都是过了60岁的人，夜晚陪护成了大问题。长子贾彧璋几年前也发过脑溢血，现在说话有点轻微障碍。这些也需别人照顾的老人们为了父亲，晚上只能租个躺椅在过道里将就一下，兄妹几个轮流值班。

贾兰坡是上个世纪初的中国地质、考古、人类学先驱中唯一活着的了。在周口店有一块小小的墓地，杨钟健、裴文中等先驱已经葬在这里，如果再加上贾兰坡，他们算是在周口店的这块小小的墓地里聚齐了，而一段历史也完结了。

周口店遗址博物馆馆长蔡炳溪说："贾老多活一天是周口店的福分。"贾兰坡不在了，谁来护佑周口店？

我想《贾兰坡：周口店的最后守望者》这篇文章里可能营造出了一种氛围：漫长的岁月里弥漫着一种伤感，一种挥之难去的情绪，一种寂寥中的无奈和坚持。

在贾兰坡的将去不去的生命弥留之际，这种氛围是很适宜的，我想读者如果能够从中感受到它的话，或许就会受到感染。

《贾兰坡：周口店的最后守望者》这篇文章，除了周口店现实部分的报道外，关于贾兰坡身世部分的介绍基本上是用一个个故事和细节串起来的。这些故事和细节得自于贾兰坡的自传和对他亲属的大量细致的采访。我想展现一个人物的一生，最好的方法是讲一个个精彩的故事，这应该是传达人物的便捷的方法，也是读者最容易接受的方法。就如《史记》一样，那里的每一个人物都是用故事和细节塑造的。

这篇稿件成稿后大约是6700字，编辑在编排的时候删去了一些内容。

而在写另一篇《贾兰坡辞世》的稿子时，写作的心境状态都有了很大的变化，稿件的要求也不一样，成稿也和上一篇大有不同。从我个人的角度而言，我认为第二篇更让我满意一些。

事隔100天之后，再写贾兰坡，我感觉自己站在一大堆材料的上方，以一种俯瞰和审视的姿态面对这些素材，有了一种从容。

这应该是写作的最佳状态，所有的东西都经过了思索、消化，尽在掌握之中。这和你"混"在素材中的感觉完全不同。

这篇稿子，应该是一篇盖棺定论式的报道，一个人死去了，我们要在很短的篇幅里总结他的一生，必须做到凝练。在这篇报道里，我没有使用长句子和长段落，而是用了一种内容上凝练节奏上跳跃的方法完成了稿件。

《贾兰坡辞世》中最长的段落只有130多字。每一个段落都可以是截然不同的信息，在一种自由的组合中，很短的文章里聚合很大的信息量。

为了避免因过于粗线条的描述给人物带的损伤，我注意使用了评述、人物口述和细节相结合的方法，力图做到既高屋建瓴又细腻生动。

野马的爱情

YEMA DE AIQING

第一次听到南香红的名字是在1998年。有一天，沈颢告诉我，一对记者夫妇专程从新疆来到广州，要到编辑部转一转。当高挑清秀、略显羞涩的南香红出现在我面前时，我并没有想到，若干年后，她会成为南方周末新闻写作的一个典范。1998年，南香红已经在《新疆工人报》、《新疆日报》当了11年记者，她的丈夫吴朝晖当时供职中央人民广播电台驻新疆记者站。那时候，《南方周末》正在全国物色采编人才，这一对远道而来的夫妇，应该就是时任新闻部主任沈颢心目中的理想人选吧。事实上，这对新闻伉俪日后的建树，也证实了沈颢早前的眼光。吴朝晖没有选择南方周末，对于他，永不消逝的电波显然有着更为广阔迷人的空间。后来，他参与了中央电台都市之声的筹办并任总监，继而担任文艺之声总监，现在是这家电台北京记者站站长。记者出身的吴朝晖，擅长对时局的理性判断和对大势的冷静把握，他的儒雅、宽厚、从容给我留下深刻印象。至于南香红，直到现在，

第叁辑

陌生之美

三峡，无法告别

我们为什么无法告别。

人们用“亘古不变”来形容山川河流，现在，山川真的要变了。

2003 年 6 月 1 日，我们将目睹一个千万年从未有过的巨大变化。从这一天开始，长江三峡大坝以西 400 公里以内、海拔 135 米以下的数千城镇将消失在水面以下，数百万人口迁移。

三峡，长江最奇峻、壮丽的一段，也是长江最有性格的一段。它雄奇诡异、惊险莫测、激越飘荡。

而这一切就要消失。

这个充满险滩、恶水、沉船、死亡、抗争的地方，一切由险峻雄奇而来的故事都将戛然而止。它的奔腾跌宕、它的白浪滔天、它的剑气如虹，都将化为天水相接、烟波浩淼的一汪平静。

这是人类创造文明以来，对自然的一次最大规模的、绝无仅有的改变。

它在改变着大地容貌，也让长江边上沿袭了数千年的社会生态随着实体的湮灭而“席终人散”。

即将失去的将永远失去，城市的传统和气味的形成必须经历上千年的发酵，点点滴滴均是浑然天成，永远无法复制，不同的城市铭刻着不同的历史记忆，蕴涵着不同的文化和风俗。

而迁移后重盖的所谓新城大同小异，功利的城市效能，全新的砖瓦，茫然的人群，人文上的积淀在哪里？

人们在告别之间，才蓦然发现，对三峡了解实在太少了，对三峡这条文明大通道的意义也认识得太晚了。

我们奔赴三峡，我们用心去记录，记录即将消失的三峡，记录长江曾有的性情，记录几千年来人们和长江相伴的朝朝暮暮生生死死。

这一切我们无从忘却，因而无法告别。

蓦回首，已是千年身

相传，大禹治完黄河的水后，就来到了长江。那时候，三峡不通，长江之水全都憋在成都平原。

巫山神女爱慕治水英雄，赠大禹治水的黄绫宝卷，并在暗中相助。大禹手执利斧脚踏巫山，劈开三峡，引江水滔滔东去。

地质学家告诉我们，大约在 4000 万万年前，长江是两条江，一条向东流，一条向西流,互相之间隔着一座巫山。喜马拉雅山的抬升使西去的长江无路可走，转而向东，冲决出了一个三峡，两条长江终于携手，惊涛滚滚夺峡而走。

这仅仅是地质上的三峡对于长江的意义。

三峡的两边是两个平原——江汉平原与成都平原。这两个平原繁衍了各自不同但都很灿烂的古代文明——楚与蜀。

三峡像一个巨人，一手拉着蜀文明，另一只手上是楚文明。它让两个文明把手握在一起，让它们彼此相遇。而其中的媒介，就是巴文明。

三峡对于长江文明来说，是一个巨大的纽结，它打通巴、蜀、荆、楚、吴、越，将几个封闭孤立的文明联接起来，造就了整体的长江文明。

没有三峡，奇崛神秘的古蜀文明是封闭的。“噫嘘唏，危乎高哉蜀道之难，难于上青天，蚕丛及鱼凫，开国何茫然，尔来四万八千岁，不与秦塞通人烟。”

没有三峡，荆楚文明是孤独的，它泛滥的浪漫情绪无处宣泄，它奇异的巫鬼想象得不到知音。

三峡是一条文明的通道，三峡是一条文明的脐带，它不仅仅孕育了长江文明，还孕育了华夏文明。

歌舞战神

如果长江是一首交响曲，那么进入三峡就开始了它最华采的乐章。

大山大水大沟壑大峡谷，朝云暮雨烟雾渺渺。大自然把所有雄奇的力量都纠合在这里，把所有魄丽的色彩都附丽在这里，完成了一章最完美最奇异的诗篇。

流到这里的长江，巴人叫它“峡江”。

峡江里充满了人永远不可把握不可预知的事情，江中的险滩，水下的礁石，空中的闪电和暴雨，江上的狂风和巨浪。老船夫说，船行江上，只有两条路，一条是生，一条是死。闯过去了是运气，过不去的就永无回头之路。

“山上巴城子，山下巴江水”（白居易诗），从重庆、涪陵、丰都到奉节、云阳、巫山，从瞿塘峡到巫峡，巴城巴水，巴乡巴人，巴歌巴舞。三峡首先塑造的就是居住在三峡的古代巴人和巴文化。

在这样的云雨瞬息即至，大自然随时纠集起各种力量发威的地方，人会用他的全部想象去向大自然“献媚”。

巴人崇鬼。他们创造了巫山神女的故事，制造了一个鬼的首都——丰都，把整个峡江都塞满了鬼怪灵异的传说。

在这样人与自然始终处于紧张的关系中，首先需要的是人的勇毅。

神话传说中，巴人选择了最勇猛者作了自己的首领

武落钟离山上，有赤黑二穴，住着五姓部族，他们在选首领。相约比赛掷剑，中者为君。

住在黑穴中的巴氏子务相“独中”。又约比赛造船，浮者为君，又是务相的土船“独浮”。他就是巴人的首领——廪君。

这个巴氏的后代是个上山能猎，下水能渔者，只有具有这样素质的人才能在三峡的险山恶水中生存。

在历史记载中，巴人是一个勇猛的“歌舞战神”。

《华阳国志》中说周武王伐纣时得到巴蜀之师的帮助，巴师勇锐，前歌后舞，以凌殷人。边歌边舞边作战，这就是巴人给人的鲜明印象。

历史学家告诉人们，巴人所跳的舞，就是巴渝舞，这种舞蹈里有种种模仿老虎下山的动作。因为巴人的首领禀君，死后魂魄化作了白虎，所以巴人崇拜白虎。

“巴人出将，蜀人出相”，自古而然。最有名的将军是巴蛮子。

史载巴国内乱，巴蛮子向楚借兵，以胜后割让三座城池为约。战争胜利后，楚来索城，巴蛮子说战乱使巴国分裂，割让城池还是分裂，宁死不愿。于是割下自己的头以谢楚王。巴蛮子的身子葬在巴国，头葬在秭归。

现代的巴人元帅是刘伯承、聂荣臻、罗瑞卿。

巴人给我们留下了许多未解之谜，但我们从现在的生活中依然可以感知到巴人，比如那质朴的下里巴人歌——竹枝词，比如那雄浑高亢的川江号子，比如麻辣烫的火锅和重庆人的火辣辣的性格。

夔门，龙与虫

奔腾咆哮的长江，一到瞿塘峡就撞上了夔门，偌大一条长江被逼成一条宽不过百米的细带。两岸山峰拔地而起，峭如刀削，千涛万浪无路可逃，只有从这窄窄的门中侧身而过。

夔门，是长江进入大海必经的一道门。

夔门，也是蜀人的一道心理上的门。

有句话被四川人广为接受，叫做：“出了夔门就是条龙，出不了夔门就是条虫。”夔门是蜀人的一道龙门，只有跃过去，才能干出一番事业。

这不仅仅是民间的说法，它也得到了学者的认同。

西南大学历史系的谭继和先生研究了许多四川的名人，总结出一条：古往今来，成名成家的川人，都是冲出夔门的。只有冲出夔门才一鸣惊人。四川孕育了他们，但不会造就他们。

对这个奇特的文化现象，谭先生的解释是：四川的文化是一个农业的盆地文化。它是极度宁静的田园诗式的、缺乏活力的、安土重迁充满野居闲趣的静态文化。四周高山的锁闭和自身的富足使它始终有一种沉靡的趋向。

夔门对蜀文化的来说也是一道门，是开放还是封闭？是接纳还是拒绝？

夔门是三峡的第一道天堑，“峰与天关接，舟从地窟行”，想穿越它是困难的，而一旦穿越，就是两个天地。

夔门的另一边是一个阔大的世界。那边的楚文化是浪漫不拘的，是激情四溢的。蜀与楚隔着夔门两两相望。

蜀文化的标志是三星堆。1929 年三星堆在一次偶然中为世人所识，但以后 60 年的不间断发掘中，三星堆一直没有真正打开过它的宝藏。直到 1996 年，一根灿烂的金手杖出现时，人们惊呆了。它和我们熟悉的所有文化都不同。为什么会是这样——那些极度夸张的青铜人像、眼珠突出眼眶的立目头像、侈丽的黄金面具、张扬的通天神树？

楚文化的标志是《楚辞》。那是楚人生命自由的奔放和舒展，是楚人精神的酣歌狂舞纵横恣肆。《离骚》、《天问》、《招魂》、《九章》。神话、乐舞、巫术、哲学、华饰、奇服、香草、美人……

如果长江是一条龙的话，那么上游的巴蜀文化、中游的荆楚文化和下游的吴越文化就是长江的龙首龙腹和龙尾上最美的鳞片。

巴蜀楚文明有奇诡浪漫、怪诞夸张、鬼怪神巫的共同情愫，但它们又是各不相同。当它们由三峡串联起来时，就融为一条文明的长脉，这就是长江的脉气，它随长江的流水而绵延不绝，源远流长。

人们把它称作浪漫主义。长江是浪漫主义的家乡，长江文化就是浪漫主义的文化，它的肇始和黄河文化一样早，一样古老。

和长江相比，黄河是一个敦厚质朴的农人；和黄河相比，长江是一个歌舞酒神。

黄河的姿态是俯视大地，长江的姿态是仰望天空。黄河是从洞穴里走出的文明，它向大地铺展全部的想象，留下了迷宫般的皇家宫殿；长江是架在树上的文明，它远离地面，努力地接近天宇，造就巍峨的百姓角楼。

华夏文明因为有了黄河文明而脚踩大地厚重深沉，因为有了长江文明而高昂头颅遨游天宇。

对于一个人来说，仅仅具有蜀的奇诡神秘是不够的，仅仅有楚的铺张扬厉浪漫想象也是不够的，当两种文化同时铸造一个人的时候，我们才能看到那种“控引天地”、“包括宇宙”、“总揽人物”的大才大气。

让我们来看看从夔门走出的人物，他们是司马相如、扬雄、陈子昂、李白、苏轼、杨升庵、李调元、郭沫若、巴金……不管他是一个诗人还是小说家，不管他是一个文字学家还是书法家，他们的精神品质都是相同的——一个浪漫到骨头的诗人。

诗人的擂台

上海复旦大学历史学家葛剑雄说，世界上壮丽的峡谷很多，但三峡和所有的都不同，因为别的峡谷多是荒芜而远离人类的地方，三峡却是一个人来往的黄金水道，是一条文化传播的走廊。

中国古代在三峡行走的都是些什么人物？文人骚客、被贬和赴任的官员。从屈原、宋玉开始到李白、杜甫、苏轼、陈子昂、白居易、陆游……自古文人多入蜀。

每个文人所带的不同的文化元素在此汇集，三峡成为各种异质文化的展台，成了中华多元文化的一个大容器，而三峡壮丽的山河似乎是诗人才情的酵母，让它们在撞击中，闪出诗的火花。

感动出诗人，震撼出诗人，惊叹出诗人，当人面对大自然鬼斧神工的惊世杰作时怎能不诗情汹涌？

于是三峡成为中国诗人的擂台，于是诞生了一个诗的三峡，于是成就了一个诗城——奉节。

三峡是自然造就的三峡，也是人文造就的三峡。

“无边落木萧萧下，不尽长江滚滚来”（杜甫《秋兴八首》），从中原走来的诗人，一到三峡，诗风忽然变得沉郁悲壮；

“昨夜巫山下，猿声梦里长。桃花飞绿水，三月下瞿塘”（李白《宿巫山下》），出蜀的诗人，一到三峡，诗风忽然就变得浩荡开阔。

就是一个诗人，因为自己的心境不同，因为三峡的云雨不同也诗风大异。58岁的李白流放夜郎经过三峡，他的感觉是“三朝上黄牛，三暮行太迟。三朝又三暮，不觉鬓成丝”（《上三峡》）。而到白帝城时，忽然接到大赦的消息，这时的李白是“两岸猿声啼不住，轻舟已过万重山”。

三峡是对中国诗人才情的最大挑战。一个文人到了三峡如果不写诗，写不出好诗就不是真正的诗人。

中国再也没有一个地方像三峡这样聚集了那么多的诗。百里三峡竟有诗万首，如果一公里一公里地把诗铺展开去，那么，每一公里峡江竟有诗百首！这也算是世界一大文化奇观。人在峡江走是行走在诗的历史长廊中，这种奇特的感觉世上也只有三峡有。

一个是自然的三峡，一个是诗的三峡，不知道哪一个更奇崛。

然而这一切就要远去了。人们用亘古不变来形容山川河流，现在，却要变了。蓦然之间，人们发现对三峡了解得在太少了，对三峡这条文明大通道的意义也认识得太浅。

现在的三峡是世界上最大的考古现场，考古学家已经为我们勾画出三峡人类活动的一个大致轮廓，从 20 万年前的巫山人到三四千年前文明曙光初现，人类的脚印一步步走来，从来都没有间断。

三峡很可能就是人类诞生、成长、长大的温暖的家，是人类的起源地之一，是一把人类解开自身之谜的最合适的钥匙。

这把钥匙，也许我们已经找到了它，也许将永沉水底。但无论如何我们心中的三峡是永恒的。

涪陵：老城的最后容颜

江河汇流的地方，一般都是文明的繁衍之地，涪陵就是这样一个地方。长江和乌江共同造就了涪陵——扼长江、乌江交汇要冲，川东南之门户，有承东启西和沿长江、乌江辐射的战略地位。

涪陵历史悠久，新石器时代已有人类繁衍生息。涪陵因乌江古名涪水，巴国陵墓多葬于此而得名。秦昭王三十年（公元前 277 年）置枳县。涪陵因此而成为设行政建置达 2000 多年的地方。中华人民共和国建立后，1950 年 1 月置川东行署涪陵专区，辖涪陵、南川、丰都、石柱、武隆、彭水、长寿 7 县。1996 年 9 月涪陵市划归重庆管。1998 年 6 月撤销涪陵市及所辖枳城、李渡两区，改设重庆市涪陵区（地级），辖原枳城、李渡区域，原所辖垫江、南川、丰都、武隆划归重庆直接管辖。

历史上涪陵是巴国的国都之一，是巴人先王陵墓所在，因此也是巴文化的中心。但是考古学者至今也没有在涪陵发现早期巴人王族的陵墓，巴人的历史因为种种缺环而扑朔迷离。因此有学者说，解开巴人之谜的关键一环在涪陵。

涪陵还是程朱理学的发祥地，是我国易文化传播的摇篮，至今仍保存着北宋以来的诗画题刻近百幅。“巴文化”、“鬼文化”、“易文化”构成了涪陵的整个文化底蕴。

位于涪陵城北江中的白鹤梁，被誉为“水下碑林”和世界第一水文站。

三峡工程建成，坝前最终正常蓄水位达 175 米后，将淹没涪陵区陆域面积 51 平方公里，涉及 24 个乡镇（办事处），173 个村、539 个社，16 个城镇和

224户工矿企业。整个涪陵市向后退，一道江防大坝把涪陵护卫起来。涪陵是一个依水傍山由水码头发展起来的城市，江防大坝的建设，使涪陵的许多历史陈迹永久地消失。

“喜涪陵山水之胜，留连不忍去”，这是李白当年在涪陵的感受，然而无可奈何花落去，离别的一刻终究要来。

2003年6月，长江大坝蓄水到135米。

涪陵，这座双脚伸在长江里的城市，不得不从水中抽出身子，连连向后跳跃腾挪。

后面是连绵起伏的黛色青山，涪陵也随着山势越长越高。

涪陵其实就是从大江大河中生长出来的城市，长江和乌江带来了第一批盐客，诞生了第一个水码头，聚集起了第一个集市，最后生出了一个城市。

涪陵最繁华的地方曾经就是临水的街道，它们紧靠码头，随长江的曲折而弯曲着长长的石板路，繁衍着世世代代的繁华。它们的样子现在看来陈旧而衰老、灰暗而潮湿，但长江的潮来潮往给它无尽的新鲜和活力。

它就那样在生活中默默潜行着，谁也无法确切说出它们存在了多少年，随便问一个依着自家门闲坐的白发老婆婆，她会告诉你她就是在身后的老屋里出生的，她的儿女也在这里出生，现在堂屋里跑的是她的孙子。

某一天某一刻，这一切戛然而止。这些码头、街道和它们所聚合的生活被宣告终止。悄悄延续千年的脉气一散而尽。

一个有2000年历史的城市，怎么说都够得上古老，岁月会成为沉重甲壳，每有翻动，便会发出“咔咔”的声响。

2002年8月17日，在三峡大坝的水涨上来之前，我们看到了这座老城的最后容颜。

一半是死亡，一半是生长

我们到达涪陵的时候，这座城市的一部分已经死了。

跨过乌江大桥，站在另一边遥望，才会清楚地看到涪陵的全貌。

在一个山岬处，乌江静悄悄地汇入了长江，一切发生得那么的平静，一条大江就消失了。在长江和乌江相夹的山峦上，就是涪陵。

整个涪陵变成了一个工地，山上在建，山下在拆，涪陵变成了两个世界，一个已经判定了最后的死亡日期，一个在飞速地生长。

山上的那个涪陵是崭新的、白色的，时髦的玻璃幕墙闪闪发光；山下的那个涪陵是灰暗的、矮小的，密密麻麻的灰色砖楼互相拥挤着。一条明确的线从东到西将这两个世界分割开来。这应该就是涪陵的生死线。

长江南岸，一道水泥大坝陡直地从江水中站立起来，它长 4000 多米高 182 米的身躯将拦住上涨的江水，确保涪陵市安然无恙。现在，它们被一部分一部分地修筑了出来，还没有连成一个整体。

受三峡工程的影响，涪陵市将整体向后退，让出位置修建这座大坝。现在涪陵被拆掉的，就是随大坝而来的动迁和旧城改造。

涪陵沿着长江的旧有的 9 个码头已经全部拆除了，它们的身躯已经变成了护江大堤；涪陵航运大楼只剩下架子，裸露的钢筋恐怖地支楞着。沿江的楼房发出沉闷的响声，坍塌，烟尘冲起；废墟里依然有晾着的五颜六色的衣服在飘，阳台上盆花也长得正旺，那是在废墟中坚守的人家。

沿码头的集市、物流中心、店铺、商贩都散了。

老街，是一条形成于宋代的商业街，现在已变成了一条死街。

我们到的两天前，是老街最后的搬迁日期，店铺一律不准营业了。老街虽在江防大堤之后，但它是政府旧城整体改造的一部分，将来，沿江大堤将有 321 米的绿化带，有滨江大道和沿江公园，不知道老街会变成什么。

“棒棒军”们拥入老街，在狭窄的巷道里往外担东西，一间间店铺的门都大敞着，破旧的招牌可以看出曾经是食品店、药店、饭馆、杂货店等等，但现在一律都充斥着垃圾，污水在石板路上横流，臭气冲天。

不知道这一天是一个什么日子，老街幽深昏暗的老屋里都点着香烛祭拜，整个老街充满一种幽幽的神秘气氛。

一位白发老人坐在自家门前，老人头顶上悬着一块招牌：“会家蛋糕房”。年轻的女主人出来说已经不做了，准备着搬迁。

我们问老人多大年岁，在这里住了多少年，老人拉着我们的手让我们进屋去看看。她说，她就出生在这里，她在这里又生了四个孩子。现在是女儿女婿外孙和她住在一起，她已经快 80 岁了。

这是一套三层的木结构楼房，一进去是一大间，无颜色的木地板，黑黑的屋顶，窄而陡的木梯上去是一层，从一个洞下去是另一层。中间一层搭着一个小小的木阳台，阳台外面就是浩浩荡荡的长江。

长江的劲风从窗口灌入，涤荡整个屋子，水大的时候，就会淹没房子的下层。老屋和它的主人就是长江的一个伴儿，已经相望百年。

在送我们出来的时候，老人用手掌抹着眼泪。

沿着涪陵盘旋的街道越往上走，那种离别的氛围就越淡。一到傍晚担着竹筐的小商贩摆满一路。沿街的大小饭馆个个爆满，火锅的麻辣味飘满街道，到处都是光着膀子但依然吃得汗流浃背的人。麻将桌子支在路灯下，打牌的人神态安详而怡然。

最有代表性的是涪陵中心广场（为了找一块平地做广场，涪陵人把一个山坡掏平了）。这是一个铺着锃亮的大理石地面，有喷泉华灯的广场，一到晚上，上千人聚集在这里，跳一种“集体”舞。

“一二三四、五六七八，左左左左、右右右右”，黑压压的人群一起前进后退，像是在听军令，男男女女乐在其中。

在这里生活似乎没有受到任何影响。

消散的水码头

和涪陵人聊涪陵，他们十有八九会说：“我们涪陵是水码头嘛！”

涪陵生活重彩浓抹的部分应该在长江边，在水码头。

想赶一个早去看码头赶船人过江的情形，一出门，又是雨。

大失所望，江边并没有什么人，除了停几条船外，看不出哪里是码头。

雨濛濛中，街上担着竹筐卖菜的人不少，菜也闪着新鲜的水珠。或许他们天不亮的时候就赶船过了江，或者我们去的根本就不是地方。因为修大坝，涪陵的 9 个码头全拆了。

在此之前，江边是一个热闹非凡的地方，叫锦绣洲，洲上有一个市场，叫做萝卜市。每当枯水的季节，长江的长长的自然沙坝就露出来，人们就赶来在沙坝上用竹竿竹笆苇草搭起棚屋，开始交易，而长江6~9月涨水的时候，所有的竹棚一下都拆去，市场也一哄而散。

水涨而散，水枯而聚，这种随着长江自然节律而消长的市场方式，据涪陵地方志退休的老主任蒲国树考证可以追溯到北周时期。而萝卜市的出现是在清光绪年间。

他说，北周的《涪陵地图记》里记载，巴土盛行在长江露出的沙洲上织锦罽——一种漂亮的毛织品。到清朝，涪陵城人口增多，鲜菜需求量大，这里以交易菜蔬为主，名为萝卜市，并不是只买萝卜。

实际上这是随码头而形成的土特产交易方式，长江水枯的时候，集市正旺，江岸之上帆樯云集，停泊在码头的船运来的南来北往的货物，就在船上或在沙坝上就地交易，岸边从吃喝住宿到娱乐样样俱全，成街成市。水码头就是这样一个载来和载走货物的繁华之地。

现在它不仅仅是一种交易的方式，也是许多涪陵人的生活方式。尽管长江依然有水枯水涨的时候，但萝卜市的生意却只涨不落，靠山吃山，靠水吃水，对很多人来说，每天只要往水码头的市场里走几趟，一家的生活钱就“找”来了。

住在狭长而曲折的枣子岩街的人家，家家都是在码头上“找钱”的。

枣子岩街就横卧在涪陵老城的城墙根下，什么时候有了这条街谁都说不清楚，但城墙却有600年了。

枣子岩街23号的两口子是在萝卜市上经营水果的，往前的一家是卖药的，再往前的小杨姐弟俩在萝卜市上批发了蔬菜，洗净了担到市里去卖，再往前是剃头匠张师傅，剃一次光头2元。

张师傅的剃头摊从一改革开放就摆上了，如今是一家人生存的饭碗。老伴每天烧了开水送到摊上为客人洗头，儿子没工作领着孙女在摊上转悠，儿媳去湖北打工。现在各种生意都做不成了。张已被限时搬走，小杨姐弟俩还在偷偷批发蔬菜卖。

冉正华一家在码头搭棚子开茶馆已经有3年了，“水涨了拆水退了搭累得很，但生意还不错，卖大碗茶，赶船的人喝”。

码头散了冉正华又找到了新生意，给拆码头的人开饭馆。这种饭馆有很多人家开，但只有一个名字——“大碗饭”。

冉家的“大碗饭”开在一片楼房的瓦砾中，墙是拆下的门板，顶是塑料编织袋，一口大铁锅里新磨了豆花，一只大竹桶里是白米饭，一人一块五，管饱。来吃饭的是那些拆楼的、建大坝的和偶尔路过的乡下人。

清晨，一个穿着湿漉漉的解放鞋的男子刚放下扁担进来吃饭，一群一身白戴着长鼻子防毒面具的人也跟了进来，他们在青石板路、房前屋后的垃圾堆上撒白色的消毒粉，然后悄然消失在小街的尽头。

呛人的药味“腾”地充满了整个街道，随之而起的还有死亡的气息。它提醒人们，这里已经是瓦砾、垃圾、病菌、苍蝇和蚊子的世界。

涪陵应该是一个得上天厚爱的地方。人类学家说，江河合流的地方最适合人类生存。因为乌江和长江，涪陵有 9 个码头。乌江给涪陵带来的是盐，长江带走的是涪陵的榨菜。这两样东西支撑起了涪陵几千年的富庶。

涪陵人说，人们把盐称做“盐巴”、“盐巴”的，实际意思是“巴盐”——巴人之盐。

乌江上的龚滩镇就是川盐出川的一个重要通道，商客背夫船夫日夜穿梭于其间，所以高高的土家族吊脚楼下都有檐灯，那是为了走夜路的人；街上的石板路布满小窝，那是背盐的挑夫柱着竹棍休息时磨出来的。

千帆万樯终归涪陵。清朝涪陵 8 个省的大商号最有名，他们是做盐的陕西人，建有锅盔庙；做票号的山西人，建有财神庙；做棉花的湖南人，有江南会馆；还有做布的江西人，做银楼的浙江人，做木材的江苏、安徽、贵州人，枣子岩街当年商号云集。

80 岁的孙淑珍老奶奶做了一辈子的榨菜，她的主人是清末涪陵最有名的规模化生产榨菜的秋寿安。

说起现在的榨菜制作，老奶奶一脸鄙夷：“现在的小包包，我瞧不起，那也叫菜？一点也不香。”她说，当年榨菜装在黄木桶里，要翻三次砸三次，直到汁水淋漓，一桶有 100 斤，人背着送到码头，装上大木船，顺水而下直达汉口。

“汉口，你知道吗？”老奶奶眼睛盯着我问，脸上充满向往。

榨菜是用长江的风风干的，是用长江的泥封住木桶口的，是用长江的水送出四川的。没有这些，涪陵的榨菜就不可能成就为世界三大腌菜。

将来涪陵还会有码头，码头还会载来各种各样的货物和各种各样的人，但锦绣洲、萝卜市、老街、枣子岩街却没有了。

三峡大坝的水涨上来之后，涪陵沿江的很多地名就要消失了，其中的39个，据蒲国树考证，它们是一部完整的涪陵2000年编年史。这些地名最早的形成于汉代，最晚的也是清代，每一个地名都或有一段历史，或有一段传说或留有历史遗迹。

据说，新修的滨江大道上将立一块牌子，上书“锦绣洲”。只是不知道过往涪陵的人还能不能理解涪陵千年水码头是怎样的一个情形。

最后的铁匠

棚屋四处冒烟，以为是着了火，冲进去一看，是个铁匠铺。

一个满脸糊黑的人冲着我们一笑，白牙和白眼珠闪光，眼睛特别大。他就是铁匠。

一个铁制的鼓形风箱，一炉红彤彤的火。一只手拉得风箱呼啦啦地响，一只手握着一根钢钎在火里烧。红红的放在锃亮的砧子上。

铁匠戴上老花眼镜，抡起一把锤子叮叮当当地砸。

“嗞啦”一声，铁钎伸进冷水里，冒出白烟。

这是一根修江防大堤的钢钎，秃了头。江防大堤挖出的异型土坑就在铁匠铺的底下，把这个竹子和芦苇搭的棚子几乎悬空了，一截弧型大坝优美地拔地而出。

在火、烟、震耳的钢铁撞击的响声中，一个孩子大哭起来。一边凌乱的床上，躺着一个一岁的孩子——铁匠的孙子。

铁匠的老伴赶紧往一只奶瓶中兑奶粉，苍蝇们立即围了上来，叭在奶嘴上。这里显然不仅仅是一个铁匠铺，还是一个家。

一开始我们还以为铁匠是为修大坝做工的，后来才搞清是大坝让他没有做工的地方了。他是一个三峡工程的移民。

老铁匠从墙上取下一本日历翻开让我们看，那上面写着“24日前搬迁完毕！”9月24日之前他们必须另找地方，这是他们今年第二次搬家了。

“原来的家变成了大坝，移民也赔了我钱，刚刚把这的炉子烧红。”铁匠愁眉苦脸，“再搬就不晓得哪有地方了。”

在一个什么都是现成的城市里，谁还会需要一个铁匠？在一个车水马龙的城市，哪有适合安铁匠铺的地方？

老铁匠说整个涪陵就他一个打铁的了，以前他把铺子搭在水码头上，潮水退了棚子就搭起来，潮水涨了就拆掉，一搭一拆就干了十多年。

来找他的，都是过江的农民，打一把镰刀一个小时的功，收 4 元钱；一把锄头 2 小时，收 10 元钱，从他手里制作出的农具，坏了还可以找他来修。一块铁反反复复进他的熔炉，每一次出来都是新的。

我们看到，棚子的竹墙上挂着镰刀，炉子边上立着一把锄头，上面用粉笔写着一个“冉”字，是一个冉姓的农民送来修的。

老铁匠 69 年开始学习打铁，现在 57 岁了。父亲就是涪陵码头的一个小手工业主，补锅配钥匙，死得早，母亲拖着 6 个孩子，能学打铁，是当时最好的出路。现在老铁匠家里也有 6 口人，只有一个儿子有工作。一到晚上，铁匠铺就成了食堂，孩子们都回来吃饭。

“我得劳动！”铁匠摊开一双手说。他的妻子把一双孩子的鞋放在铁匠摊开的手里说：“烤烤，湿了。”

那双鞋在铁匠的手里太小了，比他的大拇指长不了多少。铁匠的手是那么的宽，整个手都变成了正方形的，大拇指像是另长出的一根树椏似的，向旁边横斜过去，虎口阔极了，上面全是黄色的老茧。

铁匠捧着那双鞋小心翼翼地放在打铁炉上，用手反反复复地试试温度，找一个既烤不糊又能烤干的地方。

因为铁匠的川音太重，我们怎么也听不准他的名字，最后他用那只大手握笔，在我们的本子上写下“李均华”三个字。

现在 9 月 24 日已远远过去了，不知他是否找到一块地方支他的熔炉？如果没有找到，那么涪陵就再也没有铁匠铺了。

站在历史肩膀上的城

我们一进涪陵就看见了它，只不过不知道它已经有 600 岁了。

涪陵的青石板墙多的是，因为在这样的山区，每取一块平地，都要在下坡的方向垒一堵石板的高墙。

但它的样子极为特殊，一眼就能看出它和所有的墙都不同，那是岁月的颜色。

它的很大一部分已经不在了，长江的防护大堤已经通过了它的身躯，整齐的巨大的方条石翻倒在深坑里，它们被拆了很大一部分。

它的另一部分混杂在残垣断壁，垃圾和棚房之间，人们用它做墙搭棚子来住，用它挡风架炉子生火做饭，在它下面支桌子打麻将，它已经和人们的生活混杂在一起。

它就是涪陵的老城墙。

涪陵人说，涪陵依山而立，傍水而生，是一个不设重防的城。

在水边的城都是向水敞开胸怀的，长江和乌江是涪陵的生命之源，它怎么能向它们锁闭自己呢?

在明代以前涪陵无城，后来有城也是以竹栅为城的。后来是土城，再后来才是石头城。

三峡库区的所有城池大约都是如此，涪陵的这座明代石头城是三峡库区保存最完整的，现在它还有 15000 米。

一块块的方形巨石垒起有六七米高，墙体上布满青苔，斑斑驳驳，水不断地从墙上流下来，墙缝里长着一些花花草草。没有水泥勾缝，它的石板更像是一块一块摆上去的，彼此之间似乎没有黏合。

但是它们却牢牢地勾嵌在一起，只要看看从它躯体里生长出来的树，就可以感觉到它的坚固，可以直视岁月和时间流逝。

这是一种叫黄果树的古树，它们就长在城墙的墙体上，躯干从石缝中冒出来，根暴露在墙外面，粗大的根虬盘着扭曲着，像瀑布一样向四面八方散去，它们生命过程中和每一个细节都清楚地展示在城墙上，它的生命纹理应该就是城墙的生命纹理，虽然石头不会生长，没有生命。它们应该是 600 岁城墙的胡须和飘然的长发。

我们看到，在它七八米高的顶端，修起了更高的楼，有的楼的基础用的就是老城墙。城墙的对面，也是高耸的楼房，两高挟持，是峡谷一样幽深的街道。仅有的一线天，也被长在城墙中的黄果铺展的枝叶占据，太阳永远也不会晒到街道上来，仿佛它永远沉在时间的水底。

巴山的雨把城墙和街道搞得湿漉漉的，深深的小巷里烟雨濛濛，空无一人。很多楼都已经拆成了残垣断壁，到处是垃圾，空气里弥漫着臭气。小巷显得很破败很老旧，仿佛它也经过了几百年的岁月。

下午雨停了，小巷有了点生气。人们搬出了椅子，三三两两地聊着天，麻将桌子也塞在狭小的巷子里，安在城墙上的炉子开始冒出青烟，建在城墙上的小棚屋理发店有了生意，几个孩子在垃圾堆里翻拣着，一个面如菜色的疲劳的妇人抱着婴儿沿着窄窄的巷道溜达。

涪陵设县的历史已经有2000多年了。公元前280年秦灭巴国，公元前277年秦昭襄王在此设县，名字叫“枳”。

涪陵设县的历史比中国的统一史还要长。在三峡库区它是最早也是最长的。历史在涪陵一层层地叠加，就像这建在城墙上与城墙融为一体的高楼。这应该就是涪陵历史现在和未来的最好的表达——涪陵是一座站在历史肩膀上的城。

曾几何时，船行长江，远远看到一个状似大龟的城时，涪陵就到了。

古时候人们把这座城叫“龟龄城”，一是它的形状像一只蹲伏在长江上的大龟，另一是涪陵的山上确实产巨龟。史书记载，涪陵“山储大龟，其甲可卜，其缘可作钗”，这种灵龟被贡献到商周，给天子占卜用。最近几年涪陵总有发现大龟的报道，1995年搞建设时挖出一只大龟，居然活着，每天还要吃十多斤红烧肉。

现在在江上已经看不到龟状的城了。迎面而来的是灰暗陈旧的高楼。将来那些楼会更漂亮一些，但那只伏在长江中的龟城是不见了。其实长江三峡大坝二期蓄水的时候，江防大坝将挡住江水，大部分老城墙并不受影响，但不知为什么它们还要被拆除。

现在的涪陵给人的感觉是太新了，处处高楼大厦，在楼群之间能找到多少和历史相关的东西？有多少可以让你发千年幽思的地方？

这座站在历史肩膀上的城，越往上长，脚下历史陈迹却在悄悄逝去。

丰都殇

丰都是鬼城，鬼的首都。丰都还是2000多年前的“巴子别都”。

位于长江北岸，距重庆市区172公里的丰都，西周初年，是巴人的国都。秦汉时为枳县地。东汉永元二年（公元90年），因城东有平都山，改名平都县。隋代取长江中“丰稳坝”首字与“平都山”之“都”字改称“丰都”。

巴人的历史已经成为一个谜，那个能歌善舞勇毅刚强的巴人也渐渐淡出了历史舞台，但他们留下的文化却以强烈的生命热力，穿越几千年的时空，直抵现代，郁郁然凝结成一个世上独一无二的丰都。

有人用“中国的神曲之乡”来形容丰都。丰都什么时候成为鬼城，有根据的是东汉刘向所著《列仙传》、晋人葛洪《神仙传》载，汉代有两个方士王方平、阴长生，在丰都平都山修炼，某日忽然白日飞升成仙，道家遂于此山设天师，并将其列为“三十六洞天，七十二福地之一”。后人附会“阴、王”为“阴王”，平都山亦渐附会为“阴都”。

这个解释多少有点牵强附会之感。巴人崇鬼，丰都是巴人鬼文化的集大成，这是丰都之鬼的真正历史根源。

“鬼城”、“幽都”被完整地构建了起来，丰都山上庙宇古刹最多时达近百座。“阴曹地府”向人们形象地展示了那个人人都要去的神秘世界的景象。

血锈般的门匾，上书“鬼门关”三个大字。进得“鬼门关”，过了“阴阳桥”，上了“望乡台”，就进入了“十八层地狱”，人间的一切善恶皆有报，一个鬼的世界就由此形成。

“下笑世上士，沉魂北丰都”，唐代诗人李白戏谑的语气不但不损丰都，反而使它名声远播，苏轼、陆游、范成大等历代名人到丰都都要刻碑题咏。再加上《西游记》、《南游记》、《说岳全传》、《聊斋志异》、《钟馗传》等一批中国古典神话小说渲染，鬼城幽都的名气越来越大，“人死魂归丰都，恶鬼皆下地狱”的传说越来越神。每年旧历三月初三的香会，四方香客云集，烛光映天，香烟缭绕，钟鼓齐鸣，诵经之声传播数里之外。

那是鬼的快乐节日，这一天阴天子会“娶亲”，城隍会“出巡”，钟馗会“嫁妹”，所有的鬼都会出来跳舞作乐。

三峡工程蓄水 175 米时将淹没全县 24.5 平方公里，涉及 11 个乡镇、94 个村、276 个社、90 家企业、5 个集镇和整座县城，静态移民 6 万人。丰都县城全部淹没，鬼府之外会建一道围堰确保无恙。

在我在北京写丰都的时候，我们所徜徉过的街道，我们曾经交谈过的老老少少，我们曾经闲坐着喝果汁冷饮的体育场，我们曾经吃过炒田螺和熏香肠的地方，都已经变成了废墟。

几天前，和摄影记者王景春通电话，我顺带一问：“丰都现在怎么样？”

“没有了，全拆完了。”一个多月前我们一起到丰都，我回北京之后，他一直留在那儿。

怎么会这么快？惊悚如电流般地从心中通过。

“炸的，很快，几天就炸完了”。

“上河街、下河街全没了？人都搬走了？”

明明知道这一天会来，但心中还是掩不住的怆然。

直到这时，写在丰都墙上的“壮士断腕”、“打过长江去，对岸是我们的新家”才是这样的不容置疑。

我似乎已经感觉到，水，慢慢地升上来，没过头顶，没过房屋，没过树木，没过山岗，没过活生生的人的城市……

一个喧嚣繁华的城市即将沉入水下，消失在阳光穿不透的、黑暗而寂静的水底。

最后的盛宴

丰都人说，活的人有首都，死了的鬼也有首都。丰都就是鬼的首都，世上所有死了的人都会到丰都来报到。

鬼城的人说，丰都的上午是人赶集的时候，下午就是鬼赶集。傍晚时分鬼们纷纷出来到城里游游荡荡，享受生前的世俗快乐。

民国时的人写的文章里还说丰都有一个风俗，下午做生意的人，店铺里放一个水盆，每收一笔钱，都要放入水盆里，如果是鬼钱就会化为乌有，以此区分来客是人是鬼。

我们是傍晚时候登上码头的，一进入丰都就被它的样子吓了一跳，不是被它的鬼气，而是被它的人气。

整个丰都就像一口沸腾的大火锅，空气里到处都是它冒出的腾腾热气和香辣刺鼻的味道，每个丰都人都像是围着火锅的食客，光着膀子，依然吃得汗流浃背。

仿佛是某个庙会的最后一天，热闹得有点凌乱，热闹得有点气力不足，但还是撑着热闹下去，因为节日就要结束了。

从丰都码头往鬼城去的商业大街上，花花绿绿挂满彩旗和标语，层层的石台阶上，高高的鬼城标志—— 一个一面是哭脸一面是笑脸的巨大鬼头之下，各式打扮的打卦算命人、气枪打气球的、儿童游乐玩具的音乐、擦皮鞋的人、水果杂货的摊点呈夹道之势往高处排开。

一家店铺的喇叭在叫：“拆迁啦，拆迁啦，一块钱 20 个！”

天哪，这世上上哪找一块钱买 20 个东西的地方！一群人围着。

这仅仅是一个序曲。

从商业大街一拐，仿佛是钢炉里串出的一道明亮的火龙，晃人眼睛，这就是丰都夜晚最繁华的北门路。

“轰”的一下，火光冲天，“嗞啦”烟火和香气冲天，整条街上都是这样的声响和气味。

火炉和锅灶支在街中心，掌勺的故意把炒勺敲得叮当响，把汤水高高地舀起再抛下，显示着忙碌和生意火爆；各种吃食和调料一字排开，在温暖的灯光下发着诱人的光泽，卤煮肉和香肠油汪汪的香气扑鼻；整条街上的食店次序和正常排法完全不同，后厨最先，争先恐后地往街心挤，灶后是店主人，再后才是吃饭的桌椅。

诱不过陈胖子田螺的色泽和麻辣味，转眼又被老驴肉吸引"吃地上的驴肉，想天上的龙肉"；金黄的牛油在火锅里软软地消融，通红的辣椒爆炒出粉嫩的鸡杂。没有店名的馒头店热气腾腾，几十只大笼屉里的馒头转眼油煎成金黄色，转眼之间又销售一空。

作为旅游城市的丰都，夜晚基本上没有外地人，来看鬼城的人都是一早从游船上下来，看过之后，又乘船而去，谁也不会在丰都住下来。买的和卖的都是丰都人。

"急着赚最后一把钱的是生意人，急着享受的是普通人。"一位丰都的朋友看着这种情景说，"天天如此，夜夜如此。人间最热闹的盛宴，最终还是要散的，时日不多了。"

一切的欢乐都是在一个城市即将消亡的背景下。

丰都二期移民 10 月就要全部搬完，城市的墙上到处可见"10 月大清库"和大大的红色"拆"字。

鬼城标志下的石阶上，有一道暗红的线，不仔细看很容易忽略过去，写着："辛酉年洪水水位 154 米"。问旁边杂货店里打麻将的人，辛酉年是哪一年，洪水有多大，那人头也不抬地说："1981 年，半个城都淹了。"

石阶旁的墙上也有一道线，鲜红鲜红的，让人看了心跳："二期淹没线，154 米"。这个杂货店正在红线之下。那一年的洪水肯定席卷过它，但洪水过后，它的麻将桌照样摆，但这一次的沉没将是永远。

同是 154 米，一个是生线，一个是死线；一个死了能复生，一个是永远的死亡。

再往上走，一直到鬼城的牌坊都是淹没区。牌坊挂上去一个二期移民倒计时牌，我们去的那一天上面写着："距 2003 年 6 月 1 日还有 0282 天"。

282 天之后，这一切就都不存在了，丰都就变成一座死城，一个真正的水鬼出没的世界。

我们可以看到一个新的城市在一夜之间被建设了出来，我们可以看到一个城市死后的千年废墟，但我们有多少机会看到一个城市的死亡？有多少机会可以看到一个城市死亡的最后时刻？

站在这块倒计时牌下，我们感到三峡之水正在千军万马地涌来，不可改变，也不可阻挡。无数的家庭即将搬离他们祖祖辈辈的老屋，千千万万的人就要离开那和他们生命丝丝相联的街巷。在这最后的日子里谁能了解他们真实的感受？谁能看到他们向老屋告别时脸上的泪水？

新城已经在长江的对岸生长出来，和老城隔江相望。丰都生出了一个壮观的场面，每天清晨成千上万的人乘渡船到新城，傍晚又是成千上万地乘船回老城。很多人的单位搬迁到新城，新家也都布置好了，但他们还是要回到老城住。

一位丰都的女子说，不到最后一刻，她是不会离开老城的。

丰都三界

三峡库区的水涌上来之时，原来的一个丰都，一下被水分成三界：

人生活的丰都将全部淹没，鬼生活的丰都得以全部保留，新城高高地站在对岸的山梁上。

从此丰都人鬼不再混杂。

新城你可以把它叫丰都，你也可以叫它任何名字。它和所有的城市一样有一个带喷泉的中心广场，广场后面是威严的市府大楼；它中心的十字路口比肩争高的是工商银行、建设银行、农业银行的大楼和宾馆，玻璃幕墙一个比一个耀眼；街上的店铺新的招牌已经挂出，它们大都涂抹得十分洋气，卖窗帘的叫“布艺”、卖建材的叫“总汇”，很少和鬼、仙有关。

丰都新城无鬼。

唯一有丰都特点的是一种叫卖声。码头上、街道里，小电喇叭，随时随地钻进耳朵。前半部声调又快又急，后半部是个高腔，往上扬，拖得很长，像唱歌。

我们经过反复地听，仔细地研究终于听出叫的是——

“下岗牌专业卤鸡蛋，五角钱一个，味道好的很——”

有游走的小贩，有固定的摊位，无论是白天还晚上，无论是新城还是老城，到处都有这样的叫卖声。让人失笑的是，一个小小的卤鸡蛋，也是有“牌子的”“专业的”。

这是我们发现的新城对老城的唯一传承。

但是丰都老城却是世上独一无二的。世上还有第二个鬼城吗？人和鬼的世界还有那么密不可分的吗？生和死的世界还有如此近，如此纠缠不清的吗？

山上是鬼的世界，山下就是人的居所，城里走的看得见的是人，看不见的是鬼，人鬼相杂。任何时候鬼可以侵入人的世界影响人的生活，让人在瞬息之间死掉，变成一个鬼。而人鬼之间的界线，虽然泾渭分明但又很难分清，不知道在什么样的条件下两者就会发生根本的转变，而这种转变又往往是人所不能左右的。

每一个人来到丰都，心态都会受到它强势的引导，因为这是鬼城，因为死亡在这里被放大了，一个人人都要去的，但谁也无法知道的世界被具象了，推在人的眼前，它告诉人们，死亡就是这样的。

这几天正是月圆时分，农历七月十五，是中国民间的鬼节。月亮虽圆但不是清亮的，有一层蒙蒙的雾纱，照在长江的水面上，更是烟水氤氲有一种说不出的神秘和恐怖气氛。

晚上 10 点再红的炉火也熄灭了，丰都的街道好像是接到了命令，一下就空了，所有的人都不见了。亮着灯的大都是冥品店，常常有追悼会在夜里举行。

丰都直到现在还实行土葬，过去有一个风俗，邻近几个县死了的人都到丰都来埋，丰都最多的时候有 70 多座庙宇。每年阴历的三月三相传是鬼赶集的日子，丰都会开很盛大的庙会，人们往往是一家一族地前来丰都祭拜，一住就是半个月、一个月，每一座庙都烧一遍香，磕一遍头。

我一直特别好奇于鬼城人对鬼的看法，在我看来鬼城一定对丰都人产生巨大的影响，一定浸透到他们生活的很多方面，因为几千年关于鬼的文化积淀一定会在人的内心和行为上留下什么。

丰都人说，很多生生死死的风俗已经不存了，但现在丰都人造房一定是要看风水的，搬家一定是要择日的，一些神神秘秘鬼鬼怪怪的传说在民间流行，人们小心地和鬼的世界保持着距离，对世俗的日子特别认真。

丰都鬼的世界是人构想出来的，但这种构想并不是毫无根据的。丰都的确是一个鬼怪的地方，历史在这里布下很多迷局，让人无法猜透。

丰都的新城，等于是建在汉代的古墓之上。那时候，新城是23座自然山梁，每座山梁半米的土层下，都是累累的汉代古墓。

一位考古工作者告诉我们，当时调查有1000多座，但很多根本就不知道，平地的推土机不断地铲出来，有的报告了，有的就瞒着，压碎了。“我们的心都在流血，根本没有能力抢救。”他说。

就是这样，这个被称为中国最大的古墓群，还是出土了10万件文物。

丰都为什么会有这么大规模的墓葬？这些人为什么会如此大规模地葬在这里？考古学家无法解开这个谜。按常识来说，丰都周围应该有比较大的汉代城池，但是人们没有找到城的遗迹，古墓的来源就成了一个悬疑。难道从汉代起人们就将死人搬到这里埋葬？

丰都县文物管理所原所长吴天清把目光投向丰都老城。也许就在今天纵横交错的街道、民宅、在人们的脚下，就是汉代的城池？那个汉城将是一个什么样的情景？他猜测，汉代丰都人的生活是富足而平静的，起码没有大的战争发生。因为这些墓从汉至南北朝延续了600多年。许多汉墓用又方又大的青砖仔细地修了券顶，每一块青砖上都有漂亮的花纹，墓主人身边放置着烧制精美的陶俑，做工的匠人、守卫的武士、舞蹈、吹箫的艺人，人们希望死者到了另一个世界也能享受生前的快乐。

考古学家在丰都的发现，据说足以重写丰都的历史，重写长江流域文明的历史，甚至对东南亚人类发展史都具有不可估量的价值。高家镇和新城的烟墩堡的两处旧石器文化遗址，把丰都人类活动史提前到了10万年之前。

但许许多多的历史鳞片却永久地消失了。历史往往是一层层累加的，就像一棵大树一轮一轮地扩长着生命的纹理。当我们缺少其中的某一环、某一细节时，历史就出现某种不可连续的断裂。比如，丰都老城下的埋藏，是永远也搞不清了，水将吞没曾经发生过的一切。

老街的忧伤

一个自然生长出来的城和一个规划设计出来的城是有根本的区别的。

丰都老城就是一座自然生长的城，它总有让你看不透的东西，就像是浑浊的长江水，水底是一个大世界，但你永远也搞不清里面究竟有什么。

当我们一脚跨入上河街、下河街的时候，脚步一下子犹豫了，我们像是进错了门，跨入了别人家的客厅，而不是一条城市的街道。

傍晚的下河街，阳光已经退去，阴影渐渐笼罩上来，两排平房之间是狭窄的石板街道。

一股呛人的辣椒香味冲鼻而来，后味是谁家浓浓的中药苦涩。白发老人倚门而坐，小孩当街光着屁股洗澡。妇女坐在自家屋前的石阶上纳着鞋垫，小猫小狗一声不响地蹲在老人的身边。担着担子的小贩静静地走过街道，并不叫卖，见有人招呼就停下来，双方并不讨价，卖的是 3 角钱一斤的南瓜。

一个戴眼镜的 50 多岁的男子，就在这样的氛围中，坐在藤椅上读一本泛黄的书。他的样子很让我着迷，我仿佛看到了一种生命最自然的韵律，一种久违了的生活，一种让人心动的情调。

他读的是《隋唐演义》，书已经翻到了最后几页。他身后的老屋的很宽阔的对开门敞开着，我们看到堂屋里的墙上挂着 3 张很大的黑白照片，上面是三个老人的形象。老屋子和老照片构成了一种非常久远深幽的气氛。

他告诉我们，那是这个老屋的几代先祖，房子已经住了五六辈，上百年了。

门是从来不关的，从早晨开启一直到夜晚睡觉时候。人们在街上支着桌子打几局牌，端着碗站在门口吃三顿饭，随便聊着天，在门口就能买到最便宜的东西。街道就是大家的公共客厅。

读书的男子回头盯着墙上的照片说："新城的楼房就像是动物园，家家防盗门紧闭，这样的生活方式再也不会有了。"

丰都老城就像是一艘长江里远古时候的老木船，驶到平都山下突然搁浅，从此再也没有起航。现在这艘船破旧而苍老，慢慢地向江水里倾斜、沉没。上河街、下河街就是它古老的甲板，岁月的潮水已将它浸蚀得凹凸不平，泥沙充满了它的每一个角落。

时间在上河街下河街停滞、徘徊，缓慢地行走。专家说，丰都的老街直到 1984 年才有了一点变化，那时有人开始有了点钱翻新了自己的老屋，在此之前，它们基本上是清末民初原样。那时候的屋子构架、墙体、地板都是全木质的，有伸出很长的屋檐，房子都是两两相对，中间是青石板的街道。

我们走过上河街，像是走过一条古老的河床，岁月流走的样子清晰地印在河床里。

我们惊叹强大的岁月并没有改变这里的什么，上一辈人和下一辈人的生活和命运竟是那样的相同，我们仿佛面对着一个活生生的人文化石，不知道怎样看待它，怎样评价它。

上河街 91 号的王文龙张开嘴笑的时候，就露出剩下的三颗残牙，72 岁的他满嘴都空了。在这个古老的街道上，他的爷爷就挑着担子卖自家生的豆芽。上河街是临码头的一条街，布满了各式各样的小生意。到了他的父亲，还是一个卖豆芽的。

王文龙老人童年最清晰的记忆就是帮助父亲卖了豆芽，得到一块米花糖了。他记得家里摆了很多的大缸，豆芽就从那里长出来，父亲就用这小小的生意攒下的钱，在上河街起了房子。

“啊哈，多么了不起，上河街是丰都最热闹繁华的一条街，父亲太高兴了！”老人笑开了空空的嘴，父亲的快乐心情仿佛一直延续到今天。

我们想，那时候能在上河街买地建房，很可能就像今天在纽约的曼哈顿、北京的王府井一样。

王文龙老人是共和国的功臣，各种奖章纪念章摊在床上一大堆给我们看，他自己说不清他立的是什么功，我们翻拣着，从奖章上看出他参加过解放四川的战斗，在湘西剿过匪，参加过抗美援朝战争。其中在湘西剿匪得过八块大洋的奖励，在抗美援朝战争中立过三等功。

让我们感叹不已的是他的命运并没有和他的爷爷父亲有什么不像，我们现在看到的他，依然住在父亲留下的宅基翻建的房子里，开着一个店，做着一份维持生计的小生意，唯一的不同是他不生豆芽，而是卖面粉。

上河街 116 号住着一家卖猪肉的，这个生意也做了几代人。邓绍洲的父亲兄弟四个，住在一条街上，四兄弟繁衍出来的子女也住在一条街里，几代人守着一份生意，现在和上一辈的区别是父辈要自己到丰都的农村去抓猪，杀了抬到城里来卖，现在是到活猪市场里去挑猪，省了乡间的路程。

邓绍洲的黑洞洞的小屋里，挂着一块红色的匾，是丰都县委县政府发的，上书“个体经济双文明户”。我们问为什么不把它挂到市场里他卖肉的地方，当一个好广告，他说，都是几代人维下的上百年的老顾客，哪有那个必要！

他说，到新城里他还会卖肉，但老顾客都“掉散了”，重新聚起新客，最少也得几年时间。

上河街 92 号王继泉的父亲活着的话应该是 90 多岁了。他是一个裁缝，12 岁学艺，给人手工缝衣服。没有店的时候是到别人家里去做衣服，终于开了自己的店后，老人一直守到生命的最后一年。那时已经是 1988 年，缝纫机已经风行了整个中国，但老人还是用手工缝衣服，一个月只能缝三件。 现在王继泉家的生计，还是靠父亲的小店，只不过里面没有戴着花镜的老裁缝了。

我们行走在上河街，浓浓的人情让我们仿佛听到一首来自远古的亲切而伤感的歌。老街的故事一一展开。

陈旧的“朱络腮胡子食店”的招牌下，一个络腮胡子的中年男子忙碌着，一个四岁的女孩在他妻子的怀里撒着娇。这是丰都最低档的饭馆，一碗豆花 7 毛钱，一碗米饭 4 毛，一两散白酒 5 毛钱。高档一点的鱼香肉丝也不过 3 块钱，是开给来码头的乡下人和苦力人的。

饭馆开了十多年，仅仅是维持一个生活。四年前的一天，当他们早晨开门的时候，发现了一个丢弃在他们门口的女婴，他们就收养了她，照顾不过来就花钱请人。这是他们平静生活的唯一一个意外，一道波澜，很快就平静下去，他们一家四口还是那样生活着。

另一个老人的门前，放着一个铁笼，里面是一只残疾的猴子。三年前老人在市场里捡到它时，它的一只手臂断了，老人可怜它，就带回家来养。“面条、米饭都能吃，我吃什么，它就吃什么。”

上河街、下河街、鸦雀街据说是丰都最古老的街道了，有人建议，为了保留丰都的模样，把它的青石板搬迁到新城去，新城里将会建一条展示丰都老城的一条街。

我们在心底里问，能搬迁走老街某个城门，某一砖石，但能带走老街的灵魂吗？两两相向的全木质房屋，长长的黑色屋檐，倚门闲聊的老人，潮湿的石板路。巨大的蜘蛛在屋檐下结网，把隔路的房子连接起来。

老街是一座活着的城市博物馆，现在这座博物馆就要沉没水底了。上河街正为即将到来的拆迁而躁动着、积累着愤懑的情绪。记者被老街的居民包围了，老人们说着说着流下泪来。

他们的祖屋就要没了。新城里，他们除了全部的移民补偿外还得拿出终身的积蓄买房。更让他们焦虑的是，很难找到维持生计的“门面”了，他们必须找到一种新的生活方式，那对他们来说是太难了。在这次生活重大的变局中，他们处于劣势；几代人培养的顾客也四散了，重新聚起那种亲人般的主顾关系不知要多少年；祖祖辈辈的屋不在了，先辈的灵魂还能找到家吗？几十年的老邻居不见了，开门将是陌生的人，对于年轻人来说没有什么，但老人们会更加孤独。

丰都这艘古老的木船终于要沉没了，再多的留恋也得舍弃，这是没有选择的选择。

采访手记：一瓢水与一条长江

《三峡，无法告别》是一组系列报道。做这一组报道的背景是当时三峡大坝要进行二期蓄水，三峡大坝以上有七个城市要被淹没。

三峡工程是一个新闻大事件，它有两个层面的新闻：一是建设、移民等方面的动态性新闻，二是需要长期关注的一座人类历史上的大工程对于人类、环境的影响。对于这个工程一直是有争议的，同时也是有新闻禁区的，比如不能对工程进行反思，不能报道移民等。

三峡大坝蓄水是一个标志性的事件，这样的事作为《南方周末》这样的媒体是不能缺席的，我们对工程有质疑，但无法正面去表达，这就是当时的一个两难境地。

当我接受报道长江三峡的任务时，编辑部还没有一个清晰的思路，只是设想报道七个将要被淹没的城市，但报什么、怎样报还什么都不知道，这七个城市里有那么多的事、那么多的人，真可以说是千头万绪。我是作为整个报道队伍的先遣到达成都的，之所以先到成都而不是先到七个城市，是编辑部给我一个任务——找成都的专家们先行采访，搞清楚《南方周末》要做什么，给编辑部一个思路，给后面的报道组的成员一个思想上的支持并做出整个报道的范式。

我对于长江充满好奇，有很多想知道的，我把这次采访当作一次了解一条大江的机会，我渴望走近它，不仅仅是去看它浩浩浩浩汤汤的样子，还想了解它的历史文化，它所孕育的文明。

或许你的报道只需要一瓢水，但你一定要了解整条长江。长江是一个整体，你需要的报道材料只是长江的一个小局部；长江有几千年的文明史，你的报道只是当下。长江只是一条流在中国南方的江，它在人类生存与发展的历史也只是一部分。你可以从长江里舀出一瓢水，这并不难，但如果你不了解整条长江，不了解长江的意义，你就很难找到这一瓢水的意义。或许你所了解到的材料用上的不过十分之一，甚至更少，但它能给你一种整体思路和看问题的高度。

我在动手写这组报道的时候读了很多书。我是从理解长江的角度去读这些书的，长江与黄河造就的不同样式的文明；长江对中华文明的影响；巴、蜀、楚文明怎样连接成长江文明；三峡对于长江文明的塑造与限制。

这里要特别提一下的是，我特意去看了三星堆博物馆。三星堆离长江的话题有一些远，并且这一块内容也没有在稿子里出现，但我觉得三星堆是一定要看的地方，三星堆就像是被人忘记了的一个锈迹斑斑的铸模，是这个模子决定了今天巴蜀人的样式。没有三星堆给出的诡异想象，就不可能理解以长江为代表的文明的浪漫恣肆，正是长江文明的浪漫与黄河文明的质朴共同造就了今天的中国人。

《丰都殇》这篇作品，是我写的长江系列中的一篇，我的任务除了在成都的采访外，就是沿着七个将要淹没的城市的第一座城市往下游走。第一期的开篇《三峡无法告别》和第二期的涪陵，第三期的丰都由我来完成，然后把接力棒交给下面的记者。

在这组报道里，我找到了一个基调，就是即将死亡的城市留下最后的容颜。回到北京之后，我总是呆坐着想我们所经历过的，走过的街道，见过的人，傍晚坐过的地方，吃过的小吃，这些城市所有的与众不同的地方。但找到写作的感觉却很难，每天都在发呆，每天都很痛苦。

直到有一天，接到还在丰都的摄影记者王景春的电话，说丰都的水已经淹上来了，我突然感觉到水无声地没过我的头顶，死亡已至，再不写就晚了，于是在很短的时间里，所有的都顺理成章。

我想，我们现在天天都在看着一个城市在一夜之间怎样生长出来，但却很难看到一个城市死亡时的样子，这些长江边的老城，都是经过成百上千年的生长才长出来的城市，一夜之间的毁灭，不仅仅是外在的毁灭，建筑、街道，毁灭还是内里的，它的经年累月累积起来的东西，这种东西一旦毁灭，便很难再建立起来了。还有人，一个城市最核心的还是人，人的祖业、记忆、情感，越是到离别的时候，越是浓稠得化不开。

于是，我们采访到的所有的细节都有了意义，包括那些当时并不在意的一个片段、一个纷乱的情景，一些看起来没有什么意义的细节。我们看到了老屋里挂着的已经亡去了的祖先的照片；一个读着旧书的男人；二期淹没线，154 米的红色标志线；写在墙上的“壮士断腕，打过长江去”的标语；众多的冥品店，半夜里举行的送亡人仪式，还有这个城市的最后疯狂，疯狂的叫卖，疯狂的火热，仿佛这是人间的最后一场盛宴，每一个人都知道吃了这顿就会曲终人散。

我想在《丰都殇》里用无数的细节的累加，营造了一个城市被宣布死亡日期、一天一天以倒计时生活着的场景，祖辈辈的老屋，几十年生命中的与这个城市的每一条街巷的丝丝缕缕的联系，不舍，又不得不舍，剪不断理还乱的纠葛。

我写到了巴人，那个在历史留下无数疑谜的能歌善舞勇毅刚强的巴人。那个崇鬼的巴人，是他们的传承郁郁然凝结成一个世上独一无二的鬼城丰都。但长江对岸的新城无鬼，新城你可以把它叫丰都，你也可以叫它任何名字。它和所有的城市一样有一个带喷泉的中心广场，广场后面是威严的市府大楼；它中心的十字路口比肩争高的是工商银行、建设银行、农业银行的大楼和宾馆，玻璃幕墙一个比一个耀眼；街上的店铺新的招牌已经挂出，它们大都涂抹得十分洋气，卖窗帘的叫“布艺”、卖建材的叫“总汇”，它和老丰都唯一的联系就是有人在叫卖：“下岗牌专业卤鸡蛋，五角钱一个，味道好的很——”

新与旧，历史与现实。写出这种复杂的纠葛，就足够了，而不用去判断对与错，并且也无法判断。

莫高窟治“癌”

深居窟中千年的神佛们身患重疾。一场与时间和严酷环境抢夺瑰宝的战争因此展开，它试图挽救人类的文明记忆里的最后一些碎片。

鸣沙山崖，大泉河边，蜂巢一样的洞穴累累叠叠，众神已越度千年。

4 月 16 日晨，敦煌的天空瓦蓝，流沙澄黄，初生的阳光如万缕金箭在莫高窟攒动。

又长又粗的铁链在铁门上滑动的声音让清冷的空气颤抖。打开铁门，下台阶，瞬间的黑暗，阴冷潮湿的气息；又是一道金属门，下台阶，再一次光明与黑暗的晕眩。第三道金属门，眼前第三次黑暗后，我们位于莫高窟五层洞穴最底层的 85 号窟。

“开灯”，樊再轩的声音。

“哗！”黑暗的洞穴瞬息之间通透明亮，从各个方向角度产生的光源射向四壁。眼前再一次的光亮与黑影的晕眩之后，一座红色的巨型脚手架赫然入目。端坐四壁的众神被脚手架绑定，千万双眼睛从纵横交错的钢管空当中看过来。

莫高窟的众神病了。

85 窟之疾是莫高窟最有代表性的，深居窟中千年的神佛们患的是一种毁灭性的病——壁画之癌。

一群穿戴着壁画中最鲜亮颜色——湖蓝色衣帽的人轻轻爬上脚手架，戴上湖蓝色的橡皮手套，拿起亮晶晶的刀具、粗大的注射器……为莫高窟晚唐杰作

85 窟壁画疗疾，手术正在进行中。

壁画癌

英国壁画修复专家斯蒂汶猫着腰提着一盏照明灯上了脚手架二层，他弯曲着中指在壁画上轻轻敲击。在北墙，他的动作慢下来，敲一敲，听一听，墙壁发出“咚咚”的空音。

北墙正中间绘的是药师经变图，乐师舞伎裙带飘飘，天堂人间一片欢乐，可解一切苦难的药师佛端坐其中，千年的时间仿佛并没有留下什么印迹。

斯蒂汶直起身子向上敲，还是空音；再向左向右向下，空音扩展到 2 平方米的范围，照明灯停留在一个点上，亮晶晶的反光显现出一个十字形的有机玻璃铆钉，斯蒂汶放下灯，拿出照相机拍照，然后在一个大本上仔细记录。

表面无恙的药师经变图已经出现了最危机的病患——“空鼓”。壁画下面的敷料层已经离开了洞窟的崖壁，进一步的结果将是裂隙，大片大片的壁画脱落。“抢救，修复、加固”。这是站在脚手架上的樊再轩说得最多的词。

十字形的补丁是 1974 年发现空鼓时加固的，30 年后空鼓不但没有得到扼制，反而以补丁为圆点进一步扩大了。修复项目负责人樊再轩说，空鼓是莫高窟壁画最危险损害最大的疾患，85 窟的整个北壁已经有总面积 11.5 平方米、大大小小近 20 多块空鼓。

空鼓并不是北壁的最主要危害，北壁最严重的是“起甲”。起甲后的壁画给人的感觉就是得了牛皮癣，颜料翻翘成无数的鱼鳞片，黑黢黢粗拉拉的让人心里发麻。起甲使壁画受到致命的损害，它使原本生动的佛变得含糊一片。樊用手指轻摁，起甲的颜料层是酥软的，劲使大点就要脱落下来。

莫高窟 85 窟是晚唐时开凿的，时间大约为公元 862 至 867 年。85 窟除了佛坛上的三尊佛像为清代重修外，主室中的壁画为唐代所绘，这正是 85 窟的价值所在，也就是说进入 85 窟就等于进入了 1000 多年前的大唐佛国世界。

敦煌研究院的一份报告这样提到 85 窟的价值：“85 窟是一个大窟，内容相当丰富，仅主室内的巨幅经变画就达 16 幅，堪称莫高窟之最”，“该窟规模宏伟，保存完整，幅面开阔，气势磅礴。壁画内容题材丰富，佛教各宗之图像在同一窟内杂处分布，五彩缤纷，布局结构紧凑严密，给人一种圆满、富丽、满壁生辉的艺术视觉效果。”

85窟已经有近十年大门深锁，没有向游人开放了，原因就是病患深重。85窟之病是莫高洞窟所有病患的集大成者，莫高窟壁画出现的所有问题在这里都能找到。记者在现场看到，85窟主室的四墙距地面1米至1.5米高度以下全部变成粉状，飘飘摇摇地自己掉下来，壁画荡然无存，严重的地方向窟壁深旋进五六厘米。洞窟的西壁全部酥碱或空鼓，壁画大片大片脱落，残存不多的壁画也因满墙的白霜而掉色模糊，不仅如此，西壁还长着极为难看的疱疹状疙瘩，黄豆大小的盐分从壁画的下层密密麻麻地钻出来，顶破壁画，使整个墙面看起来如人被烫伤的皮肤一般。

起甲和空鼓还可以想办法救治，但酥碱几乎是莫高窟的绝症，酥碱从窟脚向上侵蚀，底下的壁画变酥脱落，上面的壁画也就无所依托进而脱落。连窟体带壁画的变酥，让人根本无法对其施加外力。

“到目前为止还没有找到根治酥碱的方法。”樊再轩忧愁地说。

空鼓、起甲、疱疹、酥碱、霉变被学界称为莫高窟壁画之癌。

莫高窟的敌人们

敦煌研究院的一份报告中说：“由于近年来局部环境的进一步恶化，特别是人文环境的急剧变化，使得壁画病害发展非常迅猛。20世纪六七十年代壁画还保存较好的洞窟，如3、85、96、98窟，酥碱病害发展得非常快。”

报告中所说的急剧恶化的“局部环境”和“人文环境”，指的是近年来自然原因和人为原因对壁画的损害。

莫高窟最大的敌人是时间。

从公元386年第一位佛选择莫高窟居住到今天，莫高窟的众神在此落脚已逾千年风雨，并且，洞窟大部分建造在松散的砂砾岩或砂岩山体上，千百年受风蚀、风化、沙尘、地震、雨水冲刷，能保留下来已经是一个奇迹。

莫高窟最大的价值也正是时间。“莫高窟意外地见证了中国的古代文明，通过石窟可以了解中亚历史上的辉煌掠影，跨越千年的佛教艺术壁画、雕塑构成了人类学的一部分。”在申报世界文化遗产的报告中，莫高窟的价值被这样认定。敦煌研究院院长樊锦诗有一次对记者说：没有可以永久保存的东西，莫高窟的最终结局是不断毁损，我们这些人用毕生的生命所做的一件事就是与毁灭抗争，让莫高窟保存得长久一些再长久一些。

记者在敦煌研究院文物保护研究所得到的数字是：敦煌莫高窟 492 个洞窟几乎每一个都存在不同程度的病害，而较为严重需要抢救修复的就达 277 个之多。文物保护所所长王旭东博士告诉记者：目前敦煌研究院有 7 支用于壁画抢救修复的队伍，这是目前国内人数最多技术最精的抢救修复队伍。按每支队伍抢救修复一个洞窟最短的时间 2 年计，把所有有病害的洞窟修一遍，也得 100 年。

一次的修复并不能一劳永逸，目前的情况是一个洞窟修好仅能维持十年左右。

这是一场需要几代人坚持的战争。

85 窟的保护修复已经进行了 6 年。这是国家文物局、敦煌研究院和美国盖蒂保护所的合作项目，目的是拿 85 窟作范例，采用目前世界上最先进最成熟的技术，找到一个拯救莫高窟的办法。

“为了找到修补的材料，中美专家整整找了 4 年，试验了 80 多种材料。这种材料必须是对壁画影响最小而修复效果又是最长久的。”站在 85 窟脚手架上的樊再轩说，“你现在看到的已经是最后一个阶段——实地修复了。”

借助那个搭造精美的脚手架，记者有幸近距离地观看壁画，并且是在那么明亮的灯光下。85 窟的南壁上，绘着一幅净土经变图，净土世界的主人弥勒佛端坐在莲花宝座上，他的周围众圣环绕，箜篌笙竹在祥云间飘荡不鼓自鸣，飞天舒展着腰肢在佛的头顶散播着香花，乐者反弹琵琶，舞者腾空飞旋。

在这样的近距离里，记者看到了箜篌纤细的 15 根弦，接住了佛看过来的眼神，捉到了当年绘画者勾、描、染、晕的笔势，在一瞬间牵起了 1000 年的时间之手。

85 窟是一个唐代流行的覆斗形的洞窟，中间设坛，坛上塑释迦牟尼和他的两个弟子阿难和迦叶。洞窟的前室已经塌毁，从甬道进入主室，便进入了一个辉煌的世界——从藻井到四披，再到四壁演绎着极乐的佛国净土与大唐的盛世繁荣。

中国文物研究所的陈青博士攀上脚手架的一层，在这里她与佛的两个弟子一样高；在二层，她弯着腰可以和佛低垂的眼睛对视；在三层，她伸手就可以够到覆斗形的窟顶。从一层到三层，她面对85窟的西墙壁已经有一个多月了。西壁是抢救的重点，在6月之前，中美专家要把这面空鼓、起甲、疱疹、酥碱的墙壁修复好。

陈青娇小的手上戴着湖蓝色的橡皮手套，用一把与女士修眉夹一样大小的刀具调好泥，挑起瓜子大小的一点塞进洞里，压紧、刮平，再挑一块再压紧刮平。刀具在墙壁上的幅度很小，但移动得很迅速，陈青翘着小手指，样子就像是在为一个女人美容。

她用一天的工作时间修复了西壁的三个红枣大的洞。

“必须小心一点，越仔细越好。深一点的洞要分几次修补，否则泥干了收缩会出现新的裂缝。”她说。在东京艺术大学文物保存科学专业获得博士学位的她理解的保护理念是尽量修补得接近天然，少加入人为因素。

樊再轩和他的两个助手在给西壁一块空鼓灌浆。一支微型钻头发着嗡嗡的响声进入窟壁，一支塑料软管从钻孔往里插，“停！”樊感到它已经进入鼓起的缝隙。黏合剂被装在一只大号的注射器里，针孔接进塑料管，樊的手缓缓推进，浆液流动。樊的眼睛一动不动地盯着壁画，突然，注射器推不动了，樊停止了灌浆，和助手们一起敲击墙壁，听、观察、判断。

可能是缝隙间久积的空气阻止了浆液的流动，樊决定再打一孔排出空气。钻眼不能在完好的壁画上进行，樊选了一处破损处，钻头嗡嗡地深入，灌浆继续。“如果不排出空气而强灌的话，已经空鼓了的壁画会胀裂开来，而判断的做出全凭手感”，樊再轩在进行完几十分钟的灌浆后对记者说。

“手感”的培养一般需要5到10年的实地操作经验，一个助手起码工作5年才能开始壁画的简单修复。而樊再轩的经历是从事修复壁画23年，在这23年里他被研究院送到西北师大学习化学两年，到上海复旦大学文博学院学习文物与保护两年，到日本东京艺术大学美术学部学习修复两年。现在他是一名从事壁画修复的高级技师。

樊再轩和他的助手在一块布满孔洞的木板上铺上白色的纸，用一只有很多夹子的设备将木板紧紧顶在灌过浆的壁画上。

“这是一种高级无纺布，上面喷了一层木浆，为的是吸走水分和盐分。新注入浆体中的水分会把窟壁中的盐碱带到壁画外表上来，从而对壁画造成新的伤害，因此除水除盐是必须的。木浆纸一天换两次，直到一个月后壁画完全干燥为止。”樊再轩介绍。为 85 号洞窟众神们所做的一切，完全像一场精细严密的外科手术：找病灶、确定治疗方法、插入各种监测仪器、实施手术、缝合包扎、术后观察等待康复。手术还要进行一年。

85窟的此次修复的方法大多都是新的。这些办法追求的目标是：无痕迹修复。

不仅仅是莫高窟的出路

陈青博士修补的地方绘的是一场战争，两个对峙的城池之间战马奔腾，人群厮杀，热战正酣。可惜已经有三块脸盆大小的空鼓脱落，画面已经不完整了。三块脱落处补了三块水泥补丁，扎眼地难看。

陈青用小刀磕着三块补丁说，这些都要揭下来，因为它们对壁画的负面作用已经十分明显。

乔海、唐伟跪在脚手架上剥这些补丁。它们很坚硬，手下重了，就会连带着壁画下来。“文物保护不能有失误，几千年的东西毁了就再也没了，谁也担当不起。”唐伟一边说一边用注射器吸了水将补丁浸湿，用小刀割开一条缝隙，再用刀尖挑开，剥下指甲盖大的一块。

那是 1974 年修补的痕迹，是莫高窟典型的“保护式破坏”案例。樊再轩说，当时为了“救命”，防止壁画大面积空鼓脱落，就这样“粗暴”地补了上去，事后发现水泥变干后表面透气性差，憋在里面水分散不出来便向周围壁画侵蚀，于是水泥补丁周围的壁画也相继出现酥碱、疱疹。

但在当时的物力人力和认识水平，这已经是能想到的最好的办法。

“保护式破坏”还体现在甬道顶部。甬道顶部绘满了小佛像，四个生锈的十字大铁钉铆在上面。现在看起来铆钉影响了壁画的外观，同时钉铆钉时的振动也对壁画造成伤害。

王旭东博士说，实际上莫高窟从来没有停止过修补，但一直走的是“头疼医头，脚疼医脚”的路，没有找到壁画坏损的症结，所以效果一直不好，一般来讲修一次维持不了十年，而下一次的问题往往比上一次来得更猛烈更难以治理，他们也一直陷于坏了修修了坏的循环。

85窟的设想是调动世界最高水准的壁画修复技术，找到一个解决根本性问题的办法。

“莫高窟是整个世界的宝藏，担子是很重的，但是我们不能退缩。我们希望尽量减少失误。找到最好的方法。”敦煌研究院院长樊锦诗说。

现在集中在85窟的是世界上最好的壁画修复专家。美国盖蒂保护所在与中方的合作中担负的一个重要任务是每年从世界各国请最好的专家，搜寻最好的修复设备。这些专家每年两次从世界各地来敦煌工作，将最好的修复办法带到中国。“在中国目前的国家财力人力和文物保护状况下，一个洞窟修复8年，近乎奢侈。其他洞窟是不可能按这样的方法，85窟之所以这样，是要从它身上找到一条修复莫高窟乃至世界壁画保存的路。”王旭东说。

85号窟里集中了考古、历史、材料科学、地质学、化学、物理学、计算机、建筑、管理等多门类学科的世界专家。在过去的6年内，多学科交叉的科学家们找到了85窟病害的根本原因，找到了病害防治的对策，找到了壁画修复的材料。洞窟环境监测、壁画颜色监测、裂隙移位监测等数据表明莫高窟病害的根本原因是水与盐的作用，水将盐运送到壁画表面，造成起甲、空鼓、酥碱。那么在每年降雨量极低的敦煌，水从何来？

引起专家注意的是洞前灌溉水和降水。灌溉水从窟前渗入地下，不断向洞窟运动，但上升到窟地面以上的则是水气。

洞窟中的水气达到70%时，就会溶解窟壁崖体中的盐，并将盐分向壁画表面运移。

莫高窟洞窟开凿层数最多处为5层，越往上开凿的年代越早，到了唐代上层已是洞穴累累无处可开，只好在底层开凿。越在底层的洞窟受害越重，85窟就是典型的一例。

专家们还注意到洞窟温湿度的骤减与骤升，使壁画处于一种一收一缩的紧张状态中，他们把目光集中在汹涌而来的参观者。

莫高窟近年来创造了每年接待30多万人次的纪录，每到7、8、9三个月，日接待量达到10000人。

“窟前栈道上人挤人，洞窟里热烘烘的臭气熏天，曾经发生过导游小姐被熏昏过去的事。”专家们在开放洞窟（29 窟）和未开放洞窟（35 窟）作了试验，40 个人进入洞窟参观半小时，洞窟内空气中的二氧化碳就会升高 5 倍，空气相对湿度上升 10%，空气温度升高 4 摄氏度。

二氧化碳是一种酸性气体，在高湿度条件下会与石青、石绿、氯铜矿、铅丹等颜料发生作用，使这些颜料变色，而人呼出的水汽可使壁画崖体内的盐溶解并向壁画表面运移。当湿度下降时，这些盐会在壁画颜料层上结晶，于是壁画病害出现了。这就是莫高窟的“人祸”。

病因找到了，新的修复材料和修复手段都找到了，但这就是最好的吗？它能够经得起多长时间的考验？

在回答这个问题的时候，无论是院长樊锦诗、保护所所长王旭东，还是高级技师樊再轩以及陈青都神情严肃，“不好讲，这只有以后再看，但我们现在可以肯定的是起码我们找到了症结，并采取了目前国际上最先进的办法。”王旭东说。

隐患已经在治理当中：全部窟前园林改漫灌为滴灌；窟顶建立起了生态防风系统，莫高窟的降沙量已下降了 80%；洞窟最高旅客容纳量的科学研究已经进入数据分析阶段，不久的将来一个数字化的虚拟莫高窟将建立起来承担主要的旅客接待任务，把洞窟里的众神从疲劳喧嚣中解救出来。

即使这样，樊锦诗还是忧心忡忡地说：“文物保护真是越做越难，我现在经常会问自己，究竟怎样才是保护好了莫高窟？”

敦煌是中国的也是世界的。这块曾经的“吾国学术之伤心地也”，正在为全国、世界提供经验。新疆克孜尔石窟、交河故城，西藏的布达拉宫，埃及的法老墓正在使用 85 窟的经验。

全世界的人类文明遗存都在和现代文明迎头相撞，人类已经失去太多来自祖先的记忆。而这次对莫高窟的修复，是人类输不起的一次文明拯救。

盗墓惊楼兰

今年2月，有报道说“已苦苦寻觅百年的楼兰王墓，刚被发现却已经被盗”。尽管后来已证实此消息并不确切，但楼兰地区盗墓猖獗、文物被盗被毁流失严重的状况，却再次引起了国内外文物界的关注。

据了解，目前国际上新疆遗址出土的文物价格正在节节攀升。据说毛织品正在以平方厘米计价，干尸标本更因为难以出境而成为天价。

这一切，使得楼兰文物的保护问题已刻不容缓：楼兰盗墓之所以震惊世界，并不是因为100多年前斯文·赫定、斯坦因让楼兰成为一个世界概念，而是因为它在古代几大文明交流中的重要位置；楼兰文物被毁之所以让人痛心，并不仅仅是毁掉了几件文物，而是切断了东西方文明融合的纽结，是历史的断裂，是人类文明发展之根的断裂；楼兰隐藏了一把人类文明的钥匙，人类学家说，找到这把钥匙，世界文化的大门就打开了。但这把钥匙我们从来没有找到过，而且也许永远也找不到了。

“你怎么想象都不会过分，盗墓现场让人吃惊。”中国文物报总编辑李文儒向记者说，他看到的情景太刺激人了，以至于从楼兰回到北京的很多天都无法安睡。“去之前我想，那是一片无人区呀，怎么说进去也不容易吧，盗墓也应该只是偶然现象。”李文儒说。

楼兰墓葬被盗的情景，不仅震惊了李文儒，就连整天和盗墓现象打交道的新疆考古所副所长张玉忠也没有想到。

一开口张玉忠先狠狠地骂了一句娘，然后愤愤地说："都盗完了。"

楼兰王陵被盗？

2003年2月11日，新华社新疆分社记者发出报道：苦苦寻觅百年的楼兰王陵，刚被发现却已经被盗。

这一消息是一支进入罗布泊的探险队报告的。这支探险队由乌鲁木齐市登山协会和中国科学探险协会组成。

探险队说，他们在2月3日遭遇一辆白色213吉普车，"死亡之海"怎么会有车？一定是盗墓贼！

顺着车辙追下去，"眼前的景象让我们大吃一惊：几座坟墓已经被挖开，棺椁、干尸、精美瓷片遍地都是。尤其是位于一座佛塔下的大墓，其壁画之精美令探险队员窒息：在这座墓里可以看到两个墓室，第一个墓室里有5具棺材，已经被盗贼破坏，尸骨满地都是，地上还散落着丝绸碎片。墓室的壁画是，一峰金骆驼和一峰银骆驼相互撕咬着，一个峨冠博带的男子站在中间，打手势让两驼分开。旁边一头奔牛怒目而视、振蹄欲奔。可惜的是，壁画已被破坏。"

"进入第二个墓室，4具彩棺已被劈开，干尸、丝绸碎片扔得满地都是。墓室的壁画是一大群大臣模样的人正在行礼，人物形态栩栩如生，壁画色泽非常鲜艳……"

"专家初步断定：这就是2000年前的楼兰王陵。"新华社的消息如此说。

真的是楼兰王陵？消息一出即震惊世界。

2月20日清晨，张玉忠和一支由考古、公安组成的队伍，从新疆兵团农二师34团出发，由北向南，直插罗布泊。

出发没多久就进入了罗布泊无人区，从34团出发是到达盗墓点的最近的一条线，当晚9点，调查队到达盗墓地点。

此时天已经昏黄了，登上雅丹，趁着微弱的天光，大家看到墓顶已经塌落了，墓室里隐约有壁画，看来就是"楼兰王陵"了。

第二天早晨，张玉忠进入现场，天哪，被盗的不仅仅是一座墓，目力所及之处，所有的地方都挖得乱七八糟，沙漠里布满纵横交错的车辙、新鲜的脚印。"这哪里是无人区，分明是闹市。"张玉忠说。张玉忠立即向北及西北方向的5至10公里的范围进行调查，他发现凡是他走到的地方，盗墓贼全部都挖过了。

“到处是盗墓贼的足迹，每隔三五步就有新鲜的挖痕，大大小小的墓盗了 50 多座，尸骨扔得漫山遍野都是，随葬品洗劫一空。”

“太惨了，太惨了，全都盗光了，我们来晚了。”报道中的楼兰王陵，位于北纬 40 度 40 分、东经 90 度 07 分的一个高 20 米的风蚀台地上。南距楼兰古城 20 公里，东南距 LE 城 4 公里。处于罗布泊西北的一大片雅丹地貌中。

这片巨大的雅丹地貌，中国古籍上称为“龙城”或“白龙堆”，是丝绸之路到达楼兰之前最难走的一段路。

上亿年的大漠长风在戈壁上雕刻出无数的沟沟壑壑，上可高几十米，下不可测底。风沙起处，东北西南走向的巨型台地如同游走于沙海中的蛟龙，百步之间难辨路途，是所有探险者都惊惧万分的迷魂阵。

张玉忠发现，古人在埋葬死者的时候，是从巨大的雅丹的断裂层上掏洞建立墓室的，墓道口距顶部大约两米，分前后两个墓室。盗墓贼在前墓室的顶部开了一个大约三米的口子，将前墓室全部暴露出来，然后又从前室的墙上掏了一个 60 厘米的洞钻入后室。

前室里堆满填土和散乱的棺板，张玉忠等从小洞中仰身钻入后室，发现后室中部倒扣着一具棺木，棺木上摞着一层层的棺板，盗墓者怕墓顶塌落，用棺木作支撑。

尸骨残存的已经不多了，仅见一个颅骨和少量长骨，但从棺板计算，大约曾经有 4 — 5 口棺材。其中有两块棺板是彩绘的，上面绘有菱形大格，格内的云气草纹色彩如新。

前后室里都有壁画。前室东壁上绘有 6 个人物，头都不见了。保存最完好的一个鼻子以下还可以看到，这是一个留着美丽胡须的男子，他手里举着一只高脚杯，穿着一袭红袍，腰上扎着腰带。他的身边似乎是一个女子，她也端着一个扁圆形的器具。最引人注目的是她身上的衣服。那似乎是纱质的东西，泡泡的松松的，就像是街上女子流行的泡泡袖，纤细的胳膊在里面隐约可见。

2003 年 3 月 21 日，新疆考古研究所正式向外界公布了关于这座墓的调查报告。报告指出这座墓并非楼兰王陵，但墓葬的规格之高是楼兰地区少见的，尤其是带有长墓道的洞室墓和壁画墓，在楼兰地区是首次发现。

大漠遇盗贼

站在高高的雅丹上，新疆巴音郭楞州公安局刑侦支队政委尹宝林感慨万千。这块地方对他来说是再熟悉不过了，每一块雅丹，每条沟壑。

1998 年 3 月 10 日楼兰古墓被盗，是他带专案组赶赴现场。从现在站立的地方向北望去，当年的案发现场看得清清楚楚，不过 900 米远。

那一年的盗墓，让考古工作者第一次知道这里的雅丹里藏着古墓群。而且被盗文物之精美让人瞠目。它们中有新疆到目前为止出土的年代最久保存最完整的彩棺，被锯成了 12 块。盗墓贼以 100 万出手；有完美的干尸；就连一块裹尸的白布，也因年代早保存好而被定为国家一级文物。

在回去的路上，考古人员又捡到一具盗墓贼扔下的婴儿干尸，一测竟然是 3800 年前的白种人婴儿。

再往东北方向 500 米，是 2002 年 6 月 3 日盗墓发生现场，当时中央电视台东方时空记者在此拍摄专题片，和一伙盗墓者遭遇，州公安局派出先遣小分队火速奔赴现场，尹宝林是指挥。

盗墓如此猖狂，尹宝林想把周围的车辙和墓葬被盗的情况搜集一下，回去做一个楼兰保护的方案。

在 LE 城，一对新鲜的车辙映入尹宝林的眼睛。是一种低档车，要不是老式的 2020，就是 212 吉普。车辙在离开方城 800 米的时候，向西拐了，消失在两个大雅丹之间。

尹宝林登上了西面高 25 米的大雅丹，发现一座墓被盗了，这是一个很大的合葬墓，里面有很多人骨和羊骨，再往上的一个台地上，也有一个盗坑。

“我在考古上是外行，但在看脚印上是内行。”尹宝林说。有三行脚印，陆战靴，90 — 111 厘米的间距。这是人在跑的时候才会有的步幅。有异常！尹宝林脑子里一个激灵：刚刚有人从雅丹上狂奔下去了。

追！尹宝林快速跑下雅丹，发现西南 500 米处，有两个小雅丹，中间有三堆火的灰烬，是个营地。

尹把手伸向火堆，烫得赶紧缩回来。一些羊肉汤泼在火堆旁。“快上车追，有盗墓贼！”尹一边跑一边向在车下活动的人喊，“他们先看到了我们，跑了不到一个小时。”

追击!

汽车吼叫着一下子窜起来，所有人的头都撞向车顶，双手紧紧地抓着座椅，颠簸得说不了话，战斗的气氛塞满了车厢。向着车辙前去的方向全速前进，不久就看见一辆2020吉普。

2020像是一头灵巧的小羚羊，在没有路的大大小小的雅丹之间跳跃前进，小小的一条缝隙它一钻而过，专挑拣狭窄的地方走。后面的高档越野车面对这样没有路的地方，就像头笨牛，浑身是劲却无处可使。车辆扬起的沙尘弥漫了前方的视线。

2020停了一次，两排脚印显示，有两人弃车逃走。2020又停了一次，又有一排逃走脚印。“追车不追人，在这样的地方，没有车的人是逃不远的。”尹宝林果断地指挥。

全速追了3个小时后,2020进入了一个死胡同无路可走了,一群人蜂拥而至，发现却是一辆空车，一个人从雅丹后面转了出来，说车是他的，别的人都弃车逃了，他因为舍不得车，才没走。

公安人员从车上搜出钢锯、锤子、钢钎等作案工具，押着车返回营地。在这茫茫大漠里，3个嫌疑人会逃到哪里去呢?

一种可能是连夜往外逃窜，但这样危险性很大，一是迷路，二是夜里气温太低会被冻死;另一种是为了生存而返回，或者束手就擒，或者偷袭营地，以获取逃出去的物资。

绝没有想到沙漠里有一场遭遇战，尹和另3名公安干警都没有带手枪。夜里尹安排了人昼夜值班，以防不测。

第二天一早，尹和刑警们开车出发去抓嫌疑人。出发前大家还开着玩笑，说中午回来一定要做点好吃的犒劳一下。顺着昨天的脚印继续往正西方向追，越追越远，越追越不见踪影……

尹宝林心里暗暗佩服:这些家伙相当了得，昨夜和今天一直昼夜兼行，一下就窜出去了近100公里。

在100公里的路途中，他们只生过三次火，没有水也没有食物，只是休息一下就继续赶路。最后一堆火摸起来还很烫手，看样子是在不远的前方，但天已经黑了，刑警们不敢再追下去了。

尹政委说从他们留下的 70 — 80 厘米步幅的脚印来看，他们的体力还相当好，还会连夜逃窜，但刑警们在大漠的黑夜里却难以辨识方向。

而那边营地的人等到夜里也不见刑警们回来，都急了，大家在高高的雅丹上点起一堆火好给他们指引方向。半夜 12 点多刑警们回来了。

“明天如果还找不到水和食物，这些人就有生命危险了。”尹政委说，他设想，明天他们出沙漠赶到 34 团，布置人员去沙漠迎他们。

三天三夜逃窜180公里

在出沙漠的路上，尹政委再次发现了盗墓者的脚印。他们来到了一个叫六十个泉的地方，显然是这眼泉救了他们的性命。泉是一眼咸水泉，但泉边有一些积雪。他们在这里生了一堆火，用旅客扔下的空罐头盒化了一些水，用石头砸下一只风干的野骆驼腿，煮着吃了。

这是三天中盗墓者的唯一一次进食，在这不吃不喝的三天三夜里，他们步行逃窜了 180 公里。当和硕县的刑警们迎头进入沙漠遭遇嫌疑犯马红军时，这个迈着鸭步摇摇晃晃的人一下就躺下不动了，嘴里喃喃地说：“好了，好了，可遇到你们了，要不就死在里面了。”另外两个嫌犯在向沙漠边缘的一个牧民点逃去的时候也被抓获。

据审讯，犯罪嫌疑人马红军等，均为和硕县乌会塔拉乡塔拉村的农牧民。这几人曾经四次预谋进楼兰盗墓，但三次没有找到地方。这一次是 2 月 15 日进入 LE 城周围，17 日曾经出来过一次，21 日再次进入被发现。

公安人员怀疑，马红军等 17 日出沙漠可能是找到了文物倒运出来，但目前还没有证据。有一点可以肯定的是，“楼兰王陵”墓的被盗和他们无关，那是另一伙盗墓贼所为，目前警方已经掌握了部分线索。

就在刑警们离开沙漠之后，考古队再一次遭遇一辆没有牌照的 2020。几个当地人下车后在雅丹上转悠，张玉忠上前盘问：“干什么的？到这里来干什么？”“玩来了。”

荒漠里有什么好玩的，肯定是盗墓贼无疑，但也只能眼睁睁地让他们走。

张玉忠说，我们没有执法权，不能对他们采取行动，加上有的盗墓贼是有武装的，急了真干起来，考古队会吃亏。

谁在编织地下网络

抓到的仅仅是些毛贼，这似乎成了楼兰盗墓案件的一个模式。这些毛贼大都是沙漠边缘的农牧民，他们除了了解沙漠的习性，和野骆驼一样有耐性能吃苦外，对文物几乎都是一无所知。

但有一点他们是知道的，沙漠里的宝贝值钱，也有人在教他们，什么样的东西值钱。

“有很多人坐在沙漠周围的城市里，坐在乌鲁木齐等着收文物。毛织物多少钱，木器多少钱，干尸多少钱，盗墓贼都有数。”尹宝林说，他们能够嗅到这伙人的气味，但是抓不着。本来指望能从这次遭遇的盗墓贼身上有所突破，但没有审出什么，线索断了。尹政委告诉记者，不久就要按盗窃文物未遂罪对他们进行起诉。

然而国际上新疆遗址出土的文物价格却在节节攀升。据说毛织品正在以平方厘米计价，干尸标本更因为难以出境而成为天价。

2000 年一个当地农民进入尼雅遗址，盗得一男一女两具干尸和一个人头，就在沙漠边上的公路旁，以每具 7 万元的价格准备成交时被抓获；1998 年另一农民在楼兰盗掘一具彩棺墓，墓中的一条有着波斯风格的狮纹毯、绢枕和漆盒以 8.4 万元成交，而彩棺的价格也已谈好，是 100 万元人民币。

2000 年，专注于世界纺织品收藏和研究的瑞士阿贝格基金会从国际拍卖市场上购得一批毛织品，这是他们从来没有见过的东西，它们色彩艳丽如新，图案抽象浪漫，他们在全世界范围内进行搜寻，最后眼光落在了新疆塔里木盆地的山普拉。

新疆考古研究所的张玉忠被请到了瑞士，他才知道山普拉曾经出土过如此精美、保存得如此完整的毛织品，而这些东西不知什么时候流失到了国外，他也得知，国际上倒卖这种毛织品已经到了疯狂的地步。

博物馆成了下手目标，盗掘和倒卖互相攀升着疯狂着。2000 年新疆博物馆一工作人员以“借”的名义将11件山普拉的毛织品借给“朋友”，结果造成国家级文物一借不回，而“朋友”无非是文物贩子而已，目前这些文物究竟是不是还在国内都不得而知。

2002年，这种疯狂已经达到了公然盗窃博物馆的地步。当年7月的一个星期天，一大早有人购买了新疆伊犁州博物馆的门票，第一个进入展馆，将门反锁杀死了警卫盗走了文物，然后从后门大摇大摆地走了。

2002年9月30日，盗贼的目标是新疆博物馆。没有人能说出是什么人作的案，也没有人能知道他们预谋了多久，他们先是在博物馆的墙外地下挖一条通道，直通展厅地下，但因为展厅内的水泥地太厚而未果，然后又从展厅的窗子爬进得逞。

盗贼钻入展柜，竟然身轻如燕地在展柜里行走了十多米，很多文物他连碰都没有碰，径直走到精美的楼兰玉斧展位，盗走了它。

“这是一张巨大的网，结这张网的有盗墓贼、文物贩子，明的暗的，大的小的。”尹宝林特别指出一些旅游和文博系统的人也加入了这个行列，如果没有这些人，盗贼不可能那么轻易上手。

尹宝林说，随着新疆旅游的开发，一些号称是沙漠活地图的向导，不顾国家不准进入未开放的文物保护区的禁令，频频带各种名义的旅行探险团进入楼兰地区，他们中有些人实际上就是“贼导”，他们和盗墓者有脱不了的干系。记者在采访中，有多人对所谓“楼兰王陵”墓被盗的报告者发出质疑。中国文物报用“是偶尔发现还是新闻炒作”的标题质疑探险队此行罗布泊的目的。

文章写道，“假如赵（子允，探险队向导——记者注）确实是这样讲的，则与记者见到的大相径庭，我们到达这里时，墓室里的土距墓室地面将近一米，羼杂着巨大的土块的黄土将壁画遮住了一半，所谓‘金驼银驼’更是连影子也不见。随后四五名考古队员花了近两天的时间将外室的积土基本清完，四周的壁画才较为完整地出现在众人眼前。”

中国文物报记者随后质问，探险队声称只待了半个小时，什么也没动，那么他们是怎么拍到壁画的?

本报记者就此问题求证于尹宝林，尹说，现场情况来看探险队确有疑点，起码加重了现场的破坏。

跟着盗墓贼捡破烂

有人说新疆考古研究所副所长张玉忠是跟着盗墓贼搞考古的人，张玉忠听了，苦笑着说：“一点不错，这些年尽跟着盗墓贼捡破烂了。”这是整个新疆考古研究所面临的处境。

1996年，楼兰以北的营盘被盗墓贼盗掘一空，新疆考古所前往进行抢救性发掘。盗墓贼知道好日子不多了,便和考古队抢着挖。考古队白天挖他们晚上挖，刚刚填上的墓，第二天就被敞开来，最后到了荷枪威胁考古队的地步。

那一次考古队抢回的是“1996年中国考古十大发现”之一——其中的15号墓一下就震惊了考古界，被称为罗布泊发现了第二个楼兰。

15号墓墓主是一个身高1.8米25岁左右的英俊青年。考古学家认为，在他的一个棺木里集中了世界几大文明因素：西方的贴金面具；东方的绢被、鸡鸣枕；波斯的毛织石榴图案的袍子和罗马爱神丘比特。

一个人身上怎么会集中那么多的文明因素？每当想起和盗墓贼昼夜抢着发掘的情景，都让人惊心。150座墓已经被盗了大半，你怎么会知道究竟还有什么样的文物落入盗墓贼之手？

1998年，楼兰墓被盗，张玉忠带着人前往，就是今天再次被盗的地方。在此之前，考古界从来都不知道这里有大量的古墓，更不知道这里有精美的彩棺墓。所以张玉忠听说挖出了彩棺的第一反应是“假的，骗人的”。

在追回的10件文物里，竟有3件是国家一级文物。那个3800年前的白种人婴儿干尸，就是张玉忠在回来的路上捡到的。

尼雅被盗、山普拉被盗、洋海遗址被盗，几乎没有盗墓贼不到的地方。更重要的是，每一次盗墓都有惊人的考古发现，人们对楼兰的认识，对丝绸之路的认识的新篇章，许多都是盗墓贼揭开的。

保护！保护！

楼兰是新疆的，也是中国的，更是世界的。中国社会科学院考古研究所研究员孟凡人说。但是我们对楼兰知道的太少了，1949年以来，我们对楼兰所做的工作，加起来还没有100多年前外国人做得多。

1901年，斯文·赫定发现了楼兰，使这座消失了1500年的丝绸之路上的重要城市重现于世。

1906 年和 1914 年，斯坦因两次进入楼兰，并在楼兰周围发现十多座城址、寺院，他对这些遗址进行了编号。上文提到的 LE 城就是经斯坦因发现并编号的古城之一。

而现在对于楼兰的认识，还是基于 100 多年前的发现。“我们做的规模极其有限，和斯坦因根本没法比。100 年前是什么条件？只有骆驼，在沙漠里进行长途的跋涉，1500 年前古人走过的丝绸之路，他们都一步步地走过来了。现在是什么条件？说起来真是惭愧。”

张玉忠向记者介绍，1979 年，中国的考古学家才第一次到达楼兰。这还是因为中日要合拍丝绸之路的电视片；1980 年考古学家初次对楼兰孔雀河墓地进行了小量的考察，发现了楼兰美女，并对古墓沟的“太阳墓地”进行了发掘。1988 年中青旅搞中日探险，请考古方面进行了文物普查。张玉忠说，他们基本是跟在旅行社和石油勘探队的后面，给一点钱搞一点，对楼兰全面的考察根本就没有。而在学术方面，张玉忠说只有 1988 年《文物》杂志上有一篇楼兰的考古报告发表。对于楼兰，对于丝绸之路，可以说是整个面目不清，楼兰究竟有什么？西域都护府在哪里？西域三十六国是怎么回事？东西方文化是怎样交流的，给我们留下了什么？这些我们都不知道，都要花投入，花大力气去做。

张玉忠说国家的文物政策是配合基本建设搞发掘，但楼兰的荒漠里有什么建设？这一条显然和新疆的实际情况不相适应。

他说，当务之急是国家拿出款项，赶快对楼兰地区的文物摸清楚，在摸清家底的情况下，再设法保护。否则连哪有文物都不知道，保护就是空谈。

过去楼兰保护得好，主要不是我们做了什么，而是大沙漠保护了楼兰，那是人到达不了的地方。从 1990 年至今的十多年情况大变，石油的地质测线，打破了罗布泊所有的神秘，让沙漠变成了一个四通八达的地方，只要有一辆 212 吉普，任何人都可以到达楼兰，防不胜防。照这样的速度发展下去，不出几年楼兰就要被挖光了。

罗布泊，小河墓地惊世再现

在他们的最后睡眠中，一切都忠实地汇入了死亡。亲属们为他们准备了阴间的给养和维持以往人间生活的一切象征性物品。数不尽的风暴在他们头上呼啸，在宁静的夜幕下，永恒的星河就高高悬挂于头顶，每一个夏季，火一样燃烧的太阳都会照射在他们的躯体上，他们如此幸运地得以长时间拥有着一个和平的安息地，直到某一天，有陌生人来到这里，才搅扰了他们不醒的长眠——就为了发现一些未知的东西，为了揭开在这块孤寂的中亚大地上保持了如此长久时间而渐渐被人们遗忘的疑谜。

——贝格曼

2003年，国家文物局正式批准对小河墓地进行考古发掘。

这艘承载着近4000年前人类文明信息的方舟，带给今天的我们无尽的疑谜。小河，究竟是遗世而独立的另类文明样式，还是一把钥匙，将打开人类文明之谜？

神秘公主的微笑

罗布泊的一个无风的早晨，小河墓地。所有的人都屏住呼吸。

一座船形棺木正在开启。紧绷在棺木上的牛皮断裂的声音沉闷而有力，像从幽深的海水里传出的某种震响。“那声音刺激人的神经，让人兴奋，我感觉那是世界上最好听的声音，那是历史从3800年前走来的脚步声。”曾在现场开启棺木的新疆考古所所长伊弟利斯说。

一个微笑从棺木中传上来，一个凝固而永恒的微笑，但是这个微笑生动而具有感染力，以至于让看到的人都在内心产生了一种愉悦感。这是一个年轻女人的脸。这是一具年轻女性的木乃伊，头戴尖顶毡帽，微闭着双眼，楚楚动人的眼睫毛像一排幼松似的挺立着，上面蒙着一层细细的沙尘。

这是一个具有欧洲白种人特征的美人，她让人想起70年前贝格曼向人们介绍的“神秘微笑公主”。

1934年，瑞典人沃尔克·贝格曼向西方世界介绍他在中亚腹地的惊世发现。“高贵的衣着，中间分缝的黑色长发上戴着一顶装饰有红色带子的尖顶毡帽，双目微合，好像刚刚入睡一般，漂亮的鹰勾鼻、微张的薄唇与露出的牙齿，为后人留下一个永恒的微笑。”

贝格曼把她称作“微笑公主”。

作为斯文·赫定组织的西北联合考察团的成员，贝格曼在新疆塔里木盆地罗布泊发现了一个“有一千口棺材”的古墓葬。贝格曼把它命名为小河墓地。他的“微笑公主”就是出自这个墓葬之中。

但是“微笑公主”在惊世一现后，就又沉入沙漠。从此之后再也没有人能够找到她。

70年过去了，当又一位小河“公主”的神秘微笑再次在考古工作者手下浮现时，小河——这个让世人牵挂猜度了半个多世纪的墓地终于开始揭开重重疑谜。

2003年国家文物局正式批准对小河墓地进行考古发掘。“在这之前，我们每个人都熟读了70年前贝格曼写下的考古报告《新疆考古记》，我们知道小河所包含的人类文明之谜将由我们亲手揭开。”伊弟利斯说。

贝格曼的小河

贝格曼的文字仔细记录了他当年艰难的发现之旅。

1934年初夏的一天，贝格曼考古队行进在塔里木盆地的罗布荒漠中，他们的目地是寻找一个“有一千口棺材”的古墓葬。此时他们已经渡过了孔雀河，在沙漠里转悠了15天了。

担任向导的是罗布人奥尔得克。就是此人，1900年领着斯文·赫定发现了消失在历史长河中1600多年的楼兰古城。在斯文·赫定离开中国后的33年里，奥尔得克已经变成了72岁的老人，但他一直在等着斯文·赫定，要告诉他自己的另一个重大发现：在孔雀河边的荒漠中，他发现了一座有一千口棺材的小山，那是谁也不知道的古迹。

按奥尔得克指定的方向，应该是在库姆河（孔雀河的一个支流）以南地区，但渡过库姆河之后贝格曼发现，这里的原野布满了雅丹、沙丘和柽柳墩，就如一个巨大的迷魂阵。贝格曼发现他们在原地打转，走了一上午来到的竟然是昨天曾经来过的地方，一个小湖湾。

晚上奥尔得克的一个同伴病了，而他自己在半夜里突然从梦中惊醒，说是看到了可怕的幽灵。第二天的奥尔得克开始一个一个地讲故事，他说，那座具有坟墓的小山已经消失在新形成的湖泊中，再也找不到了。又说那是一个有"伊比利斯"（魔鬼）守候的地方，任何靠近它的人都要遭受灭顶之灾。"我开始怀疑是否有这样一个地方，或者他是否真的去过那里。"贝格曼说。

考察队意外地拐向了一条库姆河的支流，这是一条没有名字的河，贝格曼随口把它叫作"小河"。

考古队沿着小河边测量绘图边前进。这时已是6月2日，沙漠里的天气变得特别热，所有的人都汗流浃背气喘吁吁，而周围的牛虻闻味而动，"可怜的人们几乎要发疯了"。

就在这天傍晚，奥尔得克找到了他曾发现的墓地。

奥尔得克就像是走进了梦境，迷迷糊糊地张望着，谛听着，他久久地凝望着一个小山包一言不发，而此时人们都在忙着搭帐篷，准备晚上的营地，突然奥尔得克指着那个山包大叫："那……就是它。"

塔克拉玛干是一个死寂荒凉的世界，但是它的每一次发现都震惊了西方世界。

贝格曼关于小河发现的《新疆考古记》于1939出版。

《斯文·赫定率领的中瑞联合考察团报告书》到1982年出版，达到了54卷的宏大规模。

66年沙海沉没

小河墓地自贝格曼发现之后就在沙海中神秘地消失了踪迹，之后的66年再也没有人能够找到它。

当年贝格曼在这里只进行了粗略的工作，发掘了12座墓葬，带回了200件文物，相对于贝格曼描述的一个巨大的古墓群来说，这些东西太简单了。

1935年西北考察团的工作因为中国时局混乱而中止，从此斯文·赫定、贝格曼等人再也没有机缘回到让他们魂牵梦绕的罗布泊。中国继而经受持续的战争之苦，解放后罗布泊又因为核试验而成为一块禁区，遥远的沙漠里的小河就这样进入了一个长久的冰冻期。

“找到小河墓地，一直以来都是中国考古学家的夙愿。”69岁的新疆考古所原所长王炳华说。他是中国考古工作者中寻找小河墓地的第一人。

1979年对于丝绸之路的狂热由日本传入刚刚开启国门的中国。日本NHK电视台和中国中央电视台合作拍摄《丝绸之路》，新疆考古所原所长王炳华、穆顺英被选作了寻找楼兰的考古专家。

王炳华乘车在马兰基地的帮助下一直向西寻找楼兰。这是新中国考古学者在楼兰发现半个世纪后第一次到达这里。

“我带了一支考古队进入了孔雀河下游，寻找小河墓地，曾经深入了相当一段距离，但因种种曲折没有找到。”王炳华说。这一次小河墓地虽然没有找到，但却意外地在孔雀河谷发现了“太阳墓”，而另一支队伍中的穆顺英也意外地在孔雀河下游支流发现了“楼兰美女”。这是一具戴插着羽毛的尖顶毡帽的女木乃伊，是一个棕色毛发高鼻深目的白种人。太阳墓和楼兰美女的发现再一次震动世界。

进入20世纪80年代，中国考古工作者才进入罗布泊工作，在这一时间进行的楼兰文物调查中，小河墓地还是没有找到。

“小河最让我萦怀。在塔克拉玛干的古代废墟中只有小河是最神秘的，它只揭开了一角，就神秘地消失了，而它所透露的信息存在着巨大的诱惑。”王炳华说。

小河再现

2000年12月11日，65岁的王炳华和一个摄制组共10个人5峰骆驼，带着水、食品和帐篷，再次开始了寻找之途。王炳华的骆驼上驮着贝格曼的考古报告，身上装着贝格曼当年绘制的路线图，手里拿的是最现代化的卫星定位仪——这样的仪器要比当年的奥尔得克厉害得多。

"凭着卫星定位仪我们不停地调整方向，并随时捕捉每一点有用的罗布泊的历史文化信息。"王炳华说。

越往前走，生命的气息就越小，渐渐地枯死并倾倒在地的粗大的胡杨、稀稀落落的红柳在慢慢减少，偶尔可见的兽迹也终于完全消失，周围的沙山越来越高大，沙山连绵起伏，每前进一步都异常艰难，但小河墓地却渺无踪影。

在最后的时刻，王炳华也产生了游移，"晚上睡在零下20多摄氏度的睡袋里，喝带冰的矿泉水，吃干硬的馕，步行到第三天，我曾经有过动摇，身畔连绵起伏的沙丘无边无际，沙峰相对高度总有二三十米，我们每走一步都无法克制地退半步"。

根据测算，墓地可能还在30公里外，这已是寻找的第四天，干馕和冰水已经所剩无几，再往前走能保证整个队伍安全走出沙漠吗?

"再坚持3个小时，就3个小时，不行就往后撤，我咬着牙做出了决定。"王炳华说。

就是这可贵的3个小时的坚持，小河墓地出现了。

小河墓地在一片低矮的沙丘之中显得高耸而挺立。其实远在4公里之外就可以看到它，只是因为人在沙漠里转晕了很难一下认出它。它浑圆而巨大，它的顶部似乎有一片很密的死胡杨林，这使它不同于一般的沙丘。当年贝格曼远远望见这些胡杨木的时候，以为是因为过近的树距使得这些树互相支撑没有倒下。很快他就搞清楚了那不是树林，而是一些矗立的木柱，它们密密地插在沙丘的顶部，强烈的沙漠风暴和烈日已经将它们顶部劈开了花，但它们依然倔强地兀立着。"虽然时间已流逝了66年，但小河墓地总的形象并未显出什么大的变化，依然是20世纪30年代初呈现在人们面前的身影。"王炳华说。

王炳华止住了所有人的脚步，他以一个考古学家的身份和眼光先围着墓地转了一圈，留下没有扰动的资料，然后走上了沙丘。

“墓地沙丘上，层层叠叠、错乱散落的是难以尽数的弧形棺板，它们大小不一，厚薄不同，粗略统计，总数当在140具以上。部分白骨、浅棕色毛发的儿童干尸，尖顶毡帽、尸体裹身的粗毛布、草编小篓散落在棺板之间。”

小河归来的王炳华来到了北京大学，向世人刊布了小河墓地重新发现的消息。

一个在沙漠中沉睡了近4000年的文明被现代人唤醒。

天上掉下来的小河?

这是另一种样式的文明，与我们所熟稔的古代人类文明全然不同。

如果从空中看下去，小河墓地一定像一条船，漂浮在茫茫沙海中。

时间不经意地给我们留下了小河墓地。

小河让我们体味的，是一种文明的荒凉与孤寂。

2002 年，小河墓地出现在新疆考古所所长伊弟利斯眼前。“真是一座死亡的殿堂。”伊弟利斯感叹道，“墓地被破坏得相当严重，当年贝格曼看到的已经不是小河墓地的原生态，而我们看到的更惨烈。”新疆考古所对小河墓地进行了初步的考察并试掘，2003 年，国家文物局正式批准进行考古发掘。

红色的死亡殿堂

看来这死神的立柱殿堂，曾经笼罩在一片耀眼的红色之中。人们将这些木质纪念物涂成红色，缘于对魔法的敬畏肯定大于对美学的追求。红色是血的颜色，即生命的颜色。

——贝格曼

到过小河墓地的人，留下的第一个强烈的印象就是小河墓地的沙山上密密麻麻矗立的多棱形、圆形、桨形的胡杨木桩。

这些木桩大约有 140 多根，大都是 4 米多高，相当的粗壮。不知在哪段岁月的深处，也不知何人将它们都砍斫成了多棱柱，从 7 棱体到 11 棱。“7 和 11 是小河墓地常出现的数字，这个数字很神秘，似乎大有深意。”伊弟利斯说。

在这些密密的立柱中间，杂立着被雕成长卵形的立木，粗大的木头的顶部被加工成了卵圆形，它们浑圆的线条和多棱柱形成一种对比，显示出一种不同寻常的意蕴。

这里最耐人寻味、也最让人费解的是一种桨形的胡杨木桩。它们是一种极度夸张的桨形，宽度远远超过一般的人们常识中的桨，而且，上方通常被涂成黑色，下方是血红色，在下方红色的部位刻画着数道横向的装饰纹。贝格曼曾百思不得其解，最终他不得不抛开“何以如此之宽”的疑虑，断言：“不管怎么说，这些桨形物预示着埋葬在这里的人们生前经常划桨。”

为什么要把如此多的木桩立在沙丘上面？它们是做什么用的？贝格曼让猜测的目光沿着柱子一直向上，他认为立柱上面可能会有屋顶，并且在很久以前就被风吹离了。

然而正确的路径是要将目光向下，向着那沙子深处的坟墓。

69 年后，当考古队向下挖掘的时候，推翻了屋顶的推测，它们的结论出乎意料又匪夷所思——所有的木柱都是死者拥有的纪念物。

男根与女阴：死对生的崇拜

当考古工作者手中的工具向下探寻时，墓地表面立柱森林的秘密展现了出来。露在沙丘表面的仅仅是立柱的一部分，它们的大部分都在沙土的深处。每一个粗大的立柱下面通常都有一具棺木。死者头部前方和脚后各有一根立柱，通常头部的立柱粗壮高大，脚部的立柱细小一些。

从一个巨大的立柱向下，揭开沙子，达到一米多的深度的时候，就会发现下一层的棺木，而更下一层棺木的立柱的顶端已经和上一层的棺木、立柱“犬牙交错”在一起。

“当我们基本搞清楚这些立柱的作用时，反而被我们自己的发现镇住了。它太奇怪、太独特了，你在世界的任何地方都不会找到第二个这样的墓葬方式。”伊弟利斯至今还沉浸在小河的神秘氛围里，眼神里有一种迷茫的雾气。

立柱根据死者的性别不同而不同。男性死者的头部立柱是桨形的，女性死者的头部是顶端被加工成卵圆形的立柱。两种不同的立柱分明指向不同的象征物，有着不同的意义。

“卵圆形立柱象征男根，桨形立柱象征女阴。这种指向毫无例外。”伊弟利斯说。

矗立在墓地中央的一根高大的、顶部呈尖锥状的立柱有了最终的归属。它是属于一位年长的妇人的。这是目前发掘出的最大的一个“男根”，它通体被涂成红色，上端线条浑圆，中段被雕成 9 棱形，立在老妇人棺木头部的位置。

考古工作者们更愿意把这个老妇人看作一位身份显赫的人物。在她头部的立柱之间，还插着一根木柱，上面悬挂着一个巨大的牛角。老太太的尸体保存得非常完好，她的面庞看起来很瘦削，安详地微闭着双眼，有一种说不出的满足感。正如“男根”一样，“女阴”同样以夸张的大比例显示着它的非同凡响。它们和粗壮的“男根”一起，组成了小河墓地神秘而惊世骇俗的生殖崇拜文化景观。一位历史学家说，人类早期文化中对生殖的崇拜在很多民族的遗存中都有发现，但像小河这样的极度的崇拜方式却从来没有见过。

草编的文明

没有陶器、铜器，更没有铁器。草、木、毛是小河生活的重要组成物。小河所提供的文明信息是完全陌生的。

小河墓地西区已经进行了 1.8 米深的考古发掘，在这个深度里，发掘了二层墓葬 33 座，获得服饰保存完好的干尸 15 具，发现祭祀遗址 2 组。底下有多少层还不好说，一层棺木就有可能是一个时期的文化遗存。小河墓地的沙丘不是自然形成的，而是长时间以来一层尸体一层沙，一层沙一层木桩堆垒起来的。

现在，当考古学家一层一层揭开历史的时候，是向着 4000 年前一步一步回溯。

一座棺木正在被打开。

清除层层细沙之后，是一具呈橄榄形的棺木。棺木上盖着三张板结而坚硬的牛皮。牛皮是在新鲜的时候盖在棺木上的，它们在干燥的过程中不断地紧缩，最后紧紧地将整个棺木裹住，其表面变得如盾牌一样坚固。棺木在牛皮的包裹下新鲜如初，棺内甚至没有一颗沙粒进入。墓主人安静地躺在里面，睡着千年长梦。

小河墓地上至今为止所有发现的没有被搅扰过的棺木，全部用牛皮包裹。可以想象，众多的牛曾被当场宰杀。

一个巨大的“桨形立柱”竖在死者的头部。在立柱和头部之间，是一个草编的小篓，篓口被白毡封住，里面是麦粒和一些糊状的食物。他的头部还插着一块木桩，上面悬挂着一个巨大的牛头，牛头历经岁月已经变得洁白无比。

揭开牛皮，棺木露出，通体红色，颜色很鲜艳。两枝胡杨树干被加工成了比人体稍长一些的“括号”形，“括号”两头对接在一起，两端事先雕好的槽中楔入挡板固定。棺盖是十多块宽度依棺木弧形而截取的小挡板。当牛皮包裹上去时，这些摆放上去不加固定的小挡板便非常牢固。

当年满沙丘的走到哪里都会碰脚的弧形木板很是让贝格曼困惑，他无法想象它的用途，直到发现了未经人触碰过的棺木，贝格曼才恍然大悟，原来那些满地皆是的弧形木板，是死者棺木的侧板。

棺木：一条没有船底的船

所有的棺木都没有底，小河人就包裹着他们的毛布大斗篷睡在沙子上，如果用一个形象的比喻，小河人的棺木像一条船，只是这条船没有船底。

小河墓地的发掘显示，青铜已经出现，但似乎并没有成为人们日常使用的工具或器皿，它可能是小河人的一种饰物，或者因某种象征意义而镶嵌在木制品上。草、木、毛是小河生活的重要组成物。

草编小篓似乎在小河人的生活中扮演着更重要的角色，在没有陶器、铜器，更没有铁器的生活中，草编小篓似乎就是唯一盛食物的器皿，每只小篓上都有的提梁，提示着无论走到什么地方，小篓始终提在小河人的手上，须臾不曾离开。小篓织得很密实。它们有鼓腹形的，有圆柱状的，有圆底的，有尖底的，形态各异。它们用植物的茎秆、根茎纤维绞编而成，当年的人们巧妙地利用草的不同光泽和质地，编出明暗相间的三角纹、阶梯纹，最为神奇的是，这些最易腐朽的草，却历几千年而簇新如故。沙漠的干燥气候，将小河的一切信息都完整地保存了下来。

“制作这些小篓需要相当的技巧，他们对形状与比例的掌握值得钦佩，完全可与那些在这里出土的所有木桩上面的雕刻花纹相媲美。”贝格曼当年如此叹道。腰衣是小河人主要的穿着。那是一种羊毛织物，一窄条儿，下端有饰穗，男人的比女人饰穗短些，仅仅护住阴部，女人的饰穗长些，有的可以达到膝部。一双牛皮或猞猁皮缝制的短靴子，靴底毛朝外，其余部分毛朝里，一根粗绳将靴子拴在脚踝上，然后就是一个大大的斗篷，长而宽绰，不加任何缝制，不加任何色彩，除了底边的用经线结出的稀疏的穗饰外，就是一块大大的方形毛布，但它可以将人从头部包裹到脚部。

“推测这就是当时人们生前穿着的外套，它们或披或缠绕在身上。”贝格曼的文字说，“在冬季零下20多摄氏度的罗布荒漠里，这些衣服显得有些单薄。”

小河人最具有文化信息代表性意义的装束当属男女老幼头上戴的尖顶毡帽。帽子通常是本色羊毛的，白色的羊毛上缀着红色的线绳，帽子的左侧缀有白鼬皮，有的鼬头悬在帽子的前部。帽子上还绑有羽饰，它们是用红色的鲜艳的毛线绑在木桩上，然后插在帽子上的。

麻黄枝被安放在每一个死者身旁，它们肯定在当年被认为是一种非常神秘的植物。据说，印度的袄教徒认为麻黄为不朽之物。另外一些宗教从麻黄里提取汁液，并在宗教仪式上喝这种汁液，他们认为这种汁液有防腐的作用。

随风飘舞的长羊毛穗饰，手臂上简单的玉珠，脖颈上粗毛线捻成的项圈，都透露着一种朴素的美的追求。

小河的文明样式是另一种的，和我们所熟稔的古代人类生活全然不同。

孤零零的小河

为什么会孤零零的只有一些坟墓？小河带来了难解的谜团。我们看到了小河人的死，却找不到他们生的痕迹。

“这么大的墓葬群，按常理讲，在墓地的周围应该有人类生活的遗址，但是在小河周围5公里的范围内，我们没有找到同时期人类活动的遗迹。”伊弟利斯说。

那么小河墓地是怎么来的？为什么会孤零零的只有一些坟墓？难道小河是从天上掉下来的？

小河墓地从棺木到立柱，使用了大量胡杨木，有的胡杨的直径竟然有50厘米。成排的柱子和木栅栏，让人感叹小河人的“奢侈”，但在小河流域里，在墓地方圆十多公里以内，不见任何乔木，即便是死亡的胡杨的残根都没有。小河大量的木材从何而来？就算是环境发生了很大变化，桑田沧为沙漠，也应该有死去的树林，因为同时期的墓地上的立柱还保存着。

墓地上的立柱都是经过加工的，从痕迹来看应该是用特殊的工具砍斫的，但在小河墓地，至今还没有找到加工这些木头的工具，是石器还是铜器或者是玉器？如果将来还找不到加工工具，那么可以初步推断，它们的加工地点不在墓地，那么，它们可能是在什么地方加工的？又是怎么运来的？

在小河以东175公里的地方，是著名的楼兰遗址，它所代表的楼兰文明和小河一样同处于罗布沙漠的大的地理环境中，但是楼兰文明的物质表达方式和小河完全不同，并且比小河晚1600年左右。

“小河是世界考古史上的孤本。”伊弟利斯这样看。

唯一可以和小河联系起来的可能就是王炳华于1979年在孔雀河下游发现的古墓沟墓地，这个墓地和小河墓地基本上处于同一时期，其中的木乃伊和小河墓地的一样，是棕色毛发，高鼻、深目、薄唇，呈现出强烈的非蒙古人种特征，古墓沟墓地人也使用草编的小篓戴尖顶毡帽。但是他们的墓葬形式决然不同，古墓沟是用七圈木桩摆成7个巨大的同心圆，由一排排6米长的木桩排成一道道的放射线，在大地上形成一个光芒四射的太阳形。太阳的中心葬的全是男性。“发现如此众多的古老墓地，更进一步增强了现实的罗布荒原的凄凉与孤寂。”这是当年贝格曼的感觉。这种孤寂一直延续到现在，它不完全是自然环境带来的荒凉感，更是一种文明的孤寂与荒凉。时间不经意地给我们留下了小河墓地，还有多少人类的文明永远沉沦和毁灭了呢？

刀郎木卡姆：人间非典型音乐

现代维吾尔语中，木卡姆一词主要的意思是指“大型套曲”，同时还有法则、规范之意。“维吾尔木卡姆艺术”，这是对流传在新疆的木卡姆文化的一种涵盖方式，在这个大框架下，有十二木卡姆、刀郎木卡姆、吐鲁番木卡姆和哈密木卡姆。

木卡姆不仅是刀郎人的，也不仅仅是新疆的、中国的。从中国新疆最东面的哈密地区到摩洛哥的塔尔法亚，在东西长达 1.2 万公里的范围内，19 个伊斯兰国家的 4 亿多人享有这一文化盛宴。

如果用一条红线将这些地点连接起来，就是一条和丝绸之路完全吻合的道路。一个绿洲到一个绿洲，一个国家到另一个国家，一段行程到另一段行程，一个又一个民族在同一格式里填加了自己的色彩，每一次传递，既是一次继承，又是一次创造。

刀郎是什么“郎”

刀郎。刀郎河。刀郎人。刀郎木卡姆。

刀郎是个什么“郎”？是指佩戴着刀子的男子吗？

在中国的地图上，你的眼睛一直向西，向西，再向西。找到新疆，找到喀什，再向西南方向，你会看到崇山峻岭的喀喇昆仑山和昆仑山上，有一条细幼的河蜿蜒而下，这条河上标有一个陌生又好听的名字——叶尔羌河。河在塔克拉玛干沙漠的西南部，画了一个弧和塔里木河连接在了一起。

在这条河的丝带上，你可以看到这样的一颗一颗的黑珍珠：莎车县、麦盖提县、巴楚县、阿瓦提县。

就是这里了。一大片一大片黄色的沙漠，一小块一小块人类可以居住的绿洲。沿着这条河滋养的绿洲生活的人，他们把自己称作刀郎人，他们把这条叫叶尔羌的河称作刀郎河，他们把自己唱的歌跳的舞叫做刀郎木卡姆。

刀郎一词的汉译，是“一群”“成群而居”，刀郎人，也就是成群居住的人。麦盖提县志载，这里直到1928年才设“三等县治”，原来只是一个居落。至于刀郎人来自何处，更是有诸多说法，一种是刀郎人是古代莎车王流放的罪犯、囚徒，他们在这蛮荒的地方狩猎游牧，定期向莎车王缴纳猎物作为供品。另一种说法是刀郎人是蒙古人的后裔。蒙古帝国征战亚洲、欧洲的过程中，一部分战败的将士不甘心沦为囚徒，逃入沙漠边的荒林，成为后来的刀郎人。

虽然无法确定哪一种说法更真实，但学者们都注意到了刀郎人与维吾尔人的不同。比如他们的面相，有浓须黑发者，也有皮肤白皙者；有高鼻深目，近于欧洲人的，也有面部扁平蒙古人种的特征更明显的。比如，他们的语言，有些词汇是维吾尔语中所没有的；比如，他们的宗教信仰似乎更为淡泊，妇女少有蒙面纱的，女人也可以参加刀郎木卡姆的舞会。

他们可能是最后一支融入维吾尔族的人，接受伊斯兰教也是不远的事。如今他们的很多历史都淡漠漫散了，只留下一下名字：“刀郎人”。

音乐的最高境界是天籁——上天之音。

木卡姆来自人间，是人间音乐。

但木卡姆不是一般的音乐，它只是借用人的肉身，发出心灵的吟唱。

一个民族从小是被音乐喂养，是跳着舞蹈长大的。

十二木卡姆犹如一首摇篮曲
维吾尔人伴随这首乐曲诞生；
没有木卡姆的婚礼不会热闹
离开木卡姆的麦西热甫死气沉沉

老翁和老妪听了木卡姆乐曲，

衰老的身躯便会顿时焕发青春
据说垂危者听了木卡姆乐曲
灵魂将得到安息，死后化为天神
——维吾尔诗人铁依甫江

2005年12月25日，联合国教科文组织在巴黎宣布，包括刀郎木卡姆在内的中国新疆维吾尔十二木卡姆为第三批“人类口头和非物质遗产代表作”。

被刀郎木卡姆撞到了心

作家王蒙说他永远忘不了第一次听到刀郎木卡姆时所受到的冲击和震撼。

1964年被“流放”到新疆的王蒙来到叶尔羌河畔的麦盖提县，早晨8点，他就听到了两个年轻女人的大声歌唱，她们一边干活，一边唱，那歌声就像“呐喊一样”，“响亮、多情、急切、期待回应”，“又像是一种挑战，放肆地发泄，自唱自调，如入无人之境”，她们整整唱了一个上午，中午稍稍歇息，下午又一直唱到太阳快要落山。

王蒙用这样的诗句来描绘自己的感受：

你热烈的呐喊如岩浆迸发穿透万年的地壳
是哭泣是欢笑是死亡是生命愤怒的冲决
你灌溉茫茫荒野戈壁千里泻下情感的大雨

你温柔的体态如鱼儿渡过飘浮洁白的云朵
是拥抱是羞怯是初交是分手别时含泪的一瞥
你打开千渠万河的门禁瞎子看到了遍天的星斗

凡是听到刀郎木卡姆的人都会有一种突如其来的被撞击感，会愣在那里不知所措。音乐的无形无影无踪竟然能让人受伤，“怦然心动”，古人造了个词，用在这里最合适，刀郎木卡姆能撞到人的内心深处。

在向联合国申报非物质文化遗产的申报书中，对刀郎木卡姆的描绘用了“野性”这个词。

它是野性的。中国艺术研究院研究员田青说，刀郎木卡姆是音乐家驾驭不了的音乐。在音乐上它既不是中国音乐的五声音阶，也不是西方的十二平均律。它的节奏变化多端，存在大量的中立音。田青解释，中立音是“钢琴黑白键缝里的音”，音乐家的耳朵能听得出来，但只有经过严格训练的人才能将它唱准。

没有人能够唱那么高的音，没有人掌握得住那么多细微的变化，更没有人能够控制住情感一泻千里的溃决。

刀郎木卡姆所有套曲都是由苍老的男声呼唤开始。一行十多人跪在沙地上，所用的乐器都保持静默，一个沙哑的声音开始起调，那声音端直着向云端爬升、再爬升……

“外安拉——”“外安拉——”“外安拉——”呼唤一声比一声急，一声比一声高，无路可走，上气不接下气，黑云压头，但依然要曲折迂回地上升。

连续十二个呼唤后才放声唱出：

情人啊，你是来把我瞧瞧
还是来把我烧烤？
莫不是要让熄灭的情火
又在我心田里熊熊燃烧？

达甫手鼓猛地响起，散漫无际的呼喊突然折断了翅膀，从云端坠落下来，众声合唱。人群在这时突然舞动起来，男男女女都成了舞蹈者。

这就是集乐、舞、歌于一体的刀郎木卡姆。

木卡姆伴随着维吾尔人的一生，一个婴孩出生听到的第一个歌唱，是木卡姆的旋律，从此一生便与木卡姆不可分离。出生礼、成人礼、结婚礼、生子礼；丰收、盖房、喜事、哀伤、爱情，都要举行木卡姆，每一种感情的表达，都可以木卡姆来宣泄，一年中每一个时令，一生中每一项大事，都不能缺少木卡姆。

木卡姆艺人天生都豁达、乐观，他们是一群特殊的人，举止幽默，语言诙谐，很多人在一场场的木卡姆中遭遇了一段段的风流艳史。

陕西人秦钟在刀郎人生活了30年，他见到的刀郎人是“随时都会唱起来，跳起来。2岁刚会走路的孩子，到七老八十的老汉，会说话就会唱歌，能走路就能跳舞”。

他举例说，县上要开现场会，到了跟前还不见乡里筹备，问乡里的干部怎么还不动，乡里说不敢过早通知，一通知人就会聚起来，人一聚起来就会唱歌跳舞，一唱歌跳舞就会忘记一切。

活在民间的《诗经》

在中国之前，伊拉克的伊拉克木卡姆，阿塞拜疆的阿塞拜疆木卡姆，塔吉克斯坦、乌兹别克斯坦的沙土木卡姆已经申请并分别获得了联合国“人类口头和非物质遗产代表作”。中国新疆维吾尔木卡姆因其多样性、综合性、完整性、民众性而再次被列入。

中国到目前为止，只有昆曲、古琴申请成功。（另有蒙古长调与蒙古共和国共同申请）

“昆曲、古琴都是汉文化范畴的、文人化了的、小众的艺术，木卡姆却是全体维吾尔人的”。中国艺术研究院非物质文化遗产研究保护国家中心主任田青说。

“维吾尔木卡姆艺术”，这是对流传在新疆的木卡姆文化的一种涵盖方式，在这个大框架下，有十二木卡姆、刀郎木卡姆、吐鲁番木卡姆和哈密木卡姆。

十二木卡姆是由十二个大型的套曲组成的，其中每一套套曲中都包括“琼乃额曼”、“达斯坦”、和“麦西热甫”三部分。

“琼乃额曼”是大曲之意，这里包含着叙咏歌、器乐曲、歌舞曲等。“琼乃额曼”是至今可以咏唱的“诗”，它让人联想到只留下词牌而失佚了歌唱的宋词。上个世纪80年代，研究十二木卡姆的人们发现，一部名为“阿比倩希曼”（意为泪水、眼泪）的木卡姆套曲中的琼乃额曼部分，竟然包括了39种曲调、填有244首古典诗歌，它们都是13世纪、14世纪维吾尔杰出诗人的作品。

“沙它尔”琴的声音从悠远悠远的古代传来，咏叹式的男声独唱低回婉转。

美人，你那新月般的眉毛已使我折腰

我怎能仰视你那太阳般光辉、夺目的面庞
每当我把你的身材、樱唇、秀发称颂
我的心就愈是充满无边的感伤和惆怅

十二木卡姆的第二部分“达斯坦”是叙事歌曲、器乐曲。如果琼乃额曼是用音乐进行心灵的咏唱，那么达斯坦就是用音乐讲的故事，长长的、凄美的爱情故事；悲壮的英雄故事，离奇曲折的民间传说，而这些就是口头流传的历史，正如古代地中海沿岸传唱的《荷马史诗》。

在泥屋的炕头上，在深沉的夜里，艾捷克的琴音，孩子闪烁的眼睛，维吾尔人就是这样度过童年。

第三部分“麦西热甫”是属于田野果园集市的，它是“欢乐颂”，是“狂欢节”，是舞蹈的精灵。成千上万的人随着麦西热甫旋动肢体，佝偻的身躯在一瞬间灵动，看了麦西热甫，你会明白舞蹈和肢体是否纤美毫无关系，它只和一个人生命韵律有关，只和一个人的心灵的丰富有关。

宫廷之“雅”，家国之“风”，民间之“谣”。如此结构宏大的十二木卡姆演唱下来，需要 24 小时的时间。而流传于各地的木卡姆又各有自己不同的风韵。

“风”、“雅”、“颂”，这是孔子整理的《诗经》的结构，可以想象当年的“关关雎鸠，在河之洲”且舞且唱的情景，一定和今天的十二木卡姆的歌、舞、乐三为一体的形式有神通之处，但是如今的《诗经》已经被文人筛选裁剪，又经 2000 多年的岁月而遗失了原有的歌与舞蹈，只变成了扁平的文字，而木卡姆就是活着的《诗经》。

据说十二木卡姆是公元 16 世纪莎车王的妃子阿曼尼莎汗收集整理的，阿曼尼莎汗的家乡就在现在刀郎人居住的刀郎河边。阿曼尼莎汗因为难产而死，早些年十二木卡姆还没有到达“高堂”被人所认识的时候，我曾经去拜谒过她的陵墓，一片荒坟中，一个大土冢旁边紧挨着一个小小的坟，她让她失去生命的孩子紧挨在她身旁，让人觉得楚楚可怜。一代莎车王妃，留下传世绝唱的女子身后竟如此简单、草草。

美人，你那新月般的眉毛已使我折腰

我怎能仰视你那太阳般光辉在夺目的面庞

或许关于阿曼尼莎汗整理十二木卡姆只是传说，但相信当年这个维吾尔女子一定有让人折腰的新月般的眉毛和太阳般的面庞，只是如今一切皆成尘土不可追寻了。

丝绸之路　音乐之路

十二木卡姆是“非物质”的，更是口头的。千百年来，它或高达于宫廷，或碾转于民间，都以口头的方式流传。

我们现在知道的十二木卡姆是1951年一个叫吐尔迪阿洪的木卡姆老艺人唱的。十二部木卡姆，他需要整整24小时的长度才能唱完。一名叫万书桐的汉族音乐家，用一台美军留下的处理品——老式钢丝录音机，把这流传了千年的恢弘的音乐作品捉住并保留了下来。

5年之后，吐尔迪阿洪就去世了。从此世界上再也没有人能够完整地演唱这24小时的“长歌”了。尽管现在有了非常先进的科技手段，人们也想尽办法培养后辈，但到目前为止，还是没有一个人可以完整地演奏（唱）十二木卡姆。

吐尔迪阿洪是一个木卡姆世家的第五代传人。这样的传承延续了上千年。

从哈密到吐鲁番，再到库车、莎车、喀什，翻越昆仑山到达中亚，再到印度、埃及一个绿洲到一个绿洲之间，一个国家到另一个国家，一个民族到另一个民族，不同的民族在同一格式里填加了自己的色彩，每一次传递，既是一次继承，又是一次创造。

新疆的绿洲一直以来都是东西方文化的交汇之地。世界古代印度文明、古希腊罗马文明、古阿拉伯文明和华夏文明在这里交汇传递；世界各大宗教在这里沉淀融合。一开始是萨满教，后来又是祆教、摩尼教、佛教、景教，最后是伊斯兰教。一层宗教覆盖着另一种宗教，娱神，是音乐舞蹈的本初之意。没有人知道，现在人们所跳的舞蹈中，有多少神的影子。

周吉是新疆研究木卡姆达40年的专家，他向东方将木卡姆的根上溯到唐代流行于长安宫廷西域大曲，它们是从西域传入汉家的龟兹乐（今新疆库车）、疏勒乐（今喀什）等。这些当年集歌、舞、乐为一体的音乐早已在中原失传，但在新疆，它们还在木卡姆中活着。

刀郎人为什么要这样唱

如果十二木卡姆以宫廷的雅乐为主，那么刀郎木卡姆就是原汁原味的俗乐。

但是刀郎人为什么要这样唱木卡姆？一个乐队，谁能将高音唱上去并让一口气持久地保持在高音区域徘徊，谁就可以做为乐队的主唱。很多刀郎人因为唱歌而眼睛突出或者得了疝气不得不进行手术。

“木卡姆是刀郎人的皇冠，没有木卡姆就等于没有了生命。”刀郎人热合木·卡得尔说。

热合木是央塔克乡刀郎木卡姆乐队的达甫鼓手，因为个子矮，人们都叫他矮个子热合木。但跪在那里手鼓响起的时候，他成了乐队最高的一个，他将他的手鼓高高地扔到天上，落下来的时候砰然敲响，手鼓在他的头顶飞舞，他就那么闭着眼睛忘情地敲着，进入一种痴狂状态。

不只是热合木一人，所有的刀郎人脸上的表情都是痴狂的、忘乎所以的。

“血液会一下燃烧起来。”热合木的感受是必须要喊出来，唱出来，否则就是死亡的感觉。

“祖先就是这样一代代传下来的，老刀郎人没有文化，不识谱，但那东西就在，就烧烤着你，无法控制。”

热合木和其他刀郎艺人到了法国、英国、日本以及中国很多城市去演唱，不管什么场合，只要他们一放开喉咙，就把所有的场面都震住。刀郎木卡姆因为其民间和生态而备受关注。但是，并不是被震住的人都能听得懂，能理解。

研究木卡姆40多年的周吉用生态学来解释刀郎木卡姆。他首先注意到的是刀郎人的居住环境。

只要明白了刀郎人对自己生活的村庄的命名，就会理解上什么叫蛮荒僻远。以刀郎木卡姆而盛名的“央塔克”乡，意思是骆驼刺——一种沙漠边缘生长的、粗硬得只有骆驼能吃的植物；“尕孜库勒”，意为“大雁翔集的沼泽地”；“库木库萨尔”，意为“大沙包一个接一个”；“昂格特勒克”意为“黄鸭降落的地方”。

湖沼、沙漠、荆棘、荒凉、闭塞。

刀郎人受到的是叶尔羌河和塔克拉玛干沙漠的双重夹击。叶河的洪水将刀郎人一年有半年时间围困着，直到1994年叶河大桥才修通。而人们一走出绿洲就要受塔克拉玛干烈日炙烤、风沙弥漫、孤独寂寞之苦，因此周吉认为：刀郎人有强烈的悲剧意识，他们将自己的木卡姆都冠以“巴亚宛”的名字，巴亚宛的意思是“远离人群居住的，没有水草的荒漠”。悲剧感产生崇高感，崇高感让他们对茫茫无极的沙漠产生了审美，于是，他们唱歌，他们跳舞。他们唱是为了涤荡心中的愁苦，他们跳是为了驱散肢体的劳倦。

再说说叶尔羌河吧，那是条充满悲剧感的河。它在沙漠中扭动爬行，但却越流越小，最终被沙漠完全吞噬。

人沿着河流生存，歌顺着河流传唱，河的一岸是绿洲，另一岸是滔天沙漠。河的一边是绿色生命，另一边是黄色的死亡。一脚迈出甘泉果园，另一只脚就迈进热风黄沙。如果想要到达另一块绿洲，就必须经过寂寞而荒凉的旅途。这就是刀郎人的命运吧。

“以前刀郎人在荒漠中打猎，他将猎物的皮蒙在掏空的胡杨树干上，将动物的肠子做成琴弦，他们发现音乐可以用来歌唱生命。”热合木说，刀郎人唱的都是一个情字：故土、爱情、思念、忧伤、生命与死亡。

没有人像刀郎人这样生活，所以也没有人像刀郎人这样唱歌。热合木说。

因为有了你我的木卡姆
世界不再荒凉
山岭不再寂寞

没有木卡姆就等于没有了生命

2006 年 7 月，新疆麦盖提县央塔克乡的 6 位农民被请到了英国伦敦。

66 岁的玉山 · 亚亚一路上都有点迷迷糊糊。上飞机下飞机，一次又一次地倒腾，最后他们站在了陌生的伦敦大街上。

谁也听不懂他们的话，他们也听不懂别人的话的。“直直的去了，直直的又回来了。”玉山甚至不太清楚他们为什么会去伦敦。

新疆麦盖提县央塔克乡和伦敦之间的距离实在是太远了，这种远不仅仅是地理上的。

2005 年 7 月 7 日，伦敦地铁遭遇了恐怖分子的袭击。英国媒体说，这是二战以来，英国本土遭到的最大的攻击。一年之后伦敦在“学习保持微笑，继续生活”，在一系列的纪念活动中，举行了来自 11 个国家以及英国本土的穆斯林音乐艺术节。

穆斯林、伊斯兰教、恐怖袭击，这些都是让整个世界为之迷惑不解，但又心生恐惧的词。

但伦敦音乐艺术节的主题是“和平”。

7 月 2 日到 7 月 7 日，大型的歌剧院，广场、公园，成千上万的观众。他们被安排连续表演了刀郎木卡姆。

但是当这些刀郎人闭着眼睛歌唱的时候，他们和这个纷乱的世界有多大的关系呢?

音乐喂大的琴师

时间拨向78年前，阿不吉力力・肉孜出生在新疆麦盖提县央塔克乡的一个农民家里，他听到的第一个声音，是一种沉而闷如狂沙扑打窗户的声音，那是父亲弹奏的刀郎热瓦甫——粗粗的羊肠弦被拨动，扑打在生驴皮紧绷的发音器上，“嘭嘭”响声和父亲的歌声浸入了他的生命，父亲用刀郎人最古老的方式弹着琴唱着歌把他接到这个世界上来。

现在已经78岁的阿不吉力力还生活在他出生的央塔克乡，60多年来，他一直像父亲一样用琴声和歌声迎接着新生命的到来，只不过这些生命不仅仅是他的儿子、孙子，而且是全乡的新出生的生命。他在一生做着农民的同时，还在做着歌者。

阿不吉力力出生后不久，母亲就去世了。在他的记忆里，没有母亲的样子，有的只是父亲抱着热瓦甫的形象。父亲每天晚上都会坐在他的床边，就着星光为他唱催眠曲。《巴希巴亚宛》是父亲经常为他唱的，他记得那旋律，是自由的、散漫的散板。他也记得那些词，有的是父亲即兴编的，有的是流传已久的诗。

没有母亲的孩子像鸟儿折断了翅膀，没有木卡姆的人儿像小草一样枯黄。这是父亲一辈的刀郎人所相信的。在这个沙漠边缘的荒凉的地方，木卡姆可以驱赶孤独，木卡姆可以冲淡苦难，木卡姆可以带来快乐。刀郎人用乳汁喂养孩子的同时，还给他们音乐。阿不吉力力就这样在木卡姆的浸泡中长大。

阿不吉力力唱的木卡姆很多都是从父亲那里学来的。他一生没有进过学校，一生很少走出沙漠。现在这个信息连通世界的时代，深陷于塔克拉玛干沙漠的央塔克乡也只能看到一个频道的电视。但是父亲给了阿不吉力力一双神奇的耳朵，不管是东方的还是西方的，只要他听过的音乐，他都能记住并且用刀郎人的乐器弹奏出来。音乐是世界上唯一不需要翻译的语言，阿不吉力力和这个世界联系的方式就是音乐。

在阿不吉力力的简陋的小院里，我们和他有了一次神奇的交流。他不会说汉语，我们不会说维语。他只用一双眼睛盯着我们，那眼睛亮亮的。他擦了手上的油漆，调了卡龙琴的音，突然那琴奏响了《义勇军进行曲》。琴音清脆，铮铮作响。大家都会心地笑了，琴音一转，奏出的是前南斯拉夫电影《瓦尔特保卫萨拉热窝》中的《啊老朋友再见》。

一手持木质拨子弹拨，一手持铜制揉弦器揉弦，那琴发出似古筝的激越的清音，又有低回的吟唱，在沙漠干燥的空气里，在安静的小院，仿佛有两个气质韵味不同的人在对谈低语。阿不吉力力开始唱刀郎木卡姆，他就这样牵着我们走进了刀郎木卡姆的世界。

父亲去世了，但父亲的琴和音乐留了下来，一直还在阿不吉力力的泥屋里活着，每当拨响琴弦的时候，就像是父亲在歌唱，那一个夹带着音乐的生命从来都没有离开，永远都不会逝去。阿不吉力力从父亲那里学会了刀郎木卡姆全部九套套曲，他从十多岁就可以在刀郎木卡姆的乐队里弹琴唱歌了。

那是一件神圣的事情。所有演唱者都跪在地上——无论是沙地，还是农家土院，还是富贵人家的地毯上，他们都一律跪着，艺高者排列在前，他们为新出生的生命而呼喊，为这个生命的长大成人而狂欢，为这个生命结婚生子而舞蹈，生命到来和逝去，生和死的一次次的重复，他们并不因为这种重复而懈怠和疲倦。

阿不吉力力从后排渐渐地坐到了前排，一张脸从稚嫩到饱经风霜。从父亲的木卡姆中他学到了人生所有的东西，木卡姆是所有刀郎人的学校。

高山再雄伟，
也有小路伴随，
孤独者离开人世，
也有孤独者为他悲伤

诗、哲言、音乐、舞蹈，这些是人类高贵的东西，对于阿不吉力力来说就像空气、水、阳光和沙子，永远都在身边。

阿不吉力力在 25 岁的时候就成为一名刀郎木卡姆的制琴师。刀郎木卡姆四种乐器自古都是刀郎人自己制作，其中的一件是卡龙。据说它是公元 1259 年从中亚传入新疆，中原地区称它为“72 弦”琵琶。随着岁月的流逝卡龙在维吾尔音乐逐渐退出，只保留在刀郎木卡姆里。但经过上个世纪六七十年代的社会变动，卡龙在刀郎木卡姆里也变得几乎没有人会制作，没有人会弹奏了。阿不吉力力用父亲留下的一只断了弦的旧琴复活了这种古老的乐器。

简单的刨子，钜子，上好的桑木经过弯曲烤制，加上他对音准天生敏感的耳朵，他让断了的传统又衔接了起来。在他的手里，卡龙又有了新的内容，他将羊肠弦改成了扬琴弦，卡龙的声音更加明亮。

去年阿不吉力力去了法国演出，他制作的卡龙琴迷住法国人，演出结束后他用的卡龙琴被以 4000 元的高价留在了法国。对他来说，这简直是天价，对于只有 4 间泥屋，16 只羊，5 亩耕地的他来说，做梦都不会梦到的。

歌之王者

央塔克乡被称为是刀郎木卡姆之乡，全乡能操琴能唱的艺人有 200 多，玉山·亚亚是木卡姆的灵魂。

没有人能够赶上他所爬到的音域的高度，没有人能像他一样挥洒自如地演唱，也没有人能唱出比他更多的诗词，在演唱的队伍中，他永远是坐在最中间的那一位。

在央塔克乡阿尔浪卡村他有 54 亩土地，8 个孩子，23 个孙子，3 个重孙子。他还有一个双胞胎哥哥——艾山，他有 10 个孩子和 18 个孙子。

“他嘛，5 分钟的哥哥”当人们分不清一模一样的兄弟俩时，他就拍着哥哥肩膀一脸委屈，意思是哥哥只比他早出生 5 分钟。央塔克乡 2.7 万人，4700 户，23 个自然村，没有人不知道这兄弟俩，他们走到哪里都会围着一堆一堆的人，人们都乐此不疲的事就是猜哪一个是哥哥，哪一个是弟弟。

他们在乡间名望并不只是他们是双胞胎的缘故，而是他们都是刀郎木卡姆艺人，他们走到哪里，哪里就会有快乐。

他说不清楚自己怎么那么会唱歌，玉山说他的父亲是一名刀郎艾捷克琴手，一个叔叔是刀郎热瓦甫琴手，在他的印象中，他家的院子常常会成为木卡姆的歌舞场，聚集很多人，挤在人缝中看热闹的他，10 岁的时候就自然而然地会唱了。

刀郎人会说话就会唱歌，会走路就会跳舞，从两三岁的孩子到七老八十的老汉，举手就跳，张嘴就唱不是稀奇的事。

但是唱成玉山这样，他就必须是一个真正的歌者和诗人。

刀郎木卡姆有九套套曲，那是先人留下的，它们的音乐有固定的格式，它们的唱词要求合辙押韵。玉山很为自己能够将九套套曲都唱下来而骄傲，对很多艺人来说这是个考验。

刀郎木卡姆最迷人的地方是每套套曲的开头，那是一场“单人秀”，一个歌者以高音域的独唱领导整个木卡姆现场的人群进入歌舞状态。

长达一分钟时间的高音独唱让玉山的技艺显露无余：他闭上眼睛，仰头向天，将一股力量逼入胸中，让它无路可走，不得不从狭窄的喉头迸发，于是那声音就如裂云断帛一般冲向天际,所有的人都会被他的声音激得热血沸腾。此时，他是呼唤召集者，他是怂恿鼓动者，他是动员命令者，他是歌者之王。

刀郎木卡姆必须这样唱。所有的刀郎人都认为玉山能够爬到他们需要的声音高度的极限，能够唱出最狂野、最苍凉、最悠远的刀郎木卡姆。

我发疯似的焦虑不安，
我如同煮沸的水一般；
你那么无情地折磨我，
使我变成凋谢的花瓣。
我是蓝天矫健的雄鹰，
愿在你面前落魄失魂。

这时的玉山神采飞扬。达甫鼓在他的手里舞蹈一般上下窜动，脸始终仰向天空，世界上仿佛只有他一个人，痴情地疯狂地歌唱。

玉山的脸是一张典型的被沙漠太阳染过的脸，黑红透亮布满皱纹；他的手骨节粗大而弯曲，每个指甲都因过度劳作而翻翘；他的全身满是沙土，衣服几乎看不出原来的颜色。当木卡姆激情消竭之后，他把达甫鼓住尿素口袋里一装，甩在自己的背上，歌者之王的神采瞬间退去，他又成为一个佝偻着身子的老年农民。

刀郎木卡姆对歌者之王的要求还不仅仅是可以将古人的歌词传唱下来，更要能够自己按照韵律即兴填词作诗。

所有的歌唱都不会提前准备，当卡龙琴发出了缠绵的揉弦，热瓦甫紧绷绷地作响，艾捷克琴的羊肠弦和马尾弓子吱吱呀呀地纠缠的时候，玉山必须“脑子里有灵光闪过”，他要根据不同的场合，唱出不同的情绪。

我思恋着圆脸的姑娘，
爱情燃烧着我的心房；
我愿化作你手中的小鸟；
含笑安息在你的胸膛。

这一篇篇被传唱的歌儿，就连木卡姆的研究专家也弄不清哪一首是哪一位艺人填词首唱的，但他们相信，像玉山兄弟俩这样唱木卡姆的，都是诗人。

“快来吧，快来吧，今天有对情人结婚了，来看他们幸福的容颜吧，来跳麦西热甫吧。”在一场婚礼木卡姆结束后玉山向记者解释他所召唤的内容。

一个歌之王者可以组织和调动整个乡间，可以感染和教化乡民。这是刀郎木卡姆的神奇之处。在这场婚礼上，玉山在乡间受到的尊重程度即可显示出来。

庭院里铺满了地毯，男宾的坐席的上面，正中坐着的，是三位大白胡子、戴白缠头穿白长袍的人，这是乡里有名望的宗教人士，他们将为新娘新郎念经主婚，是婚礼上不能缺少最受人尊敬的人物。宗教人士的右侧，端坐着新郎，他被安排在四五床摞在一起的褥子之上，坐得最高也最受宠。接下来是玉山等十多位刀郎艺人。

一个乡的精神生活全摆在这里。

玉山的地位不仅因为他自己的才能，还因为他的家是公认的木卡姆之家。玉山的儿孙辈中有 12 个人能弹唱，一家人就可以组成一个木卡姆队，3 个儿子还因为唱得好而被请到自治区木卡姆艺术团教艺术家们。

艾山最得意的一件事是女儿又生了一对双胞胎外孙，两个小家伙取了两个外公的名字，大的叫艾山・吐迪，小的叫玉山・吐迪。他们现在已经能唱 9 套刀郎木卡姆套曲的第一套曲了。

不久的将来，央塔克乡是否又会出现一对双胞胎木卡姆艺人？

用一生来跳舞

艾买尔・乌斯曼就是为刀郎舞而生的。在麦盖提县，艾买尔可是个大人物，在这样一个边远的地方，有谁能见过毛主席，而且还被接见过三次？没有！有谁能跳舞跳回来8个老婆？没有！

艾买尔是央塔克乡的农民的孩子，当年全新疆选拔参加全国少数民族汇演，他作为维吾尔的代表被选中。

“在人民大会堂的舞台上，我和一位维吾尔的女演员跳，她转啊转，长长的辫子甩起来，一下套住了我的脖子，台下的毛主席、贺龙都笑了，下一次在天安门城楼上，毛主席一下就认出了我，说，你是新疆的小伙子。”艾买尔说起这一段来非常骄傲。

跳舞，从小跳到老，用一辈子快乐地跳舞，艾买尔·乌斯曼只是刀郎人的一个代表而已。

艾买尔说他跳的舞是刀郎舞的真传。小学四年级的时候，他在舞蹈的人群中发现了一个大胡子高个的老人，“当时他85岁了，他一跳舞，所有的女人都盯着看，有风度的很”！

“酷！”艾买尔也会用这个词。他被老人迷住了，每当有老人的刀郎舞会，他都会跑去看。

“我白天上学，晚上就帮大胡子老人抱鞋子（舞会上专用皮靴），想办法接近他。”

木卡姆舞会是刀郎人的一种社交方式，男人女人在舞会上对舞，眉目传情彼此有了心意，就让父母去对方家里提亲，刀郎人的婚姻很多都是这样成就的。刀郎人都天生豁达、乐观，他们举止幽默，语言诙谐，很多人在一场场的木卡姆中遭遇了一段段的风流艳史。

艾买尔和老者学习了十多年的舞蹈，于是他便成为舞者当中最吸引眼球的人物。年轻的时候他身材高大挺拔，性格上又不肯服输，每当舞蹈进入高潮，节奏越来越快的时候，艾买尔旋转得最快，坚持的时间最长，最后舞场上的人都败下阵去，他就成了胜利的“乌斯达”（能人）。

今年已经67岁的他还是麦盖提县最快乐的舞蹈者，是木卡姆表演现场最吸引妇女眼光的人物。当记者询问他曾经有多少艳遇的时候，他一开始还有点羞涩，后来爽朗地告诉记者他一生结了8次婚。最后这一任妻子，是在他40多岁时相遇的，比他小20岁，也是一名木卡姆舞蹈的好手。

木卡姆给了艾买尔最快乐的人生。所有的烦恼只要跳起舞来都可以成为过去。

穿长袍子的男人，穿艾得莱斯绸的女人，在刀郎木卡姆的呼唤下翩翩起舞。先是男人和男人女人和女人漫不经心地舞动，接着男女交叉对舞，当男女擦肩而过时，双肩似碰非碰，目光若即若离。然后是男女围成一个大圆圈旋转，乐声越来越紧张，圆圈越缩越小，旋转越来越快，不停有人坚持不住而退出舞蹈，坚持到最后的又往往是白胡子的老者。舞不停乐不停，乐不停舞不停。

各路专家都想破解刀郎舞所包涵的远古信息，人们为什么要这样舞蹈？是宗教？是祭祀？是狩猎？没有答案。

在艾买尔看来，意义简单不过。“男人要像狼盯住猎物一样，眼睛始终不离同舞的女人，心中想着美好，一定要得到她。每一个动作都要展现男人的刚健，像骏马和雄鹰一样。”

“女人要聪明而又羞涩，柔美而又机灵。”他说，这就是生命本来的样子。

艾买尔最喜欢的舞蹈动作是在舞动中将长袍子一角甩起来，似乎要扑住同舞的女人，而女人则从他的衣服下机敏地闪过，细腰如柳，长裙如风。“古老的刀郎舞是优雅的。”他说。

艾买尔现在会被邀请到麦盖提县职业中等专业学校去教那里的孩子们跳舞。麦盖提县在全县选拔了50名农民家的孩子，办了一个木卡姆传承班，16岁的男孩艾尼瓦尔·艾山和17岁的女孩玛丽娅姆·亚森是传承班上最出色的孩子，经过一年多的学习，他们已经能唱全部九套木卡姆中的七套，刀郎舞也跳得让艾买尔非常满意。

采访手记：遥远与陌生的美

我们在走长长的路，本来是有目的的，但因为路太长，时间太久，或者岔路太多，原来的目的被忘记，走到哪儿完全不知道了，最后只能走到哪儿算哪儿了，这篇稿子就是这样。

原本的意图是想在暴力恐怖事件的多次对新疆的原本样子的涂改和异化的情形下，去告诉读者一个真实的新疆，新疆老百姓的生活，特别是维吾尔人的生活。选取刀郎木卡姆是考虑到它不久前被评为世界非物质文化遗产，这可以作为一个新闻由头，另一个正如后面的对县委书记的访谈里谈到的，这里是需要进行稳定工作的重点区域，这也正是我向报社申请去写这篇稿子的理由。

我之所以用这样的理由说服报社，是我很担心，有人会反问：你为什么要去写这个？它是新闻吗？我在说服别人的同时，也在说服自己，因为你是一个记者，你的天职就是要去追逐新闻的。

但是我想这篇文章里没有很好地体现这一意图，这完全是属于走路失了目标，唱歌跑了调子。

刀郎木卡姆，不得不承认，这是一个极其难写的题目。这件事离普通读者是多么的遥远，多么的陌生，当你让别人耐下心来去读一篇这样文章的时候，应该怎么炫技才能吸引住人？我们想表达的东西不能直说，禁区在上，要怎样绕着弯儿说？还有音乐和歌舞本身就是最感性又最抽象的东西了，文字在它们面前基本上是无能为力的，这就是我面临的问题。

我如果把想这样的问题交给一般的新闻来解决，那肯定是连门都没有的，但特稿，给你留下了些许的可能，这就是特稿的不同之处，同时也是特稿的魅力所在。

> 在中国的地图上，你的眼睛一直向西，向西，再向西。找到新疆，找到喀什，再向西南方向，你会看到崇山峻岭的喀喇昆仑山和昆仑山上，有一条细幼的河蜿蜒而下，这条河上标有一个陌生又好听的名字——叶尔羌河。河在塔克拉玛干沙漠的西南部，画了一个弧和塔里木河连接在了一起。
>
> 一大片一大片黄色的沙漠，一小块一小块人类可以居住的绿洲。沿着这条河滋养的绿洲生活的人，他们把自己称作刀郎人，他们把这条叫叶尔羌的河称作刀郎河，他们把自己唱的歌跳的舞叫做刀郎木卡姆。

我不得不用这样的方法将遥远拉近，打破地理上的和心理上的隔膜，这是我能想到的最好的办法了。要不然光是“叶尔羌”、“刀郎人”等陌生的名字，就足以拒人千里之外。远的东西是无法让人产生兴趣和阅读欲望的，不只是这一篇报道，可能很多新闻都会因为这样那样的原因离读者很远，隔一层，记者这时候就得想办法把远的拉近，将混沌不清的彰显出意义。记者在读者和新闻之间，这就是记者的位置，记者在采访和写作的时候就应该意识到这一点，从而做到有效的传播。这就是记者的读者意识。

地理的隔膜只是一个看似坚硬的外壳，文化的陌生才是内瓤。或许遥远与陌生在找到了一个巧妙的连接点之后反而会成为吸引人的地方，因为陌生所以好奇，因为距离所以美。

文化的陌生是心理上的，先吸引住他，试着让他读懂，然后让他从理解到欣赏，从欣赏到共鸣，再到产生审美体验，这是一段很长的路。

> 你热烈的呐喊如岩浆迸发穿透万年的地壳
> 你温柔的体态如鱼儿渡过飘浮洁白的云朵
> 你灌溉茫茫荒野戈壁千里泻下情感的大雨
> 你打开千渠万河的门禁瞎子看到了遍天的星斗

什么样的文字能够描写那种特别又特别的音乐呢？怎么样才能将那种别处再也难找的生存状态表达给读者？我想，那真是一次历险，文字的历险。记者需要借用一种工具，就像是在沙漠里你必须使用“坎土曼”，一种对付沙漠里的土壤特别有效的工具一样，才能找到打开障碍的路径。

情人啊，你是来把我瞧瞧
还是来把我烧烤？
莫不是要让熄灭的情火
又在我心田里熊熊燃烧？

没有你，我要这生命干什么，
没有你，要那天堂和天仙干什么。

苦恋于你我流了那么多的泪水，
又要那淅沥不断的春雨干什么。

入暮当你撩起垂散于面的柔发，
我还要那皎洁的月光干什么。

你眼若水仙、面似玫瑰、身材如桧柏，
有你在的地方，还要那花园干什么。

我把这刀郎木卡姆唱的歌词发给编辑时，她看到这样的诗也是感叹唏嘘不已。要知道，唱着这些歌的人是一些沙漠中的农民，他们从来没有上过学，也没有见过沙漠以外的世界，虽然孤寂封闭，但这样的爱情表达，就算是千年万年也不会枯索，就算是相隔万里也能通行世界。不仅仅是爱情，还有生命、死亡、人生的困顿与迷惑、故乡的执著之恋，这些都是全世界都能听懂的永恒的东西。

然而，这仅仅是问题的一部分，更主要的一部分是这样一个地方的人的非典型生存的典型意义。

人们都是依赖于自己惯常的事物和生活的，并且认为自己习惯的东西是好的，是对的，甚至是别人也应该遵循的。就世界范围来说，美国对于伊斯兰世界，西方对于阿拉伯。伊斯兰世界对于西方的反抗日渐成为这个世界上最喧嚣的声音。暴力是弱者的反抗方式，作家张承志曾经表达过这样的意思，他是中国少有的宣布自己皈依了伊斯兰教的作家。

当伦敦地铁遭遇恐怖袭击，伦敦人认为这是自二战以来伦敦遭遇的一次最严重的袭击，一年后，伦敦将世界上多个伊斯兰国家的人请来，进行文化表演，新疆的刀郎木卡姆艺人也在邀请之列。世界上解决冲突的办法不仅仅只有暴力，还有了解。了解别人不同的生活方法和思考方式，然后学会尊重它们，并与之和平相处。

刀郎人是新疆维吾尔人的一支，刀郎木卡姆也是维吾尔十二木卡姆的重要部分。刀郎人的与众不同的生存方式，其实是一种非常自然的、有着其文化历史地理渊源的存在方式，只不过这个世界对它的了解太少了。扩而大之，这实际上是大多数新疆维吾尔人的一种生存方式，一种民族心理和思想方式。我们要避免把复杂的事物脸谱化，或者只有当极端的方式打破了我们生活的宁静的时候我们才会想到应该去了解它。

美的体验来自美的阅读，我希望这些东西通过一次还算是美好的阅读经验让读者能够体会出来，我试图将读者带入一种审美的体验中，这也正是特稿所兼有的特性之一。

特稿在西方的解读是一种文学化的新闻写作，它不同于新闻的地方在于它的阅读感受的丰富性，而它与文学的区别又在于它的新闻性。一篇好特稿应该是次审美的体验。

一个乐师、一个歌者、一个舞者，当面临众多的素材的时候，我选择了这三个典型的故事，再加上一篇对刀郎木卡姆的整体报道。大沙漠、大河流、生命、命运、爱情容易让人进入一种纯净的状态，我也试图用一种纯净的笔法来表现这些。作为记者我在采访中受到了冲击和洵洗，不知道是不是已经将自己体验到的表达了出来。

第肆辑

野马之野

野马的爱情

YEMA DE AIQING

第一次听到南香红的名字是在1998年。有一天，沈颢告诉我，一对记者夫妇专程从新疆来到广州，要到编辑部转一转。当高挑清秀、略显羞涩的南香红出现在我面前时，我并没有想到，若干年后，她会成为南方周末新闻写作的一个典范。1998年，南香红已经在《新疆工人报》、《新疆日报》当了11年记者，她的丈夫吴朝晖当时供职中央人民广播电台驻新疆记者站。那时候，《南方周末》正在全国物色采编人才，这一对远道而来的夫妇，应该就是时任新闻部主任沈颢心目中的理想人选吧。事实上，这对新闻伉俪日后的建树，也证实了沈颢早前的眼光。吴朝晖没有选择南方周末，对于他，永不消逝的电波显然有着更为广阔迷人的空间。后来，他参与了中央电台都市之声的筹办并任总监，继而担任文艺之声总监，现在是这家电台北京记者站站长。记者出身的吴朝晖，擅长对时局的理性判断和对大势的冷静把握，他的儒雅、宽厚、从容给我留下深刻印象。至于南香红，直到现在，

野马的故事

兀立荒原
任漠风吹散长鬃
引颈怅望远方天地之交
那永远不可企及的地平线

当“牛头”越野车奔驰在一望无垠的古尔班通古特荒漠时，这悲凉激越的诗句，一直在我耳畔回响。

这是一位西部著名诗人写的《野马群》一诗的片断，“兀立荒原”者，就是我们即将拜访的野马。

野马肯定比一般的马更具有原始的生命野性，就像人中的剑客、豪杰、独行侠、沙漠流浪者，它的形象应该是高大、俊逸、凶猛。

然而当我看到野马时，不禁大吃一惊。

它一点也不高大，比家马显得矮小，敦实；它根本就没有猎猎长鬃，脖子上的棕色鬣毛墙般直立；它没有家马那银白、枣红等闪动着光泽的漂亮毛色，而是一律背部呈土黄色，颈下腹部灰白夹杂。

它不是潇洒俊逸的城市王子，倒像是来自田野的一个结实粗壮但又桀骜不驯的农民。

诗人错了！尽管《野马群》一诗在全国广为流传，但这首诗所写的“野马”只是家马的某种艺术化妆。

这也怪不得诗人，因为中国人已经有整整 100 年没有见过野马了。

隔着新疆野马繁殖中心高达3米的钢管围栏，野马中心主任原洪说："这是现今地球上存活的唯一一种野马了，它的学名叫普氏野马。"

6000万年的基因库

新疆野马繁殖中心建在天山以北准噶尔盆地的荒漠中，位于吉木萨尔县境内，在册野马117匹，存栏数77匹，是亚洲最大、世界第二大野马繁殖基地。野马研究专家、新疆农业大学副教授周万友认为，养在栏圈中的野马"已非真正意义上的野马了，尽管人们还把它称作野马。野生野马种群实际上已经灭绝"。1947年蒙古国捕获到一匹野生野马，那是人类见到的最后一匹野生野马，从此以后人类再也没有在荒野中见过它的踪影。

1956年，北京动物园工作队从新疆拍回喜报：捕获4匹野马。此消息惊动世界。德国动物学家齐牟曼教授迫不及待地索要照片，结果一看，照片上是4匹野驴。

1979年邓小平访美，美国总统郑重其事地提到：卫星发现准噶尔盆地有6匹野马。

中国政府因此进行了一场历时3年的大规模搜寻。天上以直升机低空盘旋，地下梳头一般地把整个准噶尔盆地找了个遍。有好几次发现野马的报告，跑去一看，还是野驴。

"野马实际上是比大熊猫还珍贵的动物，"野马中心主任原洪说，"大熊猫在我国秦岭、大小凉山还有上千只野生种群，而野马却只有圈养的了。如果再不挽救，这些野马将丧失其种群意义。"

野马目前被列为我国一级重点保护野生动物。

野马的价值还不仅于此。动物学家指出，野马具有6000万年的演化史，很少有动物能像野马这样留下自己完整清晰的历史，包括大熊猫。

6000万年是个什么概念？那时天山山脉正在隆起。地球还不是今天的模样。那时候地球上还没有人类。森林里跳跃着一种狐猴，这种猴子还没有想好自己究竟是演化成古猿还是继续做猴子。

野马就在这时出现了，它只有40厘米高，大如狐狸，脚有5趾，生活在森林中。当人类的第一位祖先“南方古猿”直立行走时，野马已经变成草原动物，蹄子由5趾变为3趾，最后又进化成现在的单趾，身材也变得高大了。

达尔文的进化论，野马演化是其重要例证之一。

每一匹野马都是“活化石”，都是一座基因库，每一匹野马的血液里都流动着6000万年的故事。

野马研究专家周万友指出：野马与家马绝非同种。野马具有家马不可替代的意义。

他说，野马在外形毛色形态结构上与家马不同，而且在解剖学、染色体、血型上都与家马不同。

野马头大脖颈粗短，筋肉发达，肺活量大，身高大于身长，呈高方型，从力学上说，属于快速奔跑型动物，时速可达60公里，是家马的一倍。

野马的染色体都是单数，血液中红细胞含量大，而家马染色体多为双数。野马性情暴躁凶野，生有胡须，杂乱无章，像张飞的络腮胡一般。周副教授说。

100年后的温顺目光

普氏野马的原产地在新疆准噶尔。1986年，18匹野马从德国、英国、美国万里迢迢回到故乡，故乡的人惊叹着野马的奇异相貌，野马也瞪着受惊的眼睛审视着这片荒原。真是相见不相识，相顾两茫茫。回家者已是当年背井离乡者的第八第九代了。

1878年俄国军官普尔热瓦尔斯基在新疆捕获野马，野马因之被冠以“普氏野马”后，德、英、法、荷兰的探险家蜂拥而入准噶尔进行捕猎。

他们在春天野马产驹时节穷追野马群。成年的野马奔逃而去，可怜刚出生的幼驹不是跑得肺炸裂而死，就是被活捉。

1899年俄国人捕到7匹，经7个月的跋涉到达乌克兰时，死了3匹；1900年德国人捕获52匹，经一年辗转到达汉堡只余28匹。

可以想见，上个世纪野马跨越欧亚大陆的旅途是多么艰辛与坎坷。

到达欧洲的野马成为马戏团的演员，彩饰披挂。野马家族在荒野上不堪人类猎杀和西伯利亚风雪而灭绝时，正是这些“演员们”延续了野马家族的香火。

当年运抵德国的28匹野马中有18匹繁殖。现在世界26个国家和地区的112个饲养点的近1000多匹野马，大多是这18匹的子孙。

近亲繁殖，离开原野和故土的野马体质不断下降，繁殖成活率很低，野马始终面临着种群灭亡的危险。

国外的专家们想了许多办法，但野马就是不发情，不交配，即使交配成功，流产的居多。成活率只有25%，有的3~5年不能连续繁殖。

1978年国际野马组织的专家汇集荷兰提出“野马还乡保种”计划，就是让野马回家乡增加数量，然后放归大自然，重建野生种群。

于是有了18匹野马万里迢迢还乡的故事。

1988年3月8日，一个春寒料峭的早晨，德国2号母马产下一匹31公斤重的雌驹，这就是准噶尔1号。那天整个荒原为之激动，有人骑车几十公里回乌鲁木齐报喜，荒凉偏远的野马中心顿时人如潮涌。

今年春季是一个丰收的季节。新疆野马中心已经有12匹小马驹降生，为野马回归12年来最多的一年，并有5匹母马待产。原洪介绍现在该中心的野马繁殖成活率已达83.33%，高居世界前列。

但是野马并没有回到真正的家。它的家不在铁围栏里，而是广阔的准噶尔盆地。我们注意到野马中心3000亩的大围栏，三面以砖为墙，只有向北的一面是铁管的。

那是为了让野马向北遥望。北面是卡拉麦里自然保护区，野马原来生活和将要归去的地方。野马专家希望北面苍茫的原野能唤回沉淀在野马血液中的某种关于家的回忆。

准噶尔盆地头枕天山足抵阿尔泰山，为一个38万平方公里的巨大三角型。盆地中心为沙漠，周边是植被稀疏的荒漠半荒漠地区，野马就在此迁徙奔走，逐水草而居。

夏季干旱野马为喝一次水常常奔走百公里，冬天西伯利亚寒流带来厚厚积雪，野马渴则吃雪，饥则以蹄刨开冰雪吃草根。

野马一般以10匹左右为一群，一群马中只有一匹公马。野马家族遵循最强原则，淘汰弱者，公马只有经过争雄斗败其他公马，才能成为母马们的“丈夫”。母马也以强弱排出严格的秩序。最强者在马群中地位最高，享有吃草、饮水、交配的优先权。

一匹小马驹成年之后就会被毫不客气地逐出家族去重新组群，近亲繁殖自然避免。

荒野中的野狼是野马的天敌。一般一两只野狼不敢侵犯马群，护群公马和带驹母马会和狼殊死搏斗，据说野马腾起的后腿可以准确无误地致狼于死地。但群狼斗野马就是一场势均力敌惨烈异常的血肉之战。

这些都成为野马遥远的过去。100 年的圈养使野马有了很多变化。

见人不逃避这是我们最大的感受。野马的眼里流露的是和家马一样温顺的目光。抚摸它，它还会抖动皮毛摇摇尾巴。

每天按时喂水喂草，每年打预防针；夏天喂西瓜，冬天吃优质苜蓿。野马按家马的方法养了 100 年。

“野马的确变得不适应野外生活了。”周万友副教授证实，圈养的野马腿变粗了 2~3 厘米，体重增加了 50~70 公斤，奔跑速度平均下降了一半。

“野马的婚配——组群完全由人干预，破坏了野马的自由选择争雄择强的自然法则，其危害是致命的。”

那天，4 号马群因公马受伤而需调入一匹新公马，原洪和饲养员查过一本厚厚的野马家谱后选中了 30 号公马。

30 号入群立即引起母马的骚动和愤怒，10 匹母马一字排开与公马对峙。公马只要一接近母马，立即有几匹母马同时跃起蹬踏公马，不一会公马和母马身上都有了伤痕。

其实结局只有一个——接受。因为没有第二种选择。30 号公马会成为 4 号群马理所当然的“丈夫”。因为人类认为它是最合适的，没有超过近亲繁殖危险系数。至于野马的“想法”和“感觉”就管不着了。

“百年栏养，野性难复。”野马专家忧虑重重地说。如果将这样的马放到自然中去，不饿死，也会成为野狼的美餐。

野马中心的可怜账户

野马繁殖上取得的成功，并未能使新疆野马中心的职工们高兴起来，却恰恰成为他们的忧愁。

“野马没口粮了，养不了了。”

野马中心经费每年12万元，是1992年核定的，当时野马为31匹，现在77匹中有36匹是没有“粮本”的“黑户”。野马中心每年经费缺口18万元。

6月份是预订越冬饲草的时候，可野马中心的账户上连买一捆草的钱也没有。“看来我们要给野马计划生育了。”原洪苦笑着说。

为解决财政危机，野马中心曾向全社会发出领养野马的倡议，每匹野马每年领养费5000元，领养时间5年，领养者可享有领养野马的命名权、广告宣传权，但应者寥寥。

明年野马中的母马将进入生育高峰期，每年产驹30~40匹，到2000年存栏将突破200匹，年经费在100万元以上。

严峻的现实是新疆野马繁殖中心的野马从数量、体格和年龄结构层次上进入了放野最佳期，如果一两年内不将这些野马放归自然，将错过时机。

“人可以等一两年，马不能等，再等就等老了。”

但对于这些已丧失野外生存能力的野马，放野必须有步骤循序渐进地进行，从半散放到散放到完全放野。

目前的准噶尔盆地因开发过度而很少有适合野马生存的地方了，必须人为地开辟一块足够大，有水源，便于野马隐蔽的地方。

专家论证实施上述计划需要经费1826万元。这些钱将用来扩大围栏，打井取水，种植野马食草和隐蔽灌木，建立无线电跟踪系统等等。

“如果经费能很快批下来，那么两年内将有第一群野马放野。但是建立真正意义上的野生种群还需要一个世纪几代人的努力。”原洪解释说，“真正意义的野生种群必须有10群以上完全野生的马才能得以保障。”

某种意义上说，野马种群能不能保住，就寄希望于新疆野马中心的工作了。这里的每一举动牵动着世界的眼睛，也关乎中国的国际形象，因为中国曾向世界作过庄重承诺。

12 年前野马回乡时组建的“野马研究课题组”的老教授们大都退休了，尽管他们至今“誓与野马共白头”，但阻止不了当年凭一腔热血来到荒原的那批大中专生的离去。现实的婚姻、夫妻分居、子女上学问题使他们不得不含泪而去。野马的忧患还不仅如此，更大的问题在于野马本身，18 匹野马繁殖了 80 多匹，血缘相近不可避免，没有新鲜血液来源是野马最致命的问题。

野外再也找不到活着的野马了，只能求助于国外其他栏养野马和强行的野化训练。

引进种马需要经费，而逆向的野化训练是异常艰难和缓慢的。

养了 10 年野马的孙立程很为他的“宝贝”们担心：和人亲近惯了的野马懂得躲避猎枪吗?

膘肥体胖的野马逃得过狼群的追逐吗?

养尊处优的野马能抵御寒流度过北方的长冬吗?

孙立程的担心不无道理。还有下个世纪准噶尔盆地还会是现在这种样子吗?会不会因为人类更为大规模的开发而容不下一只马蹄？谁会料到以后 100 年间究竟会发生什么事，如今的准噶尔盆地已远非 100 年前的模样，纵横交错的公路已经分割了所有的荒凉，林立的石油井架已占领了许多动物的家园。还有那不断向荒漠挺进的城镇乡村。

最可怕的是野马强壮到可以回归自然的时候，却发现已经无处可去了。

目睹第一野马死去

野马出事了

为了拍摄电视纪录片《野马兮，归来》，我来到了地处准噶尔盆地南缘吉木萨尔县的新疆野马繁育中心近两个月了。每天紧张的拍摄工作，使人干完活后第一件事就是睡觉。但是5月12日晚上，怎么也睡不着，非常奇怪，我居然失眠了。迷迷糊糊，大约5点钟，我被窗外一阵急促的脚步声惊醒。对面白墙上时不时划过手电筒的光柱。直觉告诉我，一定是野马出事了。

“小谢，准噶尔1号难产，赶快起来。”野马中心的马丹副主任隔着窗子，

一手拿着手电，一手咚咚地敲着玻璃。

准噶尔1号野马是新疆野马中心成立以来繁殖的第一匹野马。1986年由野马国际组织建议的野马还乡保种计划在新疆开始实施。当年从英国、民主德国、联邦德国等国家先后引进了18匹野马，使野马这个种群在阔别了故乡一百多年后才回到它们祖先繁衍生息的准噶尔盆地。1988年3月8日，由英国父本和民主德国母本交配产下的准噶尔1号野马在新疆诞生了。人们给它取了个昵称——红花，取披挂红花、喜庆成功之意。准噶尔1号马的诞生，无疑给从事这项事业的人们打了一针兴奋剂，他们看到了自己事业的希望。野马适应了准噶尔盆地一望无际的大戈壁。毕竟，这里是野马的故乡。

我用最短的时间穿好衣服，准备好电视拍摄设备后，一路小跑，赶到马舍。

恩柯马克，值班兽医，一位哈萨克小伙子，从新疆农业大学动物医学系毕

业一年多。从昨天晚上 11 点多钟，他就在马舍周围观察和守候准噶尔 1 号。恩柯马克凌晨 4 时发现准噶尔 1 号情况异常，可能因为胎位不正，导致难产，直肠已经脱出了近一米左右。

现在天还没有亮，如果实施抓捕进行治疗，野马会对人进行攻击，危险性太大，只有等到天亮。马丹副主任用电话向领导汇报的同时，安排一辆车去 40 公里外的三台镇把老兽医请来，另一辆车去 150 公里外的乌鲁木齐，请新疆农业大学的野马专家来进行治疗。

准噶尔 1 号野马今年 12 岁，体态高大健美，野性十足，是野马中心最完美的一匹母马。此次是她第 6 次生产。前 5 次她都是 40 分钟自然娩出健壮小驹。

所以野马中心的人谁也没有料到她会出现问题。

凌晨的准噶尔盆地风急、气温低。时间仿佛也因为这令人发抖的温度而凝固住了。今天的太阳总感觉比平时要晚出来许多。看着与自己朝夕相处的伙伴正在受着死亡的威胁，却束手无策，饲养野马的小伙子们的心灵备受煎熬。他们面对让人不忍再看的残酷，唯一的办法只有等待，等待天亮，等待三台镇的老兽医，等待乌鲁木齐的专家，等待着奇迹的发生。

老兽医束手无策

时间一秒一秒地跳着，天终于亮了。

9 点 10 分，去三台镇接老兽医的车回来了。老兽医下车后，看着眼前的情景，紧锁着双眉，一句话也没说，围着马圈转了两圈。

此时野马中心的工作人员都已作好了准备，手里拿着七八米长的套马索，就等老兽医的一句话了。

现在的情景，母马可能已经没救了，直肠和部分小肠脱出体外时间太久，而且已经坏死。

“大夫，您想想办法，准噶尔 1 号可是咱们中国出生的第一匹野马啊。”恩柯马克用哀求的口气说。

老兽医摇了摇头，无奈地点着一根烟。“现在唯一的办法就是抓住母马以后，把胎儿抢救出来。”他看了看小伙子们手上拿着的套马索，惊奇地问：“用绳子抓绝对不行，麻醉枪呢？”如果不麻醉，母马肯定会受惊，这样脱落的肠子很容易套住后腿，野马再一蹬，肠子就断了，情况会更糟。

所有在场的人听到老兽医这么一说，都傻在那儿。

新疆野马繁育中心自成立以来，虽说是亚洲最大、世界第二的野马繁育中心，但一直受经费紧张的困扰。因为经费原因，野马中心只配备了诸如吊瓶、剪子、葡萄糖等最基本的器械和药品，唯一的一支麻醉吹管，也因没有麻醉药品而毫无用处。

看着默不作声的工作人员，老兽医无奈地说：“等乌鲁木齐的专家来吧，也许专家来，能想出更好的办法。”

为了避免准噶尔 1 号因来回跑动而加重病情，所有工作人员都退到野马二三十米远的地方，静静观察。

此时的准噶尔 1 号野马已没有了往日的神情，身后一直在滴着血。不知道是否意识到母亲已经快离它而去了，准噶尔 1 号去年生下的小马驹不离其左右，还不时用小嘴去吃奶。

时间就是生命，此时此刻面对此情此景最能体会到这句话的含意。新疆农业大学的野马专家要从 150 公里外的乌鲁木齐赶到野马中心，最快也要 3 个小时。

麻醉的努力失败了，只好扬起古老的套马索

春夏之交的戈壁滩天气说变就变，风更大了，很快就要下雨了。

1 点 10 分，大家在期盼的目光中迎来了专家。阿布力米提，一位中年的维吾尔族汉子，新疆农业大学动物业务医院院长，走在前面。曹洪明教授，70 多岁，野马课题组兽医专家，新疆动物医学方面的权威。现在准噶尔 1 号小肠脱出体外达 1.5 米左右。如果不是腹中的胎儿，肚子早已经扁了许多。专家断定抢救母马已属无效行为，转而决定抢救马驹。

抓捕野马的过程是困难的，更是危险的。为了避免在抓捕过程中出现其他意外情况，对这个圈的其他野马进行了隔离。阿不力米提教授配制好麻醉药品，用那支已经很久没有使用的吹管进行麻醉。不知是因为吹管的力量太弱，还是

野马的皮肤太厚，用吹管麻醉进行抢救的努力失败了。

看来只有用套马索了。套马索这种游牧民族古老的套马方法，是把一根七八米长的绳子顶端系一个活扣，左手拿着盘成圈的绳子，右手抓着活扣在头顶甩，瞅准时机向马头甩出去，像电影中的美国西部牛仔。

野马毕竟不像家马，没有丧失从远古就遗传下来的那股野性，所以抓野马是非常危险的。野马中心的工作人员组成一道人墙，左右两端各有一个小伙子手拿套马索，从不同角度甩绳，把野马逼到围栏的角落，此时的野马像发疯似的，嘶鸣着，两只耳朵向后紧靠，不顾一切向着人墙冲了过去，人墙冲断了。

接着发生的一幕，把人们心中那仅存的希望撕得粉碎。野马受惊冲出人墙后，上蹿下跳，拼命奔跑，掉在后面的肠子甩来甩去，在跑出二三十米远时，肠子突然缠住了后腿，准噶尔 1 号又用力一蹬，肠子断了。

接下来的两三次抓捕又失败了。

为了减轻准噶尔 1 号的痛苦，工作人员商定，就是自己受伤也要把她抓住。

经过这么几次的折腾和近 10 个小时痛苦的折磨，准噶尔 1 号已经没有先前的野性。第五次的抓捕成功了。

四五个身强力壮的小伙子，用绳子绑住马腿，把马放倒，两个人用力按住马头。阿布力米提教授迅速给野马实施麻醉，进行抢救胎儿的准备工作。

四五分钟后，准噶尔 1 号的眼睛无力地一张一合，药效起作用了。

阿教授和曹教授检查了断在体外的一点小肠。据他们介绍，如果在发现野马的直肠刚脱出的第一时间，采取有效措施，进行抢救，绝对不会出现生命危险。

阿教授在检查完野马的伤情后，用手伸进腹腔检查胎儿的情况。所有在场的人都屏住呼吸，注视着教授脸部细微的变化。伴随着心跳声的只有准噶尔 1 号那粗粗的喘息声和戈壁滩上呼呼的风声。检查结果，小马驹因窒息死亡。

最后的嘶鸣，最后的母亲节

听老辈人说，马是一种通人性的动物。准噶尔 1 号眼角一颗豆大的泪珠顺着急促起伏的鼻腔滑落到地上，它哭了。或许是因为痛苦，或许为那还没有来到这世界上就已夭折的孩子。看着准噶尔 1 号那无助的眼神，我们在深深遗憾的同时，更加重了一份自责，准噶尔 1 号野马本来是可以不死的啊！

雨下大了。

“瞳孔散大，眼底充血，已经不行了，把蹄子上绑的绳子解开吧，让它舒服一些。”阿教授用他那维吾尔族特有的低音说道。

生命是脆弱的，但是生命更是顽强的。接下来所发生的，更让我体会到生命是如此的顽强。

准噶尔 1 号的腿微微抽动了两下之后，一翻身，竟然晃晃悠悠地站了起来，沿着围栏艰难地迈着步子。所有人都被瞬间的变化惊讶得目瞪口呆。虽然瞳孔散大，看不清任何物体，它还是步履蹒跚着来到被隔离着的朝夕相处的同伴跟前，用鼻子闻了闻同伴们熟悉的气味，嘶鸣了一声，它是在向同伴们做最后的诀别。

马丹副主任吩咐把隔栏的门打开，让准噶尔 1 号与它的伙伴最后团聚。

重新回到母亲身旁的那匹小马驹显得异常活泼，在准噶尔 1 号的周围奔跑着，与其他小马驹嬉闹着，不时回到母亲的身旁，用小嘴吸吮着母亲滴血的乳头。

公元 2000 年 5 月 14 日凌晨 5 时，在中国繁殖的第一匹野马——准噶尔 1 号，因为难产死在母亲节这天。她活了 12 年 2 个月零 6 天。

阿布力米提在做完尸检后认为，准噶尔 1 号发生难产事故与长期圈养、活动场地狭小、饲草单一有关。

准噶尔 1 号虽然出生于故土却从来没有在故乡的荒野上自由自在地奔跑过。

据有关专家研究，长期饲养的野马腿的管围变粗、骨头变重、体态臃肿、过于肥胖，奔跑速度、方向辨别力、野外生存能力都大大下降。“最好的办法只有一个，将野马放归荒野。”专家如是说。

（本文与谢勇合作）

让野马野去吧

如果野马能言的话，它一定可以讲出整整100年的忧伤和悲怆。一种有6000万年进化史的动物，短短百年时间就断送在人类盗掠者手中。野马的野生种群在上个世纪的某个时刻已经在地球上绝迹了。也就是说，参与了人类文明上升全过程的、人类最好的朋友——马，它的原始的根已经断了。

而我们现在做的，只是赎罪。

野马群射向大漠深处

2001年8月28日11时，新疆准噶尔盆地东北部。

这里没有地名，唯一的标志是216国道311公里处。这片广阔无垠的荒漠，是卡拉麦里山自然保护区的一部分。

关了整整一百年的大门洞开了。门里是27匹世界上为数极少的野马——新疆普氏野马；门外是荒草连天一望无际的原野。

人们引颈盼望的情景没有出现，野马远远躲着这意味着自由又充满危险的门。

人们用饲草引诱。野马在接近大门时放弃了美食，返身而去。

人们围成半圆形驱赶野马，它们被一步步逼向大门，开始奔跑起来。但就在接近大门的一刻，领头的公马突然折身，箭一样地冲向人墙，人们慌不择路地躲避，马群洪水般地泻出人墙。尘土腾空而起，弥漫在马圈的上空，蹄声震颤着空寂的戈壁。马群狂奔着和人群打着转，就是不肯接近那大门。

当人们举着飘飘的彩旗组成一面墙时，马群炸了。受惊的野马不顾一切地狂奔起来，向着唯一的出路——大门奔去。

像一支箭，野马群射向了大漠深处，也就是五六秒钟，它们棕黄色的身影就融入了同样是棕黄色的大漠中。

被人类圈养了一百年的野马就这样被人类赶出了家门。

百年回乡路

野马回乡的路走了整整一百年。

一百年前，俄国军官普尔热瓦尔斯基在准噶尔盆地发现了野马，他捕猎了一匹带到欧洲。它被动物学家认定为世界上最后一种野生野马，定名为普氏野马。普氏的发现引来了无数的外国盗猎者，他们在春天野马产驹的时候用家马追捕野马，成年马大都奔逃而去，只有刚刚出生的小马，不是跑炸了肺，就是成为俘虏。小马驹经过长途舟车贩运漂洋过海到达德、美、俄等国，成为动物园或马戏团的宠物。而在野马的故乡准噶尔盆地，野马却灭绝了。

20 世纪 70 年代邓小平访美时，美国总统提到他们通过卫星在新疆准噶尔盆地发现了野马，但经过科学家几年的大搜寻，确认美国卫星所发现的只是野驴，野生野马已经绝迹。

关于野马灭绝的原因，国家林业局野生动植物保护及自然保护区建设工程办公室总工程师严旬认为，野生野马灭绝无非是自然和人类干预两方面的因素，但他说人为的因素更大一些，上世纪五六十年代西部的野生动物曾经作为一种资源遭到有组织、定任务的猎杀，很多野生动物都遭到灭顶之灾。

世界上活着的野马只有那些当年颠沛流离到欧洲的野马了。但是这些野马的繁殖力极低，几近灭种，世界野马组织提出让野马还乡保种的设想。

1986 年，18 匹野马从英、德、美回到了准噶尔盆地，10 年后，这些野马成功地从 20% 的繁殖率达到 85%，从 18 匹达到了目前的 117 匹。不放野，将绝种，但是回到家乡并没有从根本上改变野马的命运。它们还是生活在围栏里，并没有回到它的真正的家——原野。它们也没有成为真正的野马。

绝种的危险再一次缠绕着这批野马，它们的血缘越来越接近，遗传疾病夺走了许多小马驹的生命。它们的野外生存本领一点点在流失，变得肥胖而慵懒。2000 年的春天，野马繁殖中心最好的一匹盛年母马准噶尔 1 号死于难产，专家认定这是野马过于肥胖所致。

一百年来人类并没有真正了解野马，它们一直被当做家马来养，甚至得到了比家马更精心的照料。

它们几乎活在一个真空的世界里，任何接近野马圈的野生动物都会被赶走；进出野马中心的车辆、人员都要经过消毒；一年四季野马只吃苜蓿，一天规定吃四次草、饮四次水；夏天它们有西瓜来降温，冬天有棚圈来避雪；小马驹像人类的儿童一样能吃到钙片；发情的公马甚至每天都会得到两个鸡蛋。

野生动物从来都不会发生难产，准噶尔 1 号之死是一个强烈的警告——野马再不放野，可能再也不会在原野上奔跑了。

野马家族的未来

为了这次放野，专家们为野马选择了准噶尔盆地中最好的一块地，这里的原野辽阔而安静，鹅黄色的秋草覆盖着的大地铺展到天际。在东西南北四个方向不出 20 公里都有水源，并且还有野马的近亲野驴，有野马的朋友鹅喉羚，当然也有野马的天敌——狼。

野马中心调配了最优的马组成了马群。公马准噶尔 11 号的父母是两匹英国功勋马的后代。它继承了父辈的优良基因，强壮得每年都能使它的所有“妻妾”怀孕。这次为它选配了 7 位健壮美丽的成年母马。

家族中地位最高的母马（享有优先的交配权、食草权，帮助种马管理家庭者）——准噶尔 5 号，也是英国马的后代，今年 13 岁，正值生育的高峰期，在此之前它成功地养育了 6 个儿女。

10 多匹未成年母马和公马在未来的几年中会成长起来，其中的最优秀者会最终打败老去的公马和母马，取代家庭的统治地位，而 6 匹才几个月大的小马驹使这个家庭的结构更加完整。

野马中心主任曹杰说：“这群马的组合完全是人工干预，婚配违背了野马优胜劣汰的习性，但这是人工条件下最好的搭配了。”

为了能唤起它们的野性，这群马在一个 3000 亩的大围栏里散养了 4 年。放野之前工作人员为野马进行了最后一次防病注射，为它们驱了虫，进行了检疫，养马的小伙子们端着盆子亲手喂了它们最后一顿胡萝卜加玉米的美餐。

荒原中的死亡气息

荒野对于圈养了一百年的野马来说充满凶险。

新疆林业局濒危野生动植物资源保护办公室副主任原洪说："野马必须在野外渡过成活关、繁殖关才能真正成为野生状态的野马。这些成年马的野性不能指望完全恢复了，唯一指望是它们在野外生下的第一代、第二代小野马，但能否成功目前还很难说。"

野马中心主任曹杰认为，野马在野外生存下去的可能性只有 50%，他们被当作家马已经养了一百年了，很多野外生存的能力已经丧失。

野马专家曹宏民经过观测发现，野马的体态发生了很多变化，比如，野马的腿变粗了，身体从善于奔跑的高方形变得矮胖，奔跑的速度比野生状态的野马几乎慢了一半。

养了 15 年野马的饲养员张彦豹最担心的就是他的野马被狼吃了，"它们已经有一百年没有见过狼了，马放出去，心就悬在半空里了"。

哈萨克牧人说狼是跟着羊走的，冬天放牧的人会来这里，狼也结了群跟随而来，去年就有狼吃了人的事发生。

"我们运来了野马，狼就跟来了，早晨喂马时就看见了狼的脚印。"

张彦豹说他们曾用德国黑贝警犬做过试验，狗一冲进马圈，野马立刻躁动起来，母马围成半圆，护着小驹，准噶尔 11 号公马奋蹄踢踏，狗狼狈逃窜，公马咬着狗的屁股把它从围栏上扔了出去。

野马虽然胜了，但那毕竟是狗不是狼。成群的狼攻击野马的话，野马肯定难逃劫数。

还有它能否凭微弱的湿气找到水源？能否奔徙千里去找到肥美的草场？能否在冬季里刨开冰雪吃到埋在雪里的草？去年准噶尔盆地发生了特大雪灾，野驴、黄羊纷纷到马路边寻食，路边到处是饿死的野生动物尸体。

一切都变了

8月8日凌晨1时，这批被带到放野地的马一下车立刻就蒙了，它们鸣叫着，原地打着转。粗粝的戈壁石两天就磨坏了它们的蹄子，它们懒得再往山坡上爬了，有的还一瘸一拐的。

水和草也变得不可口了，水从甜井水变成了苦雨水，草从嫩苜蓿变成了硬野草。“还好，它们辨别毒草的能力还没有丧失。”养马人王镇山说。

“在大围栏里，它们每天按时‘上下班’，早晨吃过草后出去，中午12时回来喝水，再出去，下午3时再回来喝一次水，晚上8时太阳落山准时回到圈中。”“这一次放出去回不来怎么办？”王镇山一脸的怅然。

野马中心在放野地为野马准备了很多饲草，“如果冬天雪太厚，野马自己没能力觅食的话，我们就想办法把它们再抓回来。”野马中心主任曹杰说。

野马强烈地依赖着水源，王镇山认为，现在野马还不具有自己寻找水源的能力，他最怕它们放野后不再回来喝水，那样野马很有可能渴死。

“野马的野性不是哗啦一下子就能恢复的。”王镇山说。

野马没有回来

当喜气洋洋参加放马仪式的人呼啦啦都回城里的时候，放野点只留下了曹杰、恩特马克、王镇山、张彦豹和司机王师傅5个人。天黑了，野马真的没有回来。5个人开了车去找，到了晚上12时打电话给记者，说没有找到，可能是野马白天受了惊吓，跑蒙了，找不到回来的路了。

王镇山说，没有了野马他感到恐惧，因为在荒原上只有他们几个人和狼为伴了。

他说，如果放野失败，他们的青春就白扔在戈壁滩上了。说着说着他哭了。准噶尔11号：放野马群的头马，是这个野马家族的帝王野马真的能回到荒原去吗？野马吊装启运，准备运送到离野马繁殖中心250公里处的放野点。医疗人员对即将放野的野马进行检疫，人工饲养的野马吃惯了苜蓿，它们会适应那些又粗又硬、苦涩难吃的荒漠植物吗？给野马检疫是一件很不容易的事，野马中心专门请来了哈萨克牧民用套马索，套住狂放不羁、野性十足的野马。准噶尔盆地的万古荒原上又响起野马马蹄敲击大地的声音，野马回归自然，望着空荡荡的马圈，野马中心的哈萨克族兽医恩特马克趴在圈栏上，心里也变得空荡荡的。

采访手记：如果野马能言

27 匹野马在 21 世纪刚刚开始的时候，终于踏上回归自然之路。

野马在人类为它们制造的围栏里盘桓良久，不肯离去。当它们终于绝尘而去，逐渐消失在天际，我的心中涌出一种复杂难言的情感。

这 100 年中，野马历经苦难。它们在人类的挟持下从亚洲到欧洲到美洲，游历了半个地球。没有哪种动物像野马这样流离失所，背井离乡。没有哪种野生动物的生命自然历程像野马这样受到过人类的强烈干预。

如果野马有灵的话，它一定能感受到强烈的屈辱；如果野马能言的话，它一定可以讲出整整 100 年的忧伤和悲怆。

一种有 6000 万年进化史的动物，短短百年时间就断送在人类手里。野马的野生种群在上个世纪的某个时刻在地球上绝迹了。也就是说，马，陪伴和参与了人类文明上升全过程的、人类最好的朋友和助手的马，它的原始的根，断了。没有了野马敲击大地疾风暴雨般的蹄声，准噶尔的荒原里就只有空寂和荒凉。荒原的生命链条一下子断裂了。没有了野马，没有了野马与狼惊心动魄的生死搏击，也就没有了狼的凶狠嘶咬和长驱追击，没有了关于狼的噩梦，黄羊也变得散漫慵懒无所事事，它们纤细优美的四蹄不再善于奔跑，种群迅速退化，整个准噶尔荒原了无生机。

野马于是又被运回了准噶尔。这些来自德、美、俄等国家的当年被迫远走他乡者的后代，回到了它们从未见过的父辈的家。经过 15 年的圈养，它们终于可以回到它们真正的家——荒野了。

百年相别两茫茫，相见还能相识吗？百年的圈养，野马已经改变了许多。从某种意义上来说它们已不是原来的野马了。它们的腿变粗身体肥胖了，它们的野性没了而乐于和人亲近。

很难想象，它们在荒原遭遇狼的时候会是怎样的惊惧？会不会成为狼的美食？它们在冰雪寒风里能否昂然独立仰天长嘶？流淌在它们血脉里的那一丝的野性还能在荒原的刺激下复活吗？

这一切都是一个未知数。一百年来它们按照人的旨意生活，按人的安排生育，它们已经有一百年没有听到它们身体中的生命节律了。如果野马不能在故乡的荒野找到立蹄之地的话，那将是人类的大悲哀，也是地球生命的大悲哀。马，曾经是人类文明进步的腿和翅膀。马给人迅疾的速度和威猛的力量，给人俯瞰的高度和进击的渴望，给人征服的骄傲和胜利的荣光。马体态优美，充满灵性，是唯一一种可以作为人类朋友的动物。

在这个时代，人类已强大到不需要马的力量了，虽然我们还在用“马力”这个词。但我们需要马，尤其需要唯一没有被人类驯化的马——野马，需要所有生活在地球上、与野马一样的野生动物。我们不能设想一个只有人类自己孤独生活的地球，正像我们不能设想人类的强大是为了在消灭地球上所有动物以后，最后再消灭自己。从这个意义上，人类和所有野生动物一样脆弱，或者说，一样强大。

野马曾经是白云之下荒原之上的一群流浪汉，是和野狼周旋的剑客，是狙击风雪的独行侠。

然而现在呢？

当准噶尔11号野马，带领着它的野马家族孤独地奔向深不可测的荒漠，它们实际上踏上了一条充满凶险、难以预料、不可回返的未来之路。成功还是失败，实际上在预示着野马生存还是死亡，它们在为一个种群探寻一条生命之路。哈姆莱特那句话在耳边响起：“生存，还是毁灭，这是一个值得考虑的问题。”

野马危急

"如果野马能言的话，它一定可以讲出整整100年的忧伤和悲怆"。2001年8月28日，27匹新疆普氏野马在中国准噶尔盆地东北部被赶出圈养地，被人类圈养了一百年的野马被人类赶出了家门，这是它们返回原野的唯一途径。

但荒野对于它们是一个完全陌生的世界，它们的蹄子已经娇嫩得受不了荒原砾石的磨砺了，严寒、野兽和病痛更是威胁着它们的生命，放归后失踪的野马牵动着人们的心弦，我们再次将目光投向它们。

失　踪

野马就在这时失踪了。

大雪抹去了大地上的一切痕迹，白茫茫的雪原上找不到它们的蹄印和粪便。而这是寻找野马的唯一线索。

2001年12月，准噶尔荒漠寒封大地，气温直线下降，最后降到了零下48摄氏度，准噶尔的大地在极度的寒冷中凝固了，天地混沌成一片苍茫，仿佛连空气都冻得咔咔作响。

新疆阿勒泰地区向牧民们发出紧急通告："停止转场，原地扎下帐篷。"此时从阿勒泰南下的几十万只羊正在牧人的驱赶下滚过准噶尔雪原，经过野马所在地——216国道311公里处，转到冬牧场去。

野马就在这时失踪了。

大雪抹去了大地上的一切痕迹，白茫茫的雪原上找不到它们的蹄印和粪便。而这是寻找野马的唯一线索。

失踪的原因可能是，家畜的惊扰和严寒的袭击。

去年 8 月 28 日，27 匹野马被人工放归到准噶尔荒漠。当这些马圈中生、马圈中长、从未在荒原上奔跑过的野马，被赶出家门奔向棕黄的大漠深处的时候，专家们满怀忧虑。

它们没有在自然的磨砺下恢复野性，没有长成搏击自然的本领，没有成为真正的野生野马，一旦脱离了保护着它们的人的视线，生死难卜。

野马能否放野成功，关键看能否在野外度过冬天。

冬天的卡拉麦里是新疆最冷的地区。2000 年冬天这里的大雪厚达几十厘米，大风又使雪结了一层硬壳，新疆野驴、鹅喉羚等野生动物刨不开雪，吃不到雪下的草根，大批大批冻饿而死，有的则不顾危险往雪原上唯一的公路上狂奔，倒毙者不绝于路。

第一次到荒原中生活的野马，遇到的第一场寒潮是新疆十年不遇的一次。12 月 8 日，野马没有回来饮水。接下来的几天也不见野马的踪迹。人们确定野马走出了他们的控制范围，不知去向。

旷野里只留下一幢两间的白房子和三个养马人，王镇山感觉自己要疯了："每天听到它们的蹄声和嘶鸣，感觉有很多人在这里陪着我们，孤独寂寞都可以忍受，现在世界真的是一片白茫茫好干净，这太恐怖了。"

王镇山和观察站的其他两个人一遍遍地冲进朔风，在风雪中狂走。能够依靠的是手里的一个 30 倍的望远镜，这是野马观察站的唯一观察野马的工具。望远镜从你的手里夺到我的手里，但除了满目的白之外，野马踪影全无。

野马遇到了什么？它们会不会冻饿而死？它们流浪到了荒原中的什么地方？野马身上没有安装跟踪设备，找野马的唯一办法是开车到荒原上去。

野马中心主任曹杰知道这件事的严重性，他在电话里禁止观察站的小伙子们单车去寻找，因为一旦闯进荒原，会遇到意想不到的危险，单车无法求援，人就可能被冻死。

荒原生存100天

这是地球上唯一存活的野马家族，全世界的总数还不到1000匹。虽然被称为“野马”，实际上已经没有了野生种群，它们全部是上个世纪初西方探险家在准噶尔捕获的28匹野马的后代。

在圈中关了100年的野马终于回到了荒野。视野的空旷和自由来去的风刺激着野马，它们撒欢狂奔，但3天之后，它们个个都一瘸一拐的，懒得动了。它们的蹄子已经娇嫩得受不了荒原砾石的磨砺了。

野生状态的野马已经绝迹荒野100多年，荒野对于它们完全是一个陌生的世界。但野马毕竟是野马，它离开荒原，就沦为了人类的家养动物，野性尽失，近亲繁殖，一代比一代孱弱，最后面临的是物种灭绝。

这个物种在地球上生存下去的唯一途径就是回到荒野，自己去面对大自然的选择。而人类的角色也发生了转变，从对濒危物种的保护者退居为观察者。所以这27匹第一批放野的野马，代表了一个濒危物种的前途、命运和希望，也为人类保护濒危物种提供了示范。

从8月28日放野到失踪，这27匹野马在野外生活了100天。现在，它们是地球上唯一的一群在野外生存的野马。

“现在虽然不能说放野成功，但也不能说失败。”野马中心主任曹杰说，“野马的野性得到了前所未有的恢复。”

吃了100多年苜蓿，但野马一放野，辨识毒草的能力就恢复了。因为荒野上不再有鲜美的苜蓿，有的只是蒿草、针茅类植物。野马很快就瘦了。

养马人王镇山心疼地说：“但是瘦了好，它们奔跑的速度明显地快了。”100年的圈养，科学家曾测定，野马奔跑能力下降了一半，几乎和家马等同了。野马和人的距离明显远了。它们对世界保持着高度的警觉，远远见到人就开始奔逃，养马的小伙子们再也不能抚摸它们的鬃毛。尽管几个月之前他们之间是那样的亲昵。

野马用它们的蹄子小心翼翼地试探着陌生而又熟悉的家园。

它们从来不走远，围绕着放野点白色小屋的南北西三个方向最多走出30公里。它们依赖着放野点人工给它们开辟的水源，似乎也离不开养育它们的人。

每天按时回来饮水、午休。

后来它们的胆子慢慢大了，开始整夜不归，“马不吃夜草不肥嘛！”王镇山很理解他的伙伴，他把野马这种有规律的活动叫做“按时上下班”。

和野兽的战斗

没有撕打搏斗，野驴落荒而逃。

这场战斗让养马的小伙子们很是得意了几天。但 11 月 11 日一匹小马拖着受伤的流着血水的腿回来时，他们知道野马和狼有了一战。

它们的到来立即惊动了荒野中的生命。荒野的生命链条又加上了一环，尽管这只是微弱的一支。

狼首先嗅到了什么，野马的蹄印后面总是尾随着肥大的梅花状的蹄印；狐狸悄悄潜来，偷吃了王镇山他们舍不得吃的两只鸡；野驴感到了某种失落，它们不得不把领地拱手让给野马；鹅喉羚远远地观望野马和野驴的争斗，情况不妙，它们就一溜烟地逃逸。

野驴在没有野马的日子里是荒原中食草动物的老大，当野马第一次见到家乡的亲戚时，双方都愣住了。

野马全部停止了吃草，竖着耳朵隔着 200 多米的距离观望，头马准噶尔 11 号试探着一步一步向野驴靠近，不知道对方会有什么反应。野驴群很大，有上百匹，显得“人多势众”。

头马几乎是在瞬间愤怒起来，它嘶鸣着弓着身子向驴群冲去，仿佛它恍然大悟：“噢，是你呀野驴，竟敢趁我不在的时候占我的地盘！”所有的成年母马如同听到了号角，排成一列冲锋，小驹子们在后面凑热闹。

狼是野马在荒野的唯一天敌。人们判断，马群肯定是和狼进行了激烈的搏斗，并且最终战胜了狼，不然这匹小马不会活着回来。一般来讲，单狼是斗不过野马的，最可怕的是一群饿狼攻击马群，群狼死缠烂打，搅散马群，最终得逞。

受伤的小马没有得到马群的呵护，反而遭到了遗弃。编号 15 的成年母马冲上来一口咬住小马的脖子，将它放倒在地，小马的母亲见状和 15 号马打在了一起。

但是排斥是来自整个马群的。母亲只好带着143号小马离开了。“这是野马的自我保护本能。它们是怕受伤的马的血腥味，引来更多的狼，给马群带来灭顶之灾，”养马人王臣解释，“为了让野马一切自己应付，我没有给小马包扎伤口。”小马和母亲一直与马群保持着距离，远远地跟着。狼没有再来。11天之后小马伤口好了，马群又接纳了它们母子。

每天，准噶尔11号公马，这个野马家族的家长、父亲，首先来到结冰的水源，举起它的双蹄，奋力砸向冰面，当咔嚓的碎裂声响起，其他的马就围拢来，一齐喝漂浮着冰块的水，“嚼得咔咔响，就像小孩子夏天嚼冰块。”观察员王臣说。

“公主”之死

两辆北京吉普在荒原上划着巨大的“之”字艰难前行。夜晚天空没有星星，只有风在抽打着大地。他们又一次迷路了。

野马中心主任曹杰跳下车，差点被风掀倒。他蹲在地下，用皮大衣遮着风打着了打火机，借着微光，观察草根倒伏的方向和雪在草根下堆积的厚薄情况。他上了车，告诉王师傅方向，两辆车继续向前行驶。

“这是戈壁滩上的救命绝活儿。”曹杰得意地说。

此时正刮着大风，草全部倒向一边，迎风的一面几乎没有积雪。准噶尔盆地冬天多刮北风，看草根是荒原上一条救命的经验。

从12月20日开始，曹杰在卡拉麦里山有蹄类自然保护区卡斯特站的配合下开始寻找野马。

两辆车上坐着8个人，其他的地方都塞满草料，是给野马准备的。

根据野马放野点风大、寒冷、雪厚吃不到草的情况分析，野马有可能是顺着北风向气温高雪少的盆地南部迁移。他们就在离放野点的216国道向南40多公里的地方下公路往西南方向寻找。

他们绕着“之”字走，为的是能够尽可能地扩大寻找范围。天再冷，那架唯一的望远镜始终是热的，它一直带着人的体温。

这几天雪已经停了，只有狂风在荒野不停歇地纵横扫荡。

雪原上时隐时现新鲜的印迹。“踩成一片的是野驴，排成一列一列整齐前行的是马，没有小驹子蹄印的是家马的，有小驹蹄印的肯定是野马。”几天跟踪下来曹杰已经很有经验了。

跟着跟着，蹄印不见了，雪地上干干净净，方向再次迷失，一天的寻找完了。12 月 23 日，寻找已经是第四天。

远远一座白雪覆盖的高岗上，有几个黑色的蚂蚁大小的蠕动的东西。是野马？人们兴奋起来，一脚油门踩下去，汽车颠得几乎飞起来。望远镜的镜头下，一群群的小黑点爬上山岗，有二三百头，是野驴，只有野驴才会集起如此大的群体活动。

握着望远镜的张彦豹突然叫起来，嗓门都变了：“野马，野马，看！”野马就在野驴群的一边。“一、二、三……”曹杰一把抢过望远镜，一匹一匹地数起来。“怎么只有 26 匹？”他的惊呼把所有人的心都揪起来。

车子加速向前冲，野马远远发现了异常，撒开蹄子就跑。张彦豹大声叫停，他说野马认识他，见了他也许就不会再跑了。

他拿着一捆草，向野马跑了 10 多步，响亮地打了一个唿哨，逃跑的野马一下就站住了。

野马站在那竖着耳朵仔细地听着、打量着，仿佛在思考这个人是不是值得信赖。张彦豹一边打着唿哨一边向野马慢慢地走，公马准噶尔 11 号迈开了步子，向张彦豹走来。它先试探了一下，然后就把头埋进张的手里猛吃起来。看样子是饿极了。

张彦豹张开手轻轻抚摸着它墙一样站立的鬃。他的伙伴瘦了，毛色也变成深棕色，蹄子的前缘变得光亮，那是刨雪吃草磨的。

马群基本上安好，3 匹身怀有孕的母马情况也让人满意，但极瘦。问题出在一岁的 4 匹小驹和一匹 16 岁的、马群中年龄最大的母马身上，它们似乎羸弱到了极限，瘦得皮包骨，毛色没有一点光泽，东一块西一块如秃了一样。

小马的母亲们已经瘦得没有奶水了，粗硬的草它们还吃不动。而年老的马面临的是大自然的淘汰。

曹杰注意到一匹 3 岁的小公马一口草也不吃，而是往马群外跑，跑一段回头看看，轻轻地嘶鸣几声。“快跟上它！”曹杰叫道。

几百米远的地方，一匹一岁多的小母马卧在雪中，奄奄一息。它的编号是准噶尔 121 号，2000 年春天出生的。这正是刚才少的那一匹。

“小公马自己忍着饿一口草也不吃，给我们领路，是让我们快点救救它的伙伴，我忍不住眼泪往下掉，马真是通人性。”曹杰说。

小马的毛乱哆着，瘦得不成样子。见了人，它勉强抬起头，一双大眼睛充满哀婉。

它可能是饿的。养马人把小母驹赶起来，让它回到马群中吃草。

意想不到的事发生了，一匹低头吃草的母马突然冲过来，一口咬住 121 号的脖子，将它撂翻在地。马群骚动起来，几匹成年马低鸣着，上前围攻小马。养马人明白了，这匹小马是生了病被打出马群的。“这是野马自我保护的一种本能。生病的马会被赶出马群，以免传染其他的马。”

曹杰解下自己的领带，绑住小母马的腿，几个人把它抬到车上。最近的可以施救的点离这里大约 100 公里。

颠簸几个小时赶到保护站，为它挂上吊针时，它已经死了。

死亡降临的时候，它没有一点挣扎，它的头沉沉地放在地上，一颗大大的泪珠慢慢地滚下来。

“所有的野马在死的时候都会流泪。”王镇山说。

困境和解决之道

放野野马目前最缺的是一套跟踪设备。有了跟踪设备，野马跑到了任何地方，他们都可以把草料及时送到。

121 号小马驹的尸体冷冻在保护站的仓库，曹杰星夜赶往乌鲁木齐。没有时间搞清 121 号是得什么病死的，这种病是否会传染，必须想办法救整个马群。12 月 27 日一个汇集林业、野生动物保护、野马研究专家的论证会在乌鲁木齐召开。曹杰在会上提出野马面临三大危险：

一是野马现在所处的位置距古尔班通古特沙漠只有 10 公里的距离，目前它们以每天 10 公里左右的速度向准噶尔盆地西南方向迁移，再向前跨一步就进入沙漠。一旦进入沙漠，野马就会完全失踪。那时任何人为的挽救措施都无法实现，冻、饿、干渴都可能置马群于死地。

二是如果天气进一步恶化，比如大风、降温、大雪，马群会遭受致命打击。首先是 3 匹小驹和 16 岁的老母马性命难保，整个马群说不定也会出意外。三是按目前食草匮乏、膘情下降的状况，如果不采取人工救援措施，野马就是扛过了冬天，但也扛不住春天的倒春寒和产驹、发情等关口。

曹杰提出野马目前最缺的是一套跟踪设备。有了跟踪设备，野马跑到了任何地方，他们都可以把草料及时送到。曹杰说，野马冬天向沙漠中迁移正是它野性恢复的表现，自然状态下野马就是在相对温暖干燥的沙漠里越冬。

“没有钱购置卫星跟踪设备，能给野马中的几匹套上项圈也好。”曹杰说跟踪设备是一个在放野时就没有解决的老问题。

“怎么办明天有关部门就会决定，我连夜就出发。这几天不知野马的情况怎么样，不知道它们又跑到哪里？”

曹杰心急如焚。

记者发稿时曾试图和曹杰联络，以便得知野马施救的最新进展，但他的手机始终没有应答，估计他仍在荒原上。

野马在野已三年

旷野中的狂野爱情

准噶尔盆地基本上没有秋天。夏天轰然而过之后，大地平静下来，静静地等待着冬天的来临。野马群也平静下来，一场轰轰烈烈的爱情已经到了尾声。

“放野 3 年，野马学会了自由恋爱。今年从春到夏的 5 个月里，由七八匹公马主演的一集集‘爱情连续剧’，精彩极了。”李学锋向本报记者描述。新疆野马繁殖中心的养马人李学锋，和另外几位同事一起观察着野马的放野。

“带着马群的种公马，隔着两三公里就能感到其他公马的接近。它旋风一般地冲上去，在接触的一刹那，两匹公马腾空而起，四只前蹄在空中对打，嘶鸣声、撞击声传得好远。打完了撕咬，踢。打不过的跑，追，再打。春夏之交的发情期，几乎天天打。”

旷野里唯一的一群繁殖期的母马，是抢夺的目标，抢夺者是七八匹性成熟的公马。

李学锋把那七八匹公马称为“流浪汉”。它们是性成熟之后被种公马赶出野马群的。野马的家庭是典型的“妻妾成群”，只能有一匹成年公马。“这是野马避免近亲繁殖的一种基因遗传特性。”李学锋说。

被赶出的公马组成了一个流浪汉群，时不时地会来抢夺母马，“它们中的大多数还没有机会和母马恋爱呢！”

“8 个流浪汉是好朋友，它们平常一起吃草，一起喝水。遇到危险，它们就围成一个圈，屁股朝里，马头向外，随时准备应敌。”

“抢母马它们也一起来，体格壮的，冲在最前面。一开始是准噶尔 72 号带领繁殖的母马群，它是一匹性格暴躁的种公马，9 岁，正当年，最激烈的一次争斗打了三天三夜。”

“来进攻的是流浪汉里的准噶尔 84 号和准噶尔 77 号。84 号和 77 号协同作战，从不同的方向攻击，让种公马 72 号头尾难顾。84 号身体强壮，和种公马正面打，77 号年龄小点，围着马群转，你一追它就跑，一放松它就又来了。72 号种公马的体力就这样被拖垮了。决定胜负的关键性一战中，72 号被 84 号一口咬住了脖子撂倒在地，72 号四蹄刨土奋力挣扎，84 号咬住不松口，整整僵持半小时之久。”

72 号彻底失败，妻妾全被 84 号抢走，从此独自行动。不知是失败的耻辱还是因为身体的原因，它并不进入流浪汉群。它孤独地低着头的样子，很让养马的小伙子们伤感。

“这是野马们的一次真正的自由恋爱。”李学锋为野马轰轰烈烈的爱情兴奋。在新疆野马中心近十多年的养马生涯里，他所看到的都是由人给野马包办的“婚姻”。

2002 年第一批放野的种公马准噶尔 11 号死亡，“现在总结起来，它完全是累死的，那可是当时野马中心最好的一匹马。”中心的主任曹杰介绍说。

当时人们给 11 号配备了大小 20 匹野马的大家庭。“‘国王’准噶尔 11 号从秋天开始就消瘦，它要和野狼周旋，要带领马群适应陌生的环境，还要配种繁育后代。别的马在进食，它却在护群，它死后，我们发现它的肠子变得像纸一样薄……”曹杰对此很伤感。

争雄的结果，是一匹公马有多大的能力就带多少匹母马。现在，繁殖群自然一分为二，准噶尔 84 号带着 13 匹马组成一群，准噶尔 72 号带 3 匹马组成一群。不过，这般公马自由争雄、在野马最自然不过的事，竟然 100 多年来几近绝迹。人类借助“马力”完成着文明上升进程，但马也因此成为受人类干预最甚的动物。

100 多年前，世界上最后一种野生野马——新疆普氏野马从野外灭绝，它的种系靠西方探险家带回国的 13 匹野马维系了下来。在人类反思自己的行为的时候，1986 年，18 匹野马从德国、美国等回到了故乡新疆准噶尔盆地。直到 2001 年 9 月，比大熊猫还珍贵、世界上仅存的新疆普氏野马，才在它的故园被放归原野。

野化的路有多长

准噶尔 84 号被养马人看作野马群的新希望。“84 号非常强壮，今年 7 岁，是公马的黄金年龄，更重要的是，它是从流浪汉群里杀出的种公马。它有更多的应付荒野的智慧。”养马人王镇山说。

流浪汉群三年来都在放野点与乌伦古河之间的荒野中奔驰，有时为了能够喝上水，它们会夜行四五十公里，直达乌伦古河。“它们凭自己的感觉找到了那条远方的河，这探索过程一定很艰难。”北京林业大学胡德夫教授说。他受国家林业部的委托，进行野马放野的监测与研究工作。

3 年的旷野生活，让野马“初步有了野马样，但它们还没有成为真正的野马”。胡德夫说，衡量真正的野马的指标有 6 项：能在野外找到水源、食物；能对付天敌；能和同域物种争夺生存资源并有获胜的把握；能自然繁育后代；能应对重大自然灾害，等等。

野马寻找水源、食物的能力，已经恢复得不错。过去圈养时，野马只吃优质饲草苜蓿，夏天酷热时要添加降暑的蒲公英和西瓜，公马发情时得吃鸡蛋，小马还得像人类的小孩一样吃钙片。但在野外，它们只能有什么吃什么。至于天敌——狼，看来野马也能应付。“我们发现过一群狼，共有 12 只，它们肯定和野马发生过冲突，但除了几次小马驹身上带轻伤外，没有大问题。”养马人王镇山说。但野马能否和同类动物竞争生存空间，还是一个未知数。“每当大雪大旱的时候，吃饱肚子就不是一件容易的事，那时候跑出去 40 公里是远远不够的，可能要更大范围的移动才能填饱肚子，野驴有这个能力，野马还没有。”胡德夫说。

2001 年是放野的第一年。这年冬天准噶尔盆地发生雪灾，许多野驴冻饿而死。野马群就在此时突然失踪。当人们找到时，发现它们误入沙漠深处，一匹被称为“公主”的小马当场死亡。“那次一共损失 6 匹马，包括种公马准噶尔 11 号。”中心主任曹杰说。

2003 年冬天，野马再一次丢失，找了整整 20 天，“找到时，种公马 49 号瘦得脊背像刀刃一样，回来之后，这匹马就死了。”

“我是看着49号死去的，这匹马已经饿得什么都吃不下了，最后3天，它已经没有力气站着，总是‘轰’地倒下，又颤颤巍巍地站起来，不久又‘轰’地倒下，它好像不甘心倒下死去。那时候人一点办法都没有。”养马人李学锋说。两个冬天损失两匹种公马，两个冬天野马遭遇两次凶险。野马显然还没有能力应对大自然的考验。

“3年里发生了很多让人伤心的事。”最让李学锋伤心的，是野马的杀婴行为。

放野3年，野马群在野外生育了10匹小马驹，但只存活了4匹，其中的5匹都是被公马杀死的。

“2002年春天准噶尔11号种公马死亡，它的遗腹子将要出生，我们整天小心地跟踪母马准噶尔15号，推测它的预产期。”

悲剧就在一个春天的早晨发生了。小马驹是在夜里出生的，天亮的时候身上的毛已经干了，颤颤巍巍地站起来吃到了母亲的奶。母马和小马落在整个马群的后面，公马似乎也很有耐心地等待母子俩，但“突然，公马冲向小马，母马快速地迎上去和公马打斗，就在一瞬间，小马被公马咬着脖子叼起，狠狠地摔在地下”。“母马哀鸣着跑向惊呆了的我们，像是求救，但我们要接近小马时，它又暴怒着踢咬我们。它一直围着小马号叫，不住地舔它，那情景哀痛极了。”

“小马驹的脖子被咬断了。15号是马群里序列最高的母马，我们称它为‘皇后’，它因为怀着11号的孩子，一直不听从新公马49号的指挥，而公马是决不允许其他公马的血统存在的。3天之后，15号完全归顺了新的头马。”

野马无疆，野力却难四射

“卡拉麦里荒野还能容得下奔驰的马蹄吗？这是野马当年回故乡时人们的忧虑。你们《南方周末》曾用‘让野马野去吧’为题报道野马的放野，现在看来，野马已经没有地方可以去野。”曹杰认为，人类在保护区活动的过度，严重阻碍了野马野化的进程。

卡拉麦里保护区是国家级有蹄类野生动物保护区，但和其他保护区最大的不同在于，这里同时又是人类的生活生产区。

这个保护区是哈萨克牧民的冬季转场必经之地和春天产羔之地。王镇山用"地毯一样铺过来"来形容10万只羊经过的场面，"10万只羊滚过之后，大地上什么也剩不下了。"

"随牧民而来的还有1000匹家马，家马的骚扰让野马避之不及，于是种公马就不停地护群、带着野马群逃跑，于是被活活累死，而更换种公马的最直接恶果，就是不断出现的公马杀婴行为。"曹杰说。

胡德夫担心的还有家马、野马之间可能出现的"血源污染"。去年冬天，一匹雌性野马被家马掳了去，在家马群里生活了8个多月，现在还看不出它是否怀上了家马的马驹，"但长期下去，危险性很大。如果血源混杂了，我们的所有工作都等于白做了。"胡德夫说。

本来野马应该随着季节长途迁徙，冬天迁向南部温暖的山区，夏天移往有水的乌伦古河方向，但这些地方都被人类占据，野马只有四处奔逃。

可是，牧人的迁徙路线也是祖祖辈辈传下来的，这块地方同时也是他们赖以生存的地方。是人占了马的地，还是马要把人赶走？究竟是野生动物的生存重要，还是人的生存重要？

"这不是野马中心或是一个地方能够解决的，这是人和野生动物的大问题，是整个社会的问题，根本解决有赖于保护区周边经济的发展，也有赖于整个社会经济的发展。"胡德夫说，蒙古国也有少部分野马，他们的经验是将保护地的牧民家畜收买掉，让牧民变成野马的巡视员，但中国不行，牧民太多，如果改变他们的生产方式，政府就得提供新的生活办法，否则人的生存就成了问题。

后记：对抗时间的写作

杨瑞春

突然找到2005年在人民大学为南香红开作品研讨会时的讲话。在南香红催我为她新书写篇东西的时候看，别有一番思绪。

在中国的社会构架里，媒体已经成为一种强悍的力量，尽管还有诸多限制，但是，我们看到“孙志刚事件”新闻、“宝马撞人”事件等等，媒体的报道跟进对于事态的发展以及最后结果的影响，已不仅是“记录时代进程”，而用“推动时代进程”来形容确实并不为过。

但是说及新闻作品本身，强悍的另外一面却是极度的脆弱，作为不断变化的时代中的一个切片，一篇新闻作品的生命力往往仅仅有几天甚至几个小时，新闻经不起时间的敲打，“易碎”成为新闻的常态。

谈南香红的文章，我觉得首先要说的就是她的作品面对时间所呈现的柔韧度，在今天，我们重新阅读南香红的文章，看到《野马的故事》、《孤独的孤独症》、《盲艺人的乐与路》，都依然会沉入文字之中，被她拉回她当时营建的一个世界，这个世界一直停留在那里，并未被时间摧枯拉朽。

非常难得的是，南香红对自己文字的追求非常清醒，她在给本报提交的一份业务报告中说，《南方周末》的报道“不应该是朝生夕死的，而应该具有某种不朽的品质”。我想，正是这种对“不朽”的追求造就了今天的南香红。

一个自觉的特稿文体探索者

在新翻译出版的《新闻写作与报道训练教程》(中国人民大学出版社)中,作者卡尔·里奇讲述了特稿(里面翻译为“特写报道”)的一些特征,也就是特稿更强调文章的视角、人情味元素和文章风格。一篇特稿文章可以充满细节描写和戏剧性动作描写。

而在1979年,美国普利策奖委员会为杰出的特稿写作典范设立了一个奖项,这一评奖条件规定说:“一篇杰出的特稿首要关注的应该是高度的文学性和创造性。”

结合南香红的作品,可能会有助于去理解这些描述性的词汇,因为在南香红的文字世界里,正是一种特殊的视角、风格、观察能力使她卓然不同于其他记者。她在特稿方面的探索,相信是她作为《南方周末》高级记者最为重要的成就。

在成为《南方周末》的记者之前,南香红是《新疆日报》的记者,以关注环境题材著称,而在她作为特约记者为《南方周末》撰写的《塔里木河,在一节节消失》、《园沙古城消失之谜》等这类文章时,就呈现出自觉的特稿特征。这些充满人情味、文字灵动的报道让她获得了标志着环境保护最高荣誉的“地球奖”。

她在进入《南方周末》之后,在观察版、头版做的新疆野马的系列报道,楼兰盗墓的一些报道,都延续和发展了她一贯的风格。而2003年城市版转型之后,为特稿写作开拓了更大的写作空间,而她的精力也从原来的多种题材集中于特稿题材,《盲艺人的乐与路》(见报标题,即本书《走着唱着活着》)、《孤独的孤独症》、《血友兄弟》、北京旧城改造系列报道等一系列优秀的作品陆续产生。

作为《南方周末》当时城市版的改造者,特稿业务的推动者、统筹者,和一个她的稿件的直接编辑,南香红作为记者的爆发力给我印象很深,她的文字经常会超出编辑的期望,甚至在发表之前,就感染了作为第一读者的编辑。

《南方周末》的特稿发展轨迹也有一个从自发到自觉的过程,这要分两个层次来讨论,就是个人的自觉和报社的自觉,可以说,作为《南方周末》这份报纸有意识地进行特稿探索的开始,是2003年下半年城市版进行的方向性改造。

但《南方周末》的特稿文章之前就有不少优秀的样本，它之所以成为中国新闻界特稿报道的先行者和领导者，与一些编辑和记者长期以来的探索和研究密不可分，尽管那个时候并未引入“特稿”这个概念。我们可以称它为个人的自觉，而如上所述，南香红是一个自觉的探索者。

敏锐的判断力和观察能力

在给报社提交的业务报告中，南香红曾经提出来“南香红特性”这个说法。

什么是“南香红特性”？在实际操作中编辑们对这样的特性是感受相当强烈的，类似的题材，类似的采访时间和类似的采访对象，因为理解力、判断力和呈现能力的差异，出来的文章可能迥然不同。

南香红首先强调了对新闻的发现能力。她说：“对同样新闻的不同理解和解读同样是一种能力，这里面需要发现的眼光和敏锐的洞察力。”

对南香红自己来说，感触最深的对新疆建设兵团进行的报道，这是一个“规定动作”，是中宣部布置下来的命题作文。像这样的文章，全国各大媒体基本上都会派出记者去做，但不少媒体会陷于一种模式化的宣传腔的报道。而转换一个视角，这个题材就真的从宣传变成了新闻。在南香红的报道《一个兵团的传奇》(见报标题，即本书《185：一个边境团场的故事》)里，人们看到的是在世界范围内独一的、因为一种制度和特殊的历史原因而组织起来的一群人的生活与命运，他们在现代社会存在的本身就是一个新闻。报道里面没有了“宣传”，只有对人的心灵细节的深切感悟，对人的生存状态和人的尊严的发现和对人的精神困境的悉心关照，这些东西不仅是兵团人的，而是具有普遍意义的。

南香红的这种发现能力、转换能力体现了高超的新闻判断力。

正是基于这种判断力，南香红的报道有着很清晰的方向，向读者传达明确的信息。比如《孤独的孤独症》她想剥开孤独的核心，让读者感受；《莫高窟治癌》努力用文字将敦煌的灿烂和朽败图解化；《王选揭露的细菌战事实》试图用细节揭开大历史与个人命运的迷雾；《三峡，无法告别》试着用一种怀念的情绪包裹新闻事实，让人在受到感染之时，看到残酷的真实。

再者，南香红有卓越的观察能力和扎实的采访。有个说法是，好记者必须像台照相机，能够让读者如同身临其境，但即使是一台相机，也要在关键的时候对准关键的场景按下快门。这首先需要“看者有心”，我总是提醒新来的记者，如果他们能有幸和南香红一起去采访的话，看看在同样的场景中你观察到了什么，南香红又观察到了什么。特稿写作的一个重要特点是使用细节写作，而这是现在国内新闻界整体来说重视不够或者说力不能逮的一种写作方式。很多尝试者要么看不见细节，将那些最有意味的细节一笔带过，要么沉溺于大量无意义的细节当中。但南香红是把握细节的高手。

比如在《盲艺人的乐与路》里面，写到盲艺人们演出完了好不容易拿到钱，“药成江把几张纸币对着太阳贴在眼前仔仔细细看了个遍，又把它递到张林庆手上，张林庆一张一张地摸过，又传到陈玉文手里再摸了个遍，才递回来。药成江解开棉衣扣子，把它们揣进贴肉的口袋里。”这个动作所体现的盲艺人的对钱的珍惜，还有盲人的特点是多么传神，读来让人心酸。

细节的把握是需要记者扎实的采访才能呈现的，在同样的一篇文章里，还有一个细节显得很不经意，但一定是需要记者努力才能达到的。“这天的午饭药成江吃的是挂面，张林庆和一名记者吃的是薄面饺，刘红权吃的是捞面，王贵明吃的是抿疙斗（一种杂面食），另一名记者吃的是包子和鸡蛋汤。”

可能有人会说，这个细节有什么意义？而且肯定要记者专门一个个去问，问这个琐碎问题的时候，一点都显示不出记者的光辉形象。但下面这一句一接就不一样了。

“这就是老支书张世和所说的‘千家饭’吧，不管到谁家里，碰到什么吃什么。”一下子又把艺人的流浪状态呈现出来了。所以做记者真的是要不耻下问，不怕把自己的姿态放低，最简单的问题最后可能成就最牛的文章。南香红自己有句话说得很好，就是“在日常生活中发现新闻，在庸常的细节中寻觅重大的变局。我想有时候，人们不是不关注，而是没有发现，当你有所发现并精微、准确而锐利地表达时，人们会恍然，并从你的发现中有所收益”。

卓越的写作

"南香红特性"，我觉得极为重要的一点是呈现能力，其实也就是写作能力。很多人读完了一个故事，可能会说，这个故事真是好看，但她的作品经常会再让人补上一句，这个记者真是有才华。也就是说，她的文字有超出于故事的生命力。

前面所说的种种，判断、采访、观察，都是为最后的呈现提供一个基础。《南方周末》经济部前主任冯启若对好的新闻作品有个很精到的说法，其实这个标准大家都很熟悉，就是看义理、考据、辞章。义理是文章的价值观，对事件的判断；考据是扎实的采访功夫，能拿到最好的料、最扎实的料、最有戏剧性的料；辞章是最后的呈现，你用什么方式能够讲好一个故事，让读者可以屏住呼吸，一口气读下来，让人如同随着记者去做了一次旅行，能看到故事的颜色，闻到故事的气味？可以说，很多记者可以通过努力达到义理、考据的优秀，但在辞章方面就有欠缺。

如果对于其他报道形式来说，比如调查性报道，或者经济报道等，也许前两者的重要性更强而对辞章的强调没有那么严格。而辞章却是最考验特稿记者的一个重要指标。特稿做什么？是要引起人们的广泛而强烈的共鸣，比如死亡、生命、痛苦、恐怖、喜悦……描写的是人性的永恒的问题。而要引起这共鸣，非高超的文字能力不能达到。

但需要强调，南香红的文字让人感动，但决不是庸俗的煽情，她的文字既华美又朴实，既灌注了个人情感又不流于主观，文学性很强但不违新闻真实。她对很多新闻场景的描写方式超出于大家的经验之外但绝不矫情。

比如这样的描写："阿布力孜撬开棺材，一具棕色头发的个子高大的男尸睡在里面，他真的像睡着了一样，眼睫毛站着像一排小树林。"(《塔克拉玛干盗墓调查》)

再比如："准噶尔盆地基本上没有秋天。夏天轰然而过之后，大地平静下来，静静地等待着冬天的来临。野马群也平静下来，一场轰轰烈烈的爱情已经到了尾声。"(《野马的故事》)

在新闻作品里使用这样的语言，可以让我们明白什么是特稿的文学性，而不是“文学腔”，前者是新闻的最高境界，而后者是新闻的大忌。这种分寸感的把握是很考记者功力的。

当然，记者成其大者，不仅是对词藻的把握，更考的是见识和情怀，是对现实、历史、人性深层次的理解。《南方周末》是一份有社会责任感、有历史使命感的报纸，我们的记者可能性格各异，但是在追求报道的宽度和厚度方面则有着一致的气质。南香红的特稿涉及到很多题材，有重大的历史题材比如细菌战，有现实的文物保护题材比如北京四合院保卫战，也有很多个人命运的题材比如孤独症患者等等，南香红和编辑们在一起，对这些题材的内涵进行了深度的开掘。而南香红的写作方式，不是僵化的解读和阐发，而是水乳交融的叙述。

《王老太太生育报告》是一篇较短的新闻作品，但却非常耐读。这篇稿子可以让我们看到，南香红是用怎样的叙事技巧来处理一个生育观念转变史的稿件。王老太太的个人命运和大的时代背景怎样交相呼应，就好像两股不同颜色的棉线被精心地绵密地编织在一起。这样的文字，就避免了常轨梳理历史脉络的枯燥，充满智慧和趣味的叙述，富有弹性的语言中让人悟出历史的某种荒谬感。

柔韧的写作

今天当我们重新找来南香红作品的时候，我们可能会发现文字的光彩并未被磨损。在我们原来设计的一个环节里，我们准备诵读南香红的一些经典片段。可见独到的见解，完美的文本让她的写作在某种程度上可以对抗时间的磨蚀。

回顾中国新闻界，真正意义上的特稿写作，在改革开放之后的新闻界，进行自觉而严肃的探索的媒体大概只有《中国青年报》的《冰点》和少数其他媒体。

南香红的特稿探索，和其他特稿编辑记者的探索一起，打造了《南方周末》在国内媒体特稿报道的领先地位，但南香红的价值，我觉得已经不仅仅限于《南方周末》本身，正是基于现在特稿写作在国内缺失的现实，南香红的典范文本就更有被分析、研究、学习的价值。不仅从新闻教育的角度，也从我们提高报道质量的角度，因为我们深深感觉，像南香红这样的卓越记者太难寻觅了。我想，很多同行媒体没有太多的特稿报道也不是因为不想做，而是找不到合适的人来做。

南香红有一个愿望，就是“希望有一天人们因为我的名字而细致地看报道，希望人们会找着我的名字看报道”。我觉得在某种程度上，她已经做到了，这也是我们今天在这里开这个研讨会的理由。